本书由教育部人文社会科学研究青年基金项目（10YJC751119）资助出版

章回体小说的现代历程

张蕾 著

北京大学出版社
PEKING UNIVERSITY PRESS

图书在版编目(CIP)数据

章回体小说的现代历程/张蕾著. —北京:北京大学出版社,2016.10
ISBN 978-7-301-27445-3

Ⅰ.①章… Ⅱ.①张… Ⅲ.①章回小说—小说研究—中国 Ⅳ.①I207.4

中国版本图书馆 CIP 数据核字(2016)第 199261 号

书　　　名	章回体小说的现代历程 ZHANGHUITI XIAOSHUO DE XIANDAI LICHENG
著作责任者	张　蕾　著
责 任 编 辑	魏冬峰
标 准 书 号	ISBN 978-7-301-27445-3
出 版 发 行	北京大学出版社
地　　　址	北京市海淀区成府路 205 号　100871
网　　　址	http://www.pup.cn
电 子 信 箱	weidf02@sina.com
新 浪 微 博	@北京大学出版社
电　　　话	邮购部 62752015　发行部 62750672　编辑部 62750673
印 刷 者	三河市北燕印装有限公司
经 销 者	新华书店
	965 毫米×1300 毫米　16 开本　19.75 印张　303 千字 2016 年 10 月第 1 版　2016 年 10 月第 1 次印刷
定　　　价	48.00 元

未经许可,不得以任何方式复制或抄袭本书之部分或全部内容。
版权所有,侵权必究
举报电话: 010-62752024　电子信箱: fd@pup.pku.edu.cn
图书如有印装质量问题,请与出版部联系,电话: 010-62756370

目　录

绪　言 …………………………………………………………… 1

第一章　新小说的章回体 ……………………………………… 27
　　第一节　梁启超的新小说 ………………………………… 28
　　第二节　政治小说、历史小说和社会小说 ……………… 38
　　第三节　新小说视域下的中西小说观 …………………… 50

第二章　民初文言章回小说及言情故事 ……………………… 66
　　第一节　民初文言章回小说风潮 ………………………… 67
　　第二节　《燕蹴筝弦录》时期的姚鹓雏小说 …………… 77
　　第三节　"鸳鸯蝴蝶派"的言情故事 …………………… 89

第三章　章回大家的小说改良实践 …………………………… 100
　　第一节　张恨水的章回小说识见 ………………………… 102
　　第二节　"五四"之后的章回小说 ……………………… 114
　　第三节　"民国红楼梦" …………………………………… 124
　　第四节　"章回小说到这里有些变了" ………………… 138

第四章　"故事集缀"型小说的突显与章回小说的蜕变 …… 150
　　第一节　故事结构和人物群体 …………………………… 152
　　第二节　报刊故事的衍生 ………………………………… 163
　　第三节　街谈巷议与现实主义 …………………………… 172

第五章　"章"与"回"：中西新旧交汇中的小说文体 …… 182
　　第一节　中西"章回"小说之辨 ………………………… 183
　　第二节　批判与应对 ……………………………………… 194

第三节 "旧章回"小说的出路 …………………………… 200
　　第四节 《秋海棠》:章回小说换新颜 …………………… 212
第六章 "新"章回小说的诞生 ……………………………… 224
　　第一节 《新水浒》的问世 ………………………………… 226
　　第二节 讲故事:从城市到农村 …………………………… 240
　　第三节 "儿女英雄"的新传统 …………………………… 254
结　语 ………………………………………………………… 268
参考文献 ……………………………………………………… 279
附录　谈《京华烟云》的中译本 …………………………… 287
后　记 ………………………………………………………… 313

绪　　言

何谓"章回体"小说？对这个概念的探讨是从晚清开始的。后来人多从明清小说的具体文本着眼来研究这类小说的诸种特征和创作成就,而对"章回小说"或"章回体小说"做出专门研究的论著并不很多。当代研究界,石麟的《章回小说通论》、陈美林等著作的《章回小说史》和刘晓军的《章回小说文体研究》是其中的代表。这三部著作都对章回小说概念作出了界定。

《章回小说通论》中道:"章回小说的含义是:由宋元话本胎孕而来,以白话为主体,分章叙事、分回立目的中长篇通俗小说。"①这个定义顾及到了章回小说的成型历史、语体形式、篇幅性质等方面内容。《章回小说史》概括出的定义是:"章回小说是中国古代长篇通俗小说的别称。它以分回标目、分章叙事、情节繁复、内容通俗、语言晓畅、文备众体、模拟说话艺术形式为主要特征。由宋元长篇说话嬗变而来,是中国古代小说中与笔记、传奇、白话短篇分途并行的一种文学样式。它的创作业绩,体现了中国古代小说的主要成就,是中国文学史上具有代表意义的文体。"②这个定义述及到了章回小说的别称、特征、历史、文学史地位等方面内容。《章回小说文体研究》总结道:"严格的'章回小说'定义,既要能涵盖其外在的文体特征,又要能体现其作为一种小说文体内在的本质规定性,界定如何表述并不重要。它应该包括以下特征:篇幅较为长大,行文上有分回(节、则)的表现,有能

---

① 石麟:《章回小说通论》,郑州:中州古籍出版社1994年9月版,第5页。
② 陈美林、冯保善、李忠明:《章回小说史》,杭州:浙江古籍出版社1998年12月版,第15—16页。

概括各叙事单元内容的回目(节目或则目);情节比较连贯,不管小说中人物、事件的数量几何,其情节是连贯的,而非众多短篇小说的缀集;语言通俗晓畅,能为广大读者所接受,以书面语为主体,并非口头说书的文字记录,但又多少保留了口头说书的痕迹。"①这是对"章回小说"的一种描述性定义,包括了篇幅、形式、情节、语言等方面内容。这些定义虽然表述不尽相同,但都突出了章回小说是中国古代小说的一种特殊体裁,篇幅较长,文体形式上分回标目,并具有通俗性质。

这三部著作对章回小说的论述基本上结束于晚清,对民初以后的章回小说创作稍带述及,不作重点,只是全书的尾声而已。这就为接续的研究留下了话题和空间。清末民初以后的章回小说又如何呢?和中国古代章回小说相比,有多少相似性和不同点?作为现代文学、文化语境下的一种创作现象,章回小说又经历了怎样的蜕变历程?这些正是本书研究的着眼点。鉴于分回标目是章回小说区别于其他类型小说最主要的外在特征,而现代章回小说在文体形式方面与古代经典章回小说的文体存在差别,例如出现了用"章"而不是"回"标目、用字数不等的白话短语而非对仗工整的文言诗句作回目等现象,但这些小说仍然属于"章回体"的行进序列中。本书着力突出章回小说文体的诸种变化,从而勾勒出章回小说在现代的生命历程。

一、古典章回体小说的特征

要理清现代章回体小说和古代章回体小说相比,发生了什么变化,首先应该知悉的是古代章回体小说的一些基本特征。对此,已有的研究已经作出了充分论述。

章回小说在元末明初正式产生。宋元话本是章回小说产生的直接基础。例如《三国志平话》《武王伐纣平话》"或依史书,据史敷演;或以历史为框架,虚构生发,此实开明清二代章回小说叙事贵实贵幻的不同两派"②。

---

① 刘晓军:《章回小说文体研究》,上海:华东师范大学出版社2011年9月版,第48页。
② 陈美林、冯保善、李忠明:《章回小说史》,第53页。

鲁迅论《大唐三藏取经诗话》道:"三卷分十七章,今所见小说之分章回者始此。"①从故事内容到文体形式,宋元话本发展的结果便是章回小说的生成。此外,史传、变文、戏曲等都影响到章回小说的成型。可以说,明清章回小说是集之前说话表演艺术和小说、戏曲、诗歌、散文等文学表现样式之大成。

《三国演义》《水浒传》产生于元末明初。之后《西游记》《金瓶梅》《封神演义》《儒林外史》《红楼梦》等作品问世,形成了明清两代章回小说创作的繁荣期。章回小说体制的定型是在明末清初,"《三国演义》毛宗岗评本、《西游记》汪象旭评本的问世","标志着章回小说文体的成熟定型"②。所谓"成熟定型"主要是指小说具有较为严格的分章标目体制,回目比较工整典雅。郑振铎论毛宗岗的评本道:"将所谓一百二十回的李卓吾批评本的'参差不对,错乱无章'的提纲(即回目)改为对偶的二语。'务取精工,以快阅者之目。'"③这就是古代章回小说的经典样式。也就是说,章回小说要经过文人加工润色,才形成其高品格的样式,至清代中期的《儒林外史》《红楼梦》,真正显示出了文人独创的长篇章回小说的卓越艺术成就。

研究者考察章回小说的创作情况,大都会涉及成书与版本问题,其中一个重要原因是,像《三国演义》《水浒传》《西游记》这些小说都经历了一个世代积累演化的过程,并不是某一文人独立创作的成果。胡适说:"《水浒传》不是青天白日里从半空中掉下来的,《水浒传》乃是从南宋初年(西历12世纪初年)到明朝中叶(15世纪末年)这四百年的'梁山泊故事'的结晶。"④施耐庵或者罗贯中只是"梁山泊故事"的搜集、整理、编撰者,而不是创作者。《水浒传》的不同版本正显示出这部作品流传、衍变、修改的痕迹。石昌渝对此论道:"《水浒传》成书经历过三个阶段:第一,口头传说阶段,第二,说话人讲说和记录整理阶段,第三,作家聚合成《水浒传》,即成书阶段。

---

① 鲁迅:《中国小说史略》,《鲁迅全集》第9卷,北京:人民文学出版社2005年11月版,第126页。
② 刘晓军:《章回小说文体研究》,第114页。
③ 郑振铎:《三国志演义的演化》,郑振铎:《中国文学研究》(上),《郑振铎全集》第4卷,石家庄:花山文艺出版社1998年11月版,第208页。
④ 胡适:《〈水浒传〉考证》,《胡适文存》卷三,上海:亚东图书馆1921年12月版,第90页。着重号为原文所加。

第一阶段和第二阶段很难划断,民间传说和说话人讲说都属口头文学。第三阶段成书的书指写成《水浒传》的最初形态,其后还有简本、繁本的演进。"①作为章回体小说的《水浒传》是经过长期积累并被不断修改润色的成果。石昌渝把《水浒传》归为"聚合式积累成书的典型作品",即小说故事"是由若干个原本独立的平话或话本小说,因其故事人物具有时间和空间的同一性以及主题的内在联系,聚合而成的"②。《水浒传》就是由宋江、卢俊义、武松、林冲等人物的故事聚合在一起成书的。另一种积累成书的方式,石昌渝概括为"滚雪球",即原本有一个故事"虽然小,五脏俱全,情节规模业已具备,只是内容单薄,思想肤浅和艺术粗糙。经过漫长时间若干代人的不断修改创造,它便由简单到复杂,由单薄到丰满,由幼稚到成熟,像雪球似的越滚越大"③。这种成书类型的代表是《三国演义》,它是由"三国故事"逐渐扩充加工后形成的。《西游记》则可以看成是"聚合式"和"滚雪球"两种类型的融合。唐僧的身世、孙悟空大闹天宫等故事是聚合在小说中的,而孙悟空保护唐僧取经的故事则"像雪球似的越滚越大",以至经历了九九八十一难。

无论是"聚合式"还是"滚雪球",世代积累成书是章回小说开始时的形态。到明代中晚期,出现了个人创作的章回体小说,"体现了创作者文体意识的独立,标志了章回创作开始走向成熟"④。不少研究者认为《金瓶梅》是从积累成书到文人独创转变过程中的关键性作品。尽管这部小说采用了《水浒传》的一些情节,甚至沿袭了之前的话本、戏曲故事,但总体而言是一部独创的作品,并且"一反元末明初章回的历史演义,将视角转向社会世情"⑤。鲁迅说:"诸'世情书'中,《金瓶梅》最有名。"⑥沿着《金瓶梅》的路子创作的章回小说还有《醒世姻缘传》《歧路灯》《红楼梦》等等,当然最著

---

① 石昌渝:《中国小说源流论》,北京:生活·读书·新知三联书店1994年2月版,第319页。
② 同上。
③ 同上书,第295页。
④ 陈美林、冯保善、李忠明:《章回小说史》,第112页。
⑤ 同上。
⑥ 鲁迅:《中国小说史略》,《鲁迅全集》第9卷,第186页。

名的还是《红楼梦》。胡适说:"《红楼梦》只是老老实实的描写这一个'坐吃山空'、'树倒猢狲散'的自然趋势。因为如此,所以《红楼梦》是一部自然主义的杰作。"①《红楼梦》是典型的文人独创小说的代表,作者曹雪芹"于悼红轩中披阅十载,增删五次,纂成目录,分出章回"(《红楼梦》第1回),把自己的人生故事融入作品,成就了这部价值绝伦的传世之作。清代可以与《红楼梦》相提并论的还有《儒林外史》。在结构上,《红楼梦》是以家庭兴衰来构筑整部小说的框架,而《儒林外史》则把很多人物故事一个一个集缀起来,形似"聚合式",却"已经完全脱尽了话本的痕迹,成为地地道道的案头之作,文人独立创作的作品了"②。可以说,《儒林外史》和《红楼梦》代表了古代章回小说创作的最高水平。

　　元末以来的章回小说虽然有着不同的创作形态,但都具有一些共同特征,这些特征构成了章回小说和其他文学体裁的区别,也构成了章回小说独特的文体标识。已有研究对古代章回小说的特征作出了大体一致的总结。如《中国小说艺术史》一书概括出了"分回标目""说书人叙事""韵散结合"三个特征。认为:"章回小说最突出的特点是篇幅长,动辄数十万上百万字,并且把长短大体相等的情节分成段,标了回数和题目,也就是人们常说的分回标目形式。"而"说话艺术的基本因素,几乎都原封不动地反映到章回小说中"。章回小说大都用白话叙事,但"每回的开始和结束大多要有诗词韵语"③,叙事过程中也会插入韵文。《中国分体文学史》则概括出了"以分回标目的形式划分叙事段落""继承'说话'艺术的叙事方式""多采用全知全能的叙事视角""丰富多彩的叙事结构""缓急有致的叙事节奏""通俗化的叙事语言"④六个特征,特别强调章回小说"叙事"方面的艺术特点。《中国古代小说史叙论》也较看重章回小说的叙事特征,认为:"分回立目只

---

① 胡适:《〈红楼梦〉考证》,《胡适文存》卷三,上海:亚东图书馆1921年12月版,第231页。着重号为原文所加。
② 于天池:《明清小说研究》,北京:北京师范大学出版社1992年7月版,第187页。
③ 孟昭连、宁宗一:《中国小说艺术史》,杭州:浙江古籍出版社2003年10月版,第252、255、258页。
④ 李修生、赵义山主编:《中国分体文学史》,上海:上海古籍出版社2001年7月版,第216、217、218页。

是章回体的表层特点,从本质上说,这种章回的结构是一种对情节叙述节奏的把握。"①如何分回、每回如何起结、每回内容如何安排等,都能体现出叙事节奏来。

综观已有对古代章回小说特征的总结,主要包括:分回标目的体式、说书话语的沿袭、以白话为主文备众体的文体、通俗化的叙事艺术。例如《红楼梦》第36回回目为"绣鸳鸯梦兆绛芸轩 识分定情悟梨香院",第37回回目为"秋爽斋偶结海棠社 蘅芜苑夜拟菊花题",都是精心设计的,不仅能涵盖一回的主要内容,且能成为每一回的有机构成部分。《红楼梦》第36回开头道:"话说贾母自王夫人处回来,见宝玉一日好似一日,心中自是欢喜。"以"话说"起头,明显见出说书人话语在章回小说中的遗留。《红楼梦》第五回"游幻境指迷十二钗 饮仙醪曲演红楼梦"中除了白话的叙述语言外,还穿插有很多歌赋、联对、诗文、曲辞等文学体式,并且结尾附有回末诗"一场幽梦同谁近,千古情人独我痴",足以显示出章回小说韵散并包、文白相济、各体兼容的特质。而章回小说对曲折动人的故事的叙述又十分切合普通读者的口味。这些都是成熟时期章回小说的形态特征,即明代中晚期至清朝前中期文人独创的章回小说(如《红楼梦》)和文人改定的世代积累型小说(如毛宗岗评本的《三国演义》)都具有这些特征。通常所谓的"章回小说"就指具备了这些特征的作品。元末至明代中期的世代积累型章回小说因为文本还没有被完全写定,发展还不够成熟,所以还不能很好地表现出章回小说的典型特征来。而晚清以后章回小说的这些典型特征则开始发生改变。

石麟把古代章回小说的发展划分为六个阶段。第一阶段是"章回小说的勃起阶段。时间大致在元末明初。这一阶段的作品,保存至今者虽不多,但有《三国志通俗演义》《水浒传》两大名著"。第二阶段是"章回小说的凝滞阶段。时间大致在明前期到明中叶","现存作品只有几部,而且水平普遍偏低"。第三阶段是"章回小说的再兴阶段。时间在明代后期","这一阶段有《西游记》《金瓶梅》两大名著,还有某些比较好的作品"。第四阶段是"章回小说的鼎盛阶段。时间在明末清初","名著有《儒林外史》《红楼

---

① 刘勇强:《中国古代小说史叙论》,北京:北京大学出版社2007年10月版,第222页。

梦》，此外，还有大量的可称为'次名著'的作品"。第五阶段是"章回小说的衰微阶段。时间在清中叶"，"佳作甚少"。第六阶段是"章回小说的新变阶段。时间在晚清"，"作品数量繁多，且有一些比较好的作品"①。刘晓军也把古代章回小说的发展分为六个时期，在时间划分上和石麟稍有不同。②例如，刘晓军把第一阶段的截止时间划在明代正德年间，石麟则把这段时间再一分为二，作为章回小说发展的两个阶段。刘晓军的第四阶段划至清代雍正年间，石麟则划在乾隆前期。第五阶段，刘晓军定为乾隆至光绪，石麟认为是乾隆后期至道光前期。虽然时间划分上有出入，但都把《儒林外史》《红楼梦》时期的章回小说看作是章回小说发展史上最辉煌的阶段。从他们勾勒的历史中，可以清晰见出一条从出现、发展到高潮、衰微的路径。而晚清，则成了章回小说发展史上的新变时期。

刘晓军道："随着域外小说的大量译介以及小说家们对小说价值与地位的重新认识，加上报刊连载等传播方式对小说生产造成的影响，章回小说发展至清朝末年，在题材范围、叙事模式以及文体形态等诸多方面发生了明显改变，虽然仍有部分作家坚守传统的创作手法，但'新小说'创作已日渐成为主流。"③时代观念的变迁、西方文学文化的影响、现代传媒的出现，都使得晚清章回小说的创作呈现出新气象。陈美林等人认为章回小说的变化使其"逐渐丧失了若干文体特征。在鸳鸯蝴蝶派、武侠小说和某些新文艺作品中章回因素虽有一定的回归，但总的说来，用章回形式创作的小说实质上是离章回小说传统越来越远了"④。"章回小说传统"指的是具有典型特征的章回小说创作形态。陈美林等认为晚清以后的章回小说逐渐远离传统，实际是"以传统为是"的观念来作判定，并没有充分认识到章回小说新变的价值。石麟对此却有独到看法。他说："新变、新变，不过是新的变化。唯其'新'，所以并不完美；唯其'变'，所以它有前途。晚清的章回小说的艺术表现方式的变更，大体上就处于这么一种既不完美而又前景可观的状

---

① 石麟：《章回小说通论》，第231—232页。
② 参见刘晓军：《章回小说文体研究》第三章和第四章。
③ 刘晓军：《章回小说文体研究》，第178页。
④ 陈美林、冯保善、李忠明：《章回小说史》，第173页。

况。""他们向后人昭示着他们在嫁接传统小说与西洋小说过程中的经验与教训,让他们的子孙们能取得真正的丰硕成果。"①石麟对章回小说的新变持积极态度。晚清小说的变化虽然不能使其本身取得的成就超越《红楼梦》时代,但预示的前景却很可观。民国年间,一方面鲁迅等新文学家的小说创作成为主流,另一方面张恨水等章回小说家的作品依然主导着市民读者的闲暇领域。在此局面之下,中国章回小说走上了现代化的新历程。

二、现代章回体小说创作概观

阿英在《晚清小说史》开篇对晚清小说的数量作出这样的统计:"晚清的小说,在中国小说史上,是一个最繁荣的时代。但其间所产生的小说,究竟有多少种,却始终没有很精确的统计。书目上收的最多的,要算《涵芬楼新书分类目录》,文学类一共收翻译小说近四百种,创作约一百二十种,出版期最迟是宣统三年(1911)。杂志《小说林》所刊东海觉我《丁未年(1907)小说界发行书目调查表》,就一年著译的统计,有一百二十余种。《东西学书录》(1899)只收三种,《译书经眼录》(1905)较多,然亦不过三十种。梁启超《西学书目》(1897)不收小说,《新学书目提要》(通雅书局,1904)只存文集。孙楷第《中国通俗小说目》(北平图书馆,1933),所收创作,亦只与《译书经眼录》数量相等。实则当时小说,就著者所知,至在少一千五百种上,约三倍于涵芬楼所藏。"②由中国古代小说史的脉络来考察,阿英认为晚清小说"最繁荣"。这首先表现在数量方面。晚清小说很多都被记录保存了下来,有据可考者要比古代小说更为确实。而这些小说中的长篇基本都是章回体。例如《二十年目睹之怪现状》《官场现形记》《老残游记》《孽海花》诸作在文学史上都留下了经典价值,而吴趼人、李伯元等人则成为晚清著名的写作章回小说的作家。

对于晚清小说的研究,陈平原《中国小说叙事模式的转变》、王德威《被压抑的现代性——晚清小说新论》堪称代表。两部著作都从"变"的角度来

---

① 石麟:《章回小说通论》,第315页。
② 阿英:《晚清小说史》,上海:商务印书馆1937年5月版,第1—2页。

论述晚清小说和古代小说的不同及其在现代小说史上的发端地位。例如："1906年群学社刊行符霖创作的《禽海石》,在中国文学史上第一次用章回小说的形式描述自我的生活经历,把第一人称叙事方法真正运用于'新小说'创作中。"①传统章回小说的"说书人"叙事在晚清开始被变革。在内容方面,"某些作家对历历成规了然于胸,从而游戏其间,并创造出似是而非的复制——一种亦真亦假的谐仿。例如刘鹗(1858—1909)的《老残游记》(1907)逆转了公案小说的内容,声称贪官可恨,清官更可恨;李宝嘉的《官场现形记》告诉我们,所谓清官,其实好不过自称处子的妓女;吴趼人的《二十年目睹之怪现状》将人间比诸魑魅魍魉的世界;曾朴的《孽海花》(1905)则编造赛金花与八国联军统帅瓦德西的韵事,大谈其为国'捐躯'的神话"②。这些章回小说的故事内容是变乱时代的生动反映,其发人深省的观念在根深蒂固的传统帝制时代是不可想象的。

  在众多晚清小说中,史家特别推崇1894年出版的《海上花列传》一书。范伯群称之为"现代通俗小说的开山之作",是"中国文学古今演变的'换乘点'的鲜明标志","是中国现代文学的起步点"③。这部作品一共64回,是一部吴方言小说。胡适对这部小说的文学价值评价很高,也认为它是一部"开山"的"第一流"作品,并说:"如果从今以后有各地的方言文学继续起来供给中国新文学的新材料,新血液,新生命,——那么,韩子云与他的《海上花列传》真可以说是给中国文学开一个新局面了。"④对于《海上花列传》而言,"新材料,新血液,新生命"既指它的题材,也指它的叙事方式和语言,这部小说记录下了晚清时代一类人物鲜活的生命轨迹。作者韩邦庆为这部小说写有一篇《例言》,自叙所作之书的不同凡响处。其中一则道:"或谓书中专叙妓家,不及他事,未免令阅者生厌否?仆谓不然,小说作法与制艺同;连

---

① 陈平原:《中国小说叙事模式的转变》,北京:北京大学出版社2003年7月版,第74页。
② 〔美〕王德威著,宋伟杰译:《被压抑的现代性——晚清小说新论》,北京:北京大学出版社2005年5月版,第35页。
③ 范伯群:《〈海上花列传〉:现代通俗小说开山之作》,《中国现代文学研究丛刊》2006年第3期。
④ 胡适:《〈海上花列传〉序》,《胡适文存》(3集),上海:亚东图书馆1924年11月版,第739页。

章题要包括,如《三国》演说汉、魏间事,兴亡掌故瞭如指掌,而不嫌其简略;枯窘题要生发,如《水浒》之强盗,《儒林》之文士,《红楼》之闺娃,一意到底,颠倒敷陈,而不嫌其琐碎。彼有以忠孝,神仙,英雄,儿女,赃官,剧盗,恶鬼,妖狐,以至琴棋书画,医卜星相,萃于一书,自谓五花八门,贯通淹博,不知正见其才之窘耳。"①《海上花列传》只写妓家故事,而《红楼梦》等书写闺阁故事却又添上很多"琴棋书画,医卜星相"之类的文章,才能使全书丰厚起来,相较而言,《海上花列传》更见出作者运筹之才。韩邦庆从他独到的角度以古代经典章回小说作衬托来推崇自己的作品,表现出足够的自负与自信。而《海上花列传》与古代小说相比,确实显示出种种新意,当得起作者和评论者对它的赞誉。

民国初年的章回小说,一方面继续晚清小说谴责暴露的写法,长篇累牍地叙述时代社会污浊纷乱的景象,另一方面则以哀情之风,用典雅的文言辞章来表达痴男怨女不满与无奈的心绪。前者如朱瘦菊的《歇浦潮》、向恺然的《留东外史》乃至李涵秋的《广陵潮》,后者如徐枕亚的《玉梨魂》、吴双热的《孽冤镜》、李定夷的《賈玉怨》。对于《歇浦潮》等作品,学界一般把它们归为"黑幕小说"。徐文滢在40年代初写的《民国以来的章回小说》一文中说道:"由谴责而流于黑幕,大概是始于《留东外史》罢。由冷静的幽默的讽刺而变为泼妇叫街的漫骂,更下而变为洋场罪恶的教科书,这其间每下愈况真是可惊。民国以来较这种黑幕小说更下流的也有得是。"②对"黑幕小说"的评价一向不高,主要是因为这类小说满纸记录着罪恶故事,不利于道德教化。但从另一方面看,这类小说又未尝不能揭露出世情的某种真相。沈从文就对《留东外史》颇有好感,他说:"这个作品连缀当时留日学生若干故事,用章回谴责小说体裁写成。一般来说,虽然因为对于当时革命派学生行动也带有讽刺态度,常常被人把它称为'礼拜六'派代表作品,亦即新文学运动所致力攻击的'黑幕派'作品之一看待。然吾人若能超越时代所作成的偏见来认识来欣赏时,即可知作者一支笔写人写事所表现的优秀技术,给读者印象却必然是褒多于贬。且迄今为止,即未见到其他新作品处理同一

---

① 韩邦庆:《海上花列传·例言》,北京:人民文学出版社2006年12月版,第3页。
② 徐文滢:《民国以来的章回小说》,《万象》第1年第6期,1941年12月。

题材,能作更广泛的接触,更深刻完整的表现。"①沈从文道出的好处是《留东外史》等作品近年来受到学界重新看重的主要原因。沈从文说这些作品"用章回谴责小说体裁写成",一方面表明了《留东外史》等民初小说和晚清小说之间的承接关系,另一方面也指出了这些小说的文体特点。《留东外史》共90章,《歇浦潮》100回,《广陵潮》100回,都是篇幅很长的章回小说。《留东外史》以"章"替代"回",每章标题依然是一个对句,还是遵循了章回小说的基本格式。

徐枕亚《玉梨魂》等小说是风行于民初文坛的哀情之书。这类小说用文言写成,每章也设标题,但不都是对偶回目,例如《玉梨魂》每章的题目是两个字。史家们依然把这些民初文言小说列为章回小说,并对此评论道:"民国章回小说的代表作之一——徐枕亚的《玉梨魂》,也用二字作回目。""不过,这种回目形式虽然言简意赅,但既缺少七字对或八字对的那种形式上的对称之美,也缺少摇曳多姿的变化之美。""所以这种回目字数的变革并没能推广。这在一定程度上也说明章回体经过较长时间的探索、变革,已形成的模式不但有一定的合理性,而且缺少内部再创新的余地了。"②二字回目在民初文言小说中有集中表现,可是不能说二字回目就比不上七字或八字的对偶回目。这是章回小说变革过程中的一种尝试,民初以后章回小说在回目方面还有更多变化姿态,不能说章回小说"缺少内部再创新的余地"。传统章回小说的"模式"也会变得僵化以致成为桎梏,晚清开始出现的各种现代因素能够促成章回小说从形式到内质的改变。

关于现代章回小说研究,当首推徐文滢《民国以来的章回小说》一文。此文分析总结了民国初年到40年代初章回小说创作的基本情况,是较早的研究现代章回小说的专文。文章道:"民国以来的章回小说是继承着晚清小说的两种气味:社会人情的讽刺小说和恋爱小说,理想幻奥的神怪小说和侠义小说。"③关于"讽刺小说",徐文滢论述了从《官场现形记》《二十年目

---

① 沈从文:《湘人对于新文学运动的贡献》,《沈从文文集》第12卷,广州:花城出版社1984年7月版,第195页。
② 陈美林、冯保善、李忠明:《章回小说史》,第187、188页。
③ 徐文滢:《民国以来的章回小说》,《万象》第1年第6期,1941年12月。以下引自此文的引文不再标注。

睹之怪现状》以来的几部作品,《广陵潮》《留东外史》《歇浦潮》《海外缤纷录》和张恨水的《春明外史》。"恋爱小说"主要谈论了张恨水的《金粉世家》,认为"作者所有作品中也惟有这部是用了心血的精心杰构",这部小说的很多好处是"以大家庭为题材的许多新文艺作家们所还未能做到的"。评价非常高。属于"神怪小说"一路的有《江湖奇侠传》《蜀山剑侠传》《青城十九侠》,属于"侠义小说"的则有《近代侠义英雄传》《奇侠精忠传》《英雄走国记》等作品,并认为《英雄走国记》的成就"在《七侠五义》《儿女英雄传》之上"。徐文滢在文章开头阐明了写作此文的原因:"现在章回小说的潜势力不但仍然广大的存在着,它握有的读者群且确是真正的广大的群众。我们不能把它的势力估得太低。《啼笑因缘》《江湖奇侠传》的广销远不是《呐喊》《子夜》所能比拟,而且恕我说实话,若以前代小说的评衡标准来估价,民国以来实在不乏水准以上的章回作品,而我们的小说史中列着的新文艺作家们,何尝没有不成熟的滥竽充数的劣品!"在新文学兴起后章回小说受到新文学家"轻蔑"的语境下,徐文滢撰写此文显然是在为章回小说作声援。民国以来的章回小说不但占有不可低估的读者市场,且确实不乏优秀之作。在新文学家们大谈"'文艺大众化''文艺通俗化'的时候",徐文滢建议应该"注意到这个的确深入民间占有了很久很广的一个力量:——章回小说"。徐文滢的文章虽然有其明确的写作目的,但依然可以作为研究现代章回小说的重要文献来看待。文中述及的章回作品,以及对这些作品的分类研究,呈现出了民国年间章回小说创作的总体成就。

另一位为民国章回小说撰写重要研究论著的现代学者是范烟桥。范烟桥在他的《中国小说史》和《民国旧派小说史略》二书中都梳理了现代章回小说的创作情况。初版于1927年的《中国小说史》第五章第二节"最近之十五年",记录了民初至1927年小说、戏曲等方面的文学成就。书中道:这一时期"'章回小说'与'短篇小说',乃特见进展。惟以世界思潮如阵云四合,有一时代与一部分起强烈之感应,几使中国小说呈一裂痕,至今未有吻合之可能,或者须经若干时期,乃有统一之局面"①。作为身历其境者,范烟桥看到了现代雅俗文学的分野,但他在谈论"章回小说"与"短篇小说"的时

---

① 范烟桥:《中国小说史》,苏州:苏州秋叶社1927年12月版,第267页。

候,主要把视野放在通俗文学方面,只对文学研究会的创作稍有述及,足可见出其文学趣向。显现在范烟桥"章回小说"视野中的有李涵秋、毕倚虹、张春帆、向恺然、叶小凤、朱瘦菊、包天笑、程瞻庐等人的作品,范烟桥对这些作家和他们的作品都是熟知的。《民国旧派小说史略》是范烟桥30年代在东吴大学授课的讲稿,60年代初整理后被编入《鸳鸯蝴蝶派研究资料》。《史略》开篇说道:"这里说的民国小说,是指的旧派小说,主要又是章回体的小说。"①不像在《中国小说史》中列数章回小说作家和作品,范烟桥在《民国旧派小说史略》中主要运用分类方法来论述民国年间通俗小说或章回小说的创作情况。言情小说、社会小说、历史传奇小说、武侠小说、翻译小说、侦探小说以及短篇小说是被分出的几种类别,民国章回小说创作的主要题材类型基本被囊括其中。章回小说被报纸杂志特别是晚清的报纸杂志刊登连载时,常以题材类型被标识。例如曾朴《孽海花》在《小说林》连载时标以"社会小说"名目,吴趼人《两晋演义》在《月月小说》连载时标以"历史小说"名目,这种小说分类法既简便又清晰,多为章回小说研究者所采纳。

范烟桥对民国章回小说的分类研究并不完善,只是列出了一个基本的研究框架,很多作品未被论列,分析也不够深入,但对后来的研究者依然启示良多。范伯群主编的《中国近现代通俗文学史》即分列社会言情、武侠党会、侦探推理、历史演义、滑稽幽默等类型,对每一类型的创作流变作详细论述,以形成其文学史的叙述方法。这部研究著作中论及的通俗作品,很多都是章回小说,或者说现代章回小说大都属于现代通俗文学的研究范畴,只是通俗文学研究者不太关注于这类小说的文体特征,也未从文体方面作出专门研究。范伯群著作的《中国现代通俗文学史(插图本)》的述史方法正好和《中国近现代通俗文学史》相对。这部研究著作是以时间为线索,在论述某一时段的通俗文学时再突出类别特征。例如谈论二十年代文学,就列出了狭邪小说、武侠小说、社会小说、侦探小说等几类分别阐述。同样,这部文学史中论列的通俗小说大部分也是章回小说。范伯群说:"通俗文学作品

---

① 范烟桥:《民国旧派小说史略》,魏绍昌编:《鸳鸯蝴蝶派研究资料》,上海:上海文艺出版社1984年7月版,第268页。

是有精品的。我们在写20世纪20年代通俗社会小说时,写到严独鹤的《人海梦》时,最后曾发出这样的赞叹:'《人海梦》在思想上、艺术上都很有可取之处。无论从文化递进的角度,还是从增加感性知识的角度,都给我们以有益启迪,以致我们不禁会问自己,为什么我们过去没有发现这样一部,可以称得上精品的小说?'"①《人海梦》是一部章回小说,是现代"可以称得上精品"的章回小说的代表。范伯群等学者对现代通俗文学史和通俗小说的研究,为研究现代章回小说打下了深厚的基础。

张赣生的《民国通俗小说论稿》在同类研究论著中也成就突出。此书"凡例"第一条道:"本书研究之范围仅限于1912—1949年间之长篇或中篇章回体白话小说。"也就是说,书名中的"通俗小说"指的就是"章回体白话小说"。"凡例"第二条又道:"本书所论作品,不拘泥于回目形制是否合章回体例,专取其实质。"②也就是说,书中所论的"章回体白话小说"不都一定是用了回目的,而"其实质"依然是章回体。张赣生意识到了现代章回小说形制上的变化,但这些小说还是"通俗小说",它们没有脱离章回小说的序列传统。张赣生说:"民国的通俗小说,作为中国通俗小说发展历程上的一个环节,它一方面继承了明、清小说的传统,另一方面又适应时代的变化而有新的发展,这两方面合起来就构成了它的基本特征。而这决定着或继承或发展的运动轨迹的不是别的,只在于保持'通俗'。"③所以张赣生在论述现代章回小说时,还是仅从"通俗"着眼,不太关心章回小说本身的变化发展。《民国通俗小说论稿》的主要特点在于把通俗小说分成南北两派,分别阐述相关的代表作家和作品。被详细阐述的南派作家有孙玉声、包天笑、李涵秋、蔡东藩、姚民哀、顾明道、文公直等人,北派作家有董濯缨、赵焕亭、陈慎言、张恨水、刘云若、陈墨香、还珠楼主等人。对这些作家及其作品的深入阐述也为现代章回小说研究奠定了坚实的基础。

另外,一些作品丛书的出版,也可以显现出现代章回小说创作的成绩和学界对之的认可。如《上海滩与上海人丛书》(上海古籍出版社1991版)收

---

① 范伯群:《中国现代通俗文学史(插图本)》,北京:北京大学出版社2007年1月版,第582页。
② 张赣生:《民国通俗小说论稿·凡例》,重庆:重庆出版社1991年5月版。
③ 张赣生:《民国通俗小说论稿》,第3页。

录了平襟亚《人海潮》、毕倚虹《人间地狱》等章回小说。《中国近现代通俗作家评传丛书》(范伯群主编,南京出版社1994年版),除了收录江红蕉《交易所现形记》、王小逸《石榴红》等作品外,还有专文对这些通俗作家进行研究评述,为后来的进一步研究起到了筚路蓝缕之功。《鸳鸯蝴蝶派·礼拜六小说》(魏绍昌编,春风文艺出版社1997年版),收录了汪仲贤《歌场沧史》、张秋虫《新山海经》等小说。魏绍昌在这套丛书的《编余赘言》里说:"该派小说自20世纪10年代初至40年代末,作者成群,作品成林,自创风格,自成体系。它比'五四'兴起的新文学小说先领文坛风骚,继而又长期双峰对峙,互争短长,直至全国解放才完成它的历史使命。它作为一种独特的文化现象,存在的时期长达近40年,且拥有自己的发表出版园地和广大众多的读者群,其社会影响之大,很值得重视与研究。""该派小说以章回体的长篇为主,既继续了古代通俗小说与民间文学的悠久传统,又注重文艺的欣赏价值与娱乐功能,因而它的民族性与大众化特强。"[1]现代章回小说的创作数量庞大,且有其自身特色,并与新文学小说构成了独特的历史关系,很值得深入研究。

另有《民国社会系列小说》(湖南文艺出版社1998年版)收录了陈慎言《故都秘录》、朱瘦菊《歇浦潮》等作品。《中国通俗小说书系》(吴士余、臧建民主编,上海文化出版社2006年版)收录了顾明道《花萼恨》、秦瘦鸥《孽海涛》等作品。杨义在后一种丛书的《前言》中说道:"20年代后期,在张恨水、平江不肖生(向恺然)分别将通俗小说中的言情、武侠两路推向成熟的同时,分别继承了中西文学传统的历史演义、侦探小说,也在蔡东藩、程小青的笔下结出了硕果。而在整个20年代至40年代,分别以北京、天津和上海、苏州等地为中心,通俗文学南北互动,相促相生。""而与此同时,不同程度认识到自身局限性的新文学小说,也在悄然向通俗小说学习,而这只要提一下20年代的张资平、叶灵凤,30年代的徐訏、无名氏,以及40年代解放区文艺中的赵树理、马烽、西戎等,人们就会有深刻的印象。"[2]20至40年代的

---

[1] 魏绍昌:《编余赘言》,张秋虫:《新山海经》,沈阳:春风文艺出版社1997年8月版,第451页。
[2] 杨义:《前言》,王小逸:《春水微波》,上海:上海文化出版社2006年1月版,第3页。

章回小说正如杨义所言,出现了像张恨水、平江不肖生这样的大家,言情、武侠、历史演义等小说都取得了丰硕成果。而章回小说的创作经验也对新文学小说有所启发,40年代马烽、西戎等作家写作的革命故事就用了章回体例。可以说,章回小说在民国依然洋溢着活力。

《民国章回小说大观》(秦和鸣主编,中国文联出版公司1997年、2003年版)不同于上述丛书对现代小说的整理再版,而是一部辞典性质的书,对收录作品有简要的出版介绍、内容梗概及回目罗列。这部辞典还是按照题材分类的方式对民国章回小说进行了归类介绍。《序言》中说:这是"国内外第一个有关民国章回小说之全面知见目录"[①],只可惜并不十分全面,所以2003年又出了一册,以为补缺,却依然不能网罗民国年间出版和发表的所有章回小说,甚至一些重要的作家作品也被遗漏了。但从此书的编撰本身来看,现代章回小说的创作盛况已吸引了学界对之的关注目光。

从晚清至40年代末,章回小说一方面继续被大量地创作和发表,另一方面也开始了现代化变革。它和新文学之间的关系、时代变迁和西方文化对之的影响,都使得章回小说在晚清以后显示出不同于传统的面貌。在章回小说的生命流程中,现代章回小说呈现出什么样的形态,章回小说体式何去何从,是值得认真研究的问题。

三、章回小说研究的形态学方法

尽管学界已有对现代章回小说的相关研究,但主要集中在通俗文学领域,就现代章回小说本身而言,尚未引起足够关注。章回小说作为中国传统小说最典型的创作体式,在晚清以后的发展变化涉及古今传承和现代影响等诸多问题,可以纳入到中国文学现代化的总体研究框架中。而中国现代小说,并非就新文学小说一端,如果把创作于现代的众多章回小说也加以考虑,那么中国现代小说就不仅仅是借鉴西方的直接产物,也有承接传统的艰

---

① 秦和鸣主编:《民国章回小说大观·序言》,北京:中国文联出版公司1997年7月版,第1页。

难蜕变。由此对现代章回小说的研究会使中国现代小说的构画图景发生重要改变。

"现代通俗文学"的概念主要和"新文学"相对,"现代章回小说"虽然也包含这种"相对"的意思,但更倾向于"传统演变"的维度。传统章回小说如何演变成现代章回小说,又如何演变成现代小说,这一行进过程正是本书关注的重点所在。鉴于这一视角,本书采用形态学方法来研究章回体小说的现代历程。

何谓"形态学"?这个概念最早用于生物学,是研究生命有机体的一门学问。而把它运用于人文社会学科,把文化看成是生命有机体的研究学者首推德国历史学家斯宾格勒(Oswald Spengler,1880—1936)。斯宾格勒在他的名著《西方的没落》(*The Decling of The West*)中系统阐述了他的"文化形态学"或"历史形态学"史观。《西方的没落》在1914年第一次世界大战前完成初稿,1918年一战快结束时第一卷出版,1922年出版第二卷。这部书的问世引起了极大轰动,"《西方的没落》被证明为20世纪前半个世纪中社会科学、历史哲学与德意志哲学的一部最有影响力、争论最多、也最能持久的大作"①。

《西方的没落》对文化形态史观的论述,主要有三方面内容很值得注意。首先是"有机体"的学说。斯宾格勒把文化发展的历史比拟为生命有机体的成长衰退历程,认为每一种文化都有其生命周期。他在《西方的没落》开首处即指出:"人类历史原本就是一些强有力的生命历程的总和,而这些生命历程,在习惯的思维和表达中,通过冠以诸如'古典文化'、'中国文化'或'现代文明'这些高级实体之名,而被赋予了自我和人格的特征。对于一切有机的东西来说,诞生、死亡、青年、老年、生命期等概念皆是根本性的,这些概念在这一领域是不是也具有至今还没有被人抽取出来的严肃意义呢?简而言之,是否所有的历史都奠基于一般的传记性原型(biographic archetypes)之上呢?"②《西方的没落》就是在证明这些问题。斯宾格勒

---

① 张广智、张广勇:《现代西方史学》,上海:复旦大学出版社1996年5月版,第215页。
② 〔德〕奥斯瓦尔德·斯宾格勒著,吴琼译:《西方的没落》第1卷,上海:上海三联书店2006年10月版,第1—2页。

说:"文化、民族、语言、真理、神灵、景观等等,一如橡树和石松、一如花朵、枝条和树叶,从盛开又到衰老。""我把世界历史看作是一幅漫无止境的形成与转变的图像,一幅有机形式的奇妙的盈亏的图像。"①每一种文化就是一个生命有机体,都要经历产生、成长、衰老、死亡的过程,这一过程即为历史。斯宾格勒分出了八种文化,它们各自发展,不是相互承接的而是并行地构成整个历史。西方文化是八种文化之一,所谓"西方的没落"是指西方文化进入了其完成与终结的时期,斯宾格勒用"文明"一词来指代这个特殊的历史时期。他说:"文明是文化的必然命运,依据这一原则,我们可得出一个观点,使历史形态学中最深刻和最重大的问题能够获得解决。文明是一种发展了的人性所能达到的最外在的和最人为的状态。它们是一种结论,是继生成之物而来的已成之物,是生命完结后的死亡,是扩张之后的僵化,是继母土和多立克样式、哥特样式的精神童年之后的理智时代和石制的、石化的世界城市。它们是一种终结,不可挽回,但因内在必然性而一再被达成。"②在这里,表示"文明"的关键词有"已成之物""僵化""世界城市""终结"等。虽然在文明时期,会出现诸如"世界城市"这样的新现象,但是其中存在的种种问题无法掩盖"终结"的命运。斯宾格勒认为当时的西方正处于"文明"阶段,因此不可避免没落的命运。对于中国而言,清朝即处于中国文化的衰落期,"就像一个已经衰老朽败的巨大原始森林,枯朽的树枝伸向天空,几百年,几千年"③,要达至文化的更生还需时日。这是所有文化都遵循的历史法则。

其次是对文化"形态"的解释。斯宾格勒说:"可见的历史是心灵的表现、符号和体现。迄今为止,我还没有看到有谁仔细地考虑过那把某一文化的所有方面的表现形式内在地结合起来的形态学的关系(morphological relationship)。"④文化形态学即是对文化所有的表现形式及其结合为文化整体的"心灵"的研究。斯宾格勒在他的书里多处阐释了文化心灵和文化表

---

① 〔德〕奥斯瓦尔德·斯宾格勒著,吴琼译:《西方的没落》第1卷,第20页。
② 同上书,第30页。
③ 同上书,第104页。
④ 同上书,第5页。

现形式这两个范畴。他说:"我把一种文化的观念同它的可感觉的现象或表象区分开来,前者是这一文化的内在可能性的总体,后者则是这一文化作为一种已实现的现实性的历史体现。一种文化的观念乃是其心灵与活生生的肉体以及这一肉体在光的世界中可为我们的肉眼所感知的表现的关系。一种文化的这一历史,其实就是其可能性的逐渐实现,而其可能性的完成就等于是该文化的终结。"①文化作为有机体,是活生生的,不是通过人的因果逻辑思维去科学判定的,而应该由感性直觉去把握。感性直觉所把握到的就是文化心灵。斯宾格勒由此区分了"历史"和"自然"两个概念,历史是变化运动着的过程,自然则是已完成之物,"自然可以被科学地处理,而历史只能被诗意地处理"②。所以斯宾格勒的历史观不同于以往的历史学家,以往历史学家把历史看成是具有时间因果联系的科学,而斯宾格勒把历史看成是"文化形态"。文化表现形式,例如"政治形式与经济形式、战争与艺术、科学与神祇、数学与道德。所有这一切,不论变成了什么,都只是一种象征,只是心灵的表现。一种象征,只有当拥有了人的知识的时候,它才能揭示自身。它讨厌定律的约束。它需要的是它的意义能够被感觉到。这样,研究才能达致一个最终的或最高的真理"③。由心灵和表现形式构成的形态研究才是20世纪史学面临的重大课题。

再次是比较形态学的方法。斯宾格勒把世界文化分出八种形态,每一种文化都是独立的生命有机体。从地球生命的时间长度来看,人类文化的存在时间还十分短暂,斯宾格勒因此把这些文化看成是共时性的,可以对它们作比较研究。这种比较研究的方法打破了以往"西方文化中心论"的观点,斯宾格勒称之为"历史领域的哥白尼发现,因为它不认为古典文化或西方文化具有比印度文化、巴比伦文化、中国文化、埃及文化、阿拉伯文化、墨西哥文化等更优越的地位——它们都是动态存在的独立世界"④。这些文化不仅相互独立,各具优势,各有其文化心灵的表现形式,而且这些文化还构成了"伟大的形态学关系群","它们在结构上是严格对称的。正是这一

---

① 〔德〕奥斯瓦尔德·斯宾格勒著,吴琼译:《西方的没落》第1卷,第102页。
② 同上书,第94页。
③ 同上书,第99—100页。
④ 同上书,第16页。

透视法,才第一次向我们打开了历史的真正风格"①。因为每种文化都要经历生长衰退的过程,所以每种文化在其发展的各个阶段可以构成对称关系。斯宾格勒借用生物学上的"同源"(homology)一词来指称这种对称。他说:"把'同源'原则运用于历史现象,可带给'同时代'(contemporary)这个词一个全新的含义。我所谓的'同时代',指的是两个历史事实在各自文化的真正相同的——相关的——位置发生,因此,它们具有真正等同的重要性。""例如,在那些历史学家当中,有谁敢设想在狄奥尼索斯运动中找到新教的对等物,设想英国清教运动之于西方人就犹如伊斯兰教之于阿拉伯世界?"②通过这种同源比较,斯宾格勒对"西方没落"的判断就具有了历史根据。因为参照其他已完成的文化形态来看,当时的西方正处于其他文化所经历过的文明阶段,其必然没落的命运已被证实。因此比较形态学的方法可以帮助历史学家更好地透析所研究文化的历史位置。

斯宾格勒的《西方的没落》是一部极具震撼力的博学的大书,虽然提出的观点引发了很多争议,但终究有其现实意义,同时也给历史哲学及其他学科带来很大启示。斯宾格勒之后,英国历史学家汤因比(Arnold Joseph Toyhbee,1889—1975)所著的《历史研究》(*A Study of History*)一书继续深化了文化形态学理论。汤因比和斯宾格勒的不同在于:"斯宾格勒主要是一位哲学家,在文化的形态比较研究中放弃'理性的批判'运用'心灵的直觉'。汤因比则是一位历史学家,坚持历史的、经验的分析。"③在汤因比的理论体系中,"文明"是历史研究的基本范畴,他没有像斯宾格勒那样把"文化"和"文明"加以区分。同时他把文明分为二十一种而不是八种,从文明的起源、成长、衰落、解体来构筑历史。同样汤因比认为诸种文明之间可以作比较的研究,并解释道:"只有联想到伯里克利时代雅典民主政治给柏拉图带来的幻灭感,他才能更好地理解开明的上一辈人期望落空之后的失落感。他亲身经历1914年爆发的大战,更加深切地认识到公元前431年爆发的大战给修昔底德带来的类似体验。他凭借亲身的体验第一次了解到修昔底德

---

① 〔德〕奥斯瓦尔德·斯宾格勒著,吴琼译:《西方的没落》第1卷,第46页。
② 同上书,第110页。
③ 孔敏:《历史哲学引论》,兰州:甘肃人民出版社2007年11月版,第154页。

字里行间流露出来的深意,这种深意是他以前很少乃至完全不能理解的。他认识到,一部成书于2300多年前另一个世界的著作封存了种种体验,对于后世的读者而言,自己这一代人才刚刚开始这些体验。公元1914年与公元前431年在哲学意义上是同时代的。"①这种哲学意义上同时代的文明比较研究即为《历史研究》一书的理论基点。

与《西方的没落》相比,《历史研究》突出的理论贡献在于它把一种文明的成长看成是"挑战与迎战"的结果。新生的文明必须成功迎接各种挑战,例如"艰苦地区的刺激""新地方的刺激""打击的刺激""压力的刺激""缺失的刺激"等等②,才能得到成长。汤因比说:"子文明一方面必然要面对它们继承的先驱文明解体时的人为挑战,另一方面也在某些情况下同独立文明一样,要应付自然环境的挑战。"③只有成功战胜各种挑战,文明才能开启它的生命历程。汤因比详细分析了文明在其生命各阶段各时期的状况,并对西方文明的前景作出了不同于斯宾格勒的较为乐观的预示。

文化形态学对西方和对中国学界产生的影响几乎是同时的。20年代王光祈、张荫麟、张君劢等学者就开始介绍这一思想。1930年叶法无出版《文化与文明》一书,较系统地介绍了斯宾格勒的文化形态史观,并从进化论视角对之作出了较为严厉的批判。1942年由王文俊翻译的《文化形态学研究》一书出版,书中收录的两篇长文均为德国著名的教育哲学家、文化哲学家斯勃朗格(Eduard Spranger,1882—1963)所作的演讲报告,阐述了西方学者对文化形态学的研究和看法。当然文化形态学在中国最有力的呼应者是40年代"战国策派"的主要成员林同济和雷海宗。他们在《战国策》等刊物上发表《战国时代的重演》《中外的春秋时代》等文,运用文化形态学来划分中国历史,提出"已经完成大一统阶段的'古老'文化(例如中国)是不是还有可能性摆脱了一切'颓萎'色彩而卷土重来再创出一个壮盛的、活泼

---

① 〔英〕阿诺德·汤因比著,〔英〕D.C.萨默维尔编,郭小凌等译:《历史研究》(下卷),上海:上海人民出版社2010年1月版,第937—938页。
② 详见〔英〕阿诺德·汤因比著,〔英〕D.C.萨默维尔编,郭小凌等译:《历史研究》(上卷),第二部第七章。
③ 〔英〕阿诺德·汤因比著,〔英〕D.C.萨默维尔编,郭小凌等译:《历史研究》(上卷),第84页。

的、更丰富的体系?"①在战乱年代,他们希望借用文化形态学理论来构建中国令人鼓舞的前景。"从这一时期文化形态史观在中国的流传过程我们又发现,中国学者在引进与评论文化形态史观时,是抱着论辩学术是非,追求真理的态度,不是盲目地推崇或简单地否定。文化形态史观的流传,无疑对中国学术界提出了挑战,从而促进了中国学术的发展。"②

文化形态学不仅对历史研究产生重要影响,也启发了文学艺术领域的相关研究。例如苏联学者卡冈(M. C. Каган,1921—　)撰写的《艺术形态学》一书阐述了艺术形态学的理论流变和理论系统。柯汉琳《美的形态学》是把形态学理论运用于美学研究。葛红兵《文学史形态学》分析了多种文学史建构模式。盛子潮《小说形态学》明确指出把形态学引入小说研究的三点意义:"研究小说本体的认识意义""打通小说的'外部研究'和'内部研究'""建立一种新的小说发展史观"③。上述研究均意识到形态学作为一种方法对文艺研究的价值,但在具体研究过程中却都没有充分贯彻形态学的基本观念,所得的成果并没有预想的充分。鉴于已有学者把形态学运用于文学、小说研究,证明了其可行性,也鉴于已有研究并没使形态学和文学研究达成一种理想的融合状态,本书对现代章回体小说的形态学研究力求开启一种新的视景,让小说找到其适当的历史位置。

如果把文化形态学的基本观念对照于现代章回体小说的创作境况,会发现两者的契合性。参考"有机体"的观念,章回小说也有其生长、兴盛和衰落的生命历程。石麟等学者已对章回小说各创作阶段作出了历史分期。若按照斯宾格勒的说法,晚清以后的章回小说进入了"文明"阶段,或者用汤因比的概念,就是进入了"文明的衰落"和"文明的解体"阶段。汤因比说:"文明衰落指的是未能勇敢地超越原始人类的水平进而达到现在超人的水平上","我们同样用抽象的术语把衰落的性质描述成个体创造者和少数创造性群体的灵魂中丧失了创造能力,因而也使他们丧失了影响大多数

---

① 林同济:《形态历史观》,雷海宗等:《文化形态史观》,台湾:业强出版社1988年7月版,第10页。
② 李长林:《20世纪三四十年代斯宾格勒"文化形态史观"在中国的传播》,《史学理论研究》2007年第2期。
③ 盛子潮:《小说形态学》,杭州:杭州大学出版社1993年6月版,第10—16页。

没有创造性群体的魔幻般的能力"①。中国小说研究者一般都认为章回小说最优秀的作品是《红楼梦》《儒林外史》,晚清以后的创作没有出乎其上者。章回小说的文体模式也基本被《红楼梦》等古典作品写定,现代章回小说作者,即便如张恨水,也难以再对这种文体塑形有多大贡献,于是只能走上变革之路。而变革即意味着"解体"的开始。徐文滢对此论道:"章回小说由盛而衰,由衰而没落,正如一切文艺风派的各有其末运一样,是文学史上永远的一个公式:'新陈代谢'。晚清末年出现的小说中已难寻到标新立异超乎前人以上的创作,民国以来更只是因袭模拟地抄走着前人的老路,发扬光大的全盛时期是被《红楼梦》和《儒林外史》时代占尽了,以后陈腐的末流自必然地走上给人厌弃之途。"②解弢在他的《小说话》中,也作出了同样的判断:

> 自今而往,章回小说不易有佳作。盖章回之书,非在四五十万字以上,则不易受人欢迎。如此大书,仓卒为之,决不能完善。造意谋篇,起稿芟润,至速非数载不为功。《红楼》至披阅十载,增删五次,原稿且不计焉。《荡寇志》、《镜花缘》皆将近十年。昔人穷困不得志,乃闭户著书,以泄一生之牢骚,加以出版不易,其书大率于作者死后若干年,方能行世。故作者无汲汲求名谋利之心,得优游删润,以求尽美尽善。今则不然,朝甫脱稿,夕即排印,十日之内,遍天下矣。作者孰不好当世之名,虽自知瑕疵尚夥,而迫不及待,急付书坊,藉以广声誉,得润资,虽林琴南氏以文名者,尚不免此病,他更无论矣。③

《红楼梦》等古典小说都是费尽心血之作,而现代章回小说的作者却没有那么多时间和闲情。他们被稿费之利所牵,也为现代报刊出版业的运作机制所累,所成作品难免带有"迫不及待"的痕迹。而这些也正是现代章回小说的特点。斯宾格勒说,文明时段有其特殊的标志,例如世界都市,例如

---

① 〔英〕阿诺德·汤因比著,〔英〕D. C. 萨默维尔编,郭小凌等译:《历史研究》(上卷),第246页。
② 徐文滢:《民国以来的章回小说》,《万象》第1年第6期,1941年12月。
③ 解弢:《小说话》,上海:中华书局1919年1月版,第115—116页。

"代表着文明的力量"的"金钱"。① 现代章回小说也有类似的特殊标志。这是它们区别于古代章回小说的地方,也是其研究价值之所在。徐文滢撰写《民国以来的章回小说》一文是"不想忽视这一个末流的文学的挣扎","要重估一估它们潜在民间的广大而悠久的力量"②,正合本书之意。

晚清民国年间,社会历史剧烈动荡,章回小说也面临着一系列新的"挑战"。"新"与"旧"的对立、西洋文学的冲击、现代传媒的兴起、日常生活境遇的改变、作家思想的变迁……所有这些都"挑战"着章回小说的生存,它必须"迎战"才可能立足。汤因比认为,挑战只有在一定的限度内,迎战才能获胜。如果超出一定限度,迎战就不会成功,文明便被扼杀。如果挑战力量过小,迎战也就没有意义。文明是在不断的"挑战与迎战"的过程中得到成长。章回小说面对的现代挑战力量强大,其迎战显得艰辛困苦。新文学小说对章回小说的吸纳,以至出现"新章回小说",证明章回小说的迎战获得了成功。而章回小说变革传统体式,乃至和新文学小说靠拢,则又说明迎战的失败。不论成败,总之,在这次卓绝的"挑战与迎战"中,中国章回小说走向了其生命的终结。然而,终结又意味着新生。

考虑到现代章回小说身处新的生存境遇,形态学方法恰好能把握章回小说本身及其各种表现形式或表象之间的关系。这是一种综合了"内部"与"外部"的体系化研究,能够在历史的复杂情境中透视出章回小说本体的"心灵"律动。同时形态学的比较方法可以引入西方小说作参照,这不仅仅属于影响研究,也是共时性研究。在西方小说的比照下,现代章回小说的生命形态能得到更清晰的呈现。

鉴于上述理论思路,本书分出六章,大体按时序来研究现代章回小说的诸种形态。第一章依托晚清《新小说》杂志,讨论"小说界革命"提倡的"新小说"为何没有变革传统章回小说体式,"新小说"之"新"到底表现在哪些方面。其中涉及梁启超的小说创作观念、各种新小说题材与章回创作之间的关系以及翻译小说对章回小说的利用。这一章旨在探讨在中国小说观念

---

① 〔德〕奥斯瓦尔德·斯宾格勒著,吴琼译:《西方的没落》第1卷,第33页。
② 徐文滢:《民国以来的章回小说》,《万象》第1年第6期,1941年12月。

变革和西方小说大量译介的情境中,章回小说如何开启其现代化的生命历程。

第二章讨论民国初年章回小说的创作特点。文言小说的涌现是这一时期最令人关注的现象。作为传统白话文学典型代表的章回小说,其文言语体为何在这时有突出表现,姚鹓雏等现代小说家对文言章回小说作出了哪些贡献,这些都是值得研究的。同时民初文言小说被冠以"鸳鸯蝴蝶派"的头衔,言情题材对现代章回小说具有什么意义,也是一个重要问题。

第三章以现代章回小说大家张恨水为个案,具体分析张恨水对章回小说创作的理论认识、实践态度、创作成就以及变革章回小说的努力。张恨水的成名作《春明外史》发表于五四之后,他的章回小说创作生涯一直持续到建国初期。经历了舆论批评、读者推举、大红大紫、勤勉不辍和时代变迁之后,功成名就的张恨水对于章回小说自有一份难以割舍的情感。这份情感可以视为现代章回小说家普遍情绪的代表,很能说明章回小说的现代生命力。

第四章讨论一种特殊形态的小说——"故事集缀"型章回体小说。从晚清《海上花列传》《二十年目睹之怪现状》到民初《广陵潮》《留东外史》,从20年代《江湖奇侠传》《上海春秋》到30年代《蜀山剑侠传》《斯人记》再到40年代《八十一梦》《洋铁桶的故事》,这些在一部作品中叙述多个相对独立故事的章回体小说构成了中国现代小说的独特景观。报刊传媒、时事新闻、现代人的生存状态等等,都能成为故事集缀型章回体小说兴盛的原因。而从章回小说本身着眼,故事集缀型小说是章回小说发生现代蜕变的重要标志,所以十分有必要突出这类小说的存在理由和价值。

第五章集中探讨面对新文学的挑战和西洋小说的影响,现代章回小说如何自处。一方面是中西之别,另一方面是新旧之争,章回小说终于在艰难的应对中找寻到了自身的出路。本章重点讨论40年代一部家喻户晓的作品《秋海棠》。这部小说既可以看成是章回小说在其生命终结时期的酣唱,也可以看成是新的小说时代开启的鸣奏。

第六章讨论40年代的"新"章回小说。《新水浒》《新儿女英雄传》等作品通常被纳入新文学范畴,但它们又是章回小说生命历程中的特殊景象。革命故事的叙述、农村题材的开掘、"儿女英雄"叙事新传统的成型,都是过去章回小说中未曾有见的。40年代文学大众化运动中的章回小说创作即意味着一种新的小说的诞生。

需要说明的是,本书并不旨在写史,因此不可能面面俱到。六章内容突出的是章回小说在现代经受的磨砺与变革,以呈现章回小说生命后期的独特征象。那些继续依承传统,无论在体制还是在思想上都无多少新意的作品,都为本书存而不论。例如蔡东藩写作的一系列通俗演义,和古代"演义体"小说区别不大,并且艺术价值也比不上《三国演义》等古典小说。而现代的历史演义小说可谓是最为传统的一类章回小说,对这些作品的研究可以参见其他论著,本书不再赘言。另外六章之后再附一文,谈论《京华烟云》的中译本问题,这部英文小说最终以章回小说的形式为中文读者所认知。《京华烟云》的章回体译本不仅牵涉到中西文化与小说文体之间的紧密关联,也牵涉到现代小说在当代语境中的可读性问题。章回小说终究是中国小说不散的精魂。

第一章　新小说的章回体

中国现代小说发端于晚清,晚清小说史上出现了一个为历来称谓"小说"时所没有的词汇——"新小说"。这一概念的来源和梁启超于1902年在日本横滨创办的《新小说》杂志密切相关。"新小说"显然意味着和"旧小说"相告别,然而"新小说"与"旧小说"到底有哪些区别?"新小说""新"在何处?

要回答这一问题,应该首先明晰哪些小说属于"新小说"。对"新小说"范围的框定,目前学界观点并不一致。比较有代表性的是陈平原《中国小说叙事模式的转变》一书中的界定。书中道:"戊戌变法在把康、梁为代表的维新派正式推上政治舞台的同时,也把他们为配合'改良群治'而呼唤的'新小说'推上文学舞台。1897年的《本馆附印说部缘起》、1898年的《译印政治小说序》,标志着中国作家开始自觉地借鉴外国小说并创作不同于传统小说的'新小说'。"①陈平原把"活动于1898至1916年的小说家通称为'新小说家'"②,即他的"新小说"囊括了19世纪末至新文学运动之前的小说作品。有研究者也把清末民初视为"新小说"的兴起时间,但未如陈平原那样给出确定的起止年份。其定义"新小说"道:"所谓'新小说'是指清末民初以来,具体地说是从1902年《新小说》杂志创刊开始,大量在报章杂志上刊载的密切关注现实和表达民间声音的,无论形式上还是内容上都具有

---

① 陈平原:《中国小说叙事模式的转变》,北京:北京大学出版社2003年7月版,第6页。
② 同上书,第7页。

现代意识形态性质的小说。"[1]也有研究者不同意把民初纳入"新小说"的范畴,因为民初的"鸳鸯蝴蝶派小说"与晚清小说存在着明显的诸多差别,而1902年至1911年晚清"小说界革命"期间的作品正能表现出"新小说"的"新品质"。[2] 尽管对"新小说"的涵盖范围存在不同的认识,但"新小说"与《新小说》之间的密切关系却是毫无疑问的。《新小说》上刊发的小说属于"新小说",并且是"新小说"的典型代表,能够体现出"新小说"的"新"特征。

"新小说"的"新"特征体现在哪些方面,不同研究者有不同概括,但大体都认为"新小说"在内容和形式两方面与旧小说或者传统小说存在区别。内容上,"新小说"承载了新思想,无论是维新还是革命,这些新思想在传统小说中是看不到的。形式上,"新小说"的叙事方式发生了变革,西方小说的影响是变革的主要原因。总而言之,"新小说"展现出诸多新貌,开启了中国小说的现代进程。但在谈论"新小说"之"新"时,有一点疑问却为"新小说"的研究者轻松放过,即"新小说"的作者大都采用章回体来创作,章回体的"旧式"显然与小说的"革新"不相符,如何解释两者之间的矛盾? 这不是用不少研究者所说的"过渡"一词能够简单答复的。

本章即以1902年11月至1906年1月刊登"新小说"的《新小说》杂志为研究范畴,选取这份杂志上的三位主要作家梁启超、吴趼人和周桂笙,探讨他们如何以及为何创作或者翻译出了章回体的新小说。

第一节　梁启超的新小说

梁启超是《新小说》的创办者,也是晚清新小说的倡导者。《〈新小说〉第一号》,这篇很可能是梁启超写的文章中,陈列了在杂志上刊登小说的不易,同时也谈到了新小说创作过程中会遇到的问题:

> 名为小说,实则当以藏山之文、经世之笔行之。其难一也。小说之

---

[1] 王晓岗:《新小说的兴起——清末民初中国文学生产方式的变革》,吉林大学2010年博士论文,第1页。
[2] 朱秀梅:《"新小说"研究》,河南大学2006年博士论文,第1—2页。

作,以感人为主,若用著书演说窠臼,则虽有精理名言,使人厌厌欲睡,曾何足贵?故新小说之意境,与旧小说之体裁,往往不能相容。其难二也。一部小说数十回,其全体结构,首尾相应,煞费苦心,故前此作者,往往几经易稿,始得一称意之作。今依报章体例,月出一回,无从颠倒损益,艰于出色。其难三也。寻常小说一部中,最为精采者,亦不过十数回,其余虽稍间以懈笔,读者亦无暇苛责。此编既按月续出,虽一回不能苟简,稍有弱点,即全书皆为减色。其难四也。寻常小说,篇首数回,每用淡笔晦笔,为下文作势。此编若用此例,则令读者彷徨于五里雾中,毫无趣味,故不得不于发端处,刻意求工。其难五也。此五难非亲历其中甘苦者,殆难共喻。①

对于"此五难",多数研究者会注意到报刊传媒的出现对小说写作的重大影响,也有研究者对"五难"中的"第二难"别有关注。梁启超在叙述"第二难"时,说"故新小说之意境,与旧小说之体裁,往往不能相容",这句话颇令人费解。

刘晓军谈论此话道:"'新小说之意境'应当是指改良群治的意义内涵;'旧小说之体裁'应当是指以章回小说为代表的古代小说文体。如果是说传统章回小说(或中国古代小说)无法完成改良群治的重要任务,因此需要改良小说文体,这也容易明白,关键在于梁氏举的那个例子——'著书演说'根本就不是'旧小说体裁'所有,相反,这正是梁氏极力推崇的'新小说体裁'——政治小说的特点,梁氏所撰《新中国未来记》恰恰'用著书演说窠臼',以至于'毫无趣味','无以餍读者之望',因此这句话在逻辑上就成了问题,与'新小说之意境'不相容的,到底是'新小说之体裁'还是'旧小说之体裁'?而从梁氏的文学实践来看,他对'旧小说之体裁'其实并不排斥,不但以章回体创作,如《新中国未来记》,而且以章回体翻译,如《十五小豪杰》。有意思的是,梁启超言不由衷的一句'新小说之意境,与旧小说之体裁,往往不能相容'后来竟发展成了五四小说家们要求变革甚至废除传统

---

① 《〈新小说〉第一号》,《新民丛报》第20号,1902年11月。文章发表时未署名。夏晓虹认为这篇文章"很可能是出自梁启超之手","我们也不妨以之代表梁启超的观点"(夏晓虹:《觉世与传世——梁启超的文学道路》,北京:中华书局2006年1月版,第42页)。

章回小说的理论依据。"①由上下文来看,"新小说之意境"前面的一个"故"字导致了话语之间的矛盾。但既然梁启超的创作和翻译都不排斥"旧小说之体裁",为何还要说新意境与旧体裁不相容?这个问题恐怕并不能用"言不由衷"一语轻轻带过。刘晓军没有给出清晰的解答,但他对"新小说之意境"与"旧小说之体裁"的解释却值得关注。对于前者的解释基本没有问题,夏晓虹把它解释为"新思想、新知识"②,意义范围更扩大一些。对于后者的解释,即"以章回小说为代表的古代小说文体",也应该没有问题,但从刘晓军后面的论述来看,他更关注于"章回体",而非"古代小说文体"。问题的关键恰恰就在这里。

夏晓虹没有纠缠于上下文的语句矛盾,而是对"新小说之意境,与旧小说之体裁,往往不能相容"给出了具体解释。她认为:"当'新意境'与'旧体裁'发生冲突时,梁启超便毫不犹豫地以革新形式来满足'新小说之意境'。"如何"革新形式"?"不仅体现在诸体混杂所代表的小说文体的革新,以及政治幻想小说所代表的小说类型的革新上,而且同样体现于小说叙述手法的革新。"③夏晓虹就梁启超的《新中国未来记》来阐说新小说形式的这三方面革新,她认为这三方面革新体现出了新小说对"旧小说之体裁"的"突破"。文体革新即如《新中国未来记》把"法律、章程、演说、论文等"④纳入小说文体中,这是传统小说不曾有过的。传统章回小说虽有"文备众体"的特征,但这个"体"是指诗文等小说之外的其他文学和文章体式,而"法律、章程、演说、论文"都是现代才出现的文体样式,因此突破了传统小说的文体。小说类型革新方面,梁启超在小说界革命时积极倡导政治小说,以《新中国未来记》为代表的新小说即属于政治小说的类型,这一类型也是传统小说没有的。更值得关注的是新小说在叙述手法上突破了传统小说的限制。夏晓虹列举了倒叙、限制视角等手法以示新小说受到西洋小说影响变革了中国传统小说的叙事模式。由此新小说为了表现新意境,对旧小说之

---

① 刘晓军:《章回小说文体研究》,第368—369页。
② 夏晓虹:《觉世与传世——梁启超的文学道路》,北京:中华书局2006年1月版,第43页。
③ 同上书,第61、63页。
④ 梁启超:《新中国未来记·绪言》,《新小说》第1号,1902年11月。

体裁进行了变革。也就是说夏晓虹对"旧小说之体裁"的解释没有拘泥于小说文本的表面形式,即章回体式,而是关注于小说内部的叙事问题,外加上属于题材问题的政治小说类型,"诸体混杂"其实也属于叙事问题。夏晓虹的解释和梁启超等新小说家的想法应该是一致的,这也回答了刘晓军的困惑,为什么一面说新意境和旧体裁不相容,一面还要用章回体来创作。

一般理解的章回小说,是指分章回叙事的小说,即只要分了章回的就是章回小说。但分章回在梁启超等新小说家那里并不成为问题,不属于他们所不满意的"旧小说之体裁"。"旧小说之体裁"是指古代小说的叙事方式,传统章回小说的叙事方式当然也在"旧小说之体裁"的范围内,但分章回却不属于叙事问题。也就是说,到晚清新小说家那里,章回小说的外在形式和其内在的叙事方式之间发生了分离。叙事方式成为变革的对象,分章回的形式却依然是包容小说的外衣。

《〈新小说〉第一号》列陈的五难中的后三难,都提到了小说章回随着新的发表机制的出现而产生了新情况。传统小说是写好了"数十回"再一起刊出的,现在是"月出一回";传统小说最精彩的部分"不过十数回",现在"虽一回不能苟简";传统小说"篇首数回,每用淡笔晦笔",现在"不得不于发端处,刻意求工"。从这些对比来看,新小说的写作难度显然要高于传统小说。这是小说史上的新开端。而在这里更需要关注的是,行文中反复述及到的"回"字。"数十回""月出一回",讲来是那样顺理成章,毫无疑问。即便小说的发表方式改变了,"章回"依然是小说分段的标志。把这后三难的叙述和第二难的"新小说之意境,与旧小说之体裁,往往不能相容"联系起来看,亦可见出"分章回"的形式不在对"旧小说之体裁"的反对之列。

从梁启超所撰小说《新中国未来记》也可以清晰看出这点。这部小说在晚清新小说中十分特殊,被"公认为'新小说'的第一部作品"[1],"标志着近代意义的'新小说'的诞生和中国小说史新纪元的到来"[2]。《新中国未

---

[1] 〔美〕韩南著,徐侠译:《中国近代小说的兴起》(增订本),上海:上海教育出版社2010年12月版,第128页。

[2] 欧阳健:《晚清小说史》,杭州:浙江古籍出版社1997年6月版,第18页。

来记》的绪言和第1、第2回刊登在《新小说》第1号上,第3回刊于第2号,第4回刊于第3号,第5回刊于第7号。《新小说》把这部作品列在"政治小说"的名目下,充分表明梁启超对于新小说所寄予的政治理想。所以《新中国未来记》之"新"首先在于其表现出了前所未有的思想观念。对此学界评论多趋一致,毋庸赘言。而就这部小说运用的与"旧小说之体裁"不同的"新体"而言,看法出现了分歧。有学者历数出了《新中国未来记》运用的几种"新体":展望体、讲演体、论辩体、游历体、现形体、近事体,并总结道:"正是这部'其体自不能不与寻常说部稍殊'的具有空前创造性的'新小说',为小说创作提供了改造文学的表现形式,以便与所要表达的新颖主题思想相适应的成功范例,并为晚清小说创作提供了可资借鉴的楷模,以至于影响了整整一代的小说发展的进程。"①对《新中国未来记》在新小说文体方面的开创之功可谓大加称赏。而现代文学家阿英却对这部小说的评价不高。在《晚清小说史》中,阿英把《新中国未来记》归为"理想的立宪运动小说",认为它"只是一部对话体的'发表政见,商榷国计'的书而已"。说它是"书",即称"小说"还有所欠缺。阿英:"《新中国未来记》最精彩的部分,只是政治的论辩",即第3回,要把它"作为小说看,那么,只有第四回'旅顺鸣琴名士合并,榆关题壁美人远游'是可以称的"。"即使这部小说能以写下去,结果也将成为'并非小说'的。"②阿英写《晚清小说史》时,仅看到前4回的《新中国未来记》③,这4回中第4回较多述及人物的行动,即小说有了情节,前3回多为人物言论,缺乏故事性,所以阿英会说只有第4回才像小说,并说:"梁启超究竟是不擅长于小说写作的,故其成绩不免于是'似稗史非稗史,似论著非论著,不知成何种文体'。"④阿英当时没有看到的第5回要比第4回设置有更多的情节场景,写得更加热闹,更有小说味。如果梁启超能写下去,那么《新中国未来记》未始不可观。不少研究者认为梁启超没有

---

① 欧阳健:《晚清小说史》,第25—29页。
② 阿英:《晚清小说史》,上海:商务印书馆1937年5月版,第116—119页。
③ 学界一般认为《新中国未来记》共5回,未完,发表于《新小说》第7号的第5回也是梁启超写的。见夏晓虹:《谁是〈新中国未来记〉第五回的作者》,《阅读梁启超》,北京:生活·读书·新知三联书店2006年8月版,第296—303页。
④ 阿英:《晚清小说史》,第116页。

接续小说的原因是他游美之后的政治思想发生了改变,要继续之前的小说写作思路不太容易。阿英说梁启超不擅长写小说,即使写下去,"结果也将成为'并非小说'的",或可作为"另一种原因"看待。

尽管对于《新中国未来记》"新体"的评价存在褒贬,但都是由梁启超本人的说法引发而来。梁启超对自己这部小说的说明文字,成为历来阅读和理解这部小说的一个重要依据。在《新中国未来记》的"绪言"中,梁启超说道:

> 此编今初成两三回,一覆读之,似说部非说部,似稗史非稗史,似论著非论著,不知成何种文体,自顾良自失笑。虽然,既欲发表政见,商榷国计,则其体自不能不与寻常说部稍殊。编中往往多载法律、章程、演说、论文等,连编累牍,毫无趣味,知无以餍读者之望矣,愿以报中他种之有滋味者偿之;其有不喜政谈者乎,则以兹覆瓿焉可也。

"不知成何种文体"成为阿英诟病《新中国未来记》的话头,而"其体自不能不与寻常说部稍殊"又成为学者们称赏其"创造性"的来由。"寻常说部"应指传统小说。《新中国未来记》和传统小说的不同处主要在于"多载法律、章程、演说、论文等",缺少传统小说的故事性,容易显得"毫无趣味"。明知如此,梁启超还要这样写,是为了"发表政见,商榷国计",宁可牺牲小说的可读性,牺牲小说文体,也要达到"政谈"的目的。所以说梁启超是有意变革"旧小说之体裁",恐怕不确。可以说,他是为了让小说承担起"发表政见"的功能而"扭曲"了小说文体,小说文体并不为他十分在意。因此,《新中国未来记》依然能够是一部章回体小说,运用了传统小说惯常的外在形式。梁启超无意改变这种形式。

小说第一回是"楔子",正如传统章回小说一样,起讲一个和正文相关的话头,交代故事来源以引出正文故事。"楔子"末尾处道:"却说自从那日起,孔老先生登坛开讲,便有史学会干事员派定速记生从旁执笔,将这《中国近六十年史讲义》从头至尾录出,一字不遗。一面速记,一面逐字打电报交与横滨新小说报社登刊。"小说主要故事即应是《中国近六十年史讲义》的内容。这里有一个时间上的矛盾或者说漏洞。"楔子"写的是60年后新中国的情况,60年后的讲义怎能给新小说报社刊登?清末民初小说的开篇很多都会交代小说故事的来源,以证明小说的真实性。那么小说中的"新小说报社"便应是真实的梁启超1902年主办的"新小说报社",如此开头是为了让1902年的《新小说》读者相信小说的真实性。但小说中60年后的讲义如何能给60年前的《新小说》?难道是时间穿越?这是梁启超构思的漏洞,也是他模仿小说常用写法时的一个疏忽。既然交代故事来源的写法很常用,梁启超也就拿来用了,并没有考虑到是否适合他小说所想表达的新内容。也就是说,梁启超没有对小说外在的套式多加在意。所以"楔子"最后还是用了章回小说的套语:"诸君欲知孔老先生所讲如何,请看下回分解。"

第二回依然是60年后孔老先生演说的场景,演说的主要内容是对"宪政党"及其建党宗旨、办事方法的解释。演说内容追溯到了60年前,往后小说各回均是叙述了60年前之事。因此小说虽名"未来记",就写成的5回看主要还是叙述了"现在"即作者梁启超所处的晚清时期的事。"未来"部分只在第1、2两回稍见端倪。小说总体用了倒叙结构,这可以说是《新中国未来记》在小说叙事方式上的革新。但从另一角度看,孔老先生演说60年史,正像章回小说的全知叙述者讲述已经发生的故事一样,并不见得十分新颖。孔老先生只不过比以往的说书人多了些带有历史感和现场感的身份,在小说中的主要功能还是讲史。第二回结尾处道:"诸君须知,天下无论大事小事,总不是一个人可以做成。但讲到创始的功劳,老夫便不说,诸君也该知道,就是这讲堂对面高台上新塑着那雄姿飒爽、道貌庄严一个铜像,讳克强,字毅伯的黄先生便是了。至于毅伯先生到底是怎么一个人?怎么样提倡起这大党来?说也话长,今儿天不早了,下次再讲罢。"俨然说书人对故事发议论,行使其无所不能的权力。这一回末没有用惯常的章回套语,倒是还原了演说现场或者说书现场的情境。关于孔老先生,另一个值得注意的所在即他比说书人多出的那一点带有历史感的身份。小说"楔子"部分极为简要地交代了他的出身和经历,除了"奔走国事"的个人荣誉史以外,他籍贯"山东曲阜","名弘道,字觉民","乃孔夫子旁支裔孙,学者称为曲阜先生"。孔老先生为孔子后裔,使之与其名字"弘道"以"觉民"相联系,可见其"弘"之"道"与中国传统儒家文化多少有些关系。研究梁启超思想的美国学者张灏说:"梁决不是像他这一时期有时看来的那样,是一位激进的文化革命者。正如中国文化传统在他看来是复杂和多样化的一样,他对中国文化传统的态度也是复杂和多样化的,有时由真实的理智判断来决定,有时为一些说教的因素所支配,有时还不知不觉受他保留文化认同愿望的影响。"① 因此,梁启超安排一个孔子后裔来演说晚清以后 60 年的中国历史,可谓意味深长。"新中国"和传统文化之间的关系如何处理,《新中国未来记》用一个演说的场景结构,十分轻巧地解决了。

后面三回是孔老先生演说的具体内容。如果说前 2 回小说的故事性还十分薄弱,那么后 3 回的故事性就一回胜似一回。第 3 回,小说主人公黄克强和李去病正式登场,开始了他们救国之路的探寻。主人公的行动构成了小说的故事。这一回的故事性还不强,是因为这一回的主要篇幅被两位主人公 44 个回合的辩论占据了,行动进展因此停顿。《新中国未来记》最著名的段落便是这 44 个回合的辩论。平等阁主人(狄葆贤)总批此回道:

> 非才大如海,安能有此笔力? 然仅恃文才,亦断不能得此。盖由字字根于学理,据于时局,胸中万千海岳,磅礴郁积,奔赴笔下故也。文至此,观止矣! 虽有他篇,吾不敢请矣。
>
> 此篇论题,虽仅在革命论、非革命论两大端,但所征引者,皆属政治上、生计上、历史上最新最确之学理,若潜心会得透,又岂徒有益于政论而已。吾愿爱国志士书万本、读万遍也!②

可以见出,狄葆贤万分欣赏梁启超此回的写作文笔。的确,没有大才宏略,写不出这样气势磅礴的辩论文字。梁启超可谓借小说把其革命与非革命论的主张一吐为快。研究者大都认为黄克强和李去病的这场不分胜负、势均力敌的辩论表明梁启超此时思想中革命与改良观念尚不确定。梁启超通过主人公的辩论来梳理他此时思想中的问题,有了这第 3 回,《新中国未来记》的写作任务其实就已经完成了。继续的各回属于小说问题,而非思想问题。所以狄葆贤说"文至此,观止矣! 虽有他篇,吾不敢请矣"也可以理解为《新中国未来记》的精粹部分已在第 3 回交代清楚,后文的小说故事不甚重要。即便小说在 5 回以后继续写下去,对于 1902 年梁启超的思想清

---

① 〔美〕张灏著,崔志海、葛夫平译:《梁启超与中国思想的过渡(1890—1907)》,南京:江苏人民出版社 1995 年 1 月版,第 139 页。
② 《新中国未来记》第三回"总批",《新小说》第 2 号,1902 年 12 月。

理来说意义不大。从这个层面上看,《新中国未来记》没有完成并不十分可惜。

第3回回末一段不是孔老先生演说的内容,而是演说记录者的议论。这段议论的作用是对小说主人公论辩的真实性作说明。"原来毅伯先生游学时候,也曾著得一部笔记叫做《乘风纪行》,这段议论全载在那部笔记第四卷里头。那日孔老先生演说,就拿着这部笔记朗读,不过将他的文言变成俗话,这是我执笔人亲眼看见的。"《乘风纪行》就仿佛说书人的底本,是孔老先生演说的重要根据。在此,小说不忘交代作为笔记的《乘风纪行》和小说文体上的区别。从笔记的"文言"变成小说的"俗话",小说的受众面就更为开阔。梁启超对小说的俗话或俗语有特别认识。《新小说》第7号初刊《小说丛话》专栏,梁启超就发表了他关于小说语言的见解:

> 文学之进化有一大关键,即由古语之文学变为俗语之文学是也。各国文学史之开展,靡不循此轨道。……自宋以后,实为祖国文学之大进化,何以故,俗语文学大发达故。宋后俗语文学有两大派,其一则儒家禅家之语录;其二则小说也。小说者,决非以古语之文体而能工者也。……苟欲思想之普及,则此体非徒小说家当采用而已。凡百文章莫不有然。①

小说是俗语文学的大宗。小说用俗语才能达成"思想之普及"。狄葆贤对梁启超的这一思路亦有相应解释。同是《新小说》第七号,狄葆贤在其论说文《论文学上小说之位置》中谈道:"饮冰室主人常语余,俗语文体之流行,实文学进步之最大关键也。各国皆尔,吾中国亦应有然。……若能百尺竿头,更进一步,剥去铅华,专以俗语提倡一世,则后此祖国思想言论之突飞,殆未可量。而此大业必自小说家成之。"②小说家能成之者乃"祖国思想言论之突飞",运用的方法即俗语。梁启超等新小说倡导者看重小说,原因之一就是在中国文学系统内,小说可用俗语写作。作为"宋后俗语文学"典型代表的章回小说为梁启超们的小说革新提供了借用的便利。用章回体写

---

① 饮冰:《小说丛话》,《新小说》第7号,1903年8月。
② 楚卿:《论文学上小说之位置》,《新小说》第7号,1903年8月。

小说,俗语自然成为了惯用语体。梁启超在其小说中突出"文言"变"俗话"的意识,即呼应了他用章回体来写新小说的选择。所以,正如研究者指出的那样,《新中国未来记》因"增加了一个次要叙述人'速记生'便构成了"双重叙事","可以兼顾局内局外"①。"局内"指孔老先生演说的政治故事,"局外"便指关于小说真实性和语言等问题的说明。可以说,梁启超增加次要叙述人是为了局内局外的说明,叙事结构的变革许是不期而然的结果。

情况也确乎如此。"小说前三回,梁启超还注意到让孔觉民和速记员同时出场,而到第四回,大约觉得这样写太麻烦,有成为老套子之嫌,于是打发两位叙述人一齐隐退。并且,演讲词这时也变成了著述稿,由作者代替二人直接叙事,'听众'也就被'看官'所取代。"与其说,"双重叙事与限制视角在作品中不能始终坚持","反映了这些新叙述方法比较复杂,早期新小说家一时还很难掌握"②,不如说作者梁启超的注意力在于借小说之便利达到传播思想的目的,叙事方法的革新倒在其次。既然小说前3回已对建党宗旨、行事方法、革命与非革命的思想清理都酣畅淋漓地解说过了,叙事方法的实施任务已经完成,那么是否始终要坚持这些方法就不再重要。小说第4回和第5回更多主人公行为的叙述和世相的呈现,小说故事性明显增强,章回小说及其通常的叙事法则正好为故事的展开提供现成形式。

第4回写黄、李两位主人公的旅顺等地之行。行途中遇见以及听闻的人事不但给主人公留下深刻印象,也形象展示了晚清中国所面临的危难状况。旅顺偶遇的陈君乃这一回着墨颇多的人物,可以推测是小说以后故事中的一个重要角色。另一个可能重要的角色是在客寓题壁和韵的女子,这位女子和黄、李二人错过了见面的机会,双方都觉得十分可惜。小说仅从女子留下的墨迹和黄、李二人的言论中侧面描述了她,给读者留下了揭示玉容的期待。这一回回目"榆关题壁美人远游"即为撩拨读者心思的话。在救国事业中有女子的加入似乎更能振奋人心。可惜这一回仅在回末涉及此句

---

① 夏晓虹:《觉世与传世——梁启超的文学道路》,北京:中华书局2006年1月版,第65—66页。
② 同上书,第68页。

回目的内容,与一般的回目要与内容大意相称不太一样,可以见出梁启超在迎合读者方面的用心。

第5回则有更多女子出场。黄、李二人取道上海,在上海著名的张园看到娼女和纨绔少年之间的嬉笑,对话中夹杂"上海腔",颇有晚清狭邪小说的风味。接下来是二人两度赴张园集会。两次与会的男女都差不多,但一次是政治演说,一次却是品花开榜。对比之下,可以显见对当时所谓追逐时髦的革命党的讥讽。这一回写得十分热闹,很有故事性。回末还加上前四回不曾有的两句回末诗,并以"欲知后事如何,且听下回分解"结束,非常符合传统章回小说的写作套路。梁启超放弃前3回小说叙事革新的实践,回到写作章回小说的老路,不能不说是与其写作小说的初衷大体达成相关。既然《新中国未来记》在前3回已基本上展示出梁启超借小说急欲表达的"区区政见"①,展示出"新中国"未来的美好景象,那么后来的小说文字也就显得不太重要了。第4、第5回转向了迎合一般读者阅读期待的故事性叙述,由于故事的结尾已经知晓,要使读者对黄、李二人的救国故事感兴趣,故事的叙述就应像历来的章回小说那样曲折生动,而这对于阿英认为的"不擅长于小说写作的"政治思想家梁启超来说不容易办到。第4、第5回运用的章回小说叙述的传统法式显示出梁启超延展小说故事的努力,但是这种努力终究没能持续下去。梁启超仿佛也预感到《新中国未来记》不能终篇,故在小说的"绪言"中就已经道出"杀青无日""得寸得尺,聊胜于无"②的话,让《新小说》的读者提前原谅了他。

第二节 政治小说、历史小说和社会小说

《新小说》上用章回体写的创作小说除了《新中国未来记》外还有雨尘子的《洪水祸》、岭南羽衣女士的《东欧女豪杰》、玉瑟斋主人的《回天绮谈》、吴趼人的《痛史》《二十年目睹之怪现状》《九命奇冤》和颐琐的《黄绣球》。详见下表。

---

① 梁启超:《新中国未来记·绪言》,《新小说》第1号,1902年11月。
② 同上。

表1-1 《新小说》所刊小说

	章回体创作小说	非章回体创作小说	章回体翻译小说	非章回体翻译小说
1	雨尘子《洪水祸》(第1回至第5回)	平等阁《新聊斋》(文言小说)	南海庐藉东译意《海底旅行》(第1回至第21回)	饮冰译《世界末日记》
2	岭南羽衣女士《东欧女豪杰》(第1回至第5回)	啸天庐主草稿《啸天庐拾异》(文言小说)	南野浣白子译述《二勇少年》(第1回至第18回)	披发生译述《离魂病》
3	饮冰室主人《新中国未来记》(第1回至第5回)	破迷《反聊斋》(一名《照妖镜》,文言小说)	东莞方庆周译述,我佛山人衍义《电术奇谈》(第1回至第24回)	曼殊室主人译《俄皇宫中之人鬼》
4	玉瑟斋主人《回天绮谈》(第1回至第14回)		上海知新室主人译《毒蛇圈》(第1回至第23回)	无歆羡斋主译述《毒药案》
5	我佛山人《痛史》(第1回至第27回)			无歆羡斋译《宜春苑》
6	我佛山人《二十年目睹之怪现状》(第1回至第45回)			披发生译《白丝线记》
7	岭南将叟重编《九命奇冤》(第1回至第36回)			上海知新室主人译《失女案》
8	颐琐《黄绣球》(第1回至第26回)			上海新庵译述《水底渡节》(文言小说)
9				上海知新室主人译述《双公使》(文言小说)
10				上海知新室主人译述《知新室新译丛》(文言小说)
11				周树奎撰《神女再世奇缘》

创作小说中,章回体小说有8部,非章回体小说仅3种,且这3种小说都用文言写作,承续了古代文言小说的传统。翻译小说共15部,其中4部为章回体译本,3部为文言译本。而像《离魂病》《宜春苑》等小说形式上虽不是章回,但每期刊登也似章回小说的分段,每段开首或有"却说""话说"等字样,文中亦会出现"看官"等插入语,并非全然搬用西洋小说的叙事格式。也就是说,作为传统小说文体,章回体及与之相连的叙事法则在《新小说》的诸多作品中都有较广泛的应用。章回体与新小说不存在矛盾。

8部章回体创作小说中,《洪水祸》《东欧女豪杰》和《回天绮谈》都取自国外史事敷衍而成。《洪水祸》讲述法国18世纪资产阶级革命时期王宫大臣政治改革的故事。仅有5回,未完。《东欧女豪杰》叙写了以女革命家苏菲亚为代表的俄国虚无党人的革命故事,也只有5回,未完。《回天绮谈》叙述了英国大宪章运动历经艰难最后成功的故事。小说刊载了14回,到约翰王签署颁布宪章为止,故事基本告一段落。有研究者论道:"这些小说又是为中国读者而写的,它们是具有中国作风与中国气派的中国式的小说。且不说它们都是典型的章回体小说,运用的是地地道道中国式的文学语言,韩非子'在床在旁'、孔明'借东风'、'西施临金阙,贵妃上玉楼'的中国典故在小说中大量运用,中国古体诗歌从外国人口中自然唱出,《水浒传》武松刺配孟州道的表现手法也搬到俄国的牢狱中来了。总之,此类小说在继承和发扬中国文学传统方面的尝试,也是值得在小说史上提一笔的。"①这些小说虽取材外国史事,却的确是"中国式的小说",但说它们"在继承和发扬中国文学传统方面"作出了尝试,恐怕不很恰当。正如《新中国未来记》对"旧体裁"并无多加在意一样,这些小说运用章回体式、融汇传统文化典故和文学手法,也是因为对它们熟悉不过而信手写来,并非是特意的"尝试"之举。倒是这些小说"是为中国读者而写",故用中国读者熟悉的体裁来承载相对陌生的题材,是值得关注的所在。

《回天绮谈》的结尾就很能说明些问题。

往后英国人民,得这样自由,这样幸福,也都是这大法典固了基础,

---

① 欧阳健:《晚清小说史》,杭州:浙江古籍出版社1997年6月版,第46页。

饮水思源,又岂不是宾勃鲁侯、鲁伯益他们的报吗?回想他们提议这件事的时候,岂料及身而见,又岂敢云一定有成么?不过拿定宗旨,见事做事,百折不挠,那件大事业就成于他们的手。所以天下事不怕难做,不怕失败,最怕是不肯去做。若肯去做,炼石都可以补天,衔石都可以填海,志气一立,天下那里有不成的事呢?就令目下失败,然有了因,自然有果,十年二十年后,总有成功之一日的。看官读这一篇,不要崇拜他们,歆羡他们,你想学他,就有第二个宾勃鲁侯,第二个鲁伯益出来。孟夫子有云:"人皆可以为尧舜。"至去做与不去做,岂不是又在自己么?

借他国史事来启迪国人的意图是十分明显的,正如《资治通鉴》的作用。然《资治通鉴》记录的是中国史事,中国历史缺乏现代革命的质素,晚清思想家不得不从国外搬来现代变革成功的事例以增进国人变革图强的信心,并提供效法对象。另外《资治通鉴》是写给帝王看的,而国外史事的理想阅读者却是广大民众。章回小说是中国民众惯于接受的阅读体裁,用章回小说来叙述外国史事,就成为《回天绮谈》等晚清新小说写作的一大特色。

《洪水祸》《东欧女豪杰》在《新小说》中被放在"历史小说"的栏目下,《回天绮谈》则被冠以"政治小说"的名号。《回天绮谈》在《新小说》第4号(1903年6月)开始登载,接替了《新中国未来记》的位置。刊载到第6号,14回登完,第7号在"政治小说"名下又刊登了《新中国未来记》的第5回。此后"社会小说"取代"政治小说"成为《新小说》的亮点。同是叙述外国革命史事,为什么《回天绮谈》没有被归在"历史小说"的类别中?原因大约有两个:一是这部小说讲述的是政治史,放在"政治小说"名下也是合适的;二是《新小说》要尽快找到《新中国未来记》未刊时的替补作品,《回天绮谈》还算称意。《新小说》第4号上同时刊登了《回天绮谈》的第1至6回和"历史小说"《东欧女豪杰》的第4回。《洪水祸》第1至3回在《新小说》第1号上和《新中国未来记》同时刊登,第7号又同时刊登了《洪水祸》的第4、5回和《新中国未来记》的第5回。这四部小说在《新小说》第7号告一段落。《回天绮谈》在第14回末有"未完"字样,很可能原来计划在《新中国未来记》登毕之后续作前文,但《新中国未来记》迟迟没有下文,《回天绮谈》也便就此作罢,《新小说》上的"政治小说"从此没有其他作品来赓续了。①

从这四部作品的刊登情况来看,"历史小说"和"政治小说"的界限不是非常严格。《洪水祸》和《东欧女豪杰》也都讲述政治革命故事,可以和《回天绮谈》一样被称为"政治小说",而《新中国未来记》主体部分是"孔觉民演说近世史"(小说第2回回目),被归为"历史小说"也恰当。这样界限不甚分明的小说归类实际上和梁启超的政治小说观念是相关的。早在《新小说》创办之前,梁启超就已经在酝酿并实践着他的政治小说理论。在著名的《译印政治小说序》中梁启超谈道:

> 在昔欧洲各国变革之始,其魁儒硕学,仁人志士,往往以其身之所经历,及胸中所怀政治之议论,一寄之于小说。于是彼中辍学之子,黉塾之暇,手之口之,下而兵丁、而市侩、而农氓、而工匠、而车夫马卒、而妇女、而童孺,靡不手之口之。往往每一书出而全国之议论为之一变。彼美、英、德、法、奥、意、日本各国政界之日进,则政治小说为功最高焉。英名士某君曰:小说为国民之魂。岂不然哉!岂不然哉!今特采外国名儒所撰述,而有关切于今日中国时局者,次第译之,附于报末,爱国之士,或庶览焉。②

"政治小说"的来源本身就和各国的历史变革息息相关。与其翻译"外国名儒所撰述"的小说,不如直接讲述外国历史上的政治变革故事更能方便地和"今日中国时局"相关切。这就是《洪水祸》《东欧女豪杰》《回天绮谈》的价值所在。这些小说能够充分反映梁启超提倡政治小说的初衷,而政治小说也即代表了新小说的核心观念。梁启超看重的是这些小说的政治观念,只要能通畅表达政治观念,即便是"旧体裁"又有何妨?所以"新小说"的"新"不在乎形式而在乎观念。

《新小说》第7号之后,接替"政治小说"重要位置的是"社会小说"。吴

---

① 新小说报社:《中国唯一之文学报〈新小说〉》预告说《新小说》上拟登载的"历史小说"有:《罗马史演义》《十九世纪演义》《自由钟》《洪水祸》《东欧女豪杰》等,拟登载的"政治小说"有:《新中国未来记》《旧中国未来记》和《新桃源》。见《新民丛报》1902年第14号。《回天绮谈》不见于预告中,当是《新小说》出刊后选入的。《新小说》刊出的作品也没有完全实现预告中的计划。

② 任公:《译印政治小说序》,《清议报》第1册,1898年。

趼人的《二十年目睹之怪现状》和《九命奇冤》分别在第 8 号(1903 年 10 月)和第 12 号(1904 年 11 月)以"社会小说"的名目开始连载。他的另一部重要作品《痛史》也在第 8 号接替了《洪水祸》和《东欧女豪杰》以"历史小说"的名义刊出。《痛史》《二十年目睹之怪现状》和《九命奇冤》均刊登到《新小说》的最后一号(1906 年 1 月),前两部都未刊完,《二十年目睹之怪现状》由广智书局出版单行本时延续到 108 回才告终,《九命奇冤》36 回则在《新小说》上全部刊完。可见,吴趼人的小说是《新小说》第 7 号之后的重点所在,吴趼人也成为《新小说》最主要的写作者。

关于吴趼人和《新小说》创办者梁启超之间的交谊,夏晓虹在《吴趼人与梁启超关系钩沉》一文中已说得明白。此文主要从两人的会面、《新小说》时期的活动和小说写作观念的勾连三方面谈了吴、梁之间的联系。吴趼人除了在《新小说》上发表多篇作品外,《新小说》发行地从横滨改为上海广智书局,"应该就是吴趼人东渡商谈的结果"。因此吴趼人对于《新小说》而言不仅仅是一位作者。在小说写作观念方面,夏晓虹端出刊登于《新民丛报》1902 年 10 月的《新小说社征文启》,"其关于来稿要求的说明,对作家的写作自然会产生诱导的作用"。如来稿要求中有可参照"《儒林外史》之例,描写现今社会情状,借以警醒时流、矫正弊俗,亦佳构也"的话,吴趼人在《新小说》上所刊发的社会小说便符合了新小说社的征文要求。另外,夏晓虹比较了吴趼人的《胡宝玉》和梁启超的《李鸿章》二书,认为两者具有显在联系。特别是梁启超"为国民作史与关注国民史的新史学宗旨,在当时激起了巨大反响","吴趼人《胡宝玉》之撰著与周桂笙书评之阐发,其实正是对梁氏首倡的自觉应和"[1]。可以说,不仅是《胡宝玉》,吴趼人创作的社会小说如《二十年目睹之怪现状》和《九命奇冤》均表现出对梁启超新史学宗旨的呼应。

所以《新小说》郑重推出的吴趼人的两部社会小说亦可作史来读。《二十年目睹之怪现状》本身即有明显的时间设置。20 年,既是社会变迁的 20 年,也是主人公重要人生历程的 20 年。这部小说与传统章回小说相比最大的不同处在于,它是一部用第一人称来叙事的长篇小说。不少研究者认为

---

[1] 夏晓虹:《吴趼人与梁启超关系钩沉》,《安徽师范大学学报》2002 年第 6 期。

这部小说的第一人称叙事并没有像现代小说那样表达出主人公的内省意识，"因为第一人称叙事者并没有真正介入小说所要表现的各类矛盾冲突，而只是作为旁观者讲故事或者听故事"①。"我"的主要作用是把小说中各种故事串联起来，使小说看上去像一个整体。对此，国外学者米列娜进一步论定："吴沃尧的小说与关注政治和社会的白话小说传统有着明显的渊源关系。中国小说几乎从未成为作者内在情感和经历的表现媒介(《红楼梦》除外)。它也不是对个人存在的基本问题进行哲学反思的场所。相反，它是小说家表达个人对他所在的社会状况的观察和思考的媒介。不过，第三人称叙事传统阻碍了早期作家用更为亲切的有说服力的第一人称叙事方式表达他们的主观思想。"②吴趼人无法施展第一人称小说叙事的特长，关键原因是他还不能摆脱中国传统小说叙事法则的束缚，章回小说第三人称的全知叙事功能在《二十年目睹之怪现状》中仍然通过"我"得到曲折表现。"我"几乎成了全知叙述者，小说中大篇幅的由"我"听闻得来的故事弥补了第一人称叙事本应有的视角局限。所以这部小说中的"我"实际行使的是传统章回小说全知叙事者的功能，小说叙事方式的革新只是表面现象，章回小说的一系列叙事规范依然在起作用。例如，在小说中常见有"却说""且说"等插入语，每回末都用两句诗和"且待下回再记"作结，正文中也会添有诗词作点缀等等。

既然在小说叙事方面，《二十年目睹之怪现状》新意不足，那么作为一部著名的新小说，其价值何在？鲁迅对清末谴责小说的总体评价大致可以用来说明这一问题："其在小说，则揭发伏藏，显其弊恶，而于时政，严加纠弹，或更扩充，并及风俗。"③《二十年目睹之怪现状》等晚清小说在揭发时政腐败、世风沦落等方面显示出其特有的价值，胡适说："《怪现状》也是一部

---

① 陈平原：《中国现代小说的起点——清末民初小说研究》，北京：北京大学出版社2005年9月版，第142页。
② 米列娜：《晚期小说的叙事模式》，〔加〕米列娜编，伍晓明译：《从传统到现代——19至20世纪转折时期的中国小说》，北京：北京大学出版社1991年10月版，第71页。
③ 鲁迅：《中国小说史略》，《鲁迅全集》第9卷，第291页。

讽刺小说,内容也是批评家庭社会的黑幕"①,即对这点也十分认同。然而,仅以此来衡定《二十年目睹之怪现状》的价值并不够。小说《总评》道:

> 全书一百八回,以省疾遭丧起,以得电奔丧止。何也,痛死者之不可复生也。死者长已矣,痛之何益,记此痛也亦何益,盖非记死者也,记此九死一生者也。意若曰:死者长已矣。吾虽九死,而幸犹留得一生,吾当爱惜此仅有之一生,以为报致我于九死者之用,且宜振奋此仅有之一生,急起直追,毋令致我于九死者之先我而死,得逃吾报也。若是乎,此书皆冤愤之言也,吾岂妄测之哉!②

小说发表时,未署点评者之名,据魏绍昌言,"当是作者本人所写"③。若是这样,那么这段总评就能较确切地表达出吴趼人写作的用意。这部小说是"记此九死一生"的,九死一生之所以历经劫难而未死,是因为要"爱惜此仅有之一生,以为报致我于九死者之用"。"致我于九死者"即充满魑魅魍魉的现实世界,小说一方面在揭发或批评现实世界罪恶的同时,另一方面也在呈现这样的世界对于个人的影响。所以《二十年目睹之怪现状》既是一部社会史,也是一部个人史。

作为一部第一人称小说,《二十年目睹之怪现状》在叙事功能上延续了传统章回小说的样式,没有能很好地发挥第一人称的叙事特长,但这并不影响第一人称主人公的形象。"九死一生"的形象在晚清新小说中是具有代表性的。米列娜在评析小说第一人称脆弱的叙事功能的时候,并没有否认第一人称主人公的存在价值。她说:"小说中的主人公兼叙述者并不是与他所看到的东西无关的观察者;他深受所述事件的影响,并且亲身经历了一个使其脱胎换骨的认识过程。主人公年轻时代相信的一切——道德、虔敬和忠诚这些儒家道德标准——最后都显现为欺骗。面具一旦剥去,他周围的人都变成了可怕的野兽——正如他在小说开头提到的那样——他们时刻

---

① 胡适:《五十年来中国之文学》,《胡适文存》(2 集),上海:亚东图书馆 1924 年 11 月版,第 179 页。
② 《〈二十年目睹之怪现状〉评语》,魏绍昌编:《吴趼人研究资料》,上海:上海古籍出版社 1980 年 4 月版,第 77 页。
③ 魏绍昌编:《吴趼人研究资料》,上海:上海古籍出版社 1980 年 4 月版,第 78 页。

准备将他一口吞掉。""在这里我看到了《二十年目睹之怪现状》的现代性,它预示着鲁迅的《狂人日记》。在这里我也发现了'九死一生'与作者之间的关系。像小说中的主人公一样,吴沃尧从南方小镇来到大上海时也是一个陌生人。因为他们站在旁边,所以他们能够把世界不看作传统观念、抽象法律或孤立事件的堆积,而看作由一个探究的心灵所揭示的复杂的关系网。"①吴沃尧藉小说主人公"我"描述了他所见所感的那个世界。小说主人公和他所经历的那个世界的关系是交互性的。"我""目睹"了社会上的种种怪现状,种种怪现状也对"我"施加了影响。"我"把"自从出门应世以来,一切奇奇怪怪的事,都写了笔记","觅一个喜事朋友,代我传扬出去,也不枉了这二十年的功夫"(第108回)。小说《总评》说的"爱惜此仅有之一生,以为报致我于九死者之用",这个"报"未尝不体现在九死一生写的"笔记"上。吴趼人写小说正有此意。他说:"然而愤世嫉俗之念,积而愈深,即砭愚订顽之心,久而弥切,始学为嬉笑怒骂之文,窃自侪于诵谏之列,犹幸文章知己,海内有人,一纸既出,则传钞传诵者,虽经年累月,犹不以陈腐割爱,于是乎始信文字之有神也。"②对于《二十年目睹之怪现状》的主人公来说,其"文章知己"首先是小说楔子部分的主人公死里逃生。死里逃生从文述农那里得到了九死一生的笔记。文述农对死里逃生道:"我看先生看了两页,脸上便现了感动的颜色,一定是我这敝友的知音。我就把这本书奉送,请先生设法代他传扬出去,比着世上那印送善书的功德还大呢!"(第1回)文述农认为死里逃生是九死一生的"知音",死里逃生果然托付了《新小说》,将笔记印了出来,传扬开去。死里逃生、九死一生乃至吴趼人可互照来看。死里逃生和九死一生不但名字相似还具有类同的人生经历,都历经污浊世事,最后遁出。死里逃生既是九死一生的知音,也可看作他的另一个自我。而九死一生的笔记与吴趼人的"嬉笑怒骂之文"具有类似的写作因由,都是"愤世嫉俗之念,积而愈深"的产物。死里逃生将九死一生的笔记"改做了小说体裁,剖作若干回,加了些评语"寄予新小说社(第1回)。因此死里逃

---

① 米列娜:《晚期小说的叙事模式》,〔加〕米列娜编,伍晓明译:《从传统到现代——19至20世纪转折时期的中国小说》,北京:北京大学出版社1991年10月版,第68—69页。

② 吴趼人:《近十年之怪现状·自序》,上海:广智书局1910年9月版,魏绍昌编:《吴趼人研究资料》,上海:上海古籍出版社1980年4月版,第194页。

生既是九死一生笔记的改写者,也是评价者。魏绍昌说《新小说》上所载《二十年目睹之怪现状》的评语是吴趼人自己写的,若把死里逃生和吴趼人对照来看,可为这一推断作一内证。而米列娜所"发现"的"'九死一生'与作者之间的关系"也证明三个人的形象可相互映照又互为补充,小说确实塑造出了一个历经世事并受世事深刻影响的主人公形象。

无论是死里逃生、九死一生还是吴趼人,这个主人公与他所经历的人和事都有所区别,至少他没有同流合污。死里逃生和九死一生,一个"一直走到深山穷谷之中,绝无人烟之地,与木石居,与鹿豕游去了"(第1回),一个则回了家乡。而吴趼人"始学为章回小说"①,以冷眼来记录时事。这样的人物显然与众不同。吴趼人对小说主人公的形象塑造与梁启超的新小说观念是一致的。在作为《新小说》宣言的《论小说与群治之关系》一文最后,梁启超道:"故今日欲改良群治,必自小说界革命始;欲新民,必自新小说始。"②梁启超提倡新小说的目的是为了新民,新民是为了新国。在这一思路中,小说实为政治改良的一种手段。吴趼人小说里的主人公虽不就是梁启超理想中的新民,但其不同流合污的品质已为新民开了端倪。吴趼人对梁启超的小说与新民之观念是有感悟的。他说:"吾执吾笔,将编为小说,即就小说以言小说焉,可也,奈之何举社会如是种种之丑态而先表暴之?吾盖有所感焉。吾感乎饮冰子《小说与群治之关系》之说出","时彦既言之详矣。吾于群治之关系之外,复索得其特别之能力焉。一曰足以补助记忆力也","一曰易输入知识也"。"吾人丁此道德沦亡之时会,亦思所以挽此浇风耶!则当自小说始。"③这段话出自吴趼人为其主编的《月月小说》所写的发刊宣言,时间在1906年。《新小说》停刊于1906年,吴趼人发表此文不仅是为了继续响应《小说与群治之关系》的初衷,也为了传达他创作小说几年所积累的关于小说之于群治功能的理解。"补助记忆力"和"输入知识"是群治或者新民的两种具体途径,而不仅仅是小说与群治之关系的补充。强调这两点,吴趼人认为有助于晚清民众道德的恢复。道德在梁启超的新民

---

① 吴趼人:《近十年之怪现状·自序》,上海:广智书局1910年9月版,魏绍昌编:《吴趼人研究资料》,第194页。
② 饮冰:《论小说与群治之关系》,《新小说》第1号,1902年11月。
③ 吴沃尧:《月月小说序》,《月月小说》第1号,1906年11月。

理论中占有重要地位。《新民说》中列有"论公德"和"论私德"两章来阐明道德和新民的关系。梁启超认为,中国道德本很发达,但"偏于私德,而公德殆阙如","知有公德,而新道德出焉矣,而新民出焉矣"①。在突出公德的重要性时,梁启超也指出了"私德之堕落,至今日之中国而极!"②私德的重修也是必要的。吴趼人忧及的"道德沦亡"乃梁启超所说的"私德之堕落",他没有梁启超的公德眼光,也没有梁启超重修私德的新识见,吴趼人希望恢复的道德是传统的优秀部分,但仅此也足以对照出晚清世风日下的悲哀景象。他小说描述的社会怪现状,即表达出了他对"道德沦亡"的清醒认识,他小说主人公不同流合污的品质,多少也是对梁启超提倡新民的一种呼应。

与《二十年目睹之怪现状》同时开始在《新小说》上连载的是《痛史》,这部小说接替《洪水祸》放在了"历史小说"栏下。历史小说是吴趼人特别看重的有利于道德恢复的小说类型。"吾发大誓愿,将遍撰译历史小说,以为教科之助。""善教育者,德育与智育本相辅。""吾既欲持此小说以分教员之一席,则不敢不审慎以出之。历史小说而外,如社会小说,家庭小说,及科学冒险等,或奇言之,或正言之,务使导之以入于道德范围之内。"③如果说政治小说代表了梁启超新小说的理想,那么历史小说和社会小说就代表了吴趼人的新小说理想。《痛史》叙述了南宋生死攸关之际,文天祥等忠义之士舍身报国的故事。《新小说》最后一期刊登至小说的第26、27回,《新小说》停刊,《痛史》没有再写下去,但小说主旨已非常明白。小说第一回道:

> 我是恼着我们中国人,没有血性的太多,往往把自己祖国的江山,甘心双手去奉与敌人,还要带着敌人去杀戮自己同国的人,非但绝无一点恻隐羞恶之心,而且还自以为荣耀。这种人的心肝,我实在不懂他是用什么材料造成的。所以我要将这些人的事迹,记些出来,也是借古鉴今的意思。看官们不嫌烦琐,容我一一叙来。

---

① 梁任公:《新民说·论公德》,《新民丛报》第3号,1902年3月10日,《饮冰室文集》第1册,上海:大道书局1936年1月版,第11、14页。
② 梁任公:《新民说·论私德》,《饮冰室文集》第1册,第97页。
③ 吴沃尧:《月月小说序》,《月月小说》第1号,1906年11月。

"借古鉴今"和《洪水祸》《东欧女豪杰》等小说借西方历史来启迪中国民众一样,用意都不在历史而在当下。但讲述中国史事更能得心应手,不必因为人名、地名、风俗等的生疏使叙事产生隔阂。并且中国的历史小说在作家心中是有一标准的。这个标准即《三国演义》。

吴趼人道:"故《三国演义》出,而脍炙人口,自士大夫以至舆台,莫不人手一篇。人见其风行也,遂竞学为之,然每下愈况,动以附会为能,转使历史真象,隐而不彰;而一般无稽之言,徒乱人耳目。""况其章回之分剖未明,叙事之不成片段,均失小说体裁,此尤蒙所窃不解者也。"①《三国演义》是做历史小说者的模仿对象。但模仿者的历史小说"每下愈况",吴趼人认为很不尽人意。不尽人意的原因除了失真和胡说之外,是"均失小说体裁"。"小说体裁"包括分列章回和分段叙事,其实两者是一致的,每段叙事分章节加回目,章回自然明白,叙事也段落清晰。在吴趼人的眼中,不分章回的小说不符合小说体裁的规范,这和梁启超所说的"旧小说之体裁"不相违背。无论是旧小说还是新小说,分章回在新小说家看来是小说基本的体制。《三国演义》作为古典章回小说的代表,当为后世章回小说创作,特别是历史小说创作的重要借鉴。吴趼人所作《痛史》等历史小说不但分回标目,且叙事方式也基本参照了《三国演义》等古典小说,按时间顺序来铺陈历史故事。

吴趼人"之撰《痛史》,因别有所感"②,即"借古鉴今",这既使得《痛史》成为了新小说,也使得吴趼人没有像写《二十年目睹之怪现状》和《九命奇冤》那样去顾及小说叙事方面的革新。《九命奇冤》是吴趼人继《二十年目睹之怪现状》和《痛史》创作的又一部重要作品,依然是一部章回体小说。这部小说的叙事方式有明显的革新,主要表现在开头部分十分突兀。不少研究者指出小说开头用了倒叙手法,其实不很确切。"倒叙"而没有交代结果,只是把故事中间的一段情节提前叙述了。此后小说便从头叙来,把一件历史大案的始末情委用小说体裁演绎出来。《九命奇冤》被列为"社会小说",除了因为它把叙事重心放在亲戚乡党的仇怨纠葛之上,而不像传统公案小说那样叙述明智官员的破案经过,还因为小说旨在反对迷信,它把这场

---

① 我佛山人:《〈两晋演义〉序》,《月月小说》第 1 号,1906 年 11 月。
② 同上。

九命冤案的起因归结为"都是'迷信'两个字种的祸根"(第36回)。民间的迷信、善恶恩怨、奖惩分明,以及官场腐败受贿、清官替民伸冤等等,这些都使得《九命奇冤》成为一部讲述社会民生故事的小说。同时,正如《二十年目睹之怪现状》一样,小说透露出了作家吴趼人的道德立场。修复民间本有的向善的道德规范,反对传统文化中愚昧落后的成分,如迷信意识,从而使中国民众及其社会生活得到净化。《九命奇冤》的"新"主要体现于此。

《新小说》上所刊章回体创作小说还有一部是颐琐的《黄绣球》。《黄绣球》也被列为"社会小说",从第15号(1905年4月)刊至最后一号,即第24号(1906年1月),每次刊登2、3、4回不等,连载至26回。后由新小说社出版单行本,共30回。作为一部新小说,《黄绣球》描述了一位晚清社会的理想女性形象,她为晚清妇女解放用尽心力。阿英对这部小说称赞道:"这是当时妇女问题小说的最好作品,主要的是这部书保留了当时新女性的艰苦活动的真实姿态,当时社会中的新旧战争经过,反映了一代的变革。"①作为一部"旧体裁"小说,《黄绣球》的外在形式遵循了传统章回小说格式,内在叙事方面,也讲究章回小说的叙述笔法。如第4回回评道:"长篇中每着一二筋节语,即是关合全书大旨,与全书所注点者,其余关合上回,涵蓄下文之处,亦当于筋节求之,勿草草看过。"第11回回评道:"作文不喜平,作演义何莫不然。然使支节太多,便苦头绪繁重,顾此失彼,挂一漏万,非脱筍,即断气,此则迴峦叠峰,丘壑环生,不露峥嵘之形,而自尽曲折之妙。故书至第十一回,尚未入正文蹊径,却处处蓄有正文形式,此岂乱堆石子者所能。"这类对小说笔法的评点和传统章回小说批语一脉相承。在新小说家的心目中,小说做法古来如是,亦自当如是。

第三节 新小说视域下的中西小说观

《新小说》及其他晚清小说杂志,会沿用古典小说批本的样式,为其所刊之小说,特别是章回小说作批点。从故事内容到行文章法,及至作家才能、时世风尚,批点的内容包罗广泛,并都表达出了评者的识见与感慨。在

---

① 阿英:《晚清小说史》,上海:商务印书馆1937年5月版,第160页。

《新小说》上,不仅《黄绣球》《二十年目睹之怪现状》等章回体创作小说附有批语,翻译小说也被施加评点,以使中西小说乃至中西文化的不同处得到转接。《新小说》上的四部章回体翻译小说中,《电术奇谈》和《毒蛇圈》两部的评点更能引人注目,其评点者分别为知新主人周桂笙和趼廛主人吴趼人。

《电术奇谈》和《毒蛇圈》都从《新小说》第8号(1903年10月)开始连载。《电术奇谈》刊至第18号(1905年7月),共24回,全书完。《毒蛇圈》刊至最后一号即第24号(1906年1月),共23回,未完,其他刊本中亦不见赓续。《电术奇谈》(一名《催眠术》)刊出时注明是"日本菊池幽芳氏元著,东莞方庆周译述,我佛山人衍义,知新主人评点",实出于吴趼人之笔。《毒蛇圈》是"法国鲍福原注,上海知新室主人译",即周桂笙的译作。所可注意的是,《新小说》第8号同时推出吴趼人的《痛史》《二十年目睹之怪现状》《电术奇谈》和周桂笙的《毒蛇圈》四部力作,创作翻译各占一半,可谓面目一新。这样的格局与《新小说》的办刊宗旨十分契合:"本报所登载各篇,著、译各半,但一切精心结构,务求不损中国文学之名誉。"① 被翻译成中文的西洋小说,因多被译者"衍义",也可作为"中国文学"之一种来看待。《新小说》著译并重,从第8号开始推出两位大家的著译作品,可谓很好实践了其办刊预想。

据丁文江、赵丰田的《梁启超年谱长编》载:1903年"正月,先生应美洲保皇会之邀,游历美洲。十月,复返日本"②。梁启超的游美经历影响到《新小说》的出刊。《新小说》第3号(1903年1月)和第4号(1903年6月)中间隔了五个月,《新中国未来记》在第3号连载到第4回,第5回要到第7号(1903年9月)才刊出。③ 这次游美之行使梁启超的政治观念发生变化,他对于《新小说》也没有先前那样倾注心力。《新小说》第8号和第9号之间

---

① 新小说报社:《中国唯一之文学报〈新小说〉》,《新民丛报》1902年第14号。
② 丁文江、赵丰田:《梁启超年谱长编》,上海:上海人民出版社1983年8月版,第309页。
③ 据夏晓虹考证:"《新小说》第7号编成系在梁启超重返日本之后","印行时间,最早也在1904年1月17日(十二月初一)以后;那时,饮冰室主人返抵横滨已逾一月"。夏晓虹:《谁是〈新中国未来记〉第五回的作者》,《阅读梁启超》,北京:生活·读书·新知三联书店2006年8月版,第299—300页。

又是相隔10个月之久,之后又有脱期现象,这与主持者梁启超的不暇兼顾有很大关系。于是,从第8号起,吴趼人和周桂笙成了《新小说》的主要作者和持续的支持者。吴趼人有《痛史》《二十年目睹之怪现状》《电术奇谈》《九命奇冤》等长篇章回作品,周桂笙则有《毒蛇圈》《失女案》《水底渡节》《双公使》《知新室新译丛》《神女再世奇缘》等长短篇作品。总体而言,吴趼人的作品以创作为主,周桂笙则以翻译取胜。这样的著译配合在《新小说》之后的《月月小说》中得到更明显的体现。

吴趼人和周桂笙是知友。吴趼人说周桂笙是"余之爱友亦余之畏友也","余旅沪二十年,得友一人焉,则周子是也"①。周桂笙评吴趼人"所著亦因人因地因时各有变态,触类旁通,辄以命笔,一无成见,而文章自臻妙境,其为读者敬爱","余知趼人最稔"②。二人相交甚笃,常以文字互通往来。周桂笙对吴趼人"恒以所为文见示,美矣备矣,而犹必殷殷请商榷"。吴趼人对周桂笙也是"偶得一新理想,或撰一新文字,必走商之"③。所以,吴趼人所译之《电术奇谈》是周桂笙作评点,周桂笙所译之《毒蛇圈》是吴趼人作评点,就不足为奇了。这既是二人作为知交的一种表现,也是《新小说》上的一道瞩目风景。

《电术奇谈》确切说是吴趼人据方庆周的译本再度创作的作品。吴趼人为《电术奇谈》写的附记道:"此书原译,仅得六回,且是文言,兹剖为二十四回,改用俗话,冀免翻译痕迹。原书人名地名,皆系以和文谐西音,经译者一律改过。凡人名皆改为中国习见之人名字眼,地名皆借用中国地名。俾读者可省脑力,以免艰于记忆之苦。好在小说重关目,不重名词也。"④《电术奇谈》原本是英人小说,日本作家菊池幽芳把它翻译成日文,方庆周又从日文翻译成中文,用的是文言,吴趼人再把方庆周的文言译本转换为白话章回小说,连同书中的人名地名都中国化了。如此曲折的文本旅行,《电术奇

---

① 吴趼人:《吴沃尧序》,周树奎:《新庵谐译初编》,上海:清华书局1903年版,魏绍昌编:《吴趼人研究资料》,上海:上海古籍出版社1980年4月版,第333、334页。
② 周桂笙:《吴趼人》,《新盦笔记》,上海:广益书局1914年8月版,第36页。
③ 吴趼人:《吴沃尧序》,周树奎:《新庵谐译初编》,魏绍昌编:《吴趼人研究资料》,第334页。
④ 吴趼人:《电术奇谈·附记》,《新小说》第18号,1905年7月。

谈》的英文原本和吴趼人的译本之间当有较多不同。吴趼人说："书中间有议论谐谑等，均为衍义者插入，为原译所无。衍义者拟借此以助阅者之兴味，勿讥为蛇足也。"①吴趼人以"衍义"来称其所作之《电术奇谈》，当十分清楚作品的性质。

周桂笙评小说第2回有三段文字，说的即是"衍义"的用处。一段道："士马英伦人，何以忽解得中国掌故，自是衍义者故涉趣笔，不必引以为病。此等文字，自不能以刻舟求剑之眼读之也。"一段道："仲达论世故一段文字，当亦为衍义者所穿插。然其言论，一何痛切耶！吾固不解今之社会中人，动以圆通为干练，转使率直君子，所如辄左。呜呼！德性之不存，吾于社会乎何尤。"另一段道："士马之于催眠术，处处自称研究，足见其尚须研究也，则其术之未精可知。故一经试演，即误伤仲达，可以为率尔操觚者戒。至演至此处，忽然停住，令读者不知仲达究竟是死是活，急欲看下文，是又衍义者诡谲之处。吾知原文必不如是也。"②第一段批语中，苏士马为小说的主要人物之一，他是主人公喜仲达的朋友。第2回人物言谈间，苏士马说到了"支那国""叶天士"的故事，提到了"扁鹊"，引用了"分金逢鲍叔"的典故等等，周桂笙说这些是"衍义者故涉趣笔"，用中国人事来点染西洋故事，使读者不至产生疏离感，也不必较真。这是小处。第二段批语谈的是喜仲达和苏士马议论世故淹没德性的一段文字，这段文字实是作者借人物之口批评世风的，"一何痛切"。周桂笙在这段文字旁边还批注道："我佛山人曾有旧句云：'阅历到深心术变'，恰好移作此处题词。"作家把对世道人心的谴责寄予小说发之，无论是创作还是译作，在新小说处都成为一种专长。不仅是《电术奇谈》，《毒蛇圈》也如此。这是"为衍义者所穿插"，也是小说的痛彻处。第三段批语是对小说故事结构的评论。苏士马用催眠术"误伤"喜仲达，下文如何，第2回在此关键处戛然而止。周桂笙说这是"衍义者诡谲之处。吾知原文必不如是也"。《新小说》第8号只刊载了《电术奇谈》的第1回和第2回，直到十个月之后的第9号才得见小说第3回和第4回，即便《新小说》如期按月出刊，也足以吊尽读者胃口。这是章回小说在分回结构

---

① 吴趼人：《电术奇谈·附记》，《新小说》第18号，1905年7月。
② 《电术奇谈》第2回知新主人评语，《新小说》第8号，1903年10月。

上的关捩处,凭藉现代报刊分期连载的方式得到更有效的运用。英文原本"必不如是"。衍义者吴趼人对原著所作的修饰、发挥乃至重写,对于晚清翻译小说而言并不稀奇。译作中融合了创作,一部小说到底是译是作,要看译、作间的程度比例如何。要达到严复所说的"信达雅",实为不易,多数译者也不以此为念。借翻译小说达到启发民智的目的,才是吴趼人、周桂笙乃至梁启超等译家的用心所在。

《电术奇谈》叙述的是一个奇异的故事。主人公喜仲达从印度回到英国,他的印度未婚妻林凤美追随而至。仲达只身到伦敦去办结婚手续,顺道看望好友苏士马。苏士马是个贫困的医者,正痴迷于催眠术的研究。仲达好奇之下,请苏士马为他施行催眠,结果仿佛死去一般不再醒来。苏士马动了邪心,抛却仲达尸首,并侵占了他的钱财。小说主体部分写凤美孤身他乡、历经艰难寻夫的过程。她还委托侦探甄敏达帮忙,一时未果。就在她无望想轻生的时候,卖报纸的钝三救了她。为了生活,身为贵族小姐的凤美学习歌舞,成了戏子。凤美名声大振,苏士马成了追捧她的一员。凤美发现苏士马就是害仲达的凶手,众人协力捕获了苏士马。苏士马在狱中著书,记下他对于催眠术的研究,然后服毒自尽。钝三触电,醒来竟成了喜仲达。原来仲达并没有死,而是因为催眠术改变了面貌,丧失记忆。小说结尾仲达和凤美缔结美好姻缘,回印度生活去了。故事十分吸引人,因为设置了一个"寻找"的过程,吸引读者一期一期看下去,求得"寻找"的结果。同时整个故事全由催眠术这门十分新异的技术引发出来,主人公竟能改头换面,死而复生,十分契合题目的"电术奇谈"四字。

吴趼人为这个奇异的西洋故事套上了中国式的章回外衣。24回小说严格按照章回体例来演绎。每回都有对偶回目,回首用"话说""却说"引入,文中有"闲话少提""话分两头"等插入语,回末有"正是"引导的回末诗,只是把"且待下回分解"改成"且待再译下文,便知分晓"。小说基本按时间顺序来结构故事,仅隐而不叙主人公喜仲达被害后的踪迹,直到结尾才揭示出来,多少修改了传统章回小说叙述者全知全能的功能。如果叙述者"花开两朵",讲述仲达被害后的曲折经历,与凤美的寻夫过程相映成趣,那么叙事效果便大为两样。读者的期待就变成了两位主人公如何相认,而不是凤美的寻夫结果如何,苏士马的罪行是否被发现,结尾的惊异效果也就不存在了。固然这样的故事叙述是据原本而来的,但译者在沿用章回小说外在形式的同时,也因翻译的影响对传统中国小说的内在叙事方式做着悄然改变。

如果比较吴趼人的另外两部章回体创作小说《恨海》和《劫余灰》,就会发现它们和《电术奇谈》有些相似。都是叙事重点落在女主人公的历经劫难方面,而略过男主人公同样艰难的经历,都只在小说结尾处,男女主人公重逢的时候简单追述出男主人公的不幸经历。这样叙述的好处是减头绪,使故事脉络更加清晰,更加突出了女主人公的形象特征,同时也通过叙事留白产生阅读悬念。《恨海》出版于 1906 年,《劫余灰》初刊于《月月小说》上,都写于《电术奇谈》之后,受到了《电术奇谈》写作思路的影响,亦即西洋小说叙事的影响。《新小说》上梁启勋论及中西小说叙事之不同道:

> 泰西之小说,书中之人物常少,中国之小说,书中之人物常多;泰西之小说,所叙者多为一二人之历史,中国之小说,所叙者多为一种社会之历史(此就佳本而论非普通论也)。昔尝思之,以为社会愈文明,则个人之事业愈繁赜,愈野蛮,则愈简单。如叙野蛮人之历史,吾知其必无接电报、发电话、寄相片之事也故。能以一二人之历史敷衍成书者,其必为文明无疑矣。初欲持此论以薄祖国之小说,由今思之,乃大谬不然。吾祖国之政治法律,虽多不如人,至于文学与理想,吾雅不欲以彼族加吾华胄也。盖吾国之小说,多追述往事,泰西之小说,多描写今人,其文野之分,乃书中材料之范围,非文学之范围也。若夫以书中之内容论,则西厢等书,最与泰西近。①

这一比较故不尽然,可是西洋小说多敷衍"一二人之历史"的做法,被吴趼人等中国小说家注意到了,并仿照着运用于晚清新小说。

梁启勋提到《西厢记》等书与西洋小说最接近,是因为"书中之内容"主要写的是男女爱情故事,故事主线突出,涉及人物也可以不多。吴趼人所作之《电术奇谈》《恨海》《劫余灰》等小说不仅受西洋小说影响,"能以一二人之历史敷衍成书",而且同样也叙述了爱情故事,《电术奇谈》等小说刊出时

---

① 曼殊:《小说丛话》,《新小说》第 11 号,1904 年 10 月。

即被命名为"写情小说"。这是新小说的一个突出门类。吴趼人对"写情小说"有他独到的认识,在叙写男女爱情时,处处以道德相检束。《电术奇谈》虽为翻译小说,但在描述主人公的爱情时主要从凤美的角度着笔,修短得中。周桂笙对《电术奇谈》的回评,多处也论及于此。第1回回评道:"写情小说,最难描摹。观其'那一种温存慰贴的情状,我这支笔也描摹它不出来'一句,不描摹处,正是描摹处。盖可令阅者,自于冥窭中想像之也。此谓之透过一层写法。"第7回回评道:"此回虽仍是写凤美痴情,然而却换转一副笔墨,写得忽喜忽悲,生出许多痴想,与第三回之彷徨惊怖,第四回之娇啼痴哭,截然两样。合而观之,又确是一定之秩序,并非随意变化出来。此一支写情妙笔,不知从何处购得。"第24回回评道:"人之有情,禀诸先天,与此身相存亡者也。无论为忠孝节义,为奸淫邪盗,莫不根于情。其所以分善恶之途者,特邪正之用不同耳。观于凤美,初不过眷恋仲达之一点私情耳。然观其暗随情人,远渡重洋时,何等冒险;韶安相遇时,何等委婉;相失思念时,何等悲苦;放枪复仇时,何等激烈。一弱女子耳,而演出如许活剧!故此书虽是写情小说,而较诸徒写淫啼浪哭者,又自不同。"①周桂笙对吴趼人的写情笔法是深加赞赏的,他也十分认同吴趼人的写情小说观,故在评论时围绕"写情"二字有较多感发。

就在《电术奇谈》刊至第23回的时候,金松岑发表了一篇论说文《论写情小说于新社会之关系》,指出写情的流弊。文中道:"若乃逞一时笔墨之雄,取无数高领窄袖花冠长裙之新人物,相与歌泣于情天泪海之世界,此其价值,必为青年社会所欢迎,而其效果则不忍言矣。"就此"欧化风行",是负有责任的。②《电术奇谈》叙述西洋故事却不涉"情天泪海",没有打破中国传统的道德规范,这是吴趼人的功绩。可以说,《新小说》刊登《电术奇谈》是为写情小说设立范本,吴趼人的写情小说创作就此开了端绪。但是《电术奇谈》不仅写情。小说吸引人的地方还在于一个"奇"字,它为中国读者提供了新鲜感受。除了催眠术和主人公的改头换面、起死回生之外,小说中

---

① 《电术奇谈》知新主人评语,《新小说》第8号、第11号、第18号,1903年10月、1904年10月、1905年7月。

② 松岑:《论写情小说于新社会之关系》,《新小说》第17号,1905年6月。

的一个重要角色,侦探甄敏达,也为中国读者所陌生。

甄敏达是凤美寻夫的主要帮助者,凤美和仲达的团聚离不开他的力量。有能为的侦探,这一职业角色在以往中国小说中是不曾有过的。周桂笙认为:中国小说"虽间有一二案,确曾私行察访,然后查明白的,但此种私行察访,亦不过实心办事的人,偶一为之,并非其人以侦探为职业的。所以说中外不同,就是这个道理"①。小说中要出现"以侦探为职业"的人物角色,并且侦探应该是真正机敏通达的(甄敏达),这样的小说才称得上"侦探小说"。《电术奇谈》正是一部合格的侦探小说。周桂笙为《电术奇谈》第23回写了较长的回评,来谈论侦探小说的意义。

> 时彦每喜译侦探小说,窃谓不必译也。夫译书无论为正史、为小说,无非为输入文明起见。虽然,文明岂易输入哉,必使阅者能略被其影响而后可。苟不然,则南辕北辙,绝不能相及矣。吾观夫中国之问案,动辄以刑求,有所谓天平架者,有所谓跪铁链者、鞭背者、笞臀者,不一而足。罪案未定,罪状未明以前,先受此无名之惨酷,使冤抑已明,果属无罪,则所受者已不能退还矣。呜呼!公堂云乎哉,地狱耳,审讯云乎哉,威逼耳。有此威逼之地狱,为其习惯,彼尚乌知侦探之足为问官之指臂耶? 使彼见侦探小说,且将以为多事也。吾故曰:"侦探小说不必译,以彼不能被此影响也。"
>
> 此一部书吾不知其为实事,为虚构。借曰实事,以东人所著,言西国之事,已属隔膜,况既经翻译,又经衍义,失真之处,在所不免。则此一回审讯情形,亦未必能尽当时情景,虽然,终不能无所据也。观其讯此一案,经若干见证,若干驳诘,然后定案。……而犯人于应受之刑法外,别无丝毫痛苦。呜呼,其视地狱威逼者为何如耶? 然而微侦探之力不及此,此侦探之所以可贵也。②

这一回苏士马受审,"经若干见证,若干驳诘,然后定案",没有威逼受刑的事。周桂笙认为"侦探之足为问官之指臂",如果没有侦探事先探明实

---

① 吉:《上海侦探案》,《月月小说》第7号,1907年4月。
② 《电术奇谈》第23回知新主人评语,《新小说》第17号,1905年6月。

情,获得证据,就不会有这样文明的审讯。他说"侦探小说不必译",是因为中国的问案"动辄以刑求",不能理解西方的做法,故发此愤懑之语。吴趼人很能理解好友的愤懑。在为《新庵译屑》写的序言中,吴趼人道:"毋亦愤世嫉俗,借以喷薄其胸中之积忿耳!世之读此书者,其知桂笙之为人哉!"①

即便认识到侦探小说的故事内容与中国现实之间有距离,周桂笙依然热衷于侦探小说的翻译乃至创作。《新小说》上周桂笙的侦探小说译作就有《失女案》和《双公使》两个短篇以及长篇小说《毒蛇圈》。翻译侦探小说,也是"为输入文明"。周桂笙并不把侦探小说看成一般意义上的通俗小说,他对侦探小说有独特的理解。在《〈歇洛克复生侦探案〉弁言》中,周桂笙道:"吾国视泰西,风俗既殊,嗜好亦别。故小说家之趋向,迥不相侔。尤以侦探小说,为吾国所绝乏,不能不让彼独步。盖吾国刑律讼狱,大异泰西各国,侦探小说,实未尝梦见。……至若泰西各国,最尊人权,涉讼者例得请人为辩护,故苟非证据确凿,不能妄入人罪。此侦探学之作用所由广也。而其人又皆深思好学之士,非徒以盗窃充捕役,无赖当公差者所可同日语。用能迭破奇案,诡秘神妙,不可思议,偶有记载,传诵一时,侦探小说即缘之而起。"②周桂笙从"刑律讼狱""最尊人权"的角度来解释侦探小说的缘起和为泰西所独步的缘由。"在周桂笙的心目中,侦探是西方科学、民主与法制的产物,侦探小说就是西方法律文明的载体。"③故翻译侦探小说具有新民的意义。

《新小说》对侦探小说也十分看重。除了推出周桂笙的译作,和同样具有侦探性质的《电术奇谈》等小说外,还从理论上加以提倡。例如定一在《小说丛话》中说道:

> 中国小说之不发达,犹有一因,即喜录陈言,故看一二部,其他可类推,以致终无进步,可慨可慨。然补救之方,必自输入政治小说侦探小说科学小说始。盖中国小说中全无此三者性质,而此三者尤为小说全

---

① 吴趼人:《吴沃尧序》,周桂笙:《新庵译屑》,魏绍昌编:《吴趼人研究资料》,第338页。
② 周桂生:《〈歇洛克复生侦探案〉弁言》,《新民丛报》第55号,1904年。
③ 杨绪容:《周桂笙与清末侦探小说的本土化》,《文学评论》2009年第5期。

体之关键也。①

从梁启超对政治小说的提倡扩充至政治、侦探、科学②并举,可见新小说所极力包容的门类是中国传统小说中没有的。侠人道:"唯侦探一门,为西洋小说家专长,中国叙此等事,往往凿空不近人情,且亦无此层出不穷境界,真瞠乎其后矣。"③即从艺术方面肯定了侦探小说的价值。至于阿英说:"当时的译家,与侦探小说不发生关系的,到后来简直可以说是没有。如果说当时的翻译小说有千种,则翻译侦探,要占五百部上。这发展的结果,与谴责小说汇合起来,便有了后来的'黑幕小说'的兴起"④,这是后话了。

在侦探小说的翻译上,周桂笙功不可没。"'侦探小说'的名词由他而成立"⑤,《毒蛇圈》就是最早被翻译的侦探小说之一。小说主人公铁瑞福是个雕刻家。一日参加聚会,醉归途中迷了路,遇到一人,瑞福帮他抬他生病的女人去医院,不料半道那人自己溜走了。警察来到,发现女人已死。这是一桩命案。瑞福协同警察查案,却意外失明。女儿妙儿更是悉心照顾他,瑞福也在筹划着妙儿的婚事。同时瑞福的徒弟陈家蘷却在暗中侦查凶手。小说没有完篇,但悬疑已露。妙儿要嫁的伯爵在亲友眼中问题重重;突然出现的大词曲家顾兰如太太到底是何许人;她和久而复出的麦而高及其团伙之间有什么关系;白路义兄妹和妙儿、陈家蘷又会产生怎样的情缘;史太太在案件中起到什么作用;警察葛兰德能否缉拿真凶……这些疑问使得《毒蛇圈》成为一部可读性很强的作品。

周桂笙也用章回体来翻译这部侦探小说。除了每回开头有"却说""且说"等引出正文,回末用"且听下回分说"等作结外,中间还穿插了不少叙述者的议论。研究者对此评析道:"译者既然将西方小说改造成了传统的章回说书体,自然获得了置身于原文之外以第三者的身份发表评论的合

---

① 定一:《小说丛话》,《新小说》第 15 号,1905 年 4 月。
② 《新小说》上发表的"科学小说"为翻译小说《海底旅行》,也是章回小说,从第 1 号(1902 年 11 月)刊至第 18 号(1905 年 7 月),21 回。
③ 侠人:《小说丛话》,《新小说》第 13 号,1905 年 2 月。
④ 阿英:《晚清小说史》,第 283 页。
⑤ 杨世骥:《文苑谈往》,上海:中华书局 1945 年 4 月版,第 11 页。

法性。"①在章回小说中,叙述者的评论往往是小说兴味之所在。第3回"赏知音心倾世侄 谈美术神往先师"中,小说描述白路义道:"看看他生得身材雄伟,仪表不俗,唇红齿白,出言风雅,吐属不凡,可惜他生长在法兰西,那法兰西没有听见过什么美男子,所以瑞福没得好比他。要是中国人,见了他,作起小说来,一定又要面如冠玉,唇若涂朱,貌似潘安,才同宋玉的了。瑞福见了这等人,不由得他不暗自赞叹,在肚子里暗暗点头。"吴趼人批语道:"公亦在此译小说,何苦连作小说的都打趣起来。"②这段"面如冠玉"的议论显然是原著不会有的。周桂笙联系章回小说中常用来形容人物的套语,一是为了让中国读者看起来明白,二也有些讥讽中国小说的意味,所以吴趼人会说是"打趣""作小说的"。尽管作小说的形式是中国化的,但在具体叙事方面,周桂笙对"旧体裁"已不太满足了。

杨世骥论周桂笙道:"周桂笙的翻译工作在质量方面虽赶不上林纾,但有三事使我们不能忘怀于他:第一他是我国最早能虚心接受西洋文学的特长的,他不像林纾一样,要说迭更司的小说好,必说其有似我国的太史公,他是能爽直地承认欧美文学本身的优点的。第二,他翻译的小说虽不多,但大抵都是以浅近的文言和白话为工具,中国最早用白话介绍西洋文学的人,恐怕要算他了。第三,他的翻译工作,在当日实抱有一种输入新文化的企图,虽然没有什么成绩表现,他的一番志愿是值得表彰的。"③就第一点和第三点"接受西洋文学的特长"以"输入新文化"而言,周桂笙对此有清醒认识,并积极付诸实践。论者常引用到《毒蛇圈》起始的"译者曰",确实很具有代表性。

> 译者曰:我国小说体裁,往往先将书中主人翁之姓氏来历,叙述一番,然后详其事迹于后,或亦有用楔子、引子、词章、言论之属,以为之冠者。盖非如是则无下手处矣。陈陈相因,几于千篇一律,当为读者所共知。此篇为法国小说巨子鲍福所著,其起笔处即就父女问答之词,凭空

---

① 赵稀方:《翻译与文化协商——从〈毒蛇圈〉看晚清侦探小说翻译》,《中国比较文学》2012年第1期。
② 《毒蛇圈》第3回,《新小说》第9号,1904年7月。
③ 杨世骥:《文苑谈往》,第10—11页。

落墨,恍如奇峰突兀,从天外飞来,又如燃放花炮,火星乱起,然细察之,皆有条理,自非能手,不敢出此。虽然,此亦欧西小说家之常态耳。爰照译之,以介绍于吾国小说界中,幸弗以不健全讥之。①

周桂笙比较了中西小说开篇的不同。中国小说,特别是章回小说总有"楔子"来引起正文,叙述人物又常先交代履历,西方小说就不如此。像《毒蛇圈》以铁瑞福父女的对话开篇,"凭空落墨",而不叙述故事缘起。这是做小说的另一种技巧,可以打破章回小说"千篇一律"的格局,故为周桂笙所推介。《毒蛇圈》发表之后,《新小说》上时有关于中西小说章法布局的评论。如侠人道:"中国小说起局必平正,而其后则愈出愈奇。西洋小说起局必奇突,而以后则渐行渐弛。大抵中国小说不徒以局势疑阵见长,其深味在事之始末,人之风采,文笔之生动也。西洋小说专取中国之所弃,亦未始非文学中一特别境界。"②用起局奇突来改变章回小说的起局平正,以实现新小说之"新",这个方法似乎不难。吴趼人一边评点《毒蛇圈》,一边也在借鉴其新手法。论者一般都会把《毒蛇圈》和《九命奇冤》联系起来看。

杨世骥是较早注意到这两部小说之间的联系的,后来论者只是承其余绪。杨世骥在《文苑谈往》中说道:《毒蛇圈》"第一回开端是父女两人的对话,其体式在中国小说界尚是最初一次的发现"。"他这种下意识的介绍在当日即发生了迅速的策应,《毒蛇圈》发表在《新小说》杂志第一卷第八期,第一卷第十二期载有我佛山人的《九命奇冤》,其开端即叙述一批强盗的对话,自然是模仿这种'欧化'的体式的。"③吴趼人的评点从《毒蛇圈》第3回正式开始,发表《九命奇冤》的时候,《毒蛇圈》正连载至第8回和第9回,铁瑞福失明,女儿妙儿"睹盲父惊碎芳魂"(第9回回目)。吴趼人在第9回回评中谈到,他和周桂笙商量,让他在小说中添加女儿思父一段,以纠正"伦常蟊贼"的"专主破坏秩序,讲家庭革命"④的行为。十分明显,吴趼人参与到了《毒蛇圈》的翻译过程中,他对西洋小说或侦探小说的做法有一定了

---

① 《毒蛇圈》第1回"译者曰",《新小说》第8号,1903年10月。
② 侠人:《小说丛话》,《新小说》第13号,1905年2月。
③ 杨世骥:《文苑谈往》,第13,15页。
④ 《毒蛇圈》第9回趼廛主人回评,《新小说》第12号,1904年11月。

解,故在创作小说中有所尝试。

《九命奇冤》的开头明显模仿了《毒蛇圈》"凭空落墨"、起局奇突的技巧。胡适对《九命奇冤》的评价很高,他说:"《九命奇冤》可算是中国近代的一部全德的小说。""他用中国讽刺小说的技术来写家庭与官场,用中国北方强盗小说的技术来写强盗与强盗的军师,但他又用西洋侦探小说的布局来做一个总结构。""有了这个统一的结构,又没有勉强的穿插,故看的人的兴趣自然能自始至终不致厌倦。故《九命奇冤》在技术一方面要算最完备的一部小说了。"①《九命奇冤》的"总结构"是一件大案的始末,和西方侦探小说一样,用一桩案件来结构故事,但毕竟不是侦探小说。尽管有一个"总结构",起局也奇突,但在具体叙事方面,依然采用传统章回小说的路子。胡适说:《九命奇冤》"开卷第一回便写凌家强盗攻打梁家,放火杀人。这一段事本应该在第十六回里,著者却从第十六回直提到第一回去,使我们先看了这件烧杀八命的大案,然后从头叙述案子的前因后果"②。《九命奇冤》的开头相当于一个特写,把第 16 回的一个情节放大了前置,此后还是用章回小说的全知叙事,从头道来,使读者很早就知道罪犯是谁,为什么犯罪,罪犯是否以及如何得到惩罚,则是读者顺着小说叙事得到的结果。所以《九命奇冤》的开头是吴趼人特意添加上去的,小说第 2 回才是真正的故事开端,如果删去第 1 回的强盗对话,并不会影响小说叙事进程。《毒蛇圈》则不同。开篇的父女对话确实就是故事的开头,对话之后,铁瑞福就去赴宴,回家途中遇到命案。开篇对话之所以特别,是因为采用了零度叙事,没有交代对话者身份,过后才作了补叙。因为零度叙事在中国读者看来太特别、太陌生,《九命奇冤》就依此仿照,来吸引读者。可接着《毒蛇圈》采用的是限制叙事而非《九命奇冤》的全知叙事,罪犯是谁、为什么犯罪、罪犯是否得到惩罚等问题都是读者不知道的,也就是说《毒蛇圈》只叙述受害者与侦探方面,而不从罪犯方面叙述故事,罪犯身份及犯罪动机要到小说末尾才揭晓,这才是侦探小说的做法,《九命奇冤》的全知叙述者从一开始就行使其无所

---

① 胡适:《五十年来中国之文学》,《胡适文存》(2 集),上海:亚东图书馆 1924 年 11 月版,第 181、183 页。
② 同上书,第 181—182 页。

不知的能耐,受害者与罪犯双方的行迹都得到了充分展示。因此,《九命奇冤》对西洋小说的模仿只是表层的,总体上它还是一部较为传统的章回小说。翻译小说《毒蛇圈》的叙事则比较遵守西洋小说的做法。从这方面来看,吴趼人衍义的《电术奇谈》把叙事限制在女主人公的角度,倒是与《毒蛇圈》更为接近。

《毒蛇圈》的叙事遵守了西洋侦探小说的做法,杨世骥说:这部小说"是用白话翻译的,不失为一部最早的直译的小说"①,"直译"就包含了尊重原作的意思。周桂笙懂得英文和法文,故翻译法国小说可以做到忠实,而不似晚清很多小说译家对原作大肆改写,乃至著译不分。同时,白话也是"直译"的重要构成部分。《毒蛇圈》之前,林纾的翻译小说最著名,但用的是文言,强调《毒蛇圈》是"最早"的直译小说,即强调了它的白话文体。吴趼人也注意到小说的语言特征。在点评第4回铁瑞福醉归途中"走到了一个死胡同"时,吴趼人道:"死胡同,京话也。江南人谓之实窒弄,广东人谓之崛头巷,此书译者多用京师话,故从之。"②提到江南话和广东话,是考虑到南方读者的阅读接受。梁启超和吴趼人都是广东人,《新小说》上刊有粤讴、广东戏本等作品,就是迎合广东读者的。周桂笙是上海人,他不用上海话或吴语译小说,而用"京师话",实际上就是采用了章回小说的白话。胡适在评《儿女英雄传》时说:"前有《红楼梦》,后有《儿女英雄传》","都是绝好的京语教科书"③。既然采用京语的《红楼梦》是章回小说的典范之作,那么后世章回小说的作者便会有意无意地参照《红楼梦》的叙述语言。《儿女英雄传》是如此,《毒蛇圈》也是如此。尽管是翻译作品,《毒蛇圈》依然是一部章回小说。

阿英说:"当时也有用白话演述原书的一派,如梁启超,李伯元,吴趼人都是。他们就原书的内容,用章回小说的形式演述,颇能深入小市民层。"④周桂笙《毒蛇圈》等一些译作当然也属于"用白话演述原书的一派"。章回

---

① 杨世骥:《文苑谈往》,第13页。
② 《毒蛇圈》第4回趼廛主人回评,《新小说》第9号,1904年7月。
③ 胡适:《〈儿女英雄传〉序》,《胡适文存》(3集),上海:亚东图书馆1924年11月版,第757页。
④ 阿英:《晚清小说史》,第276—277页。

体白话小说是为中国读者所习惯好尚的,换一种体式并不见得就能被接受。鲁迅谈《域外小说集》的翻译道:"《域外小说集》初出的时候,见过的人,往往摇头说,'以为他才开头,却已完了!'那时短篇小说还很少,读书人看惯了一二百回的章回体,所以短篇便等于无物。"①不仅是"读书人",晚清普通市民也是看惯了章回小说的。而长篇小说一般都用章回体制。《新小说》对长篇小说的要求是:

> 本报所登各书,其属长篇者,每号或登一回二三回不等。惟必每号全回完结,非如前者《清议报》登《佳人奇遇》之例,将就钉装,语气未完,戛然中止也。②

长篇小说都应分回,不仅是迎合一般读者的阅读好尚,也是晚清译著小说者下意识中当然如此的。《新小说》所刊著译作品中,非章回体小说都篇幅不长。鲁迅在晚清尽管用新体翻译《域外小说集》中的短篇小说,但在译长篇《月界旅行》和《地底旅行》的时候,也是分了章回,加了回目的。《佳人奇遇》是梁启超翻译的政治小说,尽管不是白话,但也用了章回体。他的《十五小豪杰》"又纯以中国说部体段代之"③,是一部章回体翻译小说。

《新小说》不但刊登了梁启超、吴趼人、周桂笙等著译的晚清著名长篇章回小说,还对所刊作品给予评价。梁启勋道:"凡著小说者,于作回目时,不宜草率。回目之工拙,于全书之价值,与读者之感情,最有联系。若《二勇少年》之目录,则内容虽佳极,亦失色矣。吾见小说中,其回目之最佳者,莫如《金瓶梅》。"④《二勇少年》是刊登于《新小说》上的章回体翻译小说,其回目和传统章回小说不一样,如第1回为"同敌士",第6回为"内外之强敌",是字数不等的短语而非对偶句。这样的回目设置可以说启示了后来包括民初文言小说在内的章回小说的变革,但在晚清文人的心目中是不尽人意的。他们的小说观念无可避免地渗透着中国传统小说的强大影响。不仅是《金瓶梅》,《新小说》的《小说丛话》经常评价甚或赞赏传统章回小说。

---

① 周作人(实为鲁迅所撰):《域外小说集序》,《鲁迅全集》第10卷,第178页。
② 新小说报社:《中国唯一之文学报〈新小说〉》,《新民丛报》1902年第14号。
③ 少年中国之少年:《十五小豪杰》第1回译后语,《新民丛报》1902年第2号。
④ 曼殊:《小说丛话》,《新小说》第8号,1903年10月。

如说:"吾国之小说,莫奇于《红楼梦》。可谓之政治小说,可谓之伦理小说,可谓之社会小说,可谓之哲学小说、道德小说。"①"吾观水浒诸豪,尚不拘于世俗而独倡民主民权之萌芽,使后世倡其说者,可援《水浒》以为证,岂不谓之智乎。""《水浒》可做文法教科书读。"②用西学观念赋予传统章回小说以新的意义,同时又肯定其"文法教科书"的地位。更新内容而保留形式,这就是晚清新小说家对章回小说的态度。

在作为《新小说》宣言的《论小说与群治之关系》中,梁启超一方面肯定了小说的力量,一方面又否定了传统小说对中国民众的不良影响。"小说之为体其易入人也既如彼,其为用之易感人也又如此","小说之陷溺人群,乃至如是,乃至如是!"③作为文体的小说,是新小说倡导者梁启超要好好利用的,而传统小说的内容则需好好改革。"新小说""新"的是小说内容(包括小说门类)而非小说文体。"旧体裁"的章回小说是中国民众喜闻乐见、习以为常的,故章回体小说的形式被新小说(无论是创作小说还是翻译小说)所袭用。在袭用过程中,受西洋小说影响,传统章回小说的叙事方式捎带着发生了改变。

---

① 侠人:《小说丛话》,《新小说》第 12 号,1904 年 11 月。
② 定一:《小说丛话》,《新小说》第 15 号,1905 年 4 月。
③ 饮冰:《论小说与群治之关系》,《新小说》第 1 号,1902 年 11 月。

第二章　民初文言章回小说及言情故事

古典章回小说有"文备众体"的特点。从语体角度来考虑,所谓"文备众体"是指白话章回小说的"白话"并不纯粹,其中含有文言和方言的成分。古典章回小说大都用白话写成,但中间夹有诗词尺牍等文言体裁或描述人物风情的方言俗语,一部小说往往兼备多种语体,显出作者的博学多闻。现代章回小说却有了不同。文言、方言可以从白话中离析出来,出现纯粹用文言写作的潮流,方言小说也由晚清《海上花列传》开始受人瞩目。白话传统虽然仍是主流,但现代章回小说的白话与古代白话毕竟有了不同,并且不含诗词文赋的纯粹白话章回小说也不在少数。这些语言文体上的变化当然还是表面现象,但却十分重要,可以显现出章回小说现代化的诸种迹象。

文言小说,无论是长篇还是短制,在民初都是一个高潮。短篇的文言小说因为古来多见,所以到清末民初,在西方小说的影响下,形制上虽然有所改变,但与古代小说依然一脉相承。被称为现代小说"先声"的鲁迅的《怀旧》,考其叙事特色,不难在古代小说散文中找到它的渊源。可是长篇的文言小说在中国古代很少见,清代乾、嘉年间的小说家屠绅所撰《蟫史》是稀有的代表。今所见《蟫史》共20卷,每卷首有一单行标题,字数不一致。相邻两卷标题似能合成一对句,同于传统章回小说的双行回目。以卷分段落的方式,是章回小说较早时的形态。这部小说在神魔外衣下讲述平定战乱的故事,语言十分古奥,就文言来说地道已极。鲁迅对之的评价是"惟以其文体为他人所未试,足称独步而已"[①],即指其作为文言章回小说而言,在文学史上具有一定价值。

---

① 鲁迅:《中国小说史略》,《鲁迅全集》第9卷,北京:人民文学出版社2005年11月版,第255页。

第二章　民初文言章回小说及言情故事

文言章回小说在古代以《蟫史》为代表,其他同类作品很少见,因此不能形成潮流,也不为时人关注。但到了清末民初,情况有了很大不同。特别是民国初年,文言小说创作成为一种普遍现象,章回体的文言小说不乏为世所称道者。须指出,这里所说的"文言",在清末民初包含古文和骈文两类,由于当时的骈文小说并非全以四六句成之,可以把它们和纯粹散文体的古文小说同归于"文言小说"名下。这时的文言小说和《蟫史》相比,语言要浅显易懂得多,即便是古文家林纾的译著小说,语言也不深奥难读,而被时人竞相争阅学习,影响很大。用浅近文言来写作小说,原因是多方面的,表现出这一时期小说雅俗兼顾的特征:既要延续晚清小说革命的思路,发挥小说的世俗功用,同时又需要为文士们提供栖息情感的场所。

对民初文言小说乃至民初小说的研究是学术界的薄弱一环。新文学家对民初"鸳鸯蝴蝶派"文学的批判导致后来的文学史家也以同样的眼光看待这一时期的文学,从而遮掩了民初文学的存在意义。在有限的民初文学研究中,有些学者认识到了民初小说的特殊价值,并努力探讨民初小说在晚清和五四之间除开过渡衔接之外的区别特质。认为:"民初小说在'小说界革命'曾经无往不利的两个方面都作出了不同的回应——不同于晚清小说主流对小说功能的历史功利主义认定,民初小说家普遍看取小说'日常性'的一面,回避历史'大叙事',专心经营自己那些动人以情或引人入胜的叙事文本;同时,不同于晚清流行的进化论式的小说发展观,民初小说无论在文体形式上还是在小说本性的把握上,都没有抱持一种对传统小说的偏见。"[①]作为传统小说代表的章回小说在民初依然有十分突出的表现,而文言章回小说作为民初小说最耀眼的创作形态,在之前与之后的文学史中都不复重现。对它的研讨不是"鸳鸯蝴蝶派"一词所可笼统涵盖的。

第一节　民初文言章回小说风潮

民初形成风潮的文言章回小说,可以成为民初小说创作成就的代表。这些小说把文言叙事、写人、画景的能力发挥到淋漓尽致的程度,不仅故事

[①] 叶诚生:《"越轨"的现代性:民初小说与叙事新伦理》,《文学评论》2008年第4期。

动人,而且辞章优美,在长篇体制中,文言气韵一贯到底,是很不容易做到的。可以想见,晚清以来新参与到写作小说中去的那些文士,怎样把个人的才华、精力、情感和积怨都倾注到了这些文言作品之中。同时,对于章回体而言,由于语言上的变化,呈现出新的风貌。新的回目样式,新的叙事体验,在以往的章回小说中是没有过的。

所谓"新的叙事体验",指的是过去白话体的章回小说着意于动作的连贯叙述,讲究叙事速度,而民初的文言章回小说,多的是叙事停顿,主人公的心理描述和叙述者的议论往往占据了文本的很大篇幅。小说不以情节的曲折传奇取胜,而以回肠百折的情感吐露吸引感动了众多的阅读者。如《玉梨魂》第4章"诗媒"道:

> 梨娘读毕,且惊且喜,情语融心,略含微恼。红潮晕颊,半带娇羞。始则执信而痴想,继则掷书而长叹,终则对书而下泪。九转柔肠,四飞热血。心灰村村,死尽复燃;情幕重重,揭开旋障。既而重剔兰镫,独开菱镜,对影而泣曰:"镜中人乎?镜中非梨娘之影乎?此中人影,怎不双双。既未尝昏黑无光,胡不放团圞成彩?而惟剩有一个愁颜,独对于画眉窗下乎?呜呼梨娘!尔有貌,天不假尔以命;尔有才,天则偿尔以恨。貌丽于花,命轻若絮,才清比水,恨重如山。此后寂寂窗纱,已少展眉之日。悠悠岁月,长为饮泣之年矣!尔自误不足,而欲误人乎?尔自累不足,而欲累人乎?已矣已矣!尔亦知情丝缕缕,一缚而不可解乎?尔亦知情海茫茫,一沉而不能起乎?弱絮余生,业已堕落,何必再惹游丝,凭藉其力,强起作冲霄之想。不幸罡风势恶,孽雨阵狂,极力掀腾,尽情颠播,恐不及半天,便已不能自主。一阵望空乱飑,悠悠荡荡,靡所底止。此时飘堕情形,更何堪设想乎!"言念及斯,心灰意冷,固不如早息此一星火,速断此一点情根,力求解脱,劈开愁恨关头,独受凄凉,料理飘零生活。悬崖知勒马,原为绝大聪明;隔水问牵牛,毋乃自寻苦恼。今生休矣!造化小儿,弄人已甚,自弄又奚为哉?岂不知缘愈好而天愈忌,情愈深而劫愈重耶!梨娘辗转思量,芳心撩乱,至此乃眉黛销愁,眼波干泪,掩镜而长叹一声,背镫而低头半晌。心如止水,风静浪平,已无复有梦霞二字,存于脑之内府。梨娘之心如此,则两人将从此撒手乎,而作此《玉梨魂》者,亦将从此搁笔乎?然而未也。梨娘此时,

虽万念皆消,一尘不染,未几而微波倏起于心田,惊浪旋翻于脑海,渐渐掀腾颠播,不能自持。恼乱情怀,有更甚于初得书时者。是何也? 此心不堕沉迷,万情皆可抛撇,惟此怜才之一念,时时触动于中,终不能消灭净尽也。于是一吟怨句,百年恨事兜心,再展蛮笺,半纸泪痕透背。旋死旋生,忽收忽放,瞬息之间,变幻万千,在梨娘亦不自知也。呜呼孽矣!

这段文字描写的是小说主人公梨娘收到梦霞第一封情书时的情景,一会儿想速断情缘,一会儿又为心之所向寻找理由,其间又加入叙述者的评论、分析和感慨。如此辗转反侧,终于情不胜理,梦霞收到了梨娘作为答复的情书,两人凄美的故事就此开场。这类长篇幅的叙事停顿,提供出一种新的叙事体验,更新了章回小说的传统面目。民初文言章回小说的特色和美感价值,和它们之前与之后的章回小说相比,是绝无仅有的。

清末民初章回体文言小说很多以"章"来分段,最著名的是同时连载于《民权报》上的《玉梨魂》和《孽冤镜》。前者30章,后者24章,每章仅以两字为题,同一般章回体小说的双句回目相比,简省很多。范烟桥认为:这类小说"体裁是继承章回小说的传统,也吸取了外国小说的形式,文字则着重词藻与典故。徐枕亚的《玉梨魂》,就是当时的代表作"①。章回小说的形成不仅受到说话艺术的影响,戏剧也是参与其生成定型的不可忽视的因素。以二字标目的文言章回体小说,显然与古典戏剧的体制形态有着内在的传承关系,同时在章法上也不无借鉴处。《玉梨魂》的叙述者是书中的一个人物,在故事尾声出现,寻访主人公的旧日踪迹,就颇类似于《桃花扇》中那个说故事人的角色。这些小说虽用文言,却还是丢不开章回小说中的那个说书人。"吾书""阅者诸君"的插入语,时时出现,把白话章回体小说中的说书人话语转换成了文言句法。吴双热《孽冤镜》第12章结尾处云:

阅者诸君乎,其知可青之生,其可怜甚于粹华之死乎? 其知可青可怜,而薛氏之母女,遂相率而为可怜虫乎? 予著书至此,从此遂开辟一

---

① 范烟桥:《民国旧派小说史略》,魏绍昌编:《鸳鸯蝴蝶派研究资料》(上卷),上海:上海文艺出版社1984年7月版,第272页。

哀的世界。彼粹华特为哀世界之先导者耳。今日侦得可青消息,于是予于《孽冤镜》中不复可著一快意之笔,十二章以降,能令阅者诸君,起哀的感触。嗟乎!乐观去矣,悲观大来。可青一个闷葫芦,个中多储哀怨,悔予多事,必欲打破之也。

预先透露人物命运和故事进展,完全是在履行说书人的义务。

也有不仅以二字标目的。完稿于1910年,初版于1913年的何诹所著之《碎琴楼》就是一部很值得玩味的小说。范烟桥对此书的评价是:"当时文言小说,什九摩拟林琴南,惟此书独能自树壁垒,故论者推为晚近文言长篇之眉目。"①价值很高,只是不太为现在的研究者注意。这部小说共34章,章题由若干叙事单位(通常是二至四个短语)组成,能够统领一章的内容,概括出主要的情节动作。如果把这些叙事单位连缀起来,就形成整部小说的叙事语法,故事情节一目了然。兹录于下:

> 败叶丛中之《鬼火烹鸾曲》——夜访琼花姥姥于荒落,得记其悲言——进化先生创办学堂及琼花春病——琼花疾愈,授计云郎,云郎投之以野菜之花——云郎扑球伤足,琼花以云郎下第辩护于先生——云郎受斥于饭主人,感愤成疾,琼花视于其居——秋雨微瞯琼花及琼花感别——琼花以册瞯云郎,疾愈,遂与之游于西圃——琼花为云郎弹琴,刘夫人及秋雨为微言,遂伤其娇女——琼花觐圣返,为云郎受责,而玉英至自石村——进化学堂休业,琼花乃以玉梅送云郎归其居——老魅莅李绅家,琼花疾呕血,自啮其铜环——琼花病得奇梦,乃授词秋雨祷于金花之神——老宿学训子,琼花赠金成云郎之孝——琼花夜阅飞龙箭,云郎以家难与琼花离居——有客密谋于横江秋夜,九环以唁语唁云郎——琼花却百金绮裳,云郎来问疾——云郎怨琼花,琼花誓之以翠琰之约,老魅复莅李绅家——云郎为琼花放纸蝶,遂避李家乡之瘟神——王成卿示威于其钱库,带笠人以云郎凶问至自广州——云郎丐于绿坡江,琼花临吊云郎,云郎复之以哀礼——宝山及玉英遇于珠江,遂挈之及青芙东渡——琼花弹琴寄其哀怨,刘夫人得无妄之灾——李绅营业

---

① 范烟桥:《中国小说史》,苏州:苏州秋叶社1927年12月版,第228页。

大败,云郎以鸳鸯藏带与琼花为不言之盟——云郎密寓琼花以情札,琼花以父命归于银生——琼花哀歌碎琴,遂以所怀为书与云郎诀——寿大王起于北山,县官弃城挈其妾宵遁——琼花避寇于肥主人,肥主人涎之,琼花遇侠,宵遁遇其父——王成卿以不仁蒙祸,琼花归其故居得银生豪信——琼花得掷花之石私瞰云郎,李绅贫落被摈于其亲友——陈文卿绝李绅,李绅死,琼花自缢——云郎哀愤成疾,琼花以寇逼奔视之于广州——寇迫琼花于黄漳店,自溺,侠者拯之,归于竹林茅庐——琼花死,云郎弗知所终。

故事大略尽收于此。相对于二字标题来说,《碎琴楼》的章题更能具体反映小说的主要故事内容,同时又不失简洁明了。这很能说明章回小说在清末民初时的剧烈变化。徐枕亚的《余之妻》30章,每章也是单句标题,字数不一,郑逸梅评之曰:"错落有致,一洗呆滞刻板之病。"① 不过和《碎琴楼》相比,《余之妻》的章题因为诗意浓厚而含义模糊,不能明确指示一章之中的情节故事。所以《碎琴楼》表现出的章回小说的变化形态在清末民初实在不可多得。可惜这种变化只在《碎琴楼》处昙花一现,相似的情形要待到抗战以后才呈现出章回小说的一种蜕变趋势。《碎琴楼》讲述的是一对小儿女的悲情故事,相爱而不能互诉衷肠,更不能相守,结果凄惨至极,成为民初哀情小说的先导,艺术价值不让于名噪一时的《玉梨魂》。到1939年,这部小说已印行2版13次,可见即便在民初文言小说的风潮过去之后,《碎琴楼》依然受到很多现代读者的喜爱。

当然,还有以规范的章回体式写作文言小说的,李定夷的《霣玉怨》是其中的代表。《霣玉怨》30回,回目除第29回为七字对句外,其他都是八字对句,应算是很工整的。这部作品初刊载于《民权报》,和《玉梨魂》《孽冤镜》一起成为民初文言小说的翘楚。当时李定夷也同徐枕亚、吴双热一样,供职于《民权报》,写作了不少慷慨激昂的政论文章,写小说用的完全是另一幅笔墨,哀感缠绵,极尽凄楚之能事。他的《千金骨》《美人福》等作品也都遵循着规范的章回体制,不过《霣玉怨》或许是因为与《玉梨魂》等一起发

---

① 郑逸梅:《谈谈民初之长篇小说》,《小说月报》第2期,1940年11月。

表于《民权报》,有初创之功而名声更大罢了。

1914年古文家林纾写了一部《金陵秋》,体制和《玉梨魂》相同,共30章,每章的标题都是两个字。所不同者,《玉梨魂》是骈文小说,《金陵秋》是古文小说。这部小说是写辛亥革命如何发生、革命军如何起义的。最重要的情节是起义军夺取南京城。但是在血雨腥风间,林纾依然不忘才子佳人笔法,以仲英、秋光这对革命才子佳人志同道合的恋爱故事为纬,结构全书。小说结尾,仲英、秋光终成眷属,与那些哀情小说有别。哀情小说主情,情到最伤处才感人彻腑,而《金陵秋》着眼于对革命历史的描述,才子佳人故事只是润滑剂而已。所以林纾还是运用了老套的笔法,为他的革命故事的可读性缠上守旧的保险系数。脂香粉腻夹杂在革命流血之中。

> 仲英晕凡一日有半。卧于一人家中,屋宇稍洁,去城可二十余里之远。日午时,微醒。忽闻有花露之馨触鼻。斗一张眼,则见小窗之外,杨柳疏疏,为微飔摇曳。榻前背面坐一女郎,不髻而辫,辫粗如儿臂,滑泽光可鉴人。花露之香似出女郎襟袖。自视左膊已缚白布,重裹甚厚,而腹中微微觉饥。视此女郎,凝目视窗外垂杨,如有所思。忽闻榻上微呻,斗然回顾,则意中所注念之人胡秋光也。

这是小说第18章开头的一段,仲英在攻打南京的战役中受伤,被意中人救护。这段情景描写是很香艳的,不输于当时的骈文小说。只不过《金陵秋》的言情叙事与革命叙事比重相当,而像《碎琴楼》等小说则把动荡的历史推至后台,哀情故事突出为前景。也就是说,清末民初的文言小说并不单只叙述儿女私情,而是有时代历史的寄托在。写儿女之事既是为了博得读者欢心,也是为了抒发个人幽怀。

林纾用文言写作言情故事,固然与他对文言的驾轻就熟直接相关,同时文言与身俱来的雅韵,使得被它叙述的艳情俗事不致流于放纵的地步。上引《金陵秋》的段落,算是小说中最香艳的一段,却给人一种美感。如果换用白话铺展,意味便有所改变。所以文言具有一种约束的力量,无论是情味还是故事,都不能越礼。仲英和秋光即使在订婚之后,因男女大碍,行为更加谨慎。《玉梨魂》中的何梦霞和白梨影最是严格遵守着"发乎情,止乎礼"的规范,他们的悲剧正是那种无形的约束力量导致的。颇耐人寻味的是,这部小说的本事并非像故事所说的那样令人扼腕。徐枕亚的风流韵事冲破了礼教的堤防,他最终还是听从了情人的劝告和小姑结婚,生活美满。把这样一段情事写入文言小说,就必须修修改改,否则与文言本身雅化、节制的要求不相吻合。这是文言对当时言情小说的故事情韵所起到的作用。

文言章回小说为何会在民初形成一股风潮？陈平原认为：“作家们之倾向于采用文言写作,也有不得已之原因。”一则当时的白话不能满足表达的需要；二来作家自身的知识结构更倾向于运用文言；同时读者的阅读趣味又"制约着作家的文体选择"①。可以进一步追究这些原因背后的原因。陈平原接着提到：“在中国,文言、白话之分,绝不只是文体之别,更包含雅俗高低的价值评判。”②可是为何在晚清大倡白话文,大量写作白话章回小说之后,文言小说又会复兴呢？张法对此提供了一种解释：辛亥"革命成功,社会依旧,小说家都感到小说的作用曾经被夸大了。然而又正因为这一夸大,才有了小说的高位。小说失去了革命的助力,但并不想失去自己的高位。向高贵的东西靠拢以保持高位成为民初小说的无意识走向。就当时来说,高贵传统有两方面。一是中国传统,即与白话小说相对立的诗文形式和诗文情调。二是西方小说传统,但西方小说的翻译,以林纾为代表,就是译成古文的,因此西方传统在这里又与中国传统融为一体了。我们看到,民初小说一方面以古文骈文写作,显得相当'高雅',用古文的,在故事结构上卖弄着伏线、接笋、变调、过脉等古文家的文章义法,用骈文的,在故事肌肤上炫耀着炼词炼句的诗词乐调,所谓'有词皆艳,无字不香'"③。要维持小说的上乘地位,在革命高潮过去之后,就必须寻找到另一种力量的支持。但是新一轮的文学启蒙运动要到1917年才得以酝酿成熟,在此期间,"是提倡新政制,保守旧道德"④。依照旧有观念,文言的价值显然高于白话,于是用文言来写小说,也就维持住了小说的地位。

---

① 陈平原:《中国现代小说的起点——清末民初小说研究》,北京:北京大学出版社2005年9月版,第168—169页。
② 同上书,第169—170页。
③ 张法:《民初小说与时代心态》,《中国文化研究》第14期,1996年冬之卷。
④ 包天笑:《钏影楼回忆录》,香港:大华出版社1971年6月版,第391页。

如果把当时文言小说的创作背景扩展开来,可以看到复古思潮的巨大影响力。在晚清,即有"复古以求解放"的一派。这种传统在中国由来已久,表现在文学领域,最典型的就是古文运动。晚清,作为思想界领袖人物的章太炎,其本身既是革命家又是复古者,他的文学观念中有着根深蒂固的守旧一面,代表与影响着一代知识分子的价值取向。至民初,依然是那一班革命期间叱咤风云的人物,却失去了用武之地。共和之后的最初景象并不让人看到希望的前景,特别是袁世凯的处心积虑,在政治上同样营造着复古的氛围。这种氛围让人不得释怀,愤懑不已,但却无从宣泄,《民权报》就因言论过激而被查封。于是小说成为了一种渠道,小说被当成文章来写。当时政府公文用的都是文言,甚至到白话文运动十多年后,这种情形依然没有改变。所以上传下达,对于一班文人来说,既然写不了经国济世之文,就转而以文言写小说。在这样的风气之下,章回小说也用文言包装起来,呈现出新形象。古代很少用文言作长篇小说,《玉梨魂》等长篇文言章回小说出世,便立刻引起世人注目。句法之讲究、辞章之优美在在都令人艳羡,于是,后起模仿者争相不已。

当时文言的市价要比白话高。蒋箸超为自己的文章定价为:文言长篇每千字二元五角,白话长篇每千字一元八角。吴双热作品的标价是:文言每千字三元,白话每千字二元。① 比价相差不少。以这样的市价,写作文言小说当然要比写白话小说更有利。其时的著名杂志像《民权素》《小说月报》《小说时报》等登载的小说都以文言为主打,鲁迅、周作人、叶圣陶、刘半农也都在这时发表过文言小说。陈蝶仙在晚清以白话写长篇章回小说《泪珠缘》,到民国时,又在《申报·自由谈》上连续发表文言小说《玉田恨史》《黄金祟》等等。陈蝶仙是个很有生意头脑的人,他的小说文体的转变,紧随时代风尚。

用文言创作长篇小说,没有很现成的范本。《蟫史》等古代文言长篇在当时的影响不大,甚至不太为人关注。而中国长篇小说都是章回体的,国外的长篇小说经由翻译也变得中国化了,不少译本都用章回体来演绎外国故事。至于林纾、包天笑等人更是结合着中国小说传统用文言翻译长篇小说,

---

① 参见《民权素》第 1 集(1914 年 4 月 25 日)的广告。

在文坛上产生很大反响。在中外长篇小说的参照之下,文言章回小说的创作便在民初成为独特景观。

此外,小说的作者和读者也是促成文言章回小说兴盛的重要因素。袁进在这方面作过深入研究。他的结论是:清末民初"小说市场的扩大主要不是由于市民人数的增加,而是在原有市民内部,扩大了小说市场。换句话说,也就是大量士大夫加入小说作者与读者的队伍,从而造成小说市场的急剧膨胀"①。这里"士大夫"的称法可能不是很贴切,改称"文士"也许更妥当些。士大夫是出将入相的文士,可是在晚清,科举仕途之路堵塞后,文士们的地位发生很大变化,不得不另寻安身立命之道。于是很多寒士转而成为报人小说家。一方面写小说可以赚钱糊口,另一方面小说地位的提高,使本来不屑于此道的文士们的观念不得不发生调整,逐渐成为小说的作者和读者。而文言是文士们驾轻就熟的语言,借助于当时的文言写作风尚,这批文士们也就开始了文言小说的创作。他们既在小说中施展自己的辞章才华,以弥补不再能写经世之文的缺憾,同时他们又创作哀情小说来宣泄心中积蓄的悲伤情绪,在新的才子佳人故事背后埋藏了时代的感念和自身的创痛。他们的作品成为当时文言风尚的重要部分。袁进这样来描述民初创作文言章回小说的作家们对于后来的贡献:

> 士大夫文化在"鸳鸯蝴蝶派"身上依然留有痕迹,它表现在章回小说的回目设置上,也表现在章回小说夹杂的诗词中,更表现在章回小说那凝练的语句、细致的描写上。假如有人写一部章回小说史,他会发现与古代的章回小说相比,不是就某一部作品而论,而是从一个时代来看,"鸳鸯蝴蝶派"的章回小说很可能是最成熟的、最精致的,最能体现章回小说的特点,也最富于士大夫文化的气息。而一个时代的章回小说竟然在这时能取得新的突破,恐怕还得归功于民初文言小说在市民中造成的阅读氛围。②

袁进把现代章回小说看成是章回小说史上最优秀的部分,这当然是他

---

① 袁进:《中国文学的近代变革》,桂林:广西师范大学出版社 2006 年 6 月版,第 37 页。
② 同上书,第 44 页。

个人的偏好。但确实,二三十年代的章回小说达到了炉火纯青的地步,这与以往的积淀相连,更与时代所提供的新的质素相关。现实不同,故事不同,思想情感不同,在向章回小说传统取鉴的同时,分外注意章回体本身的特质,把它们发挥得淋漓尽致,以显示这类创作在现代的价值。民初的文言章回体作品,以文体语言的方式指示了这种复古的趋向。

需要强调的是,当文士成为了小说的作者和读者之后,他们实际上融入了市民或者民众的群体之中,不再得到当道体制的庇护,而是参与到了社会市场的运作过程里,逐渐认识到自己只是一个普通人。这样,民初文言章回小说的价值才真正显现出来。这些作品不仅使写作与阅读章回小说的范围更加扩大,漫延与包容了过去一直对小说存有遮遮掩掩态度的那部分自视甚高的文人,同时也使现代群体的力量得到充实,民众不仅指那些市井细民,农、工、商阶层,也包括了"四民"之首的"士"。文士成了群体的一员,不再把自己与其他人割离开来,也不再有一种居高临下的姿态。李定夷在《賈玉怨·后序》中说道:"生公说法,能悟顽石之心;长康点睛,足娱骚人之目。窃愿举世士夫,涤荡偏见,群仰吕公遗风;断绝流言,毋邁骊姬恶剧。""吕公"指小说里的义仆,吕福,为女主人公史霞卿脱离贼人的算计,想方设法,侠肝义胆。"骊姬"指钱氏,霞卿的庶母,在霞卿的婚姻悲剧中担任"小人拨乱"的角色。李定夷希望"举世士夫""仰吕公遗风",实际上就把原来士人和民众的地位颠倒过来,在仰慕和学习民众的同时,能够自觉融入到这一群体之中。所以,向民众或大众学习的思想,并非到革命文学以后才得以彰显,在清末民初,当文士们参与到小说的创作和阅读中,以章回小说的形式来表明一种大众立场时,这一思想就已经出现了。只不过这时的文士和五四以后的那些知识分子是有区别的,在文士们的身上留有更多的传统的创伤,他们以低调的姿态生活在现实社会中,而五四以后的知识分子更觉出自己身负着承担和批判的责任,他们的走入大众,既是在批判自身同时也带有启蒙的意识。但不管怎样,清末民初毕竟呈现出一个新时代到来的气象,文人们改变了对于自己社会地位的传统看法。

第二节 《燕蹴筝弦录》时期的姚鹓雏小说

最能展示文人的平民化境遇的是姚鹓雏所著之《燕蹴筝弦录》,这是一部写真正的文士生活的言情之作。姚鹓雏是林纾的学生,曾就读于京师大学堂,又是南社才子。南社文士以诗文见长,执笔小说也就带有了诗文气质,这也是用文言写作小说的效用。《燕蹴筝弦录》初版于 1915 年,此书奠定了姚鹓雏小说创作的声名基础。姚鹓雏写这部书是有一定怀抱的。他在小说《自序》中说道:"今日言情之书夥矣,旖旎风光,固已为载笔诸君发洩以尽,成此书后,亦欲使读者,发情止义知名辈风流固自有别,则区区之意也。"①所谓"名辈",即指书中主人公诸鸯机,其原型为清代著名士大夫朱彝尊,小说叙述的就是朱彝尊当年的爱情故事。以著名士人情事为题材的小说,当时还有顾明道的《哀鹣记》,从《钗头凤》来演述陆游和唐琬的故事,而《燕蹴筝弦录》却在演述名辈故事时别有怀抱。据《自序》所言,姚鹓雏实有以这部小说来矫正时下言情之作的用意。作者似乎认为,名辈风流与一般文人的爱情是有差别的,时人不必沉醉在《玉梨魂》等小说所描述的市井文人的感伤之中,而应看到学士大儒在爱情婚姻上的作为,以垂示世人。这部小说的结尾的确不像其他哀情小说那样,男女主人公不是死亡就是弃世,鸯机在女主人公寿姑死后还是和她的姐姐成了亲。如果作者定要演绎本事,那么小说只能这样写,否则就不合朱彝尊的生平;如果作者认识到小说的虚构性质,可以改换现实,那么小说结局完全可以采用一般哀情小说的做法。姚鹓雏还是选择了前者。徐枕亚对此书评价道:"盖无意言情,而自得言情之正者也。"②姚鹓雏的创作在当时得到了首肯。鸯机和寿姑之间的爱情悲剧是小说的主体部分,哀感顽艳的效力毫不比其他哀情小说势弱。但这部小说更欲表明的是,即便真正的士大夫,他们也和普通人一样,要经历人生的悲剧,过着寻常的生活。

朱彝尊写有一首长诗《风怀二百韵》,其中似乎隐隐含有不能明言之

---

① 姚鹓雏:《自序》,《燕蹴筝弦录》,上海:小说丛报社 1915 年 5 月版,第 1 页。
② 徐枕亚:《跋》,姚鹓雏:《燕蹴筝弦录》,上海:小说丛报社 1915 年 5 月版,第 1 页。

事。当时有人对此诗作了索解考证,认为朱彝尊的这首诗实际上是为了咏怀和纪念他与妻妹之间的爱情。这是绝好的小说素材,凡是关涉到私人生活特别是名人情感生活的故事,都会格外引人注意。姚鹓雏把这个故事敷衍成小说,也是顺应了时代风尚。他说:"书中事迹大类胜朝之初,秀水某巨公早年影事。要之寓言十九,无足深考,惟在著者之意,固不欲矫前人细行,指陈其事,以为后生口实。"①前人影事,已"无足深考",而事之韵味却能成就绝好的小说材料。且更具韵味的是,这部共分30章的文言章回小说,每一章标题都出自《风怀二百韵》中的一联,只是并不按照诗中的顺序来编排。范烟桥说:"《燕蹴筝弦录》30章,其回目成一五言排律,想见其制作之煞费功夫矣。"②这一说法道出了小说回目的特色。这些可以连成诗的回目虽出自朱彝尊的手笔,却也凝聚了姚鹓雏的心力。姚鹓雏不按这些诗句在《风怀二百韵》中的前后次序,而把它们挑选出来,拣适宜的两句作为每章题目,以此来展开他想象中的哀情故事。

小说男主人公诸鸳机是一代名士,在他的两位风华绝代的表妹出现之前,终日读书著述,还没有爱情的经验。直到嫦姑和寿姑到他家稍住时日以陪伴诸母时,鸳机的生命似乎才真正开始。嫦姑美貌端庄,知书达理;寿姑才貌双全,活泼聪慧。二女之间,鸳机对寿姑情有独钟,在日常酬对、吟诗品鉴之时,自有一种心犀相通的默契天然之感。小说写鸳机一家避匪祸,为鸳机和寿姑两人最亲密的接触提供了机会。两人逃难时忽遇小溪横亘于前:

> 已而鸳机笑曰:"得之矣。我当去履而涉,水浅当可行也。顾妹何能者?惟有我负若耳。遭此乱离,亦复急何能择?妹当不以为亵。"寿姑骤聆是言,颊大绛,欲拒之,然再四思维,实无能得一策。欲坐以待渡,或绕岸更觅石梁,则为时已促,不知母氏诸人,果状何若。心焦灼几欲自焚。沉思刻许,不得已亦颔首示诺。鸳机于是去履,实诸衣包中,然以文人,初不习此,亦殊羞赧。复曳衣裾,以带束之于腰际。结束既已,至水次将涉,回首欲呼寿姑,乃吃吃不能吐,则亦自笑。寿姑无言,

---

① 姚鹓雏:《自序》,《燕蹴筝弦录》,上海:小说丛报社1915年5月版,第1页。
② 范烟桥:《中国小说史》,苏州:苏州秋叶社1927年12月版,第275页。

徐行近鸳机,以手授鸳机,然娇羞至于无地矣。幸地荒悄,四顾无人,鸳机乃迳拥寿姑而涉。以状言之,初不类负,半为携半为抱也。

这段描写很生动,二人的思想言行纤毫毕露。既考虑到礼防不敢造次,可是为了赶路,却又不得不如此。而像这样的不可多得的机缘,实在又隐隐切合二人的心意。天作之合,不可违也。于是鸳机"乃吃吃不能吐,则亦自笑"。文士的耿直气度一扫而光,获得了寻常人的生活趣味。逃难一节,把一个吟诗作文的诸鸳机写得有些困顿狼狈。

小说还叙述了另一位文士茅道子的故事。道子是鸳机好友,也是个俊爽风流的才子,可婚姻同样很不幸。他与柳奴"爱暱甚至",但慑于夫人威势,不敢明言娶妾的事。结果柳奴被逼于夫人,触壁而死。道子哀绝。其时道子已高中博学鸿词科,成为名副其实的士大夫。小说不写道子和鸳机在仕宦生涯上如何显豁,而是关注于他们的情感生活,因为在这个领域里,士大夫的身份丝毫不能帮助他们脱离日常痛苦。鸳机甚至放弃了京城的官宦生活,回到家乡去追悼寿姑。而他当初离开家乡开始仕途生涯,也是为了能拖延和嫦姑奉母之命的婚约,希望为自己和寿姑的命运转机赢得时间。可是如此苦心,终换不来爱人的聚首,他们既是文士终究也是一个常人。可以看到,"嫦姑"和"寿姑"的名字颇有讲究。作者既考虑到主人公的命名和人物真名之间的对应关系,同时,也在取名上倾注了深意。寿姑最终是少女含恨早夭,名字和实际命运之间构成绝大反讽。"嫦姑"之"嫦"与"常"相通,鸳机最终和嫦姑结婚,也就意味着他开始过上了和大部分人一样的寻常生活。

对文士婚姻爱情生活叙述的偏爱和清末民初文人生活状况的变迁关系密切。姚鹓雏(1892—1954)就是那一时期文人的典型代表。他"生活在一个新旧交替的过渡时代,他有着与他的前辈不同的生活道路"。"从他出生后接受旧式书塾教育到1911年辛亥革命那年离开京师大学堂(北京大学前身),作为一个十八九岁的青年,他已是国学根基相当深厚,而且在新式教育中也吸收了大量的新学知识。"[①]姚鹓雏担任过报刊编辑、政府秘书、学校

---

① 范伯群:《序言》,《姚鹓雏文集》(小说卷上),上海:上海古籍出版社2008年4月版,第1页。

教师,建国后还出任松江县副县长,他的小说创作和他的人生经历是紧密相连的。姚鹓雏谈《燕蹴筝弦录》的创作情形道:"忆民国二年冬,上海某书局始倩余为文言长篇,余撰《燕蹴筝弦录》一书应之,中叙朱竹垞《风怀诗》二百韵本事,即取其诗二语,为每回之目。卷首自叙,尤斩斩于发情止礼之义,阅者或笑其腐。但得稿费百数十金,居然可以度岁,心始乐之。自是请者渐多,余与之亦益勤。"①写小说可以换取稿费以"度岁",寒士卖文成了清末以后文人的一种生存方式。传统社会地位的失落使姚鹓雏这一代文人不得不另寻自食其力的门路。从 1913 年"民国二年冬"至 1915 年《燕蹴筝弦录》单行本出版,姚鹓雏在此期间的主要工作是编辑《七襄》等杂志,并发表诸种著译作品。编期刊、写作品,就是清末民初文人为自己找到的最适宜的安身立命方式。这种卖文生涯陶铸了姚鹓雏放诞不羁的性情,纵情诗酒的背后乃是对人生无奈的悲叹。《燕蹴筝弦录》等言情作品,既是卖文生活的实录,也是借言情来浇胸中之块垒。大文士的情感生活尚且如此,又何奈我辈?姚鹓雏为《燕蹴筝弦录》写《跋》道:"我为此书,为凡夫说出世法,为苦空行脚说入世法,为圣贤仙佛说入世复出世法。敛情存性,则复在吾辈。下焉者不及情,太上忘情。情之所钟,正在我辈。"②文人既非"下焉者"也不是"太上者",而是处于两者之间的普通人,"情之所钟"正是普通人无可逃脱的渊薮。

《燕蹴筝弦录》之后,1916 年姚鹓雏还发表出版了《风飐芙蓉记》《春衾艳影》《檐曝馀闻录》《鸳泪鲸波录》等中长篇文言小说。《风飐芙蓉记》共 20 章,无章题,但依然可以把它放在章回小说的序列中看待。考察同一时期姚鹓雏的白话长篇小说,例如同样发表于 1916 年的《絮影萍痕》10 回(未完),前 7 回中,第 4 回是不标回目的,后 3 回也只标回数没有回目。可见回目概念在民初小说家的心目中已被淡化了,章回小说的"章回"是划分段落的标志,至于给每一章回标目就是额外的工作了。作家可以十分用心于回目的设置,就像《燕蹴筝弦录》那样,也可以无所用心。《风飐芙蓉记》及《春

---

① 姚鹓雏:《饮粉庑笔语·记作说部》,《姚鹓雏文集》(杂著卷下),上海:上海古籍出版社 2012 年 5 月版,第 774—775 页。
② 姚鹓雏:《跋》,《燕蹴筝弦录》,上海:小说丛报社 1915 年 5 月版,第 167 页。

衾艳影》《鸳泪鲸波录》的不设标题的分章都可作如是观。在新文学的新体制长篇小说出现之前,清末民初的长篇小说都可以纳入传统长篇小说即章回小说的流脉中来看待。

《风飐芙蓉记》虽不标章题,但行文过程依然沿用章回小说的文法。如第 15 章中道:"逃杨必入乎墨,治苴不复代庖。诚以既治其一,莫遑兼及。吾人作稗官家言,毋乃类是?念贞姑一方,且将暂止,而专及梁翁与珠儿矣。"此后叙男主人公珠儿的故事。至第 17 章,珠儿故事暂告段落。叙述者又插话道:"读者诸君,不忆我书为言情小说乎?以上所述类皆为情海以外之波澜,在例当简述之,无庸喋喋。翁逝以往,兵旅之事,当勿复叙。即珠儿亦将暂弃,而专回叙贞姑。"之后又转而叙述女主人公贞姑的故事。所谓"花开两朵,各表一枝",章回小说总会把主人公的故事叙述得头头是道,把各人行踪用全知叙事的方式交代明白。所以《风飐芙蓉记》依然遵循了传统章回小说的叙事语法。

小说主人公贞姑和珠儿生活在一个村子里,青梅竹马,互生爱慕。不料珠儿的父亲竟是贞姑的杀父仇人,贞姑饮恨,远走他乡,习武报父仇。贞姑杀死了珠儿的父亲,而珠儿的父亲并不是珠儿的生父,竟也是珠儿亲生父母的仇人。小说结尾是个"大团圆",教贞姑武艺的老者原来就是珠儿的生父,父子相认,男女主人公终成眷属。姚鹓雏为小说写了篇《小序》,其中道:"我友瘦鹃尝自谓善道哀情,一书之成,辄博人雪涕无数。顾哀弦既数,恬管宜张,某之为此,自愿与阅者结一重欢喜缘也。"①姚鹓雏为《风飐芙蓉记》设置喜剧结局,主要是因为其时社会上流行的哀情小说太多了,不妨来一篇"欢喜"之作,以调和阅读胃口。姚鹓雏在民初创作的文言章回小说都和时尚的哀情小说风气不尽合辙,表现出他独到的见识。

《春衾艳影》11 章,在题材上即显示出和其他哀情小说的不同。小说男主人公是一家书局的编辑,女主人公艳秋是青楼女子,小说叙述了二人从相识、相恋到同居最后艳秋病逝的故事。这是一部典型的"狭邪小说"。民初哀情小说的女主人公大都是闺阁之秀,《春衾艳影》却用文言写了一个妓女的情爱故事,这是不多见的。而在晚清民国年间的白话章回小说中,文士狎

---

① 姚鹓雏:《小序》,《风飐芙蓉记》,上海:小说丛报社 1926 年 4 月版,第 1 页。

妓的故事实在很不少,这些故事虽然大同小异,写来却真挚可感。《春奁艳影》以文言出之,可谓别具一格。另可论及的是,小说第9、10两章叙述了一段与主体故事基本无关的政界情事。谢将军为躲避政乱,在妓女莺儿的帮助下成功脱身。此后"滇南义师起",谢将军自有一番大作为。明眼人一望而知,这写的是蔡锷和小凤仙的故事。姚鹓雏曾专写一则笔记,记录小凤仙的故事。"燕京妓小凤仙,依附蔡松坡将军得名,颇脍炙一时士夫之口。中央公园追悼时,挽联遽以红拂自况,又居然侠妓矣。杨随庵返自燕,旅舍中为余谭凤仙事綦详,志之,使世之知凤仙名者,得其真相焉。"①小凤仙故事的"真相"和小说对莺儿的描述不太一样,小说突出了"侠妓"的特征。莺儿、艳秋都是青楼之中重情重义、有勇有识的女子。小说以第一人称来叙事,动情地表达出对这些女子难以割舍的忆念。郑逸梅称姚鹓雏"放诞风流"②,姚鹓雏多少把自己的人生经历写进了作品,《春奁艳影》也可以作为作者情感的一种纪念。

民初文言小说多穿插诗词,既是小说雅化的一种表征,也是章回小说"文备众体"的典型表现。《玉梨魂》中的诗文辞章是小说必要的构成部分,对人物性情心理的传达、男女主人公之间的情感交流以至故事情节的推进都起到作用。而《春奁艳影》中的诗文基本不是小说情节的必要构成,大量饮酒酬酢时的令诗可以单纯看成是作者的逞才表现。姚鹓雏"是南社的中坚人物"③,诗词是本色当行。小说中述及"东社雅集"之事,便是对南社活动的形象记录。

> 明日为东社雅集之期。东社者东南一二文士所创,以词章树声气,犹明末几复之为也。是日假地味莼园。园居沪西隅,水木明瑟,楼阁崇杰,弥望夷旷,发人萧廖之思。社长杨平若先生先期发柬,四方人士闻声而赴者,得数十人。……一时谭锋飚起,逸兴云飞,天雨如花,地灵毕萃。午刻设席,得三席,饮如长鲸,吟如断蛩,疏落清奇,各极其致。此

---

① 姚鹓雏:《小凤仙》,《姚鹓雏文集》(杂著卷下),第759页。
② 郑逸梅:《放诞风流的姚鹓雏》,《人物和集藏》,哈尔滨:黑龙江人民出版社1989年1月版。
③ 郑逸梅:《姚鹓雏的两种手稿本》,《清末民初文坛故事》,上海:学林出版社1987年2月版,第24页。

会之盛,十年以来所未有也。(第3章)

不仅南社进入小说叙事,南社文士也变身小说中人。《春奁艳影》不仅记述了姚鹓雏的情感经历也辑录了同道交游的情形。文士诗酒美人的生活以文言小说出之,更显得情致宛转。

《檐曝馀闻录》写了4章没有完稿,每章都有对偶的两句章题,明显采用章回小说的格式。这部书同样是写文士生活的。在第1章之前,姚鹓雏写了一段文字是对小说题材的说明:"逊清一代,文学颇昌于乾嘉,名辈继出,轶事流传,诙诡谲恣,风流儒雅,殆亦百祀之所征也。爰以墨余,成此赘录,匪曰国故,藉存遗闻,庶几其亚欤?"小说叙述了清代著名文士的故事。国初才子记录前朝名辈的轶事遗闻,当自有一番感慨。姚鹓雏十分推崇《儒林外史》,《檐曝馀闻录》是追慕《儒林外史》的成果,小说的文言叙事在某种程度上显得比《儒林外史》更加细腻隽永。

《鸳泪鲸波录》共6章,并不完全是一部创作小说。小说在《民国日报》连载时标明是"英司各特氏著",也就是说,这是一部翻译小说。姚鹓雏对当时的翻译小说评价道:"译本小说,大底取材英法名手。杂覩所得,亦非其至者。言情之作,泛滥益下。贫女天资,富儿佻薄,习以成是,人云亦云。"①《鸳泪鲸波录》并非写"贫女天资,富儿佻薄"之作。司各特是英国著名的历史小说家,《鸳泪鲸波录》叙述的是英国大使出使俄国遭遇的历险故事。主人公被俄国秘密党人截获,女党魁对之倾心有加,但主人公最终脱身返回英国,和英国恋人聚首,女党魁投海自尽。小说把言情置入政治、历史的言说框架中,第一人称叙事紧凑动人。姚鹓雏在《檐曝馀闻录》首章之前写道:"尝谓说部之书,无系世要,卮言日出,亦固其所。特少绳以雅,靳不导淫,或撷拾掌故,或移译西书,载陈载讽,要视正论为易入。"在他看来,小说题材有两类:"撷拾掌故"和"移译西书",如果说《檐曝馀闻录》属于"撷拾掌故"的一类,那么《鸳泪鲸波录》就属于"移译西书"的一类。所谓"移译"就是把译文故事移用过来作为自己小说创作的题材。姚鹓雏是不懂西文的。"据姚鹓雏的次女姚玉华女士回忆,他父亲的外国题材的作品一是

---

① 姚鹓雏:《楮玉尺楼诗话》,《民国日报》1916年1月—1917年12月,《姚鹓雏文集》(杂著卷下),第850页。

根据他所能找到的本事资料作酵母,然后发挥他自己的想象力加以再创造;一是请懂外文的人读了一部作品后,讲一个故事给他听,然后他就根据这一故事撰作自己的小说。这说明他的外国题材的作品是属于他的创作,至少是经过了他的再创作。"①《鸳泪鲸波录》的故事来自司各特小说,但却是一部"再创作"的作品。姚鹓雏写这部小说一是为了纠正当时"言情之作,泛滥益下"的弊病,二也是对其师林纾的一种追慕。

有研究者总结道:姚鹓雏的编译小说"从语言艺术上看,绝大多数使用文言,其笔法、结构、风格都极力摹仿林译,呈现出一种与林译相似的独特韵味"。"作为林纾的得意传人,姚鹓雏所作编译小说得到了时人的普遍称赞和认可,这无疑加强了林译在民初的影响。仅就此而言,他的编译小说在中国小说走向现代化的过程中亦有一定贡献。"②其实,不仅姚鹓雏的编译小说是追慕了林纾翻译小说的"韵味",两者的创作小说也同样呈现出影响的痕迹。如果考虑到姚鹓雏和林纾的翻译小说实则都是一种"再创作"现象,那么两者在清末民初推出的一系列小说作品,无论是创作还是译作,都可以纳入到中国小说现代化的进程中去看待。此处主要着眼于姚鹓雏如何受到了乃师林纾的影响来创作他的文言章回小说。

姚鹓雏对林纾极其敬慕和推崇。他就读京师大学堂时,林纾是其授业恩师。《饮粉庑笔语》中有一则《记畏庐先生》专谈他们的师生情谊:

> 先生掌教京师大学堂时,余为预科生。先生于吾班授人伦道德之课,采先儒语粹,逐条加以阐述,语极真挚。演讲时尤庄谐杂出,而终归于趣善,故听时无一露倦容者。先生高颧广颡,长身健步,白髭疏朗,精神四映,传言且擅技击,似可信。月课时,甚赏余文,有二次加以极长之评语,悬诸阅报室镜框中,有"非熟精于五子之说者,焉能鞭辟入里至此"云云。辛亥革命起,学堂散,余归里,遂不复见先生。然于民元二三年间,时通书,书以精笺作行书,密行细字,圆劲流丽,出入平原子昂

---

① 范伯群:《序言》,《姚鹓雏文集》(小说卷上),上海:上海古籍出版社2008年4月版,第7—8页。
② 孙超:《民初"兴味派"小说家研究(1912—1923)》,复旦大学2011年博士学位论文,第317、324页。

间。后数年,余旅南都,先生来书云,将南来访陈散原于冶城,然竟不果。十一年秋,闻先生噩耗。今并此数札亦零落随飞烟矣。陆氏庄荒,程门雪尽,怅望人天,悲惭曷极。①

姚鹓雏曾多处着文,谈及林纾及其小说。"林畏庐师(纾)于学无所不窥。""师天资高峻,血性过人。""所译稗官家言,风被海内外,为此中泰斗。"②"林氏畏庐以班马如椽之笔,迻译欧文,贩哈_{哈葛得}卖马_{仲马},为文学史上之巨观。"③对林纾的创作小说,姚鹓雏也是称赏有嘉:"林畏庐师译著等身,自撰小说,近亦罕见。《金陵秋》《剑腥录》,皆寓生死朋交之感,非虚构。或谓师自撰说部,不及转译之佳。不知中西情事,闻见有新旧之殊,恒情厌故好新,故译者易于动目。又若纪实写事,不同向壁构造之易为点缀,非必后之逊前也。李伯元以《官场现形记》、吴趼人以《怪现状》、东亚病夫以《孽海花》著称,时人并师,被推为小说界四杰。以言念乱伤时,缱绻平生之感,则师为独多矣。"④姚鹓雏对林纾的推崇备至使他在离开京师大学堂以后的文字生涯中都不忘乃师。他创办《春声》杂志,还向林纾求稿。《春声》第 1 期的开首两篇文言小说《白福》和《醒云》即都出自林纾手笔。姚鹓雏的作品和林纾小说刊于同一期杂志上,多少可以见出彼此之间的联络。

姚鹓雏小说受林纾的影响,主要表现在两个方面:一是小说取材,二是小说语体。在诸多林译小说中,姚鹓雏最欣赏的是林译狄更斯的作品。他说:"生平不好言情,最嗜为林师译迭更司欧文之书,言社会家庭情状,沉痛处以滑稽出之者,师更以马、班之笔抒写之,故为隽上。"⑤据郑振铎统计,林纾翻译的狄更斯小说有:《贼史》(*Oliver Twist*,《雾都孤儿》)、《冰雪因缘》(*Dombey and Son*,《董贝父子》)、《滑稽外史》(*Nicholas Nickleby*,《尼古拉斯·尼克贝》)、《孝女耐儿传》(*The Old Curiosity Shop*,《老古玩店》)、《块肉

---

① 姚鹓雏:《饮粉庑笔语·记畏庐先生》,《姚鹓雏文集》(杂著卷下),第 773 页。
② 姚鹓雏:《赭玉尺楼诗话》,《民国日报》1916 年 1 月—1917 年 12 月,《姚鹓雏文集》(杂著卷下),第 818 页。
③ 姚鹓雏:《小说阐微》,《太平洋报》1912 年 9 月,《姚鹓雏文集》(杂著卷下),第 803—804 页。
④ 姚鹓雏:《小说杂咏》,《小说大观》第 15 集,《姚鹓雏文集》(杂著卷下),第 879 页。
⑤ 姚鹓雏:《饮粉庑笔语·记作说部》,《姚鹓雏文集》(杂著卷下),第 775 页。

馀生述》(David Copperfield,《大卫·科波菲尔》);翻译华盛顿·欧文的小说有:《拊掌录》(The Sketch Book,《见闻札记》)、《旅行述异》(Tales of a Traveller,《旅人述异》)、《大食故宫馀载》(Tales of the Alhambra,《阿尔罕伯拉》)。① 华盛顿·欧文的作品多叙社会风情和历史故事,狄更斯的小说则多写社会底层人物生活。林纾为《贼史》写序言道:"迭更司极力抉摘下等社会之积弊,作为小说,俾政府知而改之。"今日中国"能举社会中积弊著为小说","社会之受益,宁有穷耶?"②可谓是有所为而译的。姚鹓雏一直强调他对于林译狄更斯小说的喜爱。在《说部摭谈》中他说道:"以余个人之嗜好而言,当以译却而司迭更司诸作为第一。迭更司擅长描画社会情状,谑浪风生。微辞偶见,与林先生笔情为近。中国近时小说,滥觞于宋仁宗时之辞头,本以诙谐为主。林先生深于旧学,亦明此意也。"③姚鹓雏认为,林纾译狄更斯的小说译得好,一是因为狄更斯小说的故事和行文正合林纾的文笔性情,二是林纾精于旧学,中国古代小说的诙谐文风和狄更斯小说是相通的。关于"诙谐",姚鹓雏在《小说杂咏》中说道:"生平不解西文,然好观林译迭更司氏之作。如《冰雪因缘》《块肉馀生述》诸书。玩其诙谐绝倒,皆寓深痛。复得林先生曲为达之,盖畸人玩世,颇近不恭矣。拙作《青衫残泪》《心谳》等篇,微近似之。"④从狄更斯到林纾再到姚鹓雏,其间的借鉴承传,可以见出中国小说发展的心灵轨迹。

姚鹓雏的文言章回小说不独写情,没有附会于民初的言情风尚,这既是姚鹓雏民初小说创作的独到之处,也是他追慕林纾的结果。《燕蹴筝弦录》叙写了古代名士的情感故事,名士生活并不比普通人更得意。《风飐芙蓉记》中习武与报父仇成为主人公的重要行为功能,并以男女主人公大团圆结尾,一扫民初哀情之风。《檐曝徐闻录》叙述儒林故事,从已有文本观之,未见言情叙事。《鸳泪鲸波录》融汇了历史、革命、间谍和言情,言情只是小

---

① 郑振铎:《林琴南先生》,《小说月报》第15卷第11号,《郑振铎全集·中国文学研究(下)》第5卷,石家庄:花山文艺出版社1998年11月版,第365页。
② 林纾:《序》,《贼史》(卷上),上海:商务印书馆1915年10月版,第1,2页。
③ 姚鹓雏:《说部摭谈》,《晶报》1919年11月27日,《姚鹓雏文集》(杂著卷下),第763页。
④ 姚鹓雏:《小说杂咏》,《小说大观》第15集,《姚鹓雏文集》(杂著卷下),第880页。

说的一部分。《春衾艳影》叙写了才子的狭邪故事,和《玉梨魂》等小说的取镜大为不同。《春衾艳影》第4章中道:"因忆《红礁画桨录》中,律师之对其妻科那利亚夫人正作是态。"这是把小说主人公"余"对艳秋侍者的态度比之《红礁画桨录》中的人物。《红礁画桨录》为林纾翻译的英国作家哈葛德的作品。林纾借这部小说抒发了他对女权问题的看法。《红礁画桨录》被译成31章,《春衾艳影》在体例上与它类似。综观姚鹓雏民初时期的文言小说创作,在体例上与林译小说之间的传承关系是明的。

题材、体例之外,还有小说语体方面的取鉴。林纾用古文翻译西洋长篇小说,这对民初文言小说创作风潮起到促生作用。姚鹓雏的文言章回小说创作,既生成于这一风潮之中,也是对乃师小说著译语言的一种赏鉴和模袭。姚鹓雏对文章语言有敏感认识。在民初所写的一些文字中,他常谈到"骈偶""雅俗"等语言问题。如说:"至于近日又不然,獭祭群书,直以堆砌为排偶之能事。空言无义,读之索然。盖尤为江河之日下矣!"①表达了对当时文言写作的看法。而他认为好的文章应是:"文无奇偶,立言之方,贵于达意。行文之道,即贵于自然。"②这种行文观念是对晚清以来梁启超等人文界革命思路的延续。在此之中,林纾为文的"醇雅处"③又是姚鹓雏所极歆慕的。郑逸梅谈姚鹓雏的文章道:"为文宗林畏庐,而抒情处婉约风华,却为畏庐所不及。"④对姚鹓雏文风的师承与特色称赏有嘉。

具体到小说,叶小凤(叶楚伧)对姚鹓雏小说的文言叙事评论道:"我尝遍览近人说部,善言儿女私情者,有若《恨海》,若《广陵潮》,皆极一时之能事。然《恨海》之书,苦篇幅微狭,不尽所长;《广陵潮》叙云麟事,可谓尽缠绵歌泣之致矣,其穿插以现社会情状,阅者亦微病其不雅驯。若此书以文言出之,固无上二书之足动观者,然文字雅洁,诗词斐然,是其所长也。"⑤"此书"指的是《风飐芙蓉记》。把它和白话章回小说《恨海》《广陵潮》作比较,

---

① 姚鹓雏:《骈偶》,《姚鹓雏文集》(杂著卷下),第708页。
② 姚鹓雏:《骈散兼行》,《姚鹓雏文集》(杂著卷下),第729页。
③ 姚鹓雏:《论文》,《姚鹓雏文集》(杂著卷下),第728页。
④ 郑逸梅:《南社丛谈:历史与人物》,北京:中华书局2006年7月版,第258页。
⑤ 姚鹓雏著,叶小凤评:《风飐芙蓉记》第13章回评,《风飐芙蓉记》,上海:小说丛报社1926年4月版,第104页。

可见各自所长。在"文字雅洁"方面,《风飐芙蓉记》的文言叙事略胜一筹。《风飐芙蓉记》刊出时,叶小凤为每一章都写了评语。姚鹓雏进入报界,参加《太平洋报》《民国日报》的编务,得到了叶小凤的帮助。叶小凤既是他的上司、同事,也是朋友,而叶自己也写作小说,当然评点起同道的小说作品来甚是相得。在叶小凤的评语中,《风飐芙蓉记》和林纾及林译小说的关系十分明显。如第10章的评语道:"说梦一段,确为稚儿传山僧口吻,虽支离不甚可解,而有真谛存焉。我忆林译《红礁画桨录》毗亚得利斯唱歌一段,与下卷离魂一段,则真同梦如觌面者也。"①把两部小说的具体内容作了比较。第11章评语道:"鹓雏为文,于小说家言,绝似畏庐老人。……语如贯珠,新颖特甚,皆林门宗法也。"②直接从语言方面谈了姚鹓雏小说的师传。第12章评语道:"尝谓西人小说,惟却尔司迭更司,能于空处著笔,淡处传神,每一篇之出,寥寥数百语可尽,而衍为千万言,语有奇趣,沁人心脾。鹓雏此作,盖力效之也。"③这里谈及的"迭更司"亦当出自林纾译笔。叶小凤认为,姚鹓雏刻画细致的写作功力是效仿林译狄更斯的成果。民初小说的文言叙事在林纾和姚鹓雏的笔下都发挥到了语体功能的极致。

在第3章的评语中,叶小凤说:"鹓雏不甚喜为定情之作。"④虽然《风飐芙蓉记》主要写的是男女主人公的离合,但却以喜剧收场,并添加了武侠成分,一改民初小说的哀情相。这种改变不仅显示出姚鹓雏对民初哀情小说的态度,也显示出他对文言语体的一种态度。在评价林译小说时,姚鹓雏说:"而世多取其言情之书。我意言情小说,工在缠绵,终以白话为正宗。林先生一出以古文,虽复辞达,或有未尽。宜曼殊大师为重译《茶花女遗事》之意也。"⑤苏曼殊有意重译《茶花女》,主要是因为他不满意林译本的删节现象。此事虽然未果,但在当时却产生了反响。就苏曼殊所译《惨世界》来看,用的是章回体白话,如果他翻译《茶花女》,当也用同样体例。姚

---

① 姚鹓雏著,叶小凤评:《风飐芙蓉记》,第76页。
② 同上书,第84、85页。
③ 同上书,第94页。
④ 同上书,第23页。
⑤ 姚鹓雏:《说部摭谈》,《晶报》1919年11月27日,《姚鹓雏文集》(杂著卷下),第763页。

鹓雏之所以提及此事,是为了强调白话和文言的区别,他认为言情小说更适宜用白话来写作,白话表情达意更能酣畅尽致。林纾的翻译小说很多不是言情之作,古文翻译能尽显出好处。而像《茶花女》这样典型的言情作品就不同了。姚鹓雏在民初写就的文言章回小说,不独写情,即表现出了他对文言、白话与言情小说之间关系的看法。他在1917年开始发表的长篇章回体白话小说《恨海孤舟记》就尽情挥洒出了融合着身世感慨的哀情愁绪,不像同一时期的文言小说那样节制了。

第三节 "鸳鸯蝴蝶派"的言情故事

尽管姚鹓雏对言情小说的语体有他独到的看法,但民国初年用文言章回小说叙述言情故事却是主导风尚。这种风尚不仅受到林纾译著《巴黎茶花女遗事》的极大影响,还有更早的来源。李定夷在回忆民初小说的风貌时谈道:"民初继社会小说而起的排偶小说,词华典瞻,文采斐然,与其说是脱胎于《燕山外史》,毋宁说是拾《花月痕》牙慧。"[①]李定夷非常喜爱《花月痕》,同时出于对民初创作深有体验,李定夷的判断为当时的文言章回小说寻找到了有别于《蟫史》的另一条脉络渊源。

《燕山外史》为清朝乾、嘉时期的作家陈球所撰。全书8卷,用骈俪四六文来敷衍窦生和爱姑的悲欢离合故事,是中国古代用骈文写小说的代表之作。有研究者把《燕山外史》的传统上诉至唐传奇《游仙窟》,因为《游仙窟》里也运用了不少骈文句式。可是《燕山外史》在篇幅上要比《游仙窟》长很多,用四六文来叙述一则长故事,并使之曲折委婉,实在是很不容易。《燕山外史》证明了以骈文作小说的可能性。然而骈文小说在古代除了一部《燕山外史》,还没有见到可与之媲美的其他作品。到民国初年,骈文小说大放异彩,不能说与《燕山外史》的尝试之功没有关系。事实上,《燕山外史》的才子佳人故事正为民初的言情小说提供了参照价值,用骈文来演述言情故事不失为谋求小说发展的一条途径。李定夷提到《燕山外史》,足以

---

① 李定夷:《民初上海文坛》,《上海地方史资料》(4),上海:上海社会科学院出版社1986年版,第204页。

说明民初小说家对这部小说并非无视。可是《花月痕》的影响似乎更大一些。《花月痕》初刊于1888年,清代才子魏秀仁所著,共52回,是一部白话章回体小说。既是白话,民初文言小说又怎会受其很大影响?实则《花月痕》的白话是"文人白话"①,和浅近文言的距离相差不远。光绪本《花月痕》有符雪樵《评语》曰:"词赋名家,却非说部当行,其淋漓尽致处,亦是从词赋中发泄出来,哀感顽艳。"正说明《花月痕》并非通常的白话章回体小说,它对于词赋的有效运用直接影响到民初注重辞采的文言章回小说的创作。有学者对《花月痕》评价道:"《花月痕》在晚清开了章回小说'雅化'的风气,体现了士大夫趣味与市民趣味的结合,适应了那个时代的需要,对中国文学在近代文言与白话结合的语言转换,做了有益的尝试。"②无怪乎写作文言小说的作家会对《花月痕》另眼相看。

不过,《燕山外史》和《花月痕》对于民初章回体文言小说的影响不仅是语言方面的,须知这两部小说都位于中国才子佳人小说的系列之中。《燕山外史》以窦生和爱姑始而分离最终团圆的爱恋故事为主要结构,《花月痕》则是以两对恋人截然不同的命运抒写悲郁情怀。从《燕山外史》到《花月痕》中国才子佳人的故事逐渐从喜剧向悲剧滑落,至民初,哀情小说使当时文坛充斥着流不断的涕泪。《玉梨魂》《孽冤镜》《賣玉怨》等民初章回体文言小说是古代才子佳人小说的余绪或者变体。当时学者概括出了这样一条脉络:"才子佳人小说之含义极为单纯,仅限于才子书之一部,即描写才子佳人者是。其外形皆为章回体之中篇小说。每部都为16回至20回。其内容为喜剧的才子佳人之恋爱史而点缀以文雅风流、功名遇合。这种小说起源于明末及清顺治间,极盛于雍正、乾隆,终清之世不绝;到民国初元才一变而为鸳鸯蝴蝶派之香艳小说。"③称民初小说为"鸳鸯蝴蝶派",据平襟亚回忆是刘半农当年在酒桌上的一句戏言,不料竟被传扬出去,成了今后遭人非议的话柄,于是徐枕亚和他的《玉梨魂》就成了"鸳鸯蝴蝶派"的始祖。这个命名来由当然不尽于此。

---

① 顾启音:《为失意文人写心——〈花月痕〉序说》,《花月痕》,北京:中华书局1996年7月版,第7页。
② 袁进:《中国文学的近代变革》,桂林:广西师范大学出版社2006年6月版,第296页。
③ 郭昌鹤:《佳人才子小说研究》(上),《文学季刊》创刊号,1934年1月。

新文学革命时期和以后的新文学家对民初文学和民初以后具有同类倾向的创作都称为"鸳鸯蝴蝶派",并给予否定性评价,特别是章回小说创作,作为一种标志,也被归入了"鸳鸯蝴蝶派"之列。研究者指出:"就鸳鸯蝴蝶派而言,顾名思义,是指才子与佳人相悦相恋,似一对蝴蝶,一双鸳鸯。以这一命名来指《玉梨魂》作者徐枕亚、《霣玉怨》作者李定夷是非常合宜的。鸳鸯蝴蝶派就狭义而言当然是指的才子佳人言情小说的作者们。但是这一流派的作品从言情起家而几经繁衍,后来竟大大超出了言情小说的范围。"①社会、武侠、侦探等小说都被纳入其中,和新文学创作相对立。而言情作为"鸳鸯蝴蝶派"命名的直接来由,表现自然就分外突出。不仅有浓郁的言情故事,言情还融入了社会、武侠、侦探等小说类型中,丰富了现代通俗小说或章回小说的创作形态。

民初章回小说,即"鸳鸯蝴蝶派"小说,多言情叙事。这些言情叙事主要可分为两类:一类是叙写青梅竹马的爱情故事;一类是叙写情投意合的因缘际会。前者以何诹《碎琴楼》、姚鹓雏《风飐芙蓉记》等为代表;后者以徐枕亚《玉梨魂》、姚鹓雏《燕蹴筝弦录》等为代表。而于1909年开始连载,1919年终篇的白话章回体长篇小说李涵秋的《广陵潮》,则把这两种言情叙事都囊括其中。

《碎琴楼》叙述的是乡绅之女琼花和贫家子弟云郎的爱情悲剧。琼花和云郎是亲戚,自幼一起长大,情感甚笃。但琼花的父亲嫌贫爱富,加之乡间离乱,致使男女主人公不能成婚。琼花病逝,云郎隐遁。小说前半部分叙述小儿女之间青梅竹马的情态甚是可人。如第3章"进化先生创办学堂及琼花春病"中道:

> 琼花之位,连于银生。琼花意似弗欲,不敢向先生要言,乃语秋雨。秋雨白之李绅,谓琼花虽少,然固女子,与男子同位殊弗佳。李绅亦然之,乃析其位为二,琼花之位,遂居于银生、云郎之间。须臾,先生登坛,抽粉笔格格书黑板,诸徒各伸纸记之。琼花展纸,袖拂云郎案,云郎之笔遂颠。琼花大慊,亟俯拾之,授云郎。云郎甚感,受之至恭。琼花微

---

① 范伯群:《再论鸳鸯蝴蝶派》,《礼拜六的蝴蝶梦——论鸳鸯蝴蝶派》,北京:人民文学出版社1989年6月版,第45—46页。

哂。先生之课,第一课也,课义为理科之梅。琼花虽未习理科,然其义已望文而得。故进化先生课未及半,琼花已恹恹倦矣!因引手拄几,斜而坐,襟角揭而不垂。云郎适右顾,琼花急整之,敛其足,顾云郎而报。云郎亟回首,伪弗觉者。既而课毕,学徒起敬先生。在礼先生宜俯首以答,而进化先生心存教诲,忘去其帽。及俯首,帽崩然而堕。学徒遂大笑,案面之盖蹦腾作乱响,学徒遂群出课堂矣!琼花后出,云郎继之。既出塾,云郎趋前谓琼花曰:"妹妹张皇,遗物矣!"因出水注授琼花。琼花大感,鞚然欲谢云郎,忽举首见银生,乃敛衣而去。

琼花与云郎的情谊默契被写得生动可感。小说把这种青梅竹马式的情感放在同窗之谊中来叙述,私塾先生的庸愦与小儿女的天真两相比较,更显出各自的趣味来。

《风飐芙蓉记》在叙述小儿女情态时,同样施以同窗读书的笔墨。小说第2章道:

> 诸生于是时,亦不复睹塾师无憀狞视之状,则各治己私。珠儿复续其画,顾手腕不从其指使,画成乃弥不类……一作贞婉之形,回首欲语,而颈乃离其腔;画己形以手牵女衣,而数之指,仅得三指。贞婉阅之,乃几笑失声,以巾掩口,局局不已。珠儿复索笔书字,一曰"梁珠儿",一曰"秦贞婉"。贞婉雅不欲署己名,急返身夺其笔。笔落,墨污所绘贞婉之面殆遍。珠儿愀然,亟以袖拭之,屡拭终不去,乃暗牵贞婉腕,低语曰:"姊必还我所绘之姊面,不然我亦以墨涂姊面。"贞婉摇首,珠儿果取笔涂其眉际,作巨点。贞婉佯怒,反面不复顾珠儿。珠儿潜取巾,自后拭之。贞婉夺其巾掷之地。珠儿无如何,贞婉徐自起拾地上巾,拭眉际墨净,掷巾案次,回顾珠儿,嫣然作巧笑,珠儿乃喜。

趁私塾先生自顾读书的时候,小说主人公贞婉和珠儿在悄悄嬉戏,他们沉浸在自己的欢乐中,一种情窦初开的情态被表现得淋漓尽致。与之对照的是私塾先生的假威严、假清高与假道学。学生们虽年幼识浅,但对他们的老师都有些不以为然,甚且通过捉弄塾师以表反抗。

如果联系到鲁迅在1913年发表的文言短篇小说《怀旧》中对塾师的描述,就更能理解同时代《碎琴楼》《风飐芙蓉记》等小说叙述私塾故事的情致。《怀旧》叙道:"先生又近视,故唇几触书,作欲啮状。人常咎吾顽,谓读不半卷,篇页便大零落;不知此咻咻然之鼻息,日吹拂是,纸能弗破烂,字能弗漫漶耶!予纵极顽,亦何至此极耶!"虽是顽童的想法,但对塾师可笑可怜之状形容备至。塾师被延聘又被耻笑的尴尬位置很能表现出一个文化转型时代的到来。与塾师处于对立地位的年幼学生则是新气象的代表。《怀旧》是以"予"的童年视角来叙述故事的,主人公的憨直讨伐了塾师的蠢钝。《碎琴楼》《风飐芙蓉记》用的是章回小说的全知叙述视角,因为有两位男女主人公,要对他们都作出描述才能达到故事生动周至的效果。这种效果与《怀旧》基本一致。年少时代的天真行为与思想,正是对旧时腐朽教育制度的一种反叛。无论是琼花、云郎还是贞婉、珠儿,他们在对于塾师的同样态度中得以更加亲近。

青梅竹马的爱情故事用同窗情谊来表现,一方面能起到生动与深化的作用,另一方面也提出了时代批判的主题。对塾师昏愦形象的描述是一种批判,对青梅竹马爱情破碎的叙述也是一种批判。《碎琴楼》中同窗生活的情感甚笃和主人公的悲惨结局形成对照,《风飐芙蓉记》中同窗生活的情感甚笃则和主人公曲折的离合故事形成对照。尽管《风飐芙蓉记》以主人公终成眷属结尾,但其间的种种巧合和女主人公习武复仇的故事都使小说缺乏一定的现实性。正如作者姚鹓雏所言,他是有意为此来反拨民初的哀情之风。然而爱情故事的悲剧性却是更为现实的问题。为何如此相爱的主人公不得聚首甚至悲惨弃世,是值得反思的,也是时代批判的重要切入口。

如果说青梅竹马的爱情因为主人公成长遭际的分别而受到种种阻碍,那么情投意合的爱情的不果则具有更加现实的针对性。这类章回小说中的男女主人公正值谈情说爱的年纪,他们彼此相遇,情投意合,但因为外在力量的阻隔,不能厮守终身,只得饮恨消亡。小说中的男主人公大都是失意文人。他们的失意并不像在古代那样是官场或者事业上的失意,而是情场上的失意。也就是说,他们对于个人的婚姻都不能自主。这样叙事焦点就集中在文人的个人生活上,他们不能做主自己的爱情,他们不具备超越日常生活规范的能力。《玉梨魂》中的何梦霞与寡妇恋爱只能在一种隐秘的状态下进行。《孽冤镜》中的王可青结了两次婚,都是被动的,毫无感情的婚姻生活令他痛苦不堪。《賈玉怨》中的刘绮斋一直在等待双方父母的同意才能和意中人结婚,最终错失了机缘。这些文人都不存在事业上的问题,《燕蹴筝弦录》中的诸鸳机尽管是士大夫,却并不看重自己的官宦身份,他们只在情感生活中痛不欲生,处在一种低迷的状态之中。

寡妇不能再嫁,婚姻必须由父母做主,这些习俗规约是导致情投意合类言情故事中主人公悲剧的主要原因。另一方面,他们的悲剧正也是一种反抗,令读者在为主人公的不幸泪湿青衫的时候念及不幸的成因,从而对由来已久的习俗规约提出质疑。寡妇再嫁、婚姻自主,在一个新的时代,应该成为被接受的伦理道德,从而令更多人能够获得常人的幸福。有研究者对此论道:"鸳派的兴起反映了都市青年普遍关注的社会问题。民国的建立,在一定程度上促进了都市青年思想的解放和观念的更新,因而在爱情上追求自由成为部分都市青年的一种时尚。但民初的政治环境、文化环境均不能为这些青年提供宽松的自由发展的空间,于是或者殉情,或者屈服。鸳派小说所写之种种哀情、惨情,既是当时一种具有普遍意义和时代印痕的社会热点问题,也是刚刚开始觉醒的都市青年读者最为关注的社会热点问题。惟其如此,鸳派小说有着庞大的都市青年读者群。"[①]民国初年,正处于新旧社会规范转型的时期,思想业已进步,但社会规范、习俗规约却没有马上得到更新,对婚姻自由的向往与婚姻不能自主的现实之间产生抵牾,于是悲剧便出现了。恋爱、婚姻自由的实现是五四以后的事情,民初的作者和读者还没有能力实现他们的主观愿望,只能通过鸳鸯蝴蝶派小说中的痴男怨女来表达他们对于现实的反抗。

除此之外,写作悲剧的言情故事也是当时文坛的一股创作风气。首先,林纾最早的翻译小说《巴黎茶花女遗事》(1899年)对民初小说产生了很大影响。不仅是用古文写长篇,而且林纾直接以一个生动的文本把"悲剧"引入了中国,改变了中国传统小说喜用"大团圆"的结局,令中国读者深受感发:原来悲剧更为动人。其次,在文学观念上,王国维《〈红楼梦〉评论》的影响同样是极大的。在这篇文章中,王国维把《红楼梦》看成是一部爱情小说,并认为它是一部大悲剧。王国维道:"二千年间,仅有叔本华之男女之

---

① 张俊才:《叩问现代的消息——中国近代文学专题研究》,北京:中国社会科学出版社2006年12月版,第174页。

爱之形而上学耳。诗歌小说之描写此事者,通古今东西,殆不能悉数,然能解决之者鲜矣。《红楼梦》一书,非徒提出此问题,又解决之者也。"①所以《红楼梦》非一般的爱情小说可比。"又吾国之文学,以挟乐天的精神故,故往往说诗歌的正义,善人必令其终,而恶人必罹其罚:此亦吾国戏曲小说之特质也。《红楼梦》则不然",乃"彻头彻尾的悲剧也"②。王国维对《红楼梦》的评论异于以往的看法,不仅在"红学"研究界产生很大反响,也对当时文坛造成震动。作为中国古典小说最杰出的代表,《红楼梦》的爱情叙事以及悲剧艺术,成为后世小说创作的取鉴。民初章回小说的言情悲剧无疑受到了王国维解读的《红楼梦》的影响。徐枕亚在为《燕蹴筝弦录》写的《跋》中道:"要之姚子之为是书,盖亦无意言情而自得言情之正者,其胸中不必先有一部《红楼》在,亦不必竟无一部《红楼》在。"③《红楼梦》对民初小说的影响即便不十分显明,但也是潜移默化的。在徐枕亚、姚鹓雏等人所作文言小说中都可以见出《红楼梦》影响的痕迹。而民初最明显地受到《红楼梦》影响的小说无疑是《广陵潮》。

李涵秋的《广陵潮》是一部白话章回体长篇小说,共100回。范烟桥对此书评价道:"涵秋著章回小说之多,为晚近作者第一,以《广陵潮》最得盛名。"④《广陵潮》主要叙述了云、伍、田、柳四个家庭的人物故事。云家和其他三个家庭之间都有姻亲关系。小说以云麟为主人公,叙述了他从出生到成年的生活经历。这就很像《红楼梦》以贾宝玉为中心叙述了贾、王、史、薛四大家族的故事。研究者评述道:"按照'人情派'小说的格局,在大千世界的种种怪现状中,再融入《红楼梦》式的情意绵绵。李涵秋将主人公云麟,写成贾宝玉式的人物,但云麟毕竟不是贾府的宝玉,而是鸳鸯蝴蝶派作家笔下的'情滥而不专'的'情种'。除了青梅竹马的恋人伍淑仪之外,还有端庄

---

① 王国维:《〈红楼梦〉评论》,《教育世界》1904年76—78号、80—81号,陈平原、夏晓虹编:《二十世纪中国小说理论资料(1897年—1916年)》第1卷,北京:北京大学出版社1989年3月版,第100—101页。
② 同上书,第105页。
③ 徐枕亚:《跋》,姚鹓雏:《燕蹴筝弦录》,上海:小说丛报社1915年5月版,第1—2页。
④ 范烟桥:《中国小说史》,苏州:苏州秋叶社1927年12月版,第279页。

明礼的发妻柳氏,而更能使情节波澜迭起的,当然莫过于'冰姿侠骨'的青楼红妓了。"①伍淑仪是云麟同年同日生的表妹,从小青梅竹马一起长大,但云家衰落,伍家嫌门第不配,把淑仪嫁与他人,结果结婚不久淑仪成了寡妇,最后悲郁而终。云家在淑仪嫁后,赌气和柳家结了亲。柳氏虽然贤德,但不得云麟的欢心。云麟在外还有位红颜知己红珠,红珠身堕青楼,却对云麟一往情深,两人几番蹉跎,终于结成连理。小说结尾,云麟一妻一妾,生活美满。

云麟和伍淑仪以及云麟和红珠的爱情,分别属于青梅竹马和情投意合两种类型。云麟和伍淑仪青梅竹马的爱情不脱民初小说的悲剧模式。小说写淑仪的死状和当时小说的很多主人公一样都是吐血而亡的。

> 到了晚上,三姑娘正拿了一碗莲心煮的薄粥给她吃。淑仪喝了两瓢,觉得心头作恶,连忙停止,已觉容留不住,"哇"的一声吐将出来。三姑娘看了,叫声:"阿呀!"原来吐出来的连方才吃下去的两口粥,都变红了。口里当着淑仪的面不好说什么,但觉心头突突的跳个不住。淑仪听了三姑娘"阿呀"一声,知道又吐血了。但觉得这一次和从前吐血不同,心里却凉了半截,又觉胸口只是涌上来,接连又吐了好几口,顿时头脑子昏沉沉的,似睡非睡,耳中还听得娘的喊声,不过远远的,但是口里要想答应,竟说不出话来了。(第99回)

这一回的回目是"贤淑仪历劫归太虚 呆云麟忏情入幻境",很能与《红楼梦》联系起来,而小说对伍淑仪的描述又和林黛玉有很多相似处。黛玉的悲凄之死是民初言情小说主人公结局的一个模型,《广陵潮》也不例外。

云麟虽然最终娶了红珠,但红珠只是以妾的身份嫁入云家。这一方面与红珠的出身相关,妓女是很少能以正妻的身份嫁人的,另一方面也是民初情投意合类爱情故事的变形叙述。主人公彼此钟情,却不能两厢厮守,为妾已经是不错的结果了。姚鹓雏同时期的白话章回小说《恨海孤舟记》对此

---

① 范伯群:《维扬社会小说泰斗——李涵秋评传》,芮和师编校:《维扬社会小说泰斗 李涵秋》,南京:南京出版社1994年10月版,第17页。

类故事也有相似的处理。并且,这两部小说都写了父母之命的婚姻形态,云麟不喜欢柳氏,但还是与柳氏安然相处,成就了平常与世俗的夫妇之道。

《广陵潮》没有像《红楼梦》和民初很多言情故事一样,以悲剧结尾,是因为《广陵潮》的境界没有《红楼梦》那样超脱,也没有民初其他言情小说那样沉醉在爱情的痴念中。它把人物的言情故事嵌入在社会历史的变动过程中,更着重于社会世相包括凡俗婚姻的呈现。有研究者论道:"李涵秋之前的《红楼梦》虽然开创了言情小说的新高度,但在直接描写社会的方面显然不足。""鸳鸯蝴蝶派的哀情小说中,言情成分是非常大的,但大部分只限于青年男女之间的哭哭啼啼,为了不幸婚姻生生死死,为了爱可以牺牲一切,其外部世界就更狭小了。""而社会、讽刺、谴责等小说则太重于道德说教,揭露社会有余而写情不足,到了李涵秋才开创了社会加言情的先河。"①可以说,《广陵潮》把晚清社会谴责小说的写作方法和民初哀情小说的言情叙事合为一体,既增添了《二十年目睹之怪现状》等小说的情味,又拓展了《玉梨魂》等小说的时空,从而开启了后来以张恨水为代表的社会言情小说的写作范式。

总之,民初鸳鸯蝴蝶派的言情小说处于中国小说发展史的关节点上。晚清社会变动剧烈,社会谴责小说以此为土壤得到滋生蔓延。而民初,新的国家政权建立,晚清人亟亟于"新国"的问题初步得到解决,而"新民"的任务却还没有达成。传统伦理道德观念根深蒂固,这不是一朝一夕可以变革的,普通人的生活也因此依然不幸。爱情婚姻的不幸,是个人生活不幸的最典型代表,于是言情小说成为民初文学创作的一股潮流。有学者谈道:"民初小说界以小说遣情也是晚清的以小说治国救亡的小说观念的必然归宿。"民初鸳鸯蝴蝶派小说家对传统小说游戏消闲观念的呼应,"是同他们的人生观连在一起的"②。对世俗人生的看重成为民初作家创作的归旨。民初章回小说的意义也由此呈现出来。昔日的才子佳人小说至此增添了更为现实的色彩。书写世俗人生的情态成为现代章回小说取得最突出成就的

---

① 刘明坤:《李涵秋小说论稿》,北京:人民出版社 2010 年 6 月版,第 145 页。
② 袁进:《中国文学的近代变革》,桂林:广西师范大学出版社 2006 年 6 月版,第 345、347 页。

所在。

　　民初章回小说有文言,也有白话,但以文言叙事的章回小说因其昙花一现的姿态在民初显得最为耀目。这些文言章回小说的言情故事都很简单,故事里的人物也寥寥可数,通常只是一生、一旦在支撑整个舞台。一方面,因为故事简单不复杂——文言到底写不了情节复杂、头绪众多的故事——容易被市民读者阅读;另一方面,正因为故事太简单,最终还是不能满足普通读者对于曲折离奇的故事的期待,所以这些小说只在一时间兴盛,以后便衰歇了。加之同时期还有像《广陵潮》这样的优秀白话章回体小说驰誉文坛,不几年白话文运动就如火如荼,民国教育部又很快颁布中小学校的国语教学案,所有这些都使得民初的文言章回体小说惊鸿一现。后来虽然还有文言作品问世,但终究形成不了气候。1925 年陈蝶仙的长子陈小蝶,子承父业,在《紫罗兰》第 1 卷第 1 号上开始连载文言长篇《画狱》,大东书局又于第二年出版了他的《兰因记》。小说的叙事停顿明显减少,故事内容也不局限于男女情爱,而更具有社会现实性。可仅此微薄之力尚不足以改变时代风尚。与《画狱》同时连载在《紫罗兰》第 1 号上的还有包天笑的《玉笑珠香》和王小逸的《春水微波》两部白话章回体小说。三部书比起来,《春水微波》显然更加得势,王小逸也因此奠定了他在上海文坛的地位。更甚者,《画狱》连载时脱期严重,而《玉笑珠香》《春水微波》虽不是每期定刊,但绝不至于连续好几期都全无踪迹。这也说明 20 年代以后,读者对于文言小说不再求之若渴。而文言章回小说的命运似乎是整个现代章回小说命运的缩影。有了新变,并且光彩四射,却终究逃不脱生长衰退的定律。

　　1934 年,现代文学的大众化运动进入了一个新的阶段,出现所谓"复兴文言"的声浪。王瑶回忆道:"1934 年是国民党反动文化统治最猖獗的时期,他们提倡以封建道德为中心的'新生活运动',残酷迫害进步文化,许多左翼刊物都被迫停刊了。正是在这种白色恐怖的情况下,国民党一些御用文人公然在报刊上提出了'复兴文言'的主张,同'五四'时期国粹派反对白话文完全唱的是一个调子;另外还有人提倡什么'语录式'(白话的文言)的文体。这一股开倒车的逆流引起了文化教育界的强烈反响,因而引起了关于语文问题的一场广泛的论争。复古派用指摘白话文的缺点来提倡文言文,进步文化界则为纠正白话文的脱离群众而提倡大众语。"①基本道出了当时的情形。其实,文言白话之争到30年代几乎不再成为问题,因为时势已然。所以王力会说:"今日的文言白话之争乃是最无聊的事情。""如果旧事重提,造成民国初年的局面,那么,青年们就要误以为旧派还有与新派对抗的力量,会有一部分青年不知不觉地倾向于旧派,与我们的期望恰恰相反了。"②当时的所谓"旧派"即指写章回小说的那些"鸳鸯蝴蝶派"作家,"民国初年的局面"包括了文言章回小说盛行的那段日子。这样的日子是一去不复返了。但是在30年代提倡"文言复兴",还不无认识到一些问题。譬如"文字商品化,足使文化阻塞,道德堕落。字数既有定价,往往一书三千字足以发挥者,必多至二三万言,而收益可以十倍"③。文字成为商品,对于"煮字疗饥"的章回小说家而言,是毋庸讳言的。小说质量难以提高,很大程度上是因为经济生活的威压,但这并不能成为文言可以复兴的理由。鲁迅从另一角度提出了与大众化主流意见相出入的看法。他提出了"旧形式的采用"问题,认为"这采取的主张,正是新形式的发端,这就是旧形式的蜕变"④。这一看法仿佛和大众化运动的语言文体论争不相干,实际上却以婉转的方式表达了对从文言到大众语不断激进求新这一趋向的某种反思。看到旧有的合理性一面,在此基础上的变革,或许更为可行,也更能收到大众化的良好效果。

对于民初章回小说而言,也是同样如此。虽然文言已经完成了它的历史使命,不再能成为现代话语,但是它们依然提供了一些具有生命力的原质。至少,言情是一个亘古不衰的话题;至少,文士参与写作和阅读章回小说,扩大了平民阶层的范围,为现代知识分子的大众化实践,提供了最初的基础。

---

① 王瑶:《三十年代的文艺大众化运动——纪念"左联"成立五十周年》,《文艺报》1980年第3期。
② 了一:《今日的白话文言之争》,《独立评论》1934年第112号。
③ 汪懋祖:《禁习文言与强令读经》,《时代公论》1934年第110号。
④ 常庚:《论"旧形式的采用"》,《中华日报》1934年5月4日。

第三章　章回大家的小说改良实践

在章回小说的现代历程中,成就最突出的是张恨水。从民国初年到新中国成立后的50年代,张恨水创作出版了一百多部作品,其中大部分是章回体小说。作品之多,至今还没有一个确切的统计数据。杨义总结张恨水的文学史贡献道:"作为一个文学家的典型,他既是旧派章回小说艺术的集成者和改良者,又是章回小说蜕变期在探索和扬弃中获得新的生命之一人。"①茅盾在1940年代也说过类似的话:"在近三十年来,运用'章回体'而能善为扬弃,使'章回体'延续了新生命的,应当首推张恨水先生。"②张恨水不但创作了大量的章回小说,也改良了章回小说的传统形态,他使这一古典小说文体在现代焕发出了新的生命力。

已有研究者注意到了张恨水对章回小说的改良问题。除了杨义在其小说史著及《张恨水:热闹中的寂寞》等文中谈及于此外,温奉桥《现代性视野中的张恨水小说》、秦弓《张恨水对章回体小说的继承与创新》、汤哲声《被遮蔽的路径:中国传统章回小说的现代化之途》和《趋新:中国现代通俗小说文体的再改造》、焦玉莲《论张恨水章回体小说的创造性》、马彦峰《从叙事学角度看张恨水章回小说的现代转型》等等,都对张恨水创作出的与传统章回小说不同的文体进行了专门讨论。这些讨论主要涉及章回小说的现代性问题,相对忽略了张恨水对传统小说有意识的继承的一面。张恨水首

---

① 杨义:《中国现代小说史(下)》,《杨义文存》第2卷,北京:人民出版社1998年11月版,第756页。

② 茅盾:《关于〈吕梁英雄传〉》,《中华论坛》第2卷第1期,1946年9月。

先是在对章回小说有着清晰和清醒认识的前提下,再来有意识地选择章回小说进行创作的现代作家,他的章回小说改良是在他创作过程中逐渐积累而获得的成就。张恨水在他创作章回小说获得丰厚成果的基础上,又对他的小说改良经验作出了总结。如果没有认识到张恨水和章回小说、和章回小说改良的这种关系,对他小说创造性实践的论述就会缺乏相应的历史感,而流于技术层面。

张恨水的老友张友鸾发表过一篇长文《章回小说大家张恨水》,在张恨水的生平经历中提取他和章回小说之间的因缘际会,颇富有历史生动之感。张友鸾把张恨水的写作生涯分为四个时期。初期章回小说的代表作是《青衫泪》,走的是言情小说的路子,即按照民初小说的笔法"发牢骚,寄幻想于未来"。第二期张恨水来到北京,在为报刊当记者编辑的同时撰写发表小说。从《春明外史》到《艺术之宫》,"1924年到1935年,这十一二年间,是他写作的黄金时期",章回小说的艺术成就以这一时期为最高。第三期是1936年后,张恨水辗转上海、南京、重庆等地,创作了《大江东去》《八十一梦》等关于抗战的作品,章回小说的传统体式在这一时期发生明显改变,"所可惋惜的,是没有写出第二时期那样动辄百万言的巨构了"。末期是抗战胜利以后,张恨水回到北京,病困中写出了《梁山伯与祝英台》等一系列改编自古代爱情故事的小说,"他这个时期的作品是硬挤出来的,虽未必一无是处",但已无力于章回小说的改良努力,而只是专注于写作行为本身。张友鸾接着重点评析了第二期的《春明外史》《金粉世家》《啼笑因缘》和第三期的《八十一梦》,此举很大程度上令后来的研究者把这四部小说作为张恨水的代表作看待,而这四部作品正能体现出张恨水章回小说创作和改良的最突出的成就。"无论如何",张恨水"章回小说大师的地位是谁也否定不了的"①。张友鸾和张恨水是《世界日报》《世界晚报》《立报》《南京人报》《新民报》的同事和合作者,晚年二人相聚北京,以友情互慰。"说张友鸾是张恨水最亲密的友人,不应该存在什么疑问。"②因此《章回小说大家张恨水》一文对张恨水和章回小说关系所作的生动描述,可以成为研究者的重要参考。张恨水和"章回小说大家"的称号,名实相副。

---

① 以上引文均出自张友鸾:《章回小说大家张恨水》,《新文学史料》1982年第1期。
② 宋海东:《张恨水情归何处》,北京:新华出版社2008年12月版,第94页。

第一节　张恨水的章回小说识见

　　张恨水早年的章回小说阅读经验为他日后创作奠定了基调。还在十二三岁的时候，"两个月之内，看完了《西游》、《封神》、《水浒》、《列国》、《五虎平西南》。而我家里，又有上半部《红楼梦》，和一部《野叟曝言》，我一股脑儿，全给它看完了"①。"我就这样读了不少章回小说，无形中对章回小说的形式和特点有了一些体会。"②"这个毒，是《聊斋》和《红楼梦》给我的。《野叟曝言》，也给了我一些影响。""我那书桌上，除了这部残本《聊斋》外，还有《唐诗别裁》、《袁王纲鉴》、《东莱博议》。上两部是我自选的，下两部是父亲要我看的。这几部书，看起来很简单，现在我仔细一想，简直就代表了我所取的文学路径。"③选择章回小说体式、注重作文笔法、讲究辞章意境，这就是张恨水"所取的文学路径"。他的早年阅读当然不只上列作品，毫无疑问，古典小说给他的印象之深、濡染之切，融汇到了他的文学创作中，成就了张恨水在文学史上的独特地位。

　　张恨水自言他有"两重人格。由学校和新书给予我的启发，我是个革命青年，我已剪了辫子。由于我所读的小说和词曲，引我成了个才子的崇拜者。这两种人格的溶化，可说是民国初年礼拜六派文人的典型，不过那时礼拜六派没有发生，我也没有写作。后来二十多岁到三十岁的时候，我的思想，不会脱离这个范畴，那完全是我自己拴的牛鼻子。虽然我没有正式作过礼拜六派的文章，也没有赶上那个集团，可是后来人家说我是礼拜六派文人，也并不算十分冤枉。因为我没有开始写作以前，我已造成了这样一个胚子"④。张恨水是否属于礼拜六派或鸳鸯蝴蝶派，在当时和后来学界都有过

---

①　张恨水：《写作生涯回忆》，张占国、魏守忠编：《张恨水研究资料》，天津：天津人民出版社1986年10月版，第14页。
②　张恨水：《我的创作与生活》，《写作生涯回忆》，南京：江苏文艺出版社2012年1月版，第139页。
③　张恨水：《写作生涯回忆》，张占国、魏守忠编：《张恨水研究资料》，第14—15页。
④　同上书，第17页。

争论,此处不必计较争论结果或作家意愿,而更应关注于张恨水的"两重人格"。查考张恨水"二十多岁到三十岁"的创作,大约包括:文言小说《未婚妻》《紫玉成烟》,白话小说《南国相思谱》《真假宝玉》《小说迷魂游地府记》《皖江潮》《春明外史》等,即张友鸾所说的张恨水创作初期和第二期开端时的作品。1925年张恨水30岁,在此之前,张恨水的作品或者说习作,不脱民国初年被鸳鸯蝴蝶派占据着的文坛风气的影响。1924年他开始发表成名作《春明外史》,是他有意识改变以往创作的开始,却依然用才子佳人的故事作为结构小说的总体框架。《春明外史》之后的作品,更多体现出张恨水"革命青年"的一面,可"才子"的一面并没有被舍弃,而是隐隐然体现在作品中,体现在作品的人物、情感、思想和辞章中。言情或者爱情婚姻问题,无论是在初期还是之后的创作中,都是张恨水构思小说的重要部分,也是流露他才子气的重要表现形态。

如果说"两重人格"是气质特点,那么体现在作品中,可以理解成张恨水一方面改变着小说创作的固有格式,即"革命"性,一方面倾情于传统章回小说的叙事魅力,即"才子"气。在日积月累的创作中,张恨水渐趋成就了他作品与众不同的气度,并由此获得了总结章回小说创作的现代经验。《写作生涯回忆》《我的创作与生活》《我的小说过程》《总答谢——并自我检讨》等文十分清晰和诚恳地叙述了张恨水自己的创作生涯,并不时论及章回小说创作的心得。《写作生涯回忆》发表于1949年,是张恨水最重要的一篇自述长文,总结了他幼年阅读到1949年之前的写作历程。《我的创作与生活》1963年写成,发表于1980年,内容和《写作生涯回忆》相似而稍简略,并多出了对50年代文学生活的记述。《我的小说过程》发表于1931年,"是张恨水最早发表的自传体文字"[①]。写此文时,轰动一时的《啼笑因缘》已经发表,张恨水在文中比较集中地谈及了他"研究小说"的一些体会。《总答谢——并自我检讨》发表于1944年,正值张恨水五十寿辰,这篇文章是对朋友们盛情为其祝寿的答谢,却用很大篇幅谈论他为什么要写作章回小说,又如何改良章回小说,对于研究张恨水的章回小说观念具有重要价值。除了这些回忆自述之外,张恨水还专门写有谈论章回小说的文章。

---

① 《张恨水年谱》,张占国、魏守忠编:《张恨水研究资料》,第206页。

《章与回》(1928年)、《且听下回分解》(1928年)、《小说考微》(1931年)、《泛论章回小说匠》(1942年)、《章回小说的变迁》(1957年)等文,都直接传达出张恨水对章回小说的认识,以及认识的变迁。另外,从张恨水为其小说写的序跋文字中也可以见出他的章回小说创作观。

张恨水的这些文章是对其写作经验的总结和深省。其他现代章回小说作家没有像张恨水这样对自己所选择的小说写作样式有如此清晰的有意识的认知。研究者注意到了张恨水在小说理论方面的贡献。如谢昭新、黄静的《论张恨水对现代通俗小说艺术理论的贡献》、汪启明的《张恨水小说理论初探》等文,均关注于这一方面。然而这些少量的研究并没有对张恨水的章回小说观念作出专门归纳和分析,甚且把张恨水本人的独到见解淹没在了论者并不完善和深入的阐说框架中。因此在赏鉴张恨水优秀的章回小说之前,有必要先解读张恨水的那些章回小说识见。从识见中再返观作品,会对现代章回小说有更真切的体认。

张恨水对于写作章回小说持有执着态度。《春明外史》发表后,张恨水一方面赢得了引人注目的声誉,另一方面也招致了批评。

> 有人说,在"五四"运动之后,章回小说还可以叫座,这是奇迹。也有人说这是礼拜六派的余毒,应该予以扫除。但我对这些批评,除了予以注意,自行检讨外,并没有拿文字去回答。在"五四"运动之后,本来对于一切非新文艺、新形式的文字,完全予以否定的。而章回小说,不论它的前因后果,以及它的内容如何,当时都是指为"鸳鸯蝴蝶派"。有些朋友很奇怪,我的思想,也并不太腐化,为什么甘心作"鸳鸯蝴蝶派"。而我对于这个,也没有加以回答。我想,事实最为雄辩,让事实来答复这些吧! ①

文学革命的成功,使得新文学成为文坛的话语主导。章回小说是旧体小说,是旧派文学,当然被新文学划为对立的方面。况且新文学之前统领文坛的鸳鸯蝴蝶派也采用章回体式创作小说,张恨水于1924年4月推出章回小说《春明外史》,和新文学的主张明显不同甚至互成反调,并且《春明外

---

① 张恨水:《写作生涯回忆》,张占国、魏守忠编:《张恨水研究资料》,第36页。

史》的才子气和哀怨情又多少承袭了鸳鸯蝴蝶派,招来非议当不可免。张恨水对此缄默,理由是:"事实最为雄辩,让事实来答复这些。""事实"是什么?张恨水的章回小说当然不是新文学,也不同于民初鸳鸯蝴蝶派小说的哀情叙事,张恨水本人也不同意自己被划入鸳蝴派或礼拜六派。事实是他依然继续章回小说的创作,他的章回小说越来越受到众多读者的关注和喜爱。

1930年3月,张恨水最著名的作品《啼笑因缘》在上海《新闻报》连载,同样引起极大反响。张恨水还是缄默。

> 对于该书的批评,有的认为还是章回旧套,还是加以否定。有的认为章回小说到这里有些变了,还可以注意。大致的说,主张文艺革新的人,对此还认为不值一笑。温和一点的人,对该书只是就文论文,褒贬都有。至于爱好章回小说的人,自是予以同情的多。但不管怎么样,这书惹起了文坛上很大的注意,那却是事实。并有人说,如果《啼笑因缘》可以存在,那是被扬弃了的章回小说,又要返魂。我真没有料到这书会引起这样大的反应。当然我还一贯的保持缄默。我认为被批评者自己去打笔墨官司,会失掉有则改之,无则加勉的精神,而徒然扰乱了是非。①

这次张恨水缄默的理由是:"会失掉有则改之,无则加勉的精神,而徒然扰乱了是非。"《啼笑因缘》虽"还是章回旧套",却"有些变了"。否定者和同情者只以好尚断是非,没有深味到小说本身的价值。1932年,明星影片公司和大华电影社为争夺《啼笑因缘》的电影拍摄权大打官司,举国震动,张伍说:"父亲始终置身事外,既无人来征求父亲的意见,父亲也乐得不招惹是非,岂不怪哉?"②张恨水的缄默自有他的确信。"不过这些批评,无论好坏,全给该书作了义务广告。《啼笑因缘》的销数,直到现在,还超过我其它作品的销数。""因为书销的这样多,所以人家说起张恨水,就联想到《啼笑因缘》。"③

---

① 张恨水:《写作生涯回忆》,张占国、魏守忠编:《张恨水研究资料》,第43—44页。
② 张伍:《雪泥印痕:我的父亲张恨水》,北京:团结出版社2006年9月版,第66—67页。
③ 张恨水:《写作生涯回忆》,张占国、魏守忠编:《张恨水研究资料》,第44页。

因《春明外史》和《啼笑因缘》都是由"章回小说"而招致批评,《总答谢》中,张恨水把两者放在一起叙述,还是强调了他的缄默态度。

在"五四"的时候,几个知己的朋友,曾以我写章回小说感到不快劝我改写新体,我未加深辩。自《春明外史》发行,略引起了新兴文艺家的注意。《啼笑因缘》出,简直认为是个奇迹,大家有这样一个感想:丢进了茅厕的章回小说,还有这样问世的可能吗?这时,有些前辈,颇认为我对文化运动起反动作用。而前进的青年,简直要扫除这棵花圃中的臭草。但是,我依然未加深辩。①

张恨水反复提及《春明外史》和《啼笑因缘》曾遭到关注和批评,一是因为这两部小说是张恨水的代表作,在当时反响很大,令张恨水记忆尤深,二是因为这两部小说的例子足以说明张恨水对写作章回小说的坚持态度。章回小说在五四之后依然受到读者热烈欢迎,乃至大获成功,说明阅读市场需要这样的创作小说,为何不可写呢?张恨水反复提及他的缄默反应亦即强烈表达了他的坚持态度。

张恨水坚持章回小说创作,是有意识的行为。虽然在备受批评的时候他没有声辩,但若干年后,当文坛乃至政界领导人都来肯定张恨水成就的时候,张恨水终于在文章中清晰表明了自己坚持写作章回小说的理由。

我为什么这样缄默?又为什么这样冥顽不灵?我也有一点点意见。我觉得章回小说,不尽是可遗弃的东西,不然,红楼水浒,何以成为世界名著呢?自然,章回小说,有其缺点存在,但这个缺点,不是无可挽救的(挽救的当然不是我);而新派小说,虽一切前进,而文法上的组织,非习惯读中国书,说中国话的普通民众所能接受。正如雅颂之诗,高则高矣,美则美矣,而匹夫匹妇对之莫名其妙。我们没有理由遗弃这一班人,也无法把西洋文法组织的文字,硬灌入这一班人的脑袋,窃不自量,我愿为这班人工作。有人说,中国旧章回小说,浩如烟海,尽够这班人享受的了,何劳你再去多事?但这有两个问题:那浩如烟海的东西,他不是现代的反映,那班人需要一点写现代事物的小说,他们从何

---

① 恨水:《总答谢——并自我检讨》,张占国、魏守忠编:《张恨水研究资料》,第279页。

觅取呢？大家若都鄙弃章回小说而不为，让这班人永远去看侠客口中吐白光，才子中状元，佳人后花园私定终身的故事，拿笔杆的人，似乎要负一点责任。我非大言不惭，能负这个责任，可是不妨抛砖引玉（砖抛甚多，而玉始终未出，这是不才得享微名的缘故），让我来试一试。而旧章回小说，可以改良的办法，也不妨试一试。我向来自视很为渺小，失败了根本没有关系。因此，我继续的向下写，继续着守着缄默，意思是说不必把它当一个什么文艺大问题，让事实来试一试，值不得辩论。若关于我个人，我一向自嘲，草间秋虫自鸣自止，更不必提了。①

张恨水坚持写作章回小说有这样几点理由：第一，章回小说"不尽是可遗弃"，因为《红楼梦》《水浒传》是当时公认的名著，它们就是章回小说；第二，"普通民众"不能接受新派小说的行文方式，却因"习惯读中国书"而乐意阅读他们熟悉的章回小说，张恨水"愿为这班人工作"；第三，旧章回小说的内容已经不合时代了，需要新的写现代故事的章回小说出现以满足现代读者的需求；第四，可不必拘泥于章回小说固有的写法，传统章回小说是可以改良的，是可以使之现代化的，如此也就不存在守旧的问题，也就"值不得辩论"了。前两点实际谈的是章回小说在现代社会还占据读者市场的原因。一方面章回小说的艺术魅力不减，另一方面它在中国老百姓的眼中是"可读"的，不像新派小说用欧化句法而"不可读"。张恨水犀利地指出了当时阅读的实情。五四以后，当新文学家怀着高潮过后的失落心情去回省新文学成绩的时候，便发现了读者方面存在的问题。"匹夫匹妇"正是新文学的理想读者，可他们读不懂新文学，失去了这些平民读者，新文学向谁"启蒙"？三四十年代，文学大众化通俗化运动，正是为了解决读者问题，章回小说也不再成为被排拒的文学样式了。从这点来看，张恨水极具先见之明。后两点理由实际谈的是章回小说的改良问题。内容方面应该写现代故事。"侠客口中吐白光，才子中状元，佳人后花园私定终身的故事"亦即梁启超归纳的"海淫海盗"，是不应为现代作家所齿的。现代作家有责任为他们的读者提供新的"现代事物"。形式方面也可吸收新派小说、西洋文学以及其

---

① 恨水：《总答谢——并自我检讨》，张占国、魏守忠编：《张恨水研究资料》，第279—280页。

他艺术之长,以使传统章回小说蜕变成现代小说。

  章回小说在现代社会有其存在价值,同时也应改良章回小说,使之现代化,由此张恨水不顾众议,坚持章回小说创作。这就是张恨水对于章回小说的总体认识和态度,这种认识和态度最终成就了章回小说大家张恨水当之无愧的文学史地位。"他可以被视为20世纪中国文学由传统向现代转型的一个典型。他徘徊于旧营垒,窥视着新观念,依附于俗趣味,酿造着雅情调,留连于旧程式,点化着新技巧,总之积习难返,却始终不愿沉溺于陈旧的套数,时时追求着改良和变新。不研究张恨水,就很难真正理解中国小说在20世纪转型过程中沉重的失落感,以及突破旧程式的艰难步伐。"①

  在张恨水"写作的黄金时期",他对于章回小说的格式颇为用心。谈《春明外史》时,他说道:

> 《春明外史》除了材料为人所注意而外,另有一件事为人所喜于讨论的,就是小说回目的构制。因为我自小就是个弄词章的人,对中国许多旧小说回目的随便安顿,向来就不同意。既到了我自己写小说,我一定要把它写得美善工整些。所以每回的回目,都很经一番研究。②

  讲究回目的"美善工整",除了因为张恨水喜弄辞章,有才子气外,还因为他的认真态度。既然要做章回小说,那么首先必须对章回小说的基本格式和做法掌握通透。回目是章回小说最显著的外在特征,当然需要格外用力。可"中国许多旧小说回目"是"随便安顿"的,张恨水认真于回目构制,带有"从我做起"的意思在内。张赣生道:回目"要拟得精练、醒目,且具有形式美,其最好的办法就是采用诗化的语句"。"明清小说中的此类回目固亦不乏佳构,但在初期尚较朴实无华","清代时有了改进","但从总体来看,小说作者对回目的拟定仍大多是信手拈来,妙对天成,并不特别加意推敲。真正把这种回目的特色着意发挥,充分显示其独具的审美价值者,还要说是几位民国通俗小说巨匠的贡献,尤其是刘云若、张恨水、还珠楼主表现得最突出"③。张恨水"着意发挥"回目特色,《春明外史》《金粉世家》等既

---

① 杨义:《张恨水:热闹中的寂寞》,《文学评论》1995年第5期。
② 张恨水:《写作生涯回忆》,张占国、魏守忠编:《张恨水研究资料》,第34页。
③ 张赣生:《民国通俗小说论稿》,重庆:重庆出版社1991年5月版,第20页。

是其代表作,同时又是十分讲究回目格式的章回体小说。张恨水正是凭藉着它们占据了现代文坛独有的位置。

1928年张恨水写了篇小文《章与回》,发表于他当时供职的《世界日报》上。文章较短,具有补白性质,却反映出他在这一时期对于小说创作的关注点。

> 章,中国的白话旧小说,很少这种体裁。至于传奇弹词,虽然分章或分析,但那又是韵语本,不能为标准的。回,大概是汉文小说独创的,拼音文字的小说里,绝对没有,也不可能。
>
> 分章的小说,每章要自成一个段落。这一个段落,大概总是整个的。所以本文前面,按上一个题目,自然能包括全章。至于他在全篇小说里面,大概因起承转合,分成部位。虽不必恰好是四章,但他的性质无非是由四章扩充起来的。回目的小说,他却与分章的不同,每回不是整个的一段。他不过是在全篇小说里,找两三件事,合成一回。而这一回,有时与全篇起承转合有关,有时一点关系没有。例如《红楼梦》的三宣牙牌令,这不过描写全文极盛时代之一斑,把他删了,与本书无大关系,这是与章最不同之一点。因为若是全书里的一章,就万不能删割的。
>
> 章回性质,既各有不同,长短自异。照说,章只能作一二十段,若是回目,拉长作到一百以上,那是常事。因此章的命名,总求拢统。回目照例说两件事,作一副对联(也有只写一联,与下回相对的,但是究嫌不美),这一副对联,为引起读者注意起见,要下点工夫才好,但是倒不妨琐碎。
>
> 由以上所说的几件事看来,你作长篇小说,未下笔之先,打算分章或分回,很可先审度一下子了。①

章回小说在当时张恨水的理解中即是分回的小说,"章回"中的"章"字从"回"之义。而《章与回》中的"章"对应的是"拼音文字的小说"即西洋小说的"分章"之义。张恨水比较清晰地分析了两者的异同,并且强调回目不同于章题,是"这一副对联,为引起读者注意起见,要下点工夫才好,但是倒

---

① 水:《章与回》,《世界日报》1928年8月23日。

不妨琐碎",很可见出当时的张恨水对于回目的看重,并且把回目作为和分章小说相区别的重要标志之一。因此他说,在做小说之前,应先"打算分章或分回","审度"好了方可下笔。张恨水写作章回小说,当是"审度"的结果。

除了关注于章回小说的形式特征外,张恨水也深谙其内在特质。他说:"我一贯的主张,写章回小说,向通俗路上走,决不写出人家看不懂的文字。"①通俗,是章回小说的艺术生命。张恨水的作品之所以广受欢迎,就在于他首先是一位通俗小说家。1930年代初,周瘦鹃约邀张恨水为《申报》写小说。张恨水回忆道:

> 他说,章回体小说,要通俗,又要稍微雅一点,更要不脱离时代,这个拿手的人,他实在不好找,希望我帮忙。我虽然自知够不上那三个条件,而瘦鹃的友谊,必须顾到,终于我给他写了一篇《东北四连长》。②

当张恨水应邀为《申报》写小说的时候,他已经在上海另一家著名大报《新闻报》上发表了《啼笑因缘》《太平花》等作品,声名大噪。身为《申报》的重要编辑,周瘦鹃当然不能坐视《新闻报》独占风头。另外他原先负责的《自由谈》栏目改刊了新文艺,新辟的《春秋》栏需要好文章以压阵。鉴于《新闻报》的成功与章回小说的效力,周瘦鹃决定为《春秋》物色写作章回小说的人选。周瘦鹃对章回体小说提出了"三个条件":通俗、雅化、不脱离时代,要达到这些条件,在周瘦鹃看来当然非张恨水莫属。通俗,是章回小说受欢迎的基础。雅化,是保证章回小说品质的需要。不脱离时代,是让章回小说旧貌换新颜的重要途径。这不但是周瘦鹃认为的好的章回小说的标准,同时也为张恨水所认同,张恨水的作品完全符合这样的标准。

《东北四连长》后来出单行本时,张恨水作了修改并把书名改成"杨柳青青"。小说在通俗、雅化、不脱离时代这几方面都做得很好,特别是书中关于抗战的表述,是张恨水作品关切时事、紧系时代、与时俱进的一个例证。张恨水对于章回小说改良的认识首先就表现在内容方面。不脱离时代,写

---

① 张恨水:《写作生涯回忆》,张占国、魏守忠编:《张恨水研究资料》,第92页。
② 同上书,第56页。

现代人的现代生活,从而使章回小说的故事贴近和感染现代读者。所以张恨水是一位极具现实感的作家。他说:"小说有两个境界,一种是叙述人生,一种是幻想人生,大概我的写作,总是取径于叙述人生的。固然,幻想人生,也不一定就是超现实","但写社会小说,偏重幻想,就会让人不相信,尤其是写眼前的社会"①。"眼前的社会"是张恨水章回小说的取材内容,即便是写得不多的几部武侠作品,也不会发生"侠客口中吐白光"的事情,而着意于叙述富有真实感的武术家的故事。由此,张恨水小说涉及最多的题材是社会言情。张恨水道:"我于小说的取材,是多方面的,意思就是多试一试。其间以社会为经,言情为纬者多。那是由于故事的构造,和文字组织便利的缘故。"②言情,多少流露出张恨水早年阅读经验养成的才子气,而社会则是作家关注现实人生责任感的体现。张恨水长年的报人身份,为他写作小说积累了时事材料,这些材料成就了章回小说内容方面的革新。

在小说写法上,张恨水有意识地取法其他文学艺术样式,实验对章回小说的改良。1931年初,他为《上海画报》撰写《我的小说过程》,第一次回顾了他的写作生涯,并在文中特别谈到小说写作的取法来源。

> 中国的文学书里,并无小说学,这是大家知道的。我对于外国文,又只懂一点极粗浅的英文,谈不到看书。所以我研究小说并没有整个儿由小说学的书上得来,虽然近代有小说学的译品,可是还不是供我们参考,所以我于此点,索兴去看名家译来的小说了。名家小说给我印象最大的,第一要算是林琴南先生的译品。虽然他不懂外国文,有时与原本不符,然而他古文描写的力量是那样干净利落,大可取法的。此外我喜欢研究戏剧,并且爱看电影,在这上面,描写人物个性的发展,以及全部文字章法的剪裁,我得到了莫大的帮助。关于许多暗示的办法,我简直是取法一班名导演。所以一个人对于一件事能留心细细的观察,就人尽师也。③

翻译小说、戏剧(当然包括传统戏曲)、电影,张恨水从这些艺术门类中

---

① 张恨水:《写作生涯回忆》,张占国、魏守忠编:《张恨水研究资料》,第40页。
② 恨水:《总答谢——并自我检讨》,张占国、魏守忠编:《张恨水研究资料》,第280页。
③ 张恨水:《我的小说过程》,张占国、魏守忠编:《张恨水研究资料》,第274—275页。

取镜的,不仅仅是艺术表现形式,还有故事设置情境。而这些艺术门类中所蕴含的西洋技法也启发了张恨水改良章回小说的思路。1944年,张恨水在《总答谢》中十分清晰地解释了来自西洋小说的改良思路:

> 关于改良方面,我自始就增加一部分风景的描写与心理的描写。有时,也特地写些小动作。实不相瞒,这是得自西洋小说。所有章回小说的老套,我是一向取逐渐淘汰手法,那意思也是试试看。在近十年来,除了文法上的组织,我简直不用旧章回小说的套子了。严格的说,也许这成了姜子牙骑的"四不象"。①

从西洋小说得来的改良思路包括风景描写、心理描写、小动作的叙写,还包括西洋小说的文体格式。张恨水对传统章回小说熟稔非常,对传统小说表现手法的不足也是了然于心。在新中国成立后写的回忆录《我的创作与生活》中,张恨水就十分肯定地谈及了章回小说或旧小说中存在的缺点:

> 那时候,商务印书馆出了《小说月报》杂志,我每月买一本,上面有短篇长篇创作,有翻译小说,使我受益匪浅,于是我懂得买新书看了,跳出了只看旧小说的圈子,也可以算作一种跃进吧。我仔细研究翻译小说,吸取人家的长处,取人之有,补我所无。我觉得在写景方面,旧小说中往往不太注意,其实这和故事发展是很有关的。其次,关于写人物的外在动作和内在思想过程一方面,旧小说也是写得太差,有也是粗枝大叶地写,寥寥几笔点缀一下就完了,尤其是思想过程写得更少,以后我自己就尽力之所及写了一些。②

写景、人物动作、"内在思想过程"或人物心理,在"旧小说中往往不太注意","也是写得太差",这些不足却可以从西洋小说、翻译小说和新文艺小说中吸取经验,取长补短。因此张恨水的眼界是开阔的,他没有固守旧有,也没有抵触新潮。从具体手法到显在格式,张恨水逐渐改换了章回小说

---

① 恨水:《总答谢——并自我检讨》,张占国、魏守忠编:《张恨水研究资料》,第280—281页。

② 张恨水:《我的创作与生活》,《写作生涯回忆》,南京:江苏文艺出版社2012年1月版,第139页。

的"老套"。西洋小说和新文艺小说是不分回,不加回目的,章回小说是否也可去掉分回标目的旧格式呢?从张恨水40年代创作的不少作品如《八十一梦》《纸醉金迷》等,可以看出张恨水去回目的实践是有成效的。他把这种不标回目的小说自嘲为"四不象"。因为不标回目,就和章回小说的标准格式不同;因为"文法上的组织"或者白话小说的注重讲故事,和新文艺小说又不完全一样。可以说,张恨水以他50年辛勤的笔耕生涯实现了章回体小说的现代蜕变。

1957年张恨水发表《章回小说的变迁》一文,可以看作是他一生对于章回小说写作和研究的总结。文章前半部分叙述了章回小说的发展历程,和他早年写作的《小说考微》可互照阅读。后半部分主要着眼于章回小说现今的状况和所应持有的态度,也可和之前写作的《且听下回分解》《泛论章回小说匠》等文相参照。正像张友鸾说的那样,新中国成立后,张恨水的创作进入了"末期",写作水准没有多少提高,但却有更多时间沉浸于思考。《章回小说的变迁》表达了张恨水成熟思考之后对章回小说的最终看法:

> 自《红楼梦》那时起,一直到现在,至少是第四个时期了吧?若论小说的名字,那真是浩如烟海。不过论到章回小说本身,这里还没有哪一本小说,够得上和《红楼梦》《水浒传》比上一比的。(我这是论章回小说,别的小说不在内。)不过文章词句里面,这又有一点变迁,好坏那另为一说,这就是用"话本"的老路子,越发的少了。
>
> 因时代的转变,章回小说受了转变的影响,也就变化起来了。不过这变的范围,似乎还很小,我们干这行的,也看到这一行没有起色,就转向别的方向去了。我们本应当变的,因为看死了不变,这就莫怪人家往另方面跑。……而且过去有许多人,对章回小说,不屑一看。我们稍微有点希望,还是民间爱好。我们幸得这民间爱好,才有我们这班人弄章回小说,就这样勉强过了几十年。现在好了,我们这班作章回小说的人,都有了很好的创作条件。
>
> 最后,关于章回小说,我还想说以下几点:
>
> 第一,这章回小说,大部分是"拟话本"的,我们首先要研究它的优点与缺点。第二,它的优点,大部分是这样,如说话好,故事非常丰富,结构也很紧密,最好的是一线到底。第三,人物动作似乎太少了。"小

动作"更少。至于写景,也少得可怜。第四,关于分回,那当然不动为是。可是它那些套语,像"各表一枝"、"且听下回分解"、"有话即长",等等无关重要的句子,可以去掉。第五,如"得胜头回"等类,无论是短篇或长篇,可以不要。第六,关于回目,还是要的好,它能够吸引观众,从何处注意?既然是要,做的工整一点好些。我想到这些,当然还有。至于要写或不当写,我这里听大众的意见。①

章回小说自晚清以后,没有再出现《红楼梦》那样的杰作。但是章回小说发生了变化,"话本"或者"说话"的成分越来越少了。这是张恨水对现代章回小说的总结性认识。文章最后,他提出了六点想法,简单而切要。章回小说有优点也有缺点,对于缺点当然要改正,套语之类等"无关重要"的成分也"可以去掉"。但是分回标目,应该保留,而且回目还需"做的工整一点"。张恨水特别强调回目,除了因为"能够吸引观众"外,还有一点重要原因是他不曾说出的,即章回小说如果去掉回目,就失去了最显在的标志,也就成了"四不像",不成其为章回小说了。

张恨水用一生的创作经验得出上述结论,既申发了他写作章回小说的成功体验,也归结了他改良章回小说过程中所思考的问题。时过境迁,50年代的张恨水已不像往日那样坚持章回小说的写作。"至于要写或不当写,我这里听大众的意见",并不仅仅显示出张恨水写作态度的变化,更显示出时代对一种文体的取舍权力。章回小说在张恨水手中达至现代创作的顶峰,也完成了现代化的蜕变。以后如何,便非张恨水力之所及了。

第二节 "五四"之后的章回小说

《春明外史》是张恨水的成名作。"在'五四'运动之后,章回小说还可以叫座,这是奇迹。"②《春明外史》于1924年4月至1929年1月连载于《世界晚报》副刊《夜光》,约百万字,在张恨水的作品中,只有《金粉世家》的篇幅堪与其媲美。在为时近五年的发表时间中,《春明外史》始终引来人们很

---

① 张恨水:《章回小说的变迁》,《北京文艺》1957年10月号。
② 张恨水:《写作生涯回忆》,张占国、魏守忠编:《张恨水研究资料》,第36页。

大关注。张恨水的同事和好友左笑鸿谈《春明外史》受欢迎的原因道:

> 《春明外史》在《世界晚报》连载不久,就引起轰动。我们亲眼见到每天下午报社门口挤着许多人,等着买报。他们是想通过报纸的新闻来关心国家大事么？不！那时报上的新闻受到极大的箝制,许多新闻是无中生有,诗张为幻,而副刊有时倒可能替老百姓说几句话,喊叫喊叫。尤其是小说,有人物,有故事,往往能从中推测出不少政局内幕来。有时上层人物干了些什么见不得人的事,社会上都传遍了,可是从不见诸新闻。而小说却能影影绰绰地把这些人和事都透露出来,使人一看,便心领神会。于是小说便成了"野史",所谓"此中有人,呼之欲出",读着带劲,细按起来更是其味无穷。当然,并非所有报上的小说都是如此,不过恨水的《春明外史》确是这样。①

《春明外史》的刊出,使《世界晚报》销行甚好。张恨水其时在成舍我执掌的《世界晚报》和《世界日报》编新闻、编副刊,1927 年还担任过《世界日报》的总编辑,《春明外史》的写作实为张恨水编报之余的收获。

在《春明外史》之前,张恨水发表过《紫玉成烟》《南国相思谱》《真假宝玉》《小说迷魂游地府记》等,这些可以说是他早年的习作。1919 年,张恨水来到北京,1921 年发表《皖江潮》,此后的一部小说便是《春明外史》。《春明外史》最初是应成舍我之邀而写的。1924 年 4 月,成舍我创办《世界晚报》。张恨水到京不久,结识了成舍我,两人已有共事合作的经验。成舍我办报,请张恨水协助,他知道张恨水会写小说,请他为报纸副刊写篇作品,也是便利起见,不另外找人的意思。于是《春明外史》随着《世界晚报》的出刊而连载。在《春明外史》之前,张恨水在文坛不能算知名作家,《春明外史》的大获成功是出乎成舍我,也是出乎张恨水意料的。张恨水道:"予之为此书也,初非有意问世,顾事业逼迫之,友朋敦促之,乃日为数百言,发表于世界晚报之'夜光'。"②成舍我之于张恨水,既属"事业"关系,也有"友朋"之情,而疲于奔命不暇小说创作的张恨水答应写小说,也趁此做了他"最高兴

---

① 笑鸿:《是野史(重版代序)》,张恨水:《春明外史》(上),北京:中国新闻出版社 1985 年 10 月版,第 1 页。
② 张恨水:《后序》,张恨水:《春明外史》(上),第 2 页。

作的事"①。

张恨水谈《春明外史》的问世道：

> 我编《夜光》很起劲。不到三十岁，混在新闻界里几年，看了也听了不少社会情况，新闻的幕后还有新闻，达官贵人的政治活动、经济伎俩、艳闻趣事也是很多的。
>
> 在北京住了五年，引起我写《春明外史》的打算。②

《春明外史》的写作构思和张恨水的报界生涯关系甚大。报界生涯使张恨水耳濡目染于新闻时事，把新闻时事写进小说，既使小说获得了丰富的故事来源，又使新闻增添了生动的可读趣味。"政治活动、经济伎俩、艳闻趣事"，这些被改编成故事的新闻时事，成为《春明外史》的主要内容。

《春明外史》的主人公是杨杏园，他是一个"羁旅下士"（第1回）。小说第1回开篇道："在我这部小说开幕的时候，杨杏园已经在北京五年了。"张恨水写《春明外史》时也"在北京住了五年"，他们都是安徽人。杨杏园的职业是报馆编辑，张恨水也是"混在新闻界里几年"了，所以当时很有人认为张恨水写的是自己的故事。张恨水当然不同意这种看法，但却十分明确杨杏园在小说中的功能，正如同张恨水自己以新闻经验写作《春明外史》一样。张恨水道："《春明外史》，本走的是《儒林外史》、《官场现形记》这条路子。但我觉得这一类社会小说犯了个共同的毛病，说完一事，又递入一事，缺乏骨干的组织。因之我写《春明外史》的起初，我就先安排下一个主角，并安排下几个陪客。这样，说些社会现象，又归到主角的故事，同时，也把主角的故事，发展到社会的现象上去。这样的写法，自然是比较吃力，不过这对读者，还有一个主角故事去摸索，趣味是浓厚些的。"③"主角的故事"就是杨杏园的故事。小说以杨杏园在北京已住了五年开头，以他悲郁而终收尾，其中贯穿了杨杏园和青楼雏妓梨云、清廉才女李冬青之间缠绵与不幸的爱情故事。但张恨水并不是为了写这个主角的故事而创作《春明外史》的，

---

① 张恨水：《写作生涯回忆》，张占国、魏守忠编：《张恨水研究资料》，第33页。
② 张恨水：《我的创作与生活》，《写作生涯回忆》，南京：江苏文艺出版社2012年1月版，第148页。
③ 张恨水：《写作生涯回忆》，张占国、魏守忠编：《张恨水研究资料》，第33—34页。

"《春明外史》,本走的是《儒林外史》、《官场现形记》这条路子",张恨水因为不满于这类"社会小说"的写法才"安排下一个主角",安排主角的目的是为了更好地把各种"社会现象"结构进小说。左笑鸿说他曾和张恨水谈过这部小说,"所谓杨杏园、梨云、李冬青等,不过是把许多故事穿在一起的一根线,没线就提不起这一串故事的珠子。所以,读《春明外史》时,不能把注意力只放在杨杏园与梨云、李冬青等人的恋爱经历上"①。张友鸾谈《春明外史》换了种说法,同样表达了这个意思:"书中主角被安排做新闻记者,为的容易引出当时政治上、社会上种种千奇百怪的内幕新闻,从而加以谴责。"②新闻记者容易接触到社会各阶层,也容易探得社会各方面的故事。在这个意义上,小说中的杨杏园和写作《春明外史》的张恨水就具有了相似的职能。

1928年2月14日《世界日报》为《春明外史》登出一则广告道:

> 春明外史,自世界晚报揭载以来,前后已五易寒暑,非在社会上得有热烈之欢迎,其不能延长如此,当可知矣。是书第一二集,现已出版,凡共二十六回,都六十余万言。其间描写北京各级社会,自权门显宦,淑女名媛,更至贩夫走卒,妓女优伶,无不网罗殆尽。且更以二数人物之爱史,参杂其间,尤能一线贯穿,无普通社会小说,随写随了之弊。书中人物,无论为主宾,各各均自有其个性,实属亦庄亦谐,可歌可泣,读此书用一遍,或不仅当卧游而已乎?全书以纯粹白话写出,通体流畅,间杂诗词小品,胼散文字,亦复精心撰出。在作者之意,原不欲供人茶余酒后之消遣耳。凡此诸端,读者试取其书读之,不难一一证实之也。

《春明外史》的1、2集最初由《世界日报》出版发行,全书86回由上海世界书局1930年出版。这则广告刊登时,张恨水正主编《世界日报》副刊《明珠》。广告语若不是出自张恨水本人之手,就是由他在《世界日报》的同事好友撰写的。广告语多赞誉,可对于《春明外史》而言,这则广告并不过甚其辞。所谓"描写北京各级社会""无不网罗殆尽",即说明了张恨水写作

---

① 笑鸿:《是野史(重版代序)》,张恨水:《春明外史》(上),第2页。
② 张友鸾:《章回小说大家张恨水》,《新文学史料》1982年第1期。

《春明外史》的目的是为了描述出20年代北京城的社会风貌。他把新闻时事写进小说,不仅由于取材的便利,更为世俗历史留下了一份真实的记录。张友鸾评《春明外史》道:

> 《春明外史》写的是二十年代的北京,笔锋触及各个阶层,书中人物,都有所指,今天的"老北京"们,是不难为它作索隐的。在《世界晚报》连载的时候,读者把它看作是新闻版外的"新闻",吸引力是非常之大,很多人花一个"大子儿"买张晚报,就为的要知道这版外新闻如何发展、如何结局的。当时很多报纸都登有连载小说,象《益世报》一天刊载五六篇,却从来没有一篇象《春明外史》那么叫座。作者诅詈那个时代,摘发抨击某一些人和某一些现象,乃是出于当时作为一个新闻记者的正义感和责任感。某些地方,刻划形容,的确也似乎太过,那是"箭在弦上,不得不发",与"丑诋私敌"之作是不同的。几十年后,读这部小说,还觉得当时情景,历历如在目前。年轻的人,没有那些经历,却可从此中得到一课历史知识,看出旧社会的丑恶面貌,也是有益的。[①]

评语虽不免带有80年代初的用语色彩,却能够呼应出张友鸾当年任职的《世界日报》所刊广告的笔意。"在作者之意,原不欲供人茶余酒后之消遣耳。"张友鸾指出了《春明外史》所包含的"新闻记者的正义感和责任感",小说"摘发"时弊的功能,与张恨水40年代创作的著名的《八十一梦》可谓一脉相承。

"新闻版外的'新闻'"是《春明外史》大获成功的主要原因。作为在世界日报、晚报系统内供职的张友鸾和左笑鸿,对这点都体会深切。新闻固然也叙述事件,却没有小说那样详细生动。更何况"那时报上的新闻受到极大的箝制","有时上层人物干了些什么见不得人的事,社会上都传遍了,可是从不见诸新闻"。而对于20年代的市民读者来说,报刊新闻毕竟还是一种新文体,他们更乐于接受的是久已亲切的章回小说。张恨水用"版外新闻"的方式来写小说,"于是小说便成了'野史',所谓'此中有人,呼之欲出',读着带劲,细按起来更是其味无穷"。

---

① 张友鸾:《章回小说大家张恨水》,《新文学史料》1982年第1期。

为小说索隐便是当时读者感到"其味无穷"的一桩事情。张恨水对此谈道:"《春明外史》里的人物,后来有许多人索隐,也有人当面问我,某人是否射着某人。其实小说这东西,究竟不是历史,它不必以斧敲钉,以钉入木,那样实实在在。《春明外史》的人物,不可讳言的,是当时社会上一群人影。但只是一群人影,决不是原班人马。"①即便不是对现实人物故事原样照搬,张恨水也"不可讳言"小说的确写了当时引人关注的社会人事。例如"魏极峰(曹锟)、鲁大昌(张宗昌)、秦彦礼(李彦青)、闵克玉(王克敏)、韩幼楼(张学良)、周西坡(樊樊山)、何达(胡适)、时文彦(徐志摩)、小翠芬(小翠花)、幺凤(小阿凤)等"②。普通人可能只对这些名人轶事有所耳闻,小说以详尽笔墨叙写敷衍,此种趣味当然可想而知。《春明外史》满足了常人窥人故事的好奇心,被写进小说的张学良也对《春明外史》赞赏有加,还和张恨水交了朋友。

　　《春明外史》成为"版外新闻",不仅是张恨水报界生涯的一种映射,也是张恨水小说观念的一种体现。1925 年,张恨水为《春明外史》写了篇《前序》,开头道:"余少也不羁,好读稗官家言,积之既久,浸淫成癖,小斋如舟,床头屋角,累累然皆小说也。既长,间治词章经典之书,为文亦稍稍进益,试复取小说读之,则恍然所谓街谈巷议之言,固亦自具风格,彼一切文词所具之体律与意境,小说中未尝未有也。"③小说比之"词章经典",有它特别之处,而且传统小说,尤其章回小说,文备众体,不仅具备小说之长,也能包容词章特色。另外,在这段关于"小说"的文字中,张恨水用了两个词来置换"小说",一个是"稗官家言",一个是"街谈巷议之言"。这两个古老的"小说"称谓,概括出了中国小说的两个基本特征:小说源自稗官的记事文字;稗官所记录的是百姓俗常喜欢谈论的故事。随着传播媒介的发展更新,稗官记事的职能逐渐为报刊替代。唐代有"邸报",属于官方公文性质,宋代出现了"小报",属于私人出版物。至晚清,现代报刊问世,成为主要的传播手段,百姓口头传播的故事被机器复印成文字,突破街巷的局限在更大空间

---

① 张恨水:《写作生涯回忆》,张占国、魏守忠编:《张恨水研究资料》,第 38 页。
② 张伍:《雪泥印痕:我的父亲张恨水》,北京:团结出版社 2006 年 9 月版,第 45 页。
③ 张恨水:《前序》,《春明外史》(上),第 1 页。

内得到传播。百姓喜谈之事登在报上大致可分为两类:一类是大事新闻,一类是小道消息。大事新闻是日后成为"正史"的材料,但如果被小说家看中,增以情节,饰以细节,则能敷成"演义"。小道消息与百姓日常生活联系紧密,也更容易进入小说家的视野,它们如果被详加叙写,也就成了"野史"。左笑鸿说"小说便成了'野史'",即是这个意思。张恨水体会到中国传统小说和现代报纸新闻之间的关联,把《春明外史》写成"版外新闻",不失为对中国小说传统的一种呼应。

金寄水评《春明外史》道:

> 恨老一生著作等身,《春明外史》是代表作之一,也是成名之作。它写尽了北洋政府的形形色色,写尽了旧北京的各阶层、各角落及旧城风貌。涉及之广,描绘之细,都是前所未见的。称它是当时北京的一个横断面,不为之过。正因为是这样,它才轰动大江南北,名噪一时。致使广大群众所喜爱的这一文学体裁——章回小说,才得以存留下来。①

从"写尽""旧城风貌"到保留"章回小说",其间省略的正是对传统小说观念的体认。张恨水起用了传统小说的代表体式——章回小说,来包容北京城的"外史",可谓相得益彰,满足了百姓读者久已形成的街谈巷议的小说嗜好。

既然用章回体写小说,表现出了对传统小说观念的一种体认,在"章回体"上尽力用心,也就成了写《春明外史》时期张恨水的着力点。张恨水是以对章回体裁的严格遵守乃至精益求精,赢得并且站稳了在现代文坛的位置。张恨水谈《春明外史》的创作道:

> 我自己削足削履的,定了好几个原则。一,两个回目,要能包括本回小说的最高潮。二,尽量求其词华藻丽。三,取的字句和典故,一定要是浑成的,如以"夕阳无限好"对"高处不胜寒"之类。四,每回的回目,字数一样多,求其一律。五,下联必定以平声落韵。这样,每个回目的写出,倒是能博得读者推敲的。可是我自己就太苦了,往往两个回目,费去我一、二小时的工夫,还安置不妥当。因为藻丽浑成都办到了,

---

① 金寄水:《重读〈春明外史〉忆恨老(代跋)》,张恨水:《春明外史》(下),第1399页。

不见得能包括小说最高潮。能包括小说最高潮,不见得天造地设的就有一副对子。这完全是"包三寸金莲求好看"的念头,后来很不愿意向下做。不过创格在前,一时又收不回来。因之这个作风,我前后保持了十年之久。但回目作得最工整的,还是《春明外史》和《金粉世家》,其他小说,我就马虎一点了。在我放弃回目制以后,很多朋友反对,我解释我吃力不讨好的缘故,朋友也就笑而释之,谓不讨好云者,这种藻丽的回目,成为礼拜六派的口实。其实礼拜六派,多是散体文言小说,堆砌的词藻,见于文内,而不在回目内。礼拜六派,也有作章回小说的,但他们的回目,也很随便,不过,我又何必本末倒置,在回目上去下工夫呢?①

回目是章回小说的首要标志,把回目构制好,章回小说的品质就能得到外在的保障。张恨水为写好回目,定下五条原则,要达成其中之一二并不难,可要五条都符合就有相当难度。《春明外史》就是一部有着精湛回目设计的章回小说。小说第1回回目为"月底宵光残梨凉客梦 天涯寒食芳草怨归魂",第2回回目为"佳话遍春城高谈婚变 啼声喧粉窟混战情魔",第3回回目为"消息雨声中惊雷倚客 风光花落后煮茗劳僧"……全书86回,每回用的都是九字对偶回目,"工整"且"藻丽",很可见出张恨水为此费了工夫。1930年世界书局发行《春明外史》单行本前,"在上海《申报》、《新闻报》两大报上刊出巨幅广告,并将全书的86回目全文,用大字刊载,先声夺人,这在上海是罕见的,轰动了上海滩"②。

关于小说回目,张恨水之子张伍还特别提到两件事。一件是:"当时就有一名叫郭竹君的读者,把《春明外史》的所有回目,全部用原韵和唱,投到《世界晚报》。那时《夜光》主编已是左笑鸿叔,他全文刊出。和诗步韵本是文人常见之事,但'和回目',还属破题第一遭,引起不少读者的兴趣。"另一件是:"金寄水先生,他是多尔衮13世孙,世居北京,是父亲晚年的忘年交。金先生第一次到我家做客,酒酣耳热之际,曾当着父亲的面,把《春明外史》的回目""全部背诵一遍,并且说,父亲主要著作的回目他都能背诵"。"寄

---

① 张恨水:《写作生涯回忆》,张占国、魏守忠编:《张恨水研究资料》,第34—35页。
② 张伍:《忆父亲张恨水先生》,北京:北京十月文艺出版社1995年8月版,第113页。

水先生还说,父亲的九字回目一出,模仿者不少,后来他和许多朋友写小说均用九字回目,就是父亲的'私淑弟子'了。"①"和回目"事件说明《春明外史》的回目和诗一样有韵味,"背回目"事件说明各回目之间可以相诵成篇的。总之,《春明外史》的回目和它的故事一样受到关注,不能不说这是五四之后的"奇迹"。张恨水是以一种对传统精雕细琢的方式来显示其特出的审美和文化取向。这固然和张恨水的阅读积累与趣味好尚密切相关,但当新文学在文坛取得话语权力和绝对地位的时候,在新文学运动中心的北京却出现了一部炙手可热的《春明外史》,而当左翼思潮在30年代以上海为中心向全国辐射的时候,《春明外史》又入驻上海,这就不能不引起各方面的极大注意。《春明外史》即便只是张恨水作为"人生消遣法"②而写的,毕竟表现出了一种姿态。

《春明外史》不仅有工整藻丽的回目,诗词唱和、书信往还时见文中,充分体现出了章回小说"文备众体"的特点。例如小说开篇有诗道:"春来总是负啼鹃,披发逃名一惘然!除死已无销恨术,此生可有送穷年?/丈夫不顾嗟来食,养母何须造孽钱。/遮莫闻鸡中夜起,前程终让祖生鞭。"(第1回)小说结尾有诗道:"人亡花落两凄然,草草登场只二年。/身弱料难清孽债,途穷方始悟枯禅。/乾坤终有同休日,天海原无不了缘。/话柄从今收拾尽,江湖隐去倩谁怜。"(第86回)开篇诗暗示出小说主人公的性情和命运,结尾诗则总结收束了主人公及全书的故事。古体诗之外,小说还包容了其他古体文字。据张伍统计,"全书大约有七十多首诗与词","还有二十多副对联、两篇祭文、一篇残赋、一篇劝进表,以及十几封文言尺牍"③。特别是女主人公李冬青为杨杏园写的一篇约两千字的祭文,痛彻肺腑,感人至深,确是一篇好文章。张恨水把他的主人公设计成为才子和才女,使小说中的诗词文赋得到了铺展的机会。作为章回小说的《春明外史》也因此显得更加传统化。

张恨水说,这样一种小说的做法,他"前后保持了十年之久"。从1924

---

① 张伍:《忆父亲张恨水先生》,第120页。
② 张恨水:《前序》,《春明外史》(上),第1页。
③ 张伍:《忆父亲张恨水先生》,第121页。

年到1934年,其间发表的小说除《春明外史》外还有《新斩鬼传》《荆棘山河》《交际明星》《金粉世家》《春明新史》《青春之花》《天上人间》《剑胆琴心》《啼笑因缘》《满江红》《落霞孤鹜》《美人恩》《太平花》《锦片前程》《水浒别传》《燕归来》《小西天》等,基本涵盖了张友鸾所说的张恨水"黄金时期"的创作。这期间大部分作品都遵循章回体例,起用九字回目,庶几成为张恨水小说的显著特征。例如《金粉世家》第1回"陌上闲游坠鞭惊素女 阶前小谑策杖戏娇嬛"对仗十分工整,《啼笑因缘》第1回"豪语感风尘倾囊买醉 哀音动弦索满座悲秋"字句浑然天成,《燕归来》第1回"玉貌同钦拆笺惊宠召 寓楼小集酌酒话平生"恰切概括了这一回的主要内容。这些作品和传统章回小说相比其实已有不同,但精雕细琢的回目使它们在五四之后的文坛分外显眼,张恨水之所以成为张恨水也就因为他对于章回小说潜心研习的态度。

　　研习的态度使张恨水在后来的创作中"放弃回目制"。这其中主要有两个原因。一是"吃力不讨好",张恨水在回目上用尽心思,却被冠以"礼拜六派"的责难,这是他不愿意承受的。二是盛极而衰的法则,张恨水那么精心于回目的构制,使章回小说的形态达到极致的完善,此后无法尽善只能思变。例如写于1931年的《太平花》被张恨水修改了好几次。1933年写完的时候是36回,出版时改成30回,1945年百新书局再版时又把30回改成26章,不再编织回目而采用字数不等的白话短语来标识每一章的章题。像"此地有三种宝""太平花外摆战场""征人夜话",这些章题同样很醒目,又能概括一章的主要内容,起名时比回目要省力得多,在白话文通行已久的时代,何必一定要用典丽的回目呢。张恨水说:"《太平花》这部书,不是什么了不起的写作,但在这两度大修改之下,也就可以看到'白云苍狗',人事是变幻得太厉害了。"①这里的"人事"不仅指历史社会的变迁,也包涵着张恨水章回小说观念的变化以及章回小说做法的变革。

　　"我又何必本末倒置,在回目上去下工夫呢?"此话写于1949年初,"白云苍狗",40年代的张恨水和当初写作《春明外史》的张恨水已有很大不同。随着对偶工整的回目日渐脱离小说本体,成为额外的装饰,原先的章回小说家就不愿意再在细枝末节上下苦力,而更想把心思花在故事内容方面。事

---

① 张恨水:《写作生涯回忆》,张占国、魏守忠编:《张恨水研究资料》,第55页。

实上,《春明外史》除了讲究回目、在文中摆弄词章之外,并不完全按照传统章回小说的写法,每回末必按上"且听下回分解"的套语。"版外新闻"而非"章回小说"是《春明外史》成功的关键。和《春明外史》同样"回目作得最工整的"《金粉世家》其成功处主要也在于所讲述的故事。

第三节 "民国红楼梦"

《金粉世家》于1927年2月至1932年5月连载于《世界日报》上,1933年2月世界书局出版了单行本,共112回,另加有"楔子"和"尾声"。这是继《春明外史》之后张恨水的又一部引起世人极大关注的作品。在张恨水的创作中,《金粉世家》的销行"始终是列于一级的","它始终在那生活稳定的人家,为男女老少所传看"①。

40年代,徐文滢在历数民国年间的章回小说时,对《金粉世家》评价甚高:

> 承继着《红楼梦》的人情恋爱小说,在小说史上我们看见《绘芳园》、《青楼梦》……等等的名字,则我们应该高兴地说,我们的"民国红楼梦"《金粉世家》成熟的程度其实远在它的这些前辈之上。……作者所有作品中也惟有这部是用了心血的精心杰构。作者对于大家庭内幕的熟悉和社会人物的口语之各合其分,使这书处理得很自然而真实。既没有谩骂小说的谩骂,也没有"鸳鸯蝴蝶"的肉麻,故事的发展也了无偶然性和夸大之处,使我们明白"齐大非偶"和世家之没落有他必然的地方。这种种都是以大家庭为题材的许多新文艺作家们所还未能做到的好处。②

以大家庭为题材的小说在现代文坛引人注目,著名的作品如巴金的《家》、老舍的《四世同堂》,而《金粉世家》唯独获得了"许多新文艺作家们所还未能做到的好处"。小说叙写了国务总理的家庭故事,这种贵族豪门的题材不为世人多见,普通读者对此充满好奇。张恨水说:"普通民众""需

---

① 张恨水:《写作生涯回忆》,张占国、魏守忠编:《张恨水研究资料》,第42页。
② 徐文滢:《民国以来的章回小说》,《万象》第1年第6期,1941年12月。

要一点写现代事物的小说"①,这是他做章回小说的意义。章回小说《金粉世家》以其百万言的篇幅记述了以家庭结构变化为基础的现代人的生活故事。民国以前,没有这样的社会问题存在,而"自今以后的社会,也不会再有"②这样的故事发生。《金粉世家》展示出了一代人生活的终结和一代人生活的开始,其现代品格正在于这种"终结"和"开始"之间。

国务总理金家的豪华气派可以借女主人公冷清秋初进金府时略得大概:

> 清秋留心一看,在这大门口,一片四方的敞地,四柱落地,一字架楼,朱漆大门。门楼下对峙着两个号房。到了这里,又是一个敞大院落,迎面首立一排西式高楼,楼底又有一个门房。门房里外的听差,都含笑站立起来。进了这重门,两面抄手游廊,绕着一幢楼房。燕西且不进这楼,顺着游廊,绕了过去。那后面一个大厅,门窗一律是朱漆的,鲜红夺目。大厅上一座平台,平台之后,一座四角飞檐的红楼。这所屋子周围,栽着一半柏树,一半杨柳,红绿相映,十分灿烂。到了这里,才看见女性的仆役,看见人来都是早早地闪让在一边。就在这里,杨柳荫中,东西闪出两扇月亮门。进了东边的月亮门,堆山也似的一架葡萄,掩着上面一个白墙绿漆的船厅,船厅外面小走廊,围着大小盆景,环肥燕瘦,深红浅紫,把一所船厅,簇拥作万花丛。……燕西又引着她转过两重门,绕了几曲回廊,花明柳暗,清秋都要分不出东西南北了。(第12回)

这是一所中西合璧的大住宅。"西式高楼"显示出金家并非是一个保守的家庭,而是具有现代气息,家中的父母姊妹都是出过洋的。"四角飞檐的红楼"以及"游廊""船厅""盆景"等都意味着金家很看重中国传统的文化底蕴。冷清秋的气质很符合传统文化底蕴,因此她能够顺利走进金府,获得家长金铨的肯定。不过,也因为清秋偏于传统气质,缺乏西化色彩,使她终究不能融入金家,以致产生后来的婚姻悲剧。

---

① 恨水:《总答谢——并自我检讨》,张占国、魏守忠编:《张恨水研究资料》,第280页。
② 张恨水:《写作生涯回忆》,张占国、魏守忠编:《张恨水研究资料》,第42页。

生活在这样一个中西合璧的大家庭,不是容易的事情。首先维持两方面的花费开销就需要有效张罗。小说写到两次家庭结账,很能说明问题。一次是在第54回,快过年了,照例是盘查账目的时候。"原来金家的账目,向来是由金太太在里面核算清楚,交由凤举和商家接洽。结完了总账之后,就由凤举开发支票。"此时,绸缎庄王掌柜来到金家,拿出一份账单来,上面列有:"太太项下,共1240元。二太太项下,共273元。三太太项下,共420元。大爷项下,共2680元。二爷项下,368元。三爷项下,505元。四小姐项下,2702元。五小姐项下,212元。六小姐项下,190元。七爷项下,1350元。八小姐项下,58元。"这份账单很能显示出金家成员在家庭中的地位。金太太是总理金铨的正妻,主持管理家庭事务,她的账可以视为公账,花费多些是没有人可以干涉的。二太太是金铨的偏旁,虽然来金家的时间很长,并且生了孩子,有了资历,但为人老实,从没有非分之想,所以花销有限。三太太翠姨年轻漂亮,很得金铨宠爱,她没有二太太的资历但花费比二太太多些,且及不上大太太和几位少爷小姐,也是说得过去的。一来翠姨是三姨太,地位较低不敢造次;二来金铨常私下里给翠姨置物添款,公开账目上面也就不宜表现出来。大少爷凤举是家中长子,是有身份的人,花费也大。这一账目上的款额已为王掌柜处理过,否则还要多。凤举对此有些吃惊并感到不安,他没有料到自己竟然支出如此之大,担心该如何结清这笔账,害怕长辈妻子查问。二爷鹤荪和三爷鹏振的花销很能摆在账面上,鹏振的花销稍多,可能是因为他捧戏子的缘故,鹤荪花销不多很大程度上是因为有妻子慧厂的管束。四小姐道之花销最多,是因为她全力为七爷燕西筹备婚事,只是记在了自己账下。道之是家中长女,已出嫁生子。这时虽住在金府,但自己经济独立,并且出过洋,说话很有些分量,金太太很能听进道之的意见。所以道之的账目数额虽然最大但是花销有理,无可厚非。五小姐敏之和六小姐润之都待字闺中,同样是出过洋的。她们花销不多,一则本来就无所大花费,二则她们不像哥哥们那样有工作收入,还需要父母抚养和为她们预备嫁妆,所以不好过于奢侈。七少爷燕西花费多,是因为交际多,要谈恋爱,同时他是父母最小的儿子,最受家里宠爱,多花钱也能被家里容忍。八小姐梅丽年龄小,还是一个学生,花销也最少,因为是二太太生的孩子,要表现不错以得家里人的喜爱,当然相对于大太太生的哥哥姐姐们在经济方面需要收敛和节制。媳妇们的花费不在账单上列出,可能出于两种原因,一是她们把账目都记在了丈夫的名下,二是这份账单只记录了金家太太和儿女们的出账。账单不仅显示出金家成员的家庭地位,更直接地表明了金家的经济实力。需知这只是一份绸缎庄上提供的账单,其他的花费也就可想而知。

金家权势庞大,资财厚足,除了家里少爷小姐、媳妇姨太太人数很多外,仆人更是呼之即来,手脚众多。据社会学观点,"家庭规模与'户'的规模是两个既有联系,又有区别的概念"。家庭规模指的是家庭成员的数量,户的规模既包括家庭成员也包括住在一起的仆佣数量。"政府统计常以'户'为单位,根据1936年全国选举区户口统计",当年初全国"户均人口大约为6.06人"①。金家的"家庭规模"本已高出这个数额,加上所用仆妇的"户的规模"更是可观。所以,无论从资财还是人口上看,金家都是豪门大户。

金家对其众多仆人们的态度很宽松,这可以从丫头小怜身上集中表现出来。小怜不但在仆人中间被描述得很突出,而且也是小说里一个重要角色。一些学者认为,小怜对于整部小说起到结构性的作用。她在金家风光之日离开金府,到金府萧条败落的时候回来,可以说,小怜见证了金家由盛而衰的景况,把小说前后部分很自然地贯穿呼应起来。不仅如此,小怜的存在还能很好地诠释那个时代新的主仆关系,或者说人际关系。小怜是大儿媳吴佩芳的丫头,在佩芳手下,小怜出落成了一个既会绣花女红亦能读书写字的伶俐姑娘。把丫头教养成一个读书识礼的人,这是不多见的事情。凤举有一个比喻,说:"你和你大少奶奶,比那一对爱情姊妹花,我比着你手底下绣的爱叶,你看怎么样呢?我倒是很愿意做一片爱叶,衬托着你们哩。"(第18回)小怜正绣着花,凤举就诌出这样一个比喻,调戏小怜。不过这个比喻不能说完全是胡诌,在历来的文学文本里,丫头不是受主人的欺压,便是聪明伶俐的好帮手,女主人和自己得意的丫头经常以姊妹相称。凤举把佩芳和小怜当姊妹看并不令人奇怪,只是其中含有了婚姻的暗示。女主人的丫头常常有很大可能被男主人收房,成为妾,特别是那些陪房丫头。凤举

---

① 陆汉文:《现代性与生活世界的变迁——20世纪二三十年代中国城市居民日常生活的社会学研究》,北京:社会科学文献出版社2005年6月版,第155、156页。

存有这种想法,可佩芳绝不同意。一来小怜是她一手带出来的,能有如今的成绩很不容易,真想当作妹妹一般给她找一个合适可靠的人正正经经出嫁;二来佩芳是不能容忍丈夫另有所欢的,这是新的婚姻观念。而知书识文的小怜也不愿意为人作妾,凤举奈何不了她。这时候的仆人已经有了自我权利意识,不再是主家的奴隶了。

  除了凤举对小怜有所企望外,金家其他人对小怜都很友好,特别是小说主人公金燕西。小怜命运的转折在第15回八小姐梅丽带小怜出席同学婚礼。这已是不把小怜当仆人看待了。小怜出席婚礼是以金家远房姐妹的名义,她在公共场合的出现招来了富家子弟柳春江的热烈追求。让人欣慰的是,柳春江并不因发现了小怜的真实身份就放弃自己的爱情追求。小怜在凤举的纠缠和佩芳的问难下终于离开金府,投向柳春江,出走时留下一封辞别信,就此轻而易举地摆脱了仆人的身份。这在从前是不太可能做到的。第97回,小怜成了柳夫人,衣锦回金府。金府上下非但没有责备小怜的出走,反而以亲戚相待,小怜终于堂而皇之地成为金家的姐妹。这不能只用小怜高升金家败落来解释。从冒充姐妹,到被比喻成姐妹,再到真的成为姐妹,一种新的主仆或人际关系被呈现出来。虽然不能说民国时期主仆拥有平等的权利,但这种新的关系已经抛弃了从前仆从的隶属地位,逐渐向平等观念演进。中西合璧的金家正很好地诠释了这一点。

  家庭成员之间特别是父子之间也呈现出了类似的松动关系。《金粉世家》中,金铨首先是以父亲的角色处在众多家庭成员之上,也就是说,承续着中国历来的伦理道德规范,作为父亲的金铨享有着在金家的最高权力。金家的妻妾、八个子女以及儿媳们都对金铨十分恭顺,不敢在他面前有违拗的表示,甚至不敢多说话。父亲的威严是充分彰显了出来,但在这威严背后起作用的不仅仅是"父为子纲"的传统规训,更是金铨国务总理的身份。"从功能观点来看,父母和子女的关系广泛地和家庭控制子女以后的命运(或社会地位)的能力(或无能力)联系在一起。"[①]家庭为子女的前途能够提供如何保障,既是家庭承担的一项重要责任,也构成子女对家庭的依仗。

---

① 〔法〕让·凯勒阿尔等著,顾西兰译:《家庭微观社会学》,北京:商务印书馆1998年12月版,第91页。

家庭越是有能力提供有效保障,子女对家庭的依赖性也就会越强。金家子女对金铨的恭顺很大程度上在于金铨的社会地位能为他们谋得优厚的职业和生活。凤举、鹤荪、鹏振三人即是藉着金铨的能量在政府部门获得了清闲的高位。在这种情形下,青年人依靠家庭庇护不思进取,坐享其成。金铨清醒意识到了金粉之家的流弊,可是他疏忽了他能管住子女的正是大家庭的权势。

金燕西藉着父亲让他在家读书的名义,整日在外闲游。小说第1回,燕西带着他的仆人在阳春时节策马驰行,回首间遇到了小说的女主人公冷清秋。于是燕西租房子结诗社以认识清秋,进而追求成婚。一般研究者都会这样来概括小说的主要故事情节:"《金粉世家》的真正主角,是金家的不孝子金燕西,一位'时装贾宝玉',一位现代颓废都市青年,一位显赫家族的纨绔子弟,以及他对出身寒微、才貌双全的女学生冷清秋始乱终弃的故事。"①

燕西和清秋的婚姻涉及三个在当时的社会来说十分重要的问题,即:自由恋爱结婚、门第观念和离婚。清秋是在燕西穷追不舍的爱情攻势之下屈服了。小说第13回,香山上的一番对话很能说明两人对这场婚姻的态度:

> 燕西道:"你这是多虑了。婚姻问题,是我们的事,与他们什么相干?只要你爱我,我爱你,这婚约就算成立了。况且我们家里,无论男女,各人的婚姻,都是极端自由的,他们也决不会干涉我的事。"清秋道:"我问你一句话,府上有人和贫寒人家结亲的吗?"燕西道:"有虽然没有,可是也没有谁禁止谁和贫寒人家结亲呀!婚姻既然可以自由,那我爱和谁结婚,就和谁结婚,家里人是不能问的。况且你家不过家产薄弱一点,一样是体面人家,我为什么不能向你求婚?"清秋道:"你说的话,都很有理,我不能驳你。但是我不敢说府上一致赞成。"燕西道:"我不是说了吗?婚姻自由,他们是不能过问的。只要你不嫌弃我。这事就成立了。漫说他们不能不赞成,就是实行反对,他还能打破我们这婚约吗?你若是拒绝我的要求,就请你明说。不然,为了两家门第的

---

① 宋伟杰:《老灵魂/新青年,与张恨水的北京罗曼史》,《中国现代文学研究丛刊》2010年第3期。

关系,将我们纯洁的爱情发生障碍,那未免因小失大。而且爱情的结合,只要纯正,就是有压力来干涉,也要冒万死去反抗,何况现在并没有什么阻碍发生呢?"清秋坐在那里,依然是望着水出神,默然不做一声。

燕西对自己和清秋的婚事很有把握,理由很简单,两人相爱就能成婚,不干家庭的事,这是爱情至上的自由婚姻观念,在当时的时髦青年中间十分流行。五四以后,传统的父母之命、媒妁之言的婚姻方式越来越为青年人所不齿。据1927年的一项问卷调查,"100%的人反对婚姻'宜完全由父母或其他尊长作主',80.6%的人赞成由'本人作主,但须征求父母的同意'"①。燕西信誓旦旦的话表明对自己的自由婚姻有十足把握,不容家庭干涉,但具体操作起来,依然是要征得父母同意的,因为清秋毕竟是要嫁入金家。燕西一味强调"自由",是为了让清秋解除顾虑,表明他对清秋的爱情绝对真诚与纯洁。

在认识燕西之前,清秋还是个情窦未开的少女,似乎还没有想到过婚姻的事。小说曾多次提到清秋"年轻",婚姻对于还在上中学的清秋来说确实来得有些早了。据统计,1940年代,"中国城市居民的平均初婚年龄为19.2岁",而在"1937年以前结婚(主要是1920年代后期至1937年)的女性中,77.0%的人在20岁以前结婚",清秋就属于二三十年代在20岁之前结婚的年轻女性。虽然这是当时多数女性的婚姻状况,但就当时的调查表明,"晚婚至少已成为城市年轻精英中占主导性的观念",因为人们开始意识到"城市生活变化很快,年轻时正是学习、适应与提高的关键阶段,早婚会使人失去很多发展机会,影响生活质量的提高"②。清秋还没有觉察到自己的早婚就匆匆嫁入金府,事后出现的婚姻危机不能不说是他们夫妇太年轻导致的结果。

在婚前乃至婚后,令清秋困扰于心的并非自己和燕西都太年轻,没有成

---

① 彭明主编,朱汉国等著:《20世纪的中国——走向现代化的历程》(社会生活卷1900—1949),北京:人民出版社2010年8月版,第338页。
② 陆汉文:《现代性与生活世界的变迁——20世纪二三十年代中国城市居民日常生活的社会学研究》,第150—152页。

家立业和独立生活的能力,而是金冷两家门第悬殊。所谓"齐大非偶",金家的奢华富贵不免让寒素出身的清秋产生顾忌。清秋的顾忌担心主要出于两点:一是怕金家反对,二是自己在婚姻中很有可能得不到平等地位。

  第一重担心可以由婚礼上金铨的一席话平息过去。小说第49回金铨在燕西和清秋的婚礼庆典上当众阐说了他对门第观念的看法。在一般人眼中,金冷两家存在门第差别,金铨用当时的时髦术语"阶级"来形容这样的差别。不过他强调这种门第观念和阶级意识是不可取的,就本人来讲,燕西不如清秋,他们俩的婚姻打破了常人的门第之见,应该得到支持和提倡。众人面前的这一番演说,就像给清秋写了一份保证书,可以让她心安了。可清秋不是一个时髦女子,她的"不新不旧"(第9回)的思绪和根深蒂固的观念不能完全消除干净,纵然表面的门第观念可以打破,但是内在的权力分配却引导着自尊心格外敏感。清秋是一个知识女性,有着知识者惯有的清高姿态。当"攀高枝婚姻"得到实现,"夫妇间的权力分配"也就能显出清晰成效。① 在这种婚姻中,攀高枝的一方总是处于劣势地位。这不是打破传统门第观念就可以解决的问题。就像存在于社会斗争中一样,权力也存在于夫妇经营的家庭生活中,并不能随着时代思想的更新就消失掉。清秋自嫁入豪门的那一刻即决定了她在婚姻中的地位。她无法干涉燕西婚后的一切行为,甚至不容她有商量的余地。燕西在小说后半部被写成了一个毫无人情可言的富家荡子,成了一个符号化的可恶之徒,金家几乎所有的人都对燕西怀着失望和不满。清秋被迫作出了最后的决定:"凭我这点能耐,我很可以自立,为什么受人家这种藐视?人家不高兴,看你是个讨厌虫,高兴呢,也不过是一个玩物罢了。无论感情好不好,一个女子做了纨绔子弟的妻妾,便是人格丧尽。她一层想着逼进一层,不觉热血沸腾起来。心里好像在大声疾呼地告诉她,离婚,离婚!"(第90回)

  离婚是清秋和燕西婚姻的最终结局。"民国时期,受传统观念及道德风俗的影响,离婚率极低。""但值得注意的是,城市离婚事例中,女性主动

---

① 〔法〕让·凯勒阿尔等著,顾西兰译:《家庭微观社会学》,北京:商务印书馆1998年12月版,第21页。

提出离婚者较多。"①这反映出一种新的时代婚姻观,特别是女性,她们有权利以婚姻或者解除婚姻的方式来实现自己更好的生活品质。婚姻自主权和离婚的权利已经被写入民国法律。清秋的离婚虽是最后的无奈之举,但她的主动求去的确表达出了民国女性的绝大勇气和独立人格。

有意思的是,清秋离婚的途径很富有诗意。她先是"独上高楼",把自己封闭在小楼上照顾婴儿,伴着青灯读佛经。接着金家失火,清秋的小楼烧成灰烬,清秋和她的婴儿失踪不见。多日以后,正当金家人为清秋的生死忧心忡忡的时候,清秋来了一封信,表明离开的志向,并说此信可当"绝交之书,离婚之约"(第107回)。自此,小说主人公清秋和燕西不再有瓜葛。一封普通信件可以成为离婚证书,这在当时是行得通的。因为"1934年发布的民法只有理论上的价值。确实,它在一个家庭的不同成员之间确立起西方式的关系,但是很难实行,因为没有婚姻登记和法律程序,很难解决诸如继承纠纷之类的问题"②。只要得到公认,婚姻中的各类事务包括婚姻的缔结和解除便能奏效。清秋和燕西的婚姻经历生动地演示了民国时期的婚姻在法律和观念上的进程。

《金粉世家》的大气魄决定了它的包容性。就婚姻问题而言,小说除了写燕西和清秋的爱情婚姻故事外,还有金家几个兄弟姊妹的婚姻也构成了家庭生活的基础。敏之、润之和梅丽还处在恋爱阶段,其他人则都已成婚。鹤荪与慧厂、鹏振与玉芬的婚姻正如很多平凡夫妻一样有恩爱也有吵闹。小说对鹏振和玉芬着笔稍多,因为由玉芬还牵连到表妹白秀珠,燕西的亲密女友。在某种程度上,秀珠成了燕西和清秋婚姻破裂的重要因由。婚姻之外另有过从亲密的女友,这在当时的青年人看来是一种交际上的时髦,但事态的发展往往不由他们掌控。相似的问题发生在凤举夫妇和道之夫妇身上。他们对于婚外情感的处理方式要比燕西传统很多。燕西和秀珠的交往是男女平等的社交场合中的公开行为,有时髦的风气作支持,不会影响一夫一妻的婚姻形态。而凤举和道之的情况有了不同,他们原有的婚姻形态都

---

① 陆汉文:《现代性与生活世界的变迁——20世纪二三十年代中国城市居民日常生活的社会学研究》,第153页。
② 〔法〕安德烈·比尔基埃等主编,袁树仁等译:《家庭史》(3卷),北京:生活·读书·新知三联书店1998年5月版,第321页。

发生了改变。

凤举因为追求小怜不成,十分气闷,去花街柳巷寻求安慰,认识了妓女晚香,遂娶晚香为外室。这一行为非但令妻子佩芳十分伤心和生气,也令金家其他人感到恼火和不赞成。但事情既已发生,也不得不承认下来。同样,道之和丈夫刘守华留日期间,守华娶了一位日本下女回国,事情既成,金家也无话可说。这两桩事件均导致了婚姻形态的变化,原有的一夫一妻成了一夫多妻。民国婚制虽然"在法律上只承认一夫一妻制,但纳妾制度在城市中依然存在",据30年代左右的一项调查,"广州河南区3200户家庭,含人口19200人,其中妾为1070人,平均每3户有妾1人"①。妾的存在即承认了一夫多妻的婚姻形态。民国法律禁止纳妾,却对纳妾行为没有给出惩罚,很大原因就是纳妾不是个别现象,法不责众。由于传统婚习的影响,人们一时还不能改变历来的婚姻观念。受文明新风影响的青年人固然对纳妾不齿,但当他们遭遇到情感问题或者生育问题时,传统婚习又成为退而可持的行为依据。凤举和守华的纳妾行为不关涉生育,而是对婚姻情感的一种补足。不过两人所得的结果有很大不同,晚香最终卷逃而去,日本妾樱子依然留在守华夫妇身边。两种结果导源于多重因素,其中之一是妻子的态度,佩芳是不容丈夫另结新欢的,道之却能和樱子相处融洽。凤举后来还是回到佩芳身边,而樱子则是个从不表达个人意见的外国人。

能够充分体现中国传统的一夫多妻婚姻形态的是金铨和他的三位夫人。金铨是受过西学影响的人物,他娶了三位太太,这映射出了金家的中西合璧性质。金家能够实行多妻婚姻,主要还在于金家具有雄厚的权力和财力资本。就经济学家的眼光来看,婚姻不仅是男女两性的结合,更因为男女双方能够在婚姻中获得比单身更多的收益。"如果男人有较丰富的资源和更充足、有效的生产功能,那么,妇女们可能还乐意与这些一夫多妻的男人们结婚。也就是说,妇女们宁愿选择一部分'成功者',而不愿选择一个'失败者'。"②二姨太嫁给金铨就是选择"成功者"的例子。三姨太太翠姨同样

---

① 彭明主编,朱汉国等著:《20世纪的中国——走向现代化的历程》(社会生活卷1900—1949),第343页。

② 〔美〕加里·斯坦利·贝克尔著,王献生、王宇译:《家庭论》,北京:商务印书馆1998年3月版,第109页。

如此。她要比金太太和二姨太年轻很多，几乎和金铨的儿女们差不多大。小说没有写她是如何嫁给金铨的，据金铨去世后翠姨的表现来看，她嫁入金家很大程度上是因为金铨的总理身份，金家能够为她提供舒适的生活。一旦金铨不在了，金家开始败落，年轻漂亮的姨太太便要想法另谋出路。民国法律虽然没有惩罚纳妾，却也没有给妾以合法地位，妾是得不到法律保护的。当金铨去世，恩宠不在时，没有保护感的翠姨与其寄人篱下，不如选择离开金家。一夫多妻的婚姻形态最终不能长久维持。

金铨去世是小说的大关键。在 77 回之前，金家虽已有种种问题出现，却因一家之主金铨的存在把一切都压制下去了。77 回之后，金家因金铨的去世处在混乱无序的状态。儿子们的仕途开始发生动摇，特别是燕西，依然在外寻欢作乐，金家支出不济开始辞退大批仆人，家院着火，清秋和她的孩子不知所踪，翠姨离家，金太太长住西山礼佛……一户豪门世家转眼萧条冷落下来。小说借昔日丫鬟小怜嫁给柳春江后重回金府的眼睛，来描绘金家的衰败情形：

> 小怜到大门口的时候，还不觉察到情形有什么不同，及至走到大楼下那个二门边，只见两旁屋子里不像从前，已经没有一个人。大楼下的那个大厅，已经将门关闭起来了，窗户也倒锁着。由外向里一看，里面是阴沉沉的，什么东西也分不出来。楼外几棵大柳树，倒是绿油油的，由上向下垂着，只是铺地的石板上，已经长着很深的青苔。树外的两架葡萄，有一大半拖着很长的藤，拖到地下来，架子下，倒有许多白点子的鸟粪。架外两个小跨院，野草长得很深。……于是向金太太这边屋子来，一看那院子里，两棵西府海棠，倒长得绿茵茵地，只是四周的叶子，有不少凋黄的。由这里到金铨办公室去的那一道走廊，堆了许多花盆子。远望去两丛小竹子，是金铨当年最爱赏玩的，而今却有许多乱草生在下面。那院子静悄悄的，不见一个人影。金太太住的这上边屋子里，几处门帘子低放着，更是冷静得多。（第 98 回）

这和当初清秋第一次到金府所见的景象有绝大不同。繁华已逝，荣光不再，金家的一草一木看上去都毫无精神。阔别多月回到金府的小怜自有一番深切的感怀。

小说通过两个可爱女子的眼光来写金家的繁华和衰败,有其深意在。清秋和小怜都在金家生活过,这段生活经历对她们的一生都万分重要,然而她们都离开了金家。她们既是金家里的人又外在于金家,由她们的眼睛看到的金家必然十分清晰真切同时又充满情感。小说是以充满情感的笔调来叙述金家由盛而衰的故事的。"家"是小说真正的叙事中心。张恨水道:"而我写《金粉世家》,却是把重点放在这个家上,主角只是作个全文贯穿的人物而已。"①金家里人物的来来往往,分分合合,全是因为有这个"家"在。小说最后,当金太太站在西山上眺望北京城,发出"人生真是一场梦"(第111回)的感叹时,原本聚合在一起的金家人已快各奔东西,大家庭的故事就此收场。

导致金家人分走,冠盖之家不复存在的因由,除了金铨猝亡,金家衰落外,分家是更直接的原因。小说77回之后,便围绕着令金家人最关心的问题——分家——展开笔墨。这个问题是由金太太提出来的,金铨去世,她就成了家里的主事之人。金太太提出分家,首先是因为家里存有的财产不能满足金家众多男女的日常开销,她不能眼看着儿女们坐享其成、坐吃山空;其次儿女们已有自立的能力,不用再依赖这个大家庭了;再次分家也是凤举他们十分希望的,只是不敢说出口,金太太心知肚明,自替儿女们作了打算。金太太在谈分家问题时打了一个比喻:"我好比一只燕子,把这一窠乳燕都哺得长着羽毛丰满了。那末,这一个燕子窠,也收藏不下,大家可以分开来,自己去筑巢,自己去打食。老燕子力有限,不必再来为难它了。哺长大了一窠燕子,老燕子已经去了一春的心血,也该让它休息一下。自己会飞自己会吃,还要老燕子一个一个来哺食,良心也不忍吧?"(第104回)父母的责任已尽,即使不谈回报,儿女也不应再仰仗父母了。换言之,一个大家庭能成立,父母是主心,父母一旦卸去责任,家庭便容易涣散分离。中国传统大家庭就是长辈持有话语权力的组织,金太太是通达明理之人,不愿专揽权力,也不愿为权力压折心力,自去西山,让儿女们独立出大家庭。

金家儿女对于分家都赞成,他们想早些得到金家的一份财产,供自己自由支配,不必再受父母管束。金家的分家不像很多家庭那样兄弟姊妹间求

---

① 张恨水:《写作生涯回忆》,张占国、魏守忠编:《张恨水研究资料》,第40页。

多争少,而是和和气气,呈现出当时人理想的分家形态。其实,在金家儿女同住一起的时候,他们已有些各自为政了。不但每对夫妇各住一个小院,自己有自己的账户,就连吃饭也是分开吃的。大家各吃各的饭,虽然住在同一屋檐下,共处的机会并不很多。直到要分家,也不觉怎样不适应。小说最后,金家人都搬离了金家大宅,自立门户、自谋生路去了。

《金粉世家》是一部叙写大家庭由聚而散的小说。在这个意义上,把它和《红楼梦》相比,不算抬高了这部小说的价值。然而《金粉世家》和《红楼梦》对于大家庭兴衰叙事的着眼点不太一样。《红楼梦》在回顾往昔的繁华岁月时带有浓重的释道意味,过往的富贵世家生活只是一"梦"而已。《金粉世家》不乏含有这层意味,这与张恨水对佛学的偏爱有很大关系,但张恨水写《金粉世家》更着眼于现实社会。张恨水说:"受着故事的限制,我没法写那种超现实的事。""小说有两个境界,一种是叙述人生,一种是幻想人生,大概我的写作,总是取径于叙述人生的。""写社会小说,偏重幻想,就会让人不相信,尤其是写眼前的社会。《金粉世家》,我是由蜃楼海市上写得它象真的,我就努力向这点发展。"①张恨水看重现实,作为社会小说的《金粉世家》也就力图描摹出现实情态,即使其中带有空幻的念想,却以反映现实为叙事的基础。所以《金粉世家》写出的大家庭由聚而散的故事,不能用"人生如梦"感叹了过去,这个故事正是民国社会家庭变迁的特别写照。

民国社会的家庭结构发生了很大变化,核心家庭的比例日益上升。所谓"核心家庭"是指:"由父母及未婚子女组成的家庭。"②这是一种新型的家庭结构,在20世纪世界范围内呈现出显著发展的趋势,而不仅仅是中国。核心家庭之外,还有主干家庭、联合家庭的区分。主干家庭是指:"由两代或两代以上夫妻组成,每代最多不超过一对夫妻,且中间无断代的家庭,如父母和已婚子女组成的家庭。"联合家庭是指:"父母和两对或两对以上已婚子女组成的家庭,或是兄弟姐妹婚后不分家的家庭。"③金家在分家之前是典型的联合家庭,这也是中国传统的大家庭结构,父母和已婚子女们住在

---

① 张恨水:《写作生涯回忆》,张占国、魏守忠编:《张恨水研究资料》,第40页。
② 邓伟志、徐新:《家庭社会学导论》,上海:上海大学出版社2006年12月版,第43页。
③ 同上。

一起。可这样的居住形态在民国年间发生了变化,青年人开始感觉到大家庭的束缚,想要离开家庭,各种各样的离家故事遂出现在文学革命之后的小说中。然而大家庭被拆散的情况并非如此简单。据潘光旦1926年进行的调查,在"317名城市居民中,有266人不赞成大家族制度,占总数的71%,但反过来又只有126人赞成采取欧美的小家庭制,占40.5%,59.5%的人反对。64.7%的人认为欧美小家庭制可以采用,但祖父母与父母宜由子孙轮流同居共养"①。不赞成大家庭生活方式不等于就赞成小家庭(核心家庭)结构。赡养父母作为中国社会的传统道德观念不会因家庭生活方式的改变而消失。由于核心家庭不能体现出赡养父母的义务,所以金家儿女虽然都希望能够分家独立,却不敢把自己的想法直说出来,担心说了出来会让金太太产生子女要弃她而去的误解。所幸金太太自己提出要分家,于是慧厂才说分了家,大家依然要尽照顾母亲的责任,照顾的方法就是母亲愿意在哪家住就到哪家住。金太太住在她一位子女的已婚家庭中,即构成了主干家庭,这是当时多数人认可的家庭结构,主要就是考虑到了赡养问题。但金太太没有照儿媳慧厂的委婉提议做,她搬到西山依靠自己的积蓄解决养老问题。于是金家儿女纷纷独立出那个大家庭,其中凤举夫妇和鹤荪夫妇的家庭是典型的核心家庭,因为这两对夫妇都拥有了自己的孩子。小说没有具体叙述小家庭生活的情景,只留下了令人想象的空间,这个空间需要更多的社会生活与家庭生活实践去填充。

张恨水说:"这样的题材,自今以后的社会,也不会再有。国家虽灾乱连年,而社会倒是进步的。"②这话的意思即是大家庭在中国会越来越少,写大家庭故事的小说也不再多见。在张恨水的意识中,大家庭的减少或者小家庭的增多能说明社会在进步。这种推论是否恰当可存而不论,但变化总是在发生。《金粉世家》的故事就是在叙述一种变化,而叙述故事的方式也体现出变化的含义。

小说的"楔子"和"尾声"与112回的正文既相联系又能独立开来。正

---

① 彭明主编,朱汉国等著:《20世纪的中国——走向现代化的历程》(社会生活卷1900—1949),第344页。
② 张恨水:《写作生涯回忆》,张占国、魏守忠编:《张恨水研究资料》,第42页。

文部分叙述大家庭的聚散故事已很完整,加上的"楔子"和"尾声"主要做了两件事:一是交代正文故事的来历,二是提示主人公后来的生活境况。"楔子"和"尾声"比正文多出一个重要人物"我"。"我"偶然遇见了一位知书识文的中年妇人,"我"的一位朋友告诉了"我"她的故事。"我"把故事写了出来成为一部小说,也就是《金粉世家》的正文。这一叙事套路是晚清以来的章回小说喜欢采用的,即在具体故事开头交代故事来源,但"我"的出现在第三人称叙事的章回小说传统里却显得分外惹眼。叙述者"我"的感喟多少能够代表对正文故事的一种理解。

冷清秋离开金家以后的生活虽然贫寒,却自食其力。"楔子"中,她卖字为生,向"我"介绍她自己时,仍以"姓金"自谓。几年以后的"尾声"中,清秋的儿子已经长大,"我"在电影院里和他们邂逅。电影没有终场,清秋他们便离开了。走时,清秋还流着泪。原来电影里的主角正是金燕西扮演的。燕西去德国留学,学习电影,回国成了演员,所演的电影故事和燕西过往的生活经历十分相似。"我"于是有了一番感慨。因为演电影在当时看来并不是一个体面的职业,富家公子出身的金燕西成了电影演员终究是要让人叹息的。"再说,大家庭制度,固然是不好,可以养成人的依赖性。然而小家庭制度,也很可以淡薄感情,减少互助,弟兄们都分开了,谁又肯全力救谁的穷呢?我的思想是如此的,究竟错误了没有,我也不能够知道。"(尾声)燕西当演员,是否由于他的哥哥姐姐们都没有帮助到他,他只能自谋生路?进而联系到家庭结构的变迁,"我"不认同大家庭的生活方式,也对小家庭生活不很赞赏,因为各自独立容易淡薄手足亲情。清秋依然承认自己姓金,是金家的人,对燕西和过去的婚姻生活心怀感伤,这不由得说明大家庭生活仍有其令人温暖的一面。然而时代变迁,社会生活发生变化,留下的只能是感伤而已。

第四节 "章回小说到这里有些变了"

《金粉世家》用章回小说的体例叙述了一个发生在现代社会的故事。张恨水以一个宏大的现代故事扩充了章回小说的容量。《金粉世家》证明了章回小说在现代所能达到的高度,同时也显示出了张恨水变革章回小说的用心。无论是故事内容还是叙事方式,《金粉世家》都有其特出之处。而当《金粉世家》在北京火热连载的时候,张恨水的又一部大获成功的作品与上海读者见面了,这就是《啼笑因缘》。

《啼笑因缘》之前,张恨水少有作品在上海发表。早年曾有《真假宝玉》《小说迷魂游地府记》在《民国日报》刊出,后来《天上人间》被《上海画报》转载,都没有引起什么反响。直到 1930 年 3 月《啼笑因缘》在上海《新闻报》刊出,张恨水的名声遂大噪于全国,小说的章回文体也就连带着格外受到关注。批评者说它"还是章回旧套",应"加以否定";同情者"认为章回小说到这里有些变了,还可以注意"①。批评者是站在"文学革命"的立场,把章回小说都打入"旧文学"范畴,今天看来这种观念当然是偏激的。而同情者对《啼笑因缘》的评价很值得注意。章回小说到《啼笑因缘》"这里有些变了",到底"变"在哪里?

就张恨水看来,《啼笑因缘》和当时在上海发表的章回小说不一样。"上海洋场章回小说,走着两条路子,一条是肉感的,一条是武侠而神怪的,《啼笑因缘》完全和这两种不同。又除了新文艺外,那些长篇运用的对话,并不是纯粹白话。而《啼笑因缘》是以国语姿态出现的,这也不同。"②《啼笑因缘》引起轰动的主要原因正在于此,它不是采取"迎合"读者的路线,而是以"新鲜"或者"陌生"取胜。上海读者看惯的章回小说有两种,"肉感的"主要指的是狭邪小说,从 1892 年《海上花列传》在上海刊出后,妓女故事就成为章回小说题材的主要来源之一。"武侠而神怪"指的是像平江不肖生《江湖奇侠传》似的武侠小说在 20 年代的上海极为流行,读者迷醉于由神魔两道斗法施展出来的超凡能力。《啼笑因缘》既不写妓女故事,也没有神怪的武侠,它只是叙述了一个世家子弟和三个女子之间的恋爱故事。主人公之一的关秀姑虽然是位女侠客,却没有出神入化的能力,她是中国江湖社会爱打抱不平的习武之人。樊家树和沈凤喜、何丽娜之间的纠葛与《天上人间》中的故事有些相似。《天上人间》的主人公大学年轻教授周秀峰在平民女孩玉子和富商之女黄丽华之间难以取舍,"天上人间"意指两个

---

① 张恨水:《写作生涯回忆》,张占国、魏守忠编:《张恨水研究资料》,第 43 页。
② 同上。

女主人公的社会身份地位相差悬殊。有了这样的写作实践,再叙述樊家树和鼓书女孩沈凤喜、官家千金何丽娜之间的情感纠葛,就十分顺手了。

另一点不同是,《啼笑因缘》的语言是"国语",上海文坛流行的小说作品"并不是纯粹白话",《海上花列传》之后,吴语方言常被运用在人物语言中,令上海人读来亲切有味。《啼笑因缘》的人物生活在北京,不说吴语,"国语"或白话更适合小说的人物故事。在上海读者看来,似乎只有"新文艺"才全用白话。这样,从故事到语言,《啼笑因缘》给上海读者呈现出了与他们惯读的小说不同的面貌,在这中间"北京城"起到很大作用。

小说故事有一个原型,鼓书女艺人高翠兰被一个旅长抢走了,这件事成了北京城的大新闻。张恨水把这一事件改成了《啼笑因缘》的主体故事,其中鼓书女艺人这一职业身份是北方的特产,上海读者对此十分新鲜。20年代,何海鸣在《半月》杂志发表《十丈京尘》小说,即有一段关于鼓书女艺人的叙述。

> 如今北京城里的怪事,真是一年比一年多了。不讲别的,那些唱大鼓书的女孩子,从前在天桥搭一个草棚,唱些鼓儿词,十几个铜子就可点一曲,这有什么稀罕。自从龙阳才子易哭广先生,跑到天桥茶棚里捧过冯凤喜一场,并诌了两句诗道:归路且寻冯凤喜,海军莫话李鸿章。拿冯凤喜和李鸿章并做一块儿,说李家子孙不答应,说要与名士办交涉。后来交涉虽没有办成,倒替冯凤喜扬了名了,就有许多名士纷纷步着龙阳后尘,去到天桥捧女大鼓,登时把女大鼓捧得非常兴旺,及到现在有了游戏场,女大鼓竟占了游艺中一个重要部份,唱大鼓的女子也拿着很丰盛的包银,拜的人也非常之多,并不拘于名士一派。(第6回)

《半月》是上海大东书局印行,由周瘦鹃主编的一份很著名的杂志。《十丈京尘》是《半月》主打刊载的一部长篇章回小说,叙写北京故事,结构类似《春明外史》,却没有《春明外史》那样有一个缠绵的爱情故事作主导,而多叙政界轶事。上引天桥鼓书女孩冯凤喜的一段,出自小说人物的谈论,唱大鼓书的女孩子也受到追捧,是"如今北京城里的怪事"。何海鸣在北京生活过数年,他说《十丈京尘》"不过历年报章杂闻所载,偶有忆及,信笔涂写"①的作品。张恨水20年代到北京开始他的报人生涯,应该熟悉这类"报章杂闻所载"的故事,即便不知冯凤喜,也会知道天桥鼓书女子受捧的事。把高翠兰和冯凤喜放在一起,沈凤喜的形象就呼之欲出了。《十丈京尘》没有展开冯凤喜的故事,上海读者对于这样的"怪事"只能是略识大概,不能像对《啼笑因缘》中沈凤喜的故事那样引起生动趣味。另外《十丈京尘》是"信笔涂写"之作,张恨水却对《啼笑因缘》的发表特别重视。他说:"我作这书的时候,鉴于《春明外史》、《金粉世家》之千头万绪,时时记挂着顾此失彼,因之我作《啼笑因缘》就少用角儿登场,仍重于情节的变化。"②由于这些原因,叙事方式类似于《春明外史》的《十丈京尘》虽然同样向上海读者讲述了北京故事,却不能像几年以后发表的《啼笑因缘》那样引起上海滩的大轰动。

如果说唱鼓书的女孩是北方的一道风景,那么在天桥唱鼓书的女孩就是北京城的风景。天桥、先农坛、北海、什刹海、中央公园这些北京城著名的景点,在《啼笑因缘》中都被作了细致描述,成为人物行动和故事发展的重要场景。小说开篇第一段就是对北京的一个总体介绍:

> 相传几百年下来的北京,而今改了北平,已失去那"首善之区"四个字的尊称。但是这里留下许多伟大的建筑,和很久的文化成绩,依然值得留恋。尤其是气候之佳,是别的都市花钱所买不到的。这里不像塞外那样苦寒,也不像江南那样苦热,三百六十日,除了少数日子刮风刮土而外,都是晴朗的天气。论到下雨,街道泥泞,房屋霉湿,日久不能出门一步,是南方人最苦恼的一件事。北平人遇到下雨,倒是一喜。这就因为一二十天遇不到一场雨,一雨之后,马上就晴,云净天空,尘土不扬,满城的空气,格外新鲜。北平人家,和南方人是反比例,屋子尽管小,院子必定大,"天井"二字,是不通用的。因为家家院子大,就到处

---

① 海鸣:《十丈京尘说部著者之表白》,《十丈京尘》第6回末附此文,《半月第二卷汇编》,上海:大东书局1925年8月。
② 张恨水:《我的小说过程》,《上海画报》1931年1月27日—2月12日,张占国、魏守忠编:《张恨水研究资料》,第275页。

有树木。你在雨霁之后,到西山去向下一看旧京,楼台宫阙,都半藏半隐,夹在绿树丛里,就觉得北方下雨是可欢迎的了。南方怕雨,又最怕的是黄梅天气。由旧历四月初以至五月中,几乎天天是雨。可是北平呢,依然是天晴,而且这边的温度低,那个时候,刚刚是海棠开后,杨柳浓时,正是黄金时代。不喜游历的人,此时也未免要看看三海,上上公园了。因为如此,别处的人,都等到四月里,北平各处的树木绿遍了,然后前来游览。就在这个时候,有个很会游历的青年,他由上海到北京游历来了。(第1回)

从小说后文可知,樊家树母亲住在杭州,开篇却写家树"由上海到北京"来"游历",即便不是一个写作漏洞,也很能说明张恨水在写小说时,把"上海"放在了心上。这段开篇虽写的是北京,但处处和"南方"作对比,北京的气候、房屋、花木,还有"伟大的建筑,和很久的文化成绩"都胜过南方,适宜人居也适合游历。这样一座城市,上海读者自然会产生好奇,也自然会对书写这座城市的小说感到兴趣。小说主人公樊家树就仿佛是一个代表,由他代表上海读者到北京来游历。现代非京籍文人凡是在北京居住过的,都会把北京当做第二故乡,张恨水也不例外。1935年马芷庠编纂当时非常著名的指南书《北平旅行指南》,请张恨水参与审定,可见出张恨水对北京的熟稔与感情。相对于北京,张恨水是南方人,他眼中的北京和北京人眼中的北京自然不同。《啼笑因缘》借助主人公的南方人眼光来打量北京,既是张恨水易于把握的,也和《啼笑因缘》的读者视野取得了一致。所以《啼笑因缘》不仅令上海读者感到兴趣,还使他们觉得亲切。

张恨水的小说有一个鲜明的特点,就是地点意识很强。《春明外史》《金粉世家》《啼笑因缘》的故事都发生在北京,《满江红》写的是南京,《燕归来》写西北,《纸醉金迷》写重庆,上海、汉口、天津等地也是张恨水的作品会涉足到的。当然写得最多的还是北京。传统章回小说没有这样强烈的地点意识,地域特征在现代小说中却表现明显。《子夜》之于上海,《骆驼祥子》之于北京,《边城》之于湘西……张恨水章回小说的地域特征是现代小说的典型一例。这是章回小说至张恨水与传统小说的明显不同。

《啼笑因缘》开篇描述了北京城的种种好处,让读者兴趣盎然,结尾也引发了读者很大关注,确切的说是不满足。读惯了传统小说的读者认为

《啼笑因缘》没有给出人物故事的明确结局,纷纷写信到报馆询问。张恨水不得不写了篇《作完〈啼笑因缘〉后的说话》来答复。他说:"归结一句话,我是不能续,不必续,也不敢续。"虽然张恨水迫于无奈,写了10回续集(续集没有像正集那样引起强烈反响),但还是认为《啼笑因缘》22回已经写完,不必再续。他说:"宇宙就是缺憾的,留些缺憾,才令人过后思量,如嚼橄榄一样,津津有味。若必写到末了,大热闹一阵,如肥鸡大肉,吃完了也就完了,恐怕那味儿,不及这样有余不尽的橄榄滋味好尝吧!"樊家树到底和哪位姑娘终成眷属,小说没有交代清楚就结尾了,读者不满足,张恨水却有他的道理。正因为没有交代清楚,读者才会有那么大的反应,这恰证明了"留些缺憾,才令人过后思量",作品才更有魅力。张恨水举了两个例子,一个是曲本《西厢记》,一个是外国小说《鲁滨逊漂流记》,两部作品的原本都意犹未尽,但续文却不尽人意。① 就原本而言,中西方名著的故事结局都有"不结而结"的情况,言有尽而意无穷,这样的结尾是作品成功的一个因素。张恨水借鉴了古今中外作品的成功经验与遗憾不足,《啼笑因缘》的成功是张恨水精心构划的成果。

和之前《春明外史》《金粉世家》明确交代主人公的生死离合不同,《啼笑因缘》的结尾发生了变化,这是和传统章回小说的写法不一样的。从《啼笑因缘》开始,张恨水小说的故事常用意犹未尽的方式来结局,并且常能比《啼笑因缘》更加发人深省。这很可以说明张恨水创作的"精进不已"②。写于30年代后期的《夜深沉》即是"精进不已"的成果。张恨水之孙张纪对《夜深沉》情有独钟,并引用赵孝萱的看法说:"《夜深沉》完全可以和《啼笑因缘》相提并论。"③《啼笑因缘》的结尾如果说还是技法层面上的,那么《夜深沉》的结尾则是意义层面上的。《夜深沉》共41回,主人公是马车夫丁二和与一位唱戏的姑娘杨月容。丁二和深爱月容,杨月容却因为她唱戏的职业一步步陷入泥淖。小说结尾,丁二和怀揣着刀,想和那些图谋月容的人拼命,但最后没能那样做。"二和站在雪雾里,叹了口长气,不知不觉,将刀插

---

① 张恨水:《作完〈啼笑因缘〉后的说话》,《啼笑因缘》,上海:三友书社1930年12月版,张占国、魏守忠编:《张恨水研究资料》,第245、244页。
② 潘梓年:《精进不已》,《新民报》1944年5月16日。
③ 张纪:《我所知道的张恨水》,北京:金城出版社2007年11月版,第139页。

入怀里,两脚踏了积雪,也离开俱乐部大门。这地除他自己之外,没有第二个人,冷巷长长的,寒夜沉沉的。抬头一看,大雪的洁白遮盖了世上的一切,夜深深的,夜沉沉的。"丁二和的妻子死了,母亲生着病,他穷愁潦倒,以后的生活怎样?杨月容落入刘经理魔爪后怎样,她能否摆脱被玩弄的命运?小说没有交代。这个结尾比《啼笑因缘》更加耐人寻味。出路在哪里?《夜深沉》提出了疑问,却没能回答。这个结尾和巴金《寒夜》的结尾十分相像。《寒夜》主人公曾树生回到重庆找寻她的丈夫和儿子,丈夫死了,儿子走了,她该怎么办?"她走得慢,然而脚步相当稳。只是走在这条阴暗的街上,她忽然起了一种奇怪的感觉,她不时掉头朝街的两旁看,她耽心那些摇颤的电石灯光会被寒风吹灭。夜的确太冷了。她需要温暖。"一样的是主人公在寒冷的夜晚独自在街上走,一样的是前路茫然。张恨水在小说中对于人生的玩味和吟咏,使他的作品逐渐超脱传统章回小说讲故事的趣味,显示出意味深长的内涵。

《啼笑因缘》《夜深沉》都刊载于上海《新闻报》上。《啼笑因缘》的惊人成功,使张恨水成为上海大报的"特邀"作家。在《新闻报》上还先后刊有《太平花》《现代青年》《燕归来》《纸醉金迷》等作品,《申报》上刊有《东北四连长》《小西天》《换巢鸾凤》等。这些作品中,《燕归来》和《小西天》可作为张恨水小说创作的又一界标。"九一八"后,国人有开发西北的设想,想弥补东北国土的沦陷,西北成了这一时期备受关注的地方。1934 年 5 月,张恨水游历了西北的洛阳、潼关、华山、西安、兰州等地,感触很深,回来后即发表了《燕归来》和《小西天》。张恨水说:"文字是生活和思想的反映,所以在西北之行以后,我不讳言我的思想完全变了。文字自然也变了。""对西北的印象,我毕生不能磨灭。每当人家嫌着粗茶淡饭的时候,我就告诉人家,陇东关西一带,人民吃莜麦的事实。莜麦是一种雀麦磨的粉,乡人只用陶器盛着,在马粪上烤干了吃。终年如此。不但没有小菜佐饭,连油盐都少见的。所以那里的东方人,盛传着老百姓过年吃一顿白面素饺子,活撑死人的故事。因此,我每每想着,我们生长在富庶之区,对生活实在该满足。"①西北人的艰难生活陶铸了张恨水此后作品的思想和文字,对生之艰难的描

---

① 张恨水:《写作生涯回忆》,张占国、魏守忠编:《张恨水研究资料》,第 63、64 页。

述,对"词华藻丽"的洗涤,使 1934 年之后的小说消散了才子气,更多了责任感。《夜深沉》正是这样的作品,而《燕归来》和《小西天》则是这一变化的发端。

《小西天》24 回,叙写了一批到西北来的各色人物的故事。"小西天"是西安城里最大的旅馆,这座旅馆成了人物故事的集结地。张恨水说:他"是用名剧《大饭店》的手法"①来写作这个故事的。《大饭店》小说 1929 年出版,1932 年拍成美国电影上映。张恨水很可能看过这部电影,1934 年写《小西天》的时候遂把电影的构思运用进了小说。张恨水说:"我喜欢研究戏剧,并且爱看电影,在这上面,描写人物个性的发展,以及全部文字章法的剪裁,我得到了莫大的帮助。"②《小西天》就是用现代电影技法对传统章回小说整体结构的大变换。除了回目外,这部作品基本卸掉了章回小说的程式旧套。

《燕归来》42 回,在叙事手法上又有更多新意。小说叙述了一位出生西北的女孩子多年后在几位男友的陪同下回西北寻亲并力图建设西北的故事。一路的行程,对西北历史遗迹和世态民情的描述,使小说成了一部生动可感的游记。张恨水是在借着主人公的足迹来叙述他西北游历的见闻和感受。第 14 回"且忍旅人愁街头访古 难堪关塞夜月下舒怀"中一段对潼关月色的描写,在自古以来对月抒怀的文学文本中可谓独具笔墨。

> 这旅馆过堂里,在梁上悬下了一盏圆灯笼,放出一些混黄的光,照着两个店伙,在靠墙的短凳上打瞌睡。这倒真有点古代客店的那种情调。店门是半掩着,隔了门缝向外面张望着,却见地面上一片白色。出得门来,果然,那月华像水一般,在那很宽的土街上铺着,唯其是月色这样的清亮,就反映着两旁人家的屋檐,反是阴沉沉的。走到街心,向两边一看,这是一条由西向东的大街,低矮的屋脊,被那高朗的月亮照着,越是显得人在地沟里站着一般。月亮由东边照来,一轮冰盘似的,挂在潼关城三层高的箭楼上,在箭楼后面,拥起几堆土山影子。这土山在白天看来,没有一些草木陪衬着,那是很觉得讨厌的,可是现时由月亮下

---

① 张恨水:《写作生涯回忆》,张占国、魏守忠编:《张恨水研究资料》,第 63 页。
② 张恨水:《我的小说过程》,张占国、魏守忠编:《张恨水研究资料》,第 275 页。

看来,只是透露出那山峰高低的轮廓,那黄土被清寒的月光照着,却别有一种清幽的趣味。在一虹心里,本来早就横搁着那样一个念头,这是潼关,这是古来军事重地,有关国家兴亡的重镇。觉得天上这月亮,它是见过古来的人是怎样在这里争城夺地的。看看潼关,看看月亮,这就让人说不出来心中含有一种什么情调。一虹在旅馆里面吃了那油腻而又烹调不熟的菜,心里头原是觉得很郁塞,及至到了这月亮地里,清寒的月亮,照着荒凉的街道,很觉眼里萧疏,心头空虚了。因为如此,也就忘了自己在做客。顺着大街踏着月色,缓缓地向西走,这街究是不多长,不久便是街的尽头。向西看去,在月光里面,只觉浑茫茫的一片大地,靠南却是一列山岗子,高低向东而去。回头看那潼关的城楼,那就更是和那轮月亮相接,口里不觉顺便念着秦时明月汉时关那种诗句。

高一虹是杨燕秋回西北的追随者之一,他是学文的,这段对潼关月的欣赏和感念通过高一虹的视角叙来十分贴切。张恨水选择这位主人公来铺展他的斐然文采也十分合适。作为一部游记体例的小说,《燕归来》看重的就是这类景致人情的历史追忆和现实感受,人物故事不过是景致人情的一点牵引罢了。

与传统章回小说不同的地方还表现在,小说的第 2 回到第 4 回用第一人称来叙述杨燕秋的身世。燕秋向几位男友讲述了西北饥荒和她一家惨痛的逃难经历。这三回文字是小说的一大段插叙,映照后文的西北游历,可以成为相对独立的段落。"我的历史,说起来是很可怜的,而且是很奇怪的。到现在为止,我的经过,是由大姑娘变为灾民,由灾民变成丫头,由丫头变成小姐,现在又要由小姐变成灾民了。"(第 2 回)杨燕秋的自述不仅是在讲故事,还把讲故事时的心绪和经验故事时的个人感受融入其间,显得悲戚动人。这样的故事叙述绝不是传统章回小说的笔法,而可以归结到现代小说的进程之中。

1930 年《啼笑因缘》刊载,被认为章回小说"有些变了"。1934 年《燕归来》和《小西天》发表,张恨水说他的思想和文字至此都"变了"。虽然"以社会为经,言情为纬"①是张恨水编织章回小说故事的主要思路,但对章回小说文体的认识随着创作经验的积累、文坛风气的影响和时代环境的变迁,也在逐渐发生改变。张恨水在1944年写的一篇总结性的文章中说道:"所有章回小说的老套,我是一向取逐渐淘汰手法,那意思也是试试看。"②比起他写《春明外史》时那么执着于小说回目的设计,那么想要修整之前章回小说格式的草率,40年代的张恨水已经在有意"淘汰"章回小说的"老套",起用新文学的创作范式。"他成功地把西方许多新的艺术手法如心理、细节、景物描写,结构与叙述方式等引进作品体内,摒弃了其陈旧的回目设置、韵文穿插、结构程式和套语及其他艺术处理模式,并改变和扩大了题材与艺术表现领域",使章回小说"这一古老的文学体裁产生了全方位多层次的变异,具有了现代艺术品位"③。

张恨水40年代的代表作品,如《八十一梦》《巴山夜雨》《纸醉金迷》等都和传统章回小说的格式有了很大不同,不用回来标目,而用字数不等的小标题为每一章命名,基本脱离了"章回小说的老套"。章回小说的"格式"在中国小说的现代化进程中,真正变成了一种"套式",有与没有不会影响到小说的写作和艺术成就。与其被"套式"束缚,留下守旧的把柄,不如蜕去"套式",跟上文艺发展的潮流。这就是张恨水逐渐淘汰"章回小说的老套"的根本原因。1942年张恨水为《大江东去》写的《序》中说道:"校稿之时,予初欲改写章体,以白话作题。及检查原来回目,文题尚切,亦不隐晦,乃概存其旧。"④"改写章体"是为了趋合40年代创作的方向;仍用回目,是发现用了回目不会影响小说的思想与艺术。于是就"概存其旧",少费事了。《大江东去》1940年发表于香港《国民日报》,用的是章回体,1942年内地出版时,内容做了些修改,体例仍用章回。这是张恨水40年代创作的一部套以章回格式的作品,在当时的销量仅次于《八十一梦》。

作为一部章回体小说,《大江东去》除了被标上20回整齐对仗的九字

---

① 恨水:《总答谢——并自我检讨》,张占国、魏守忠编:《张恨水研究资料》,第280页。
② 同上书,第281页。
③ 燕世超:《张恨水论》,合肥:安徽大学出版社1998年3月版,第49页。
④ 张恨水:《〈大江东去〉序》,杨义编:《张恨水名作欣赏》,北京:中国和平出版社2002年3月版,第288页。

回目外,内容和写法与非章回体的现代小说已无多少区别。如小说开篇道:

> 是一个阴沉的天气,黑云暗暗的,在半空里结成了一张很厚的灰色天幕,低低地向屋顶上压了下来。一所立体式的西式楼屋,前面有块带草地的小院落,两棵梧桐树,像插了一对绿蜡烛似的,齐齐地挺立在楼窗下。扇大的叶子,像半熟的橙子颜色,老绿里带了焦黄,片片翻过了叶面,向下堆叠地垂着,由叶面上一滴一滴地落着水点,那水点落在阶沿石上,啪嗒有声,很是添加着人的愁闷。原来满天空正飞着那肉眼不易见的细雨烟子。在阵阵的西北风里,把这细雨烟,卷成一个小小的云头,在院子上空只管翻动着。楼上窗户向外洞开着,一个时装少妇,乱发蓬松地披在肩上,她正斜靠了窗子向外望着。向东北角看了去,紫金山的峰头,像北方佳丽披了挡飞尘的薄纱一般,山峰下正横拖了一缕轻云。再向近看,一层层的高楼大厦,都接叠着在烟雨丛中,在这少妇眼里,同时有两个感想:第一个是好一个伟大的南京,第二个是在这烟雨丛中的人家,恐怕不会有什么人快乐地过着日子。

不在小说开端交代清楚人物的身份来历,而用大段景物描写来烘托气氛环境,暗示时代背景,这样的写法不是传统小说的路子,而是典型的现代小说技法。在这个开端后的情节中,张恨水继续用零度聚焦的视角,展开两位主人公的对话,直到女主人公自我介绍道:"我的学名叫薛冰如",才正式确认了小说开头那位"斜靠了窗子向外望"的"时装少妇"的身份。传统章回小说的叙事方式在《大江东去》的开篇已被完全舍弃。

讲故事在40年代张恨水的小说中不再是最重要的。《大江东去》讲述的是薛冰如在两个男人之间的情感选择。她对于爱情的不坚贞以及最后的失败,并没有让读者对她产生过多的谴责和叹息,张恨水也没有对这个人物作出明确的道德评判。小说更看重的是故事发生的那个时代——抗战。人物一己的悲欢得失,在抗战的大时代中显得那么渺小与轻淡。《大江东去》虽然也是一部"以社会为经,言情为纬"的作品,但写言情故事是为了记录那个时代。《春明外史》《金粉世家》的写作也记录时代,然而这在40年代更加重了分量。张恨水40年代小说创作的成就,突出表现在对于时代所发挥的积极作用。这为新中国成立后张恨水晚年生活的被优待奠定了基础。

第三章 章回大家的小说改良实践

《大江东去》的前半部讲述了女主人公薛冰如的移情别恋,后半部分主要叙述男主人公孙志坚护守南京城不成,在日本人屠城的惨事中死里逃生的经过。小说第16回"半段心经余生逃虎口 一篇血账暴骨遍衢头"中,孙志坚避难佛门,亲见了一段惨事:

> 在第四日的早上,因为庙里一些劫余存粮,都快干净了,和佛林二人趁着天色微明,敌人还不曾出动,就各带了一只篮子出去,到菜园去掘摘些萝卜青菜吃。他们预备多储蓄些,随去菜地掰菜,渐渐走远,又迫近了那条人行路。他们刚一伸直腰,却看到这路上死人,犹如掷下的铺路石板,左一具,右一具,不断地横倒在地上,估计着怕不在百人以下。佛林念了一声佛,向志坚摇头道:"师弟,我们不能再向前了。"他手提起盛菜的篮子,扛了在肩上,就向庙里走。志坚一人也不敢落后,提了菜筐走回庙去,刚进得庙门,却看到树林子里奔出两个老百姓来。他们上身穿了两件破棉袄,下面却各穿了一条青布裤子,是警察制服。后面有两个敌兵,各端了一支上着刺刀的枪,追了上来。前面这两人还不曾踏上庙门台阶,两个敌兵已经追上。这两个人回头看着刺刀尖伸过来,不隔三尺,料是跑不了,索性回转身来去夺他的枪。不幸第一个人的手,先碰上了刺刀,啊哟一声,向旁一闪。敌兵再一刺刀,向他胸膛直扎穿过去。那第二个人,倒是握住了敌兵的枪,正在用力拉扯,这第一个敌兵,却回过枪来在他背脊上扎了一刀。他随了这一刀,倒在台阶上,两个敌兵便倒提了步枪,在他身上乱扎了几十下。扎过一阵之后,又将刺刀,在头上拉锯也似,横割了几下,把人头割下,然后伸脚一踢,踢球一般,把人头踢进庙门,砰的一声落在弥勒佛面前的香案上。

像这样对南京大屠杀的真切描述,在现代作品中是绝无仅有的。以如此惨状来对照薛冰如为一己私心而把爱情转向丈夫孙志坚的朋友,这样的情愫在国家大难面前立时就显得微不足道了。小说结尾孙志坚和朋友江洪投身革命,留下薛冰如怅惘地看着他们乘坐的江轮远去。张恨水40年代的小说文字少了二三十年代横溢外露的才气,多了持重凛然的正气。于是和传统文人才气表述紧密相关的章回小说到了40年代失去了原有的表现力,一种更加简明酣畅的小说写作样式成了包括张恨水在内的现代作家的共同追求。

第四章 "故事集缀"型小说的突显与章回小说的蜕变

"故事集缀"型章回体小说是章回小说发展到现代所呈现出的一类形态。其基本特征是:一部小说由多个相对独立的故事构成,故事之间没有连贯情节和必然联系,叙事焦点的移换是故事各自成形的原因,而小说则为故事的涌现提供了存在空间。这里的"故事"和"小说"是两个既不同又相关的概念。"故事"突出的是事件的原生态性质,把一件事从头至尾按自然状态讲述出来,不作时间、角度、层次等方面的艺术加工。对于章回体小说而言,讲述故事是其自产生以来形成的一个传统,进而养成了中国读者的期待视野。"小说"能够对"故事"作各种加工转换,在西方,"小说"是一个现代概念,兴起于18世纪末。"故事集缀型小说"同样是一个现代概念,故事在这类小说中可以保持原生状态,然而它们一旦被聚集起来,也就脱离了原先单个故事的性质,成为现代小说。

已有学者注意到这类小说的形态特征。陈平原论清末民初小说时认为:"集锦式长篇小说得到了充分的发展,并几乎成为一时期小说结构形态的表征。"[①]这意味着,这一时期的多数小说,至少其间的著名作品是如此结构的。张赣生评《留东外史》,认为:"不仅在内容取材和创作思想上明显地带有晚清'嫖界小说'和谴责小说的痕迹,而且在故事的组织形式上也体现着晚清小说结构松散的时风。"[②]在作家研究方面,同样不乏类似识见。张

---

① 陈平原:《中国现代小说的起点——清末民初小说研究》,北京:北京大学出版社2005年9月版,第137页。
② 张赣生:《民国通俗小说论稿》,重庆:重庆出版社1991年5月版,第116页。

恨水是最好的例子。"张恨水使用最多且贯穿其创作始终的是串珠式结构。"①"串珠式""集锦式"的所指是明确的,但命名上多少还存在问题。曾朴就争辩过《孽海花》是"珠花"而不是"珠练",②"串珠式"给人以"穿练"的感觉,而"集锦式"的语义含有价值判断色彩。

用"故事集缀"来命名章回体小说的一类现代形态,是鉴于胡适、鲁迅等现代文学家的研究经验。这些著名的现代学者发现了中国小说中存在的特殊现象,并给出了评述。胡适说,清末民初很多小说是学《儒林外史》的,是"短篇"的"连缀"。③ 把《儒林外史》看成这类小说形成的范式或先在基础,是当时学者的共见,也成为后人看待这类小说的一个视点。鲁迅说《儒林外史》"全书无主干,仅驱使各种人物,行列而来,事与其来俱起,亦与其去俱讫,虽云长篇,颇同短制;但如集诸碎锦,合为帖子,虽非巨幅,而时见珍异,因亦娱心,使人刮目矣"④。这是一个经典评述,"集诸碎锦"之说饱含了对《儒林外史》的赞誉。可就在同一部著作中,鲁迅对从《儒林外史》衍生而来的谴责小说评价不高,说它们"况所搜罗,又仅'话柄',联缀此等,以成类书"⑤,不具有多少艺术价值。章回体小说到晚清之后繁华已逝,虽然不乏佳作,却毕竟良莠不齐,当不上"锦"字之称。以"集缀"来命名这类小说,既是参照胡适、鲁迅等前辈学人的说法,也可使表意中性化。这一称谓或可追溯至郭绍虞。1928 年郭绍虞推荐《歧路灯》时谈到《儒林外史》"似乎是由

---

① 刘少文:《大众媒体打造的神话——论张恨水的报人生活及报纸文本》,北京:中国社会科学出版社 2006 年 5 月版,第 151—152 页。刘文并且具体论列了这类结构的两种情形:"这种结构的第一种情形,即以一个或几个人物为线索,采用第三人称全知叙事的作品,其自由度来自对现实事物的剪接、拼构,只要选好行为自由度大的人物就可以牵一发而动全身,将各种新闻、轶事纳入小说。……串珠式结构的第二种情形即……构成作品的每一个叙事单元——每一颗珠子都具有情节上的独立性,因此可以随意增添或者减少而不会影响作品形式的完整性,即不会造成累赘感或残缺感。"

② 曾朴:《修改后要说的几句话》,魏绍昌编:《孽海花资料》,上海:上海古籍出版社 1982 年 7 月版,第 130 页。

③ 胡适:《五十年来中国之文学》,《胡适全集》第 2 卷,合肥:安徽教育出版社 2003 年 9 月版,第 316 页。

④ 鲁迅:《中国小说史略》,《鲁迅全集》第 9 卷,第 229 页。

⑤ 同上书,第 293 页。

许多短篇小说集缀而成"①,仿佛是无意的提法,却可成为参照。

多数研究者只看到这类小说在清末民初的状况,包括鲁迅和胡适。至于民初以后的情形则所谈无多。至多在论述个别作家(如张恨水)或个别作品(如《春明外史》)时涉及这个问题。事实上,在民初以后的现代文学中,这类章回体小说的创作依然在继续,并且涉及的作品及数量都十分可观,应该引起充分关注。所以,极有必要对这类小说作出研究评定,以更好认清章回小说在现代的呈现形态。

第一节 故事结构和人物群体

故事集缀型章回体小说结构故事的方式大体有两种:一种是把几个或多个故事并置起来,这些故事在小说中的地位是平等的,不分主次;另一种是有一个主要故事,在其周围聚集着很多次要故事,即这类小说里的故事有主次之分。前一种类型还存在两种情况:一是几个或多个并置的故事所叙述的是几个或多个人的故事,中间没有一个可以贯通这些故事的人物,例如平江不肖生的成名之作《留东外史》;二是有一个可以贯通故事的人物,例如平江不肖生的代表作品《近代侠义英雄传》。

沈从文曾对《留东外史》作过一段评价,颇显示出与众不同的赏鉴趣味。② 而当代研究者的论述更关注于小说的叙事笔法:"整部《留东外史》并没有具体的中心情节与中心人物,只是采用'环环相套'的形式讲述了一个个中国留学生在日本寻花问柳和勾心斗角的故事,故事与故事之间更是缺乏逻辑上的联系,因此小说给人一种拖沓散漫的感觉。作品更像是由不同的人物速写与生活片断组合而成的大杂烩。"③故事集缀型小说给人的最初印象便是如此。可是这样来描述《留东外史》还不很确切。《留东外史》先

---

① 郭绍虞:《介绍〈歧路灯〉》,《照隅室古典文学论集》(上编),上海:上海古籍出版社1983年9月版,第107页。
② 参见沈从文:《湘人对于新文学运动的贡献》,《沈从文文集》第12卷,广州:花城出版社1984年7月版。
③ 沈庆利:《道德优越感中的堕落:〈留东外史〉与中国传统道德文化》,《中国现代文学研究丛刊》2001年第4期。

写周撰的故事,由周撰带出郑绍畋、张怀的故事,再由郑绍畋引出黄文汉的故事,然后又讲朱正章的故事……随着叙述行进,人物故事纷至沓来。其中有的故事是一次就讲完了,有的则断断续续进展下去;有些人物被叙述搁置,不再提及,而另一些人物却时隐时现在文本中。

《留东外史》刊于民国初年,与它同时期的《歇浦潮》,及二三十年代的《上海春秋》《海上活地狱》《新山海经》《海外缤纷录》《滑稽新史》《梨园外史》《蜀山剑侠传》等等,都属于一个类型。这些章回小说以纷繁的人物故事描摹出了时代社会的面影。

用人物来串联故事,小说就不至于感觉零散。平江不肖生谈他的《近代侠义英雄传》道:

> 在一般看官们的心里,大概都觉得在下写霍元甲的事,应该直截痛快的写下去,不应该到处横生枝节,搁着正文不写,倒接二连三、不惮烦琐的,专写这些不相干的旁文,使人看了纳闷。看官们不知道,在下写这部《侠义英雄传》,虽不是拿霍元甲做全书的主人,然生就的许许多多事实,都是由霍元甲这条线索牵来,若简单将霍元甲一生的事迹,做三、五回书写了,则连带的这许多事实,不又得一个一个另起炉灶的写出许多短篇小说来吗?是那般写法,不但在下写的感觉趣味淡薄,就是诸位看官们,必也更觉得无味。①

霍元甲是《近代侠义英雄传》里的线索人物。理由是:霍元甲的故事"做三、五回书"就可以写完,并不是小说的主要故事。因为霍元甲在当时以爱国声名为武林中人所敬佩,《近代侠义英雄传》通过不断有人物拜访霍元甲来引出各种各样的故事。拜访人物又可以引出其他人物的故事,由此不断延宕开去,经过一番周折,再回到霍元甲处。赵苕狂评不肖生小说道:"不肖生地写小说,素来是大刀阔斧的:每每一笔远放开去,放得几乎使别人代为急煞;他却写写意意地收了过来。"②感觉甚是恰切。不肖生的《江湖奇侠传》也用类似写法,只是没有一个线索人物,而以争赵家坪水陆码头为

---

① 平江不肖生:《近代侠义英雄传》第 46 回中的一段议论。
② 赵苕狂:《写在〈江湖怪侠〉之前》,《红玫瑰》第 6 卷第 1 期,1930 年 3 月。

纽结，可谓以一事衔接诸故事。这一事并非小说的主要故事，其功能同线索人物相似，是把各个故事串联起来，使它们不致零落为短篇小说。正如不肖生所言，这是从写作与阅读经验得来的做法，一种使小说变得丰富多彩、妙趣横生的做法。

和《近代侠义英雄传》类似的作品还有：姚民哀的《荆棘江湖》以朱鹤皋为线索，叙写江湖故事；张恨水的《新斩鬼传》以钟馗为线索，记录斩除新鬼的行状；徐絜庐、绣虎生的《沪滨神探录》以魏彪、焦得魁为线索，讲述一系列案件的经过。这类小说的线索人物不是主要人物，小说不是主要讲述他们的故事，而是讲述由他们引出的故事。

故事集缀型章回体小说的另一种结构形态是由一个主要故事统领全书，次要故事聚集在主要故事周围，可以与主要故事相关，也可以毫无联系。主要故事往往就是小说主人公的故事。这里的主人公与线索人物有差别，前者是小说叙述故事的重点。例如张恨水的《春明外史》即以主人公杨杏园的故事统领全书。

主人公故事之外，次要故事往往是主人公听来的或者是小说中一个人物对另一个人物讲述的。毕倚虹和包天笑所著《人间地狱》很大部分即是靠小说中人物的讲述故事来完成。《人间地狱》的主要故事是主人公柯莲荪的生活经历，柯莲荪听到的或由小说中其他人物讲述的故事成了次要故事的来源。第19、20回，伍仲良向邹芝诰讲述薇琴回杭州后如何被警察关押的故事。第28回，贾大人向柯莲荪等人讲述厘局司事的穷困故事。第40回，月筝向柯莲荪讲述蔡五姨太太如何剖肚求子的故事。第41、42回，吴信斋向黎宛亭讲述缉私营如何贩盐获利的故事。……这些故事可谓五方杂处，百态纷呈。主人公或者其他人物都可以充当听者角色，把这些听来的故事编织入小说文本中。

就章回小说的作者而言，听故事也是他们写小说之前的必要积累。毕倚虹道："余撰人狱之旨，自信无多寄托，特以年来所闻见者笔之于篇，留一少年时代梦痕而已。"[①]张恨水道："我只能写我的朋友，以及我朋友之朋友

[①] 娑婆生：《赘言》，《人间地狱》第1集，上海：自由杂志社1924年10月版，第1页。

的故事,俾使大家看了,'以资笑谑'而已。"①"朋友之朋友的故事"也就是从朋友那里听来的故事吧。把听来的故事移植入小说,最简便的方法就是同样通过朋友即小说人物之口来叙述故事,这样既不改变故事的传递途径,也保留了故事的原初面貌。

无论是并置结构的故事还是有主人公的故事,故事之多,是因为叙述的人物多,"人物故事"应该是被合起来说的。没有人物也就没有故事,也就不成为故事的集缀。故事集缀型章回体小说里的"人物"是"群体"的人不是"个别"的人。《人间地狱》中的狎客是与《海上花列传》中的狎客有所不同,他们不是'万商之海'中的商人,而是上海的另一个群体"②,即文人。"《春明外史》的人物,不可讳言的,是当时社会上一群人影。"③《茶寮小史》"描写的是辛亥革命废了科举之后,一些从政无门断了进身之阶,及溷迹在教育界中的知识分子的庸蠢生活"④。这些小说里的人物都是群体人物。群体人物是一个复数概念。《留东外史》第1章开篇有言:

> 原来我国的人,现在日本的虽有一万多,然除了公使馆各职员及各省经理员外,大约可分为四种:第一种是公费或自费在这里实心求学的;第二种是将着资本在这里经商的;第三种是使着国家公费,在这里也不经商、也不求学,专一讲嫖经、读食谱的;第四种是二次革命失败,亡命来的。……第一种、第二种,与不肖生无笔墨缘,不敢惹他;第三种、第四种,没奈何,要借重他做登场傀儡。远事多不记忆,不敢乱写。从民国元年起,至不肖生离东京之日止。

这是小说中有关于小说的一段说明性文字。研究者常引用这段文字是为了解释《留东外史》大致写了些什么。确切说来,这段文字其实交代了小说涉及的人物。一种是留日的中国学生,一种是亡命客,当然还包括那些形形色色的日本女人。他们是复数的。《留东外史》叙述了这些人物在日本的种种形状,给人留下的是旅日中国人及有关于日本风情的一个整体

---

① 张恨水:《〈斯人记〉自序》,太原:北岳文艺出版社1993年8月版,第2页。
② 范伯群:《中国现代通俗文学史(插图本)》,第276页。
③ 张恨水:《写作生涯回忆》,张占国、魏守忠编:《张恨水研究资料》,第38页。
④ 刘扬体:《鸳鸯蝴蝶派作品选评》,成都:四川文艺出版社1987年6月版,第221页。

印象。

有研究者关注过小说中复数人物的描写问题,并给予了评价:

> 要想在这派以情节取胜的小说中,寻见艺术概括比较深广,人物个性的丰富性、完整性与情节合理性融合无间而又具有时代特色的艺术典型,那是不切实际的奢望。与同时代新文学作品比较,我们可以把人物形象的脸谱化、类型化,和缺少典型形象的塑造,看做这派小说的又一共同特征。出现在这些作品中的人物往往是一对、一组或一定序列可以预测的形象……从美学意义说,脸谱化也是一种线条和色彩的运动,"而色彩的感觉,是一般美感中最大众化的形式"。从这个角度看,这类通俗小说的形式美感特征,正是沟通读者审美意识活动的一条渠道。应该说,鸳派多数作品艺术上的平庸,通常表现为这些作品中的人物大多只有性格的表层标记,但这派代表作家中有一些作者却是人物类型描写与脸谱画的能手。辛亥革命前后腐败的官僚政客,纵情声色的颓废名士,风尘沦落的妓女,刁钻逢迎的势利小人,见利忘义的投机商贾,畏惧权势、羡慕虚荣、听天安命、逆来顺受的形形色色的小人物,在他们笔下并不总是缺少生动妙肖的描绘。①

虽然这段话是针对鸳鸯蝴蝶派小说而发的,但同样适用于故事集缀型章回小说,甚至用于这类小说更恰当些。对于故事集缀型章回小说而言,"腐败的官僚政客,纵情声色的颓废名士,风尘沦落的妓女,刁钻逢迎的势利小人,见利忘义的投机商贾",还有"形形色色的小人物",都是题中之义。可用法国学者勒庞在1895年提出的一个概念"群体"(group)为这类复数人物命名。勒庞道:"当我们悠久的信仰崩塌消亡之时,当古老的社会柱石一根又一根倾倒之时,群体的势力便成为唯一无可匹敌的力量,而且它的声势还会不断壮大。我们就要进入的时代,千真万确将是一个群体的时代。"②

群体人物如何在故事集缀型章回体小说中得到呈现?故事集缀型小说常会叙述到五类人物——士、宦、商、妓、伶。这五类人物也是晚清民国年间

---

① 刘扬体:《鸳鸯蝴蝶派作品选评·前言》,第21—22页。
② [法]古斯塔夫·勒庞著,冯克利译:《乌合之众——大众心理研究》,桂林:广西师范大学出版社2007年9月版,第36页。

在社会生活中最活跃的人物。如果按照广义的归类,据《第一次中国教育年鉴》,"以接受中等教育作为知识分子的界限,那么到20年代末,我国知识分子队伍至少在110万人以上"①,约占当时总人口数的0.25%。在这些人中,具有独立意识与批判精神的上层知识分子只占了很小的部分。② 大部分人被当时的社会学家称为"自由职业者",包括教师、律师、医生、编辑、记者等等。"他们之所以一天一天的加多,则是由于产业革命,工商业的发达、都市的发展。"③故事集缀型小说中的很多人物就属于这样一群人,他们从事的职业具有现代意味,特别是报馆、书局的编辑,是小说经常描写到的人物,有些还是主人公。《春明外史》中的杨杏园、《人间地狱》中的柯莲荪等等,都是编辑。

20年代标明"社会小说"的《新儒林外史》写的是学界故事,学界是现代儒林状况的集中体现所在。小说第1回叙述者道:"在下幸而生在一个现在的时代,更大幸而为现在时代的一个学界中人,眼瞧着这许多簇崭新鲜的大人物,天天忙着解放改造、破坏建设,忙的连喘气的工夫都舍不得。那千奇百怪的事儿,把在下瞧得眼也花了,震得耳朵也聋了,只好抱着一枝秃笔,把他一齐写下来。"现代社会对于文人的改造是明显的,特别是科举废除后,在新学制的推行过程中,心态的变化造就文人言行的措置无当,既不愿蜕却传统风雅,又必须适应现代节奏,所以"千奇百怪的事儿"难免发生。上述《新儒林外史》中的话同样可以用在叶小凤的《前辈先生》身上。这部小说以小学校长顾煮雀过除夕开始到县立中学新校长徐约翰得到教业会支持,教业会成为教育界中心而结束。其间有从江湖医生变成省视学的顾东、在苏报案里留得名姓的小学教员徐焕文、投资办学的邱太太……这些人物在现代学校和学制的创建时期显出钻营面目与可笑姿态。

---

① 张静如等编:《中国现代社会史》(上册),长沙:湖南人民出版社2004年12月版,第253页。

② 据《第一次中国教育年鉴》(教育部编,上海:开明书店1934年5月版)统计,1931年高校在读学生44167人,教员7053人,与其他国家比较"相差甚远"(丁编 教育统计,第1页)。算上留学生及其他高层职业者,比例仍然很小。这些人又并非都能具有"独立意识与批判精神"。

③ 周谷城:《中国社会之变化》,上海:新生命书局1931年12月版,第162—163页。

故事集缀型章回体小说写官僚应以《官场现形记》最为著名。胡适评道:"《官场现形记》是一部社会史料。它所写的是中国旧社会里最重要的一种制度与势力——官。它所写的是这种制度最腐败,最堕落的时期——捐官最盛行的时期。"① 小说第 5 回就写了一个为卖官讲价,藩台与他兄弟三荷包大打出手的故事。晚清官制的腐败达到无以复加的地步,因此写官场故事的小说在这时分外令人注目。《二十年目睹之怪现状》亦以官场故事为重要部分,之后又有小说《社会官场秘密史》32 卷(回),也是写官场丑态的。其《自序》道:

> 若夫销金帐垂,琥珀杯斟,选舞征歌,评红品绿;其昼也,施淫刑于堂上,憬然包老青天;及其暮也,茬欢笑之场中,不啻鸦头花面,此官场之行乐也。夫容城中,烟霞窟里,一榻横陈,三竿未起;姑舍时,则借彼樗蒲,或拈黑白,青龙白虎,以民事作输赢,喝雉呼卢,取民膏掷孤注,此官场之例行事也。嗜痂之癖甚多,消遣之法殊广;不入彀中,奚能缕数?至于国计民生,平治富强之要务,劝农因时制宜之道,是则官场之脑后事也。噫!设官以治民,官正而国治。大惩小戒,首惕官邪。今也,官日邪而国日蹙,熙熙众生,皞皞贵人,燕于其幕,游于其梁,固溟然自安,怡然不觉。有心人怒焉忧之。是故南亭亭长有《官场现形记》之作……固已洛下争传,脍炙人口。何其骎夫今日,所谓"官场秘密史"者,更层出而不穷,日新而月异。南亭死矣,接而续之,生者之责。②

书中故事只是上述官场之事的具体呈现,故事人物沙壳子、沈聿人、封梅伯、石忍冰、邓子通等等也都只是"官"的具名而已,从属于"官"之群体,具备"官"性而无特性。

小说家写官场丑行故事,不仅是为了"以合时人嗜好"③,也不仅是因为这类人物故事"层出而不穷,日新而月异",可以被编写入小说,存一份社会史的见证,还因为"官日邪而国日蹙",出于道德责任之心,也会叙写出来。

---

① 胡适:《〈官场现形记〉序》,《胡适全集》第 3 卷,合肥:安徽教育出版社 2003 年 9 月版,第 550 页。着重号为原文所加。
② 顾德明:《自序》,《社会官场秘密史》,天津:百花文艺出版社 1993 年 8 月版,第 2 页。
③ 鲁迅:《中国小说史略》,《鲁迅全集》第 9 卷,第 291 页。

姚鹓雏在《龙套人语》中说道:"著者这一部书,虽统是白嚼闲天,全无价值,却也标榜着记载南方掌故,网罗江左轶闻。说句旧话,便是野史稗官,聊以备方志国书的考证。"(第6回)把官宦人物故事以"掌故"和"轶闻"的形式出之,应该说处理得很轻盈,但丑行故事并不就此被淡化。小说第10回开首叙述者议论道:"省宪会议长选举的情形,真是乌烟瘴气,一塌胡涂。作者的笔墨,也给他们这些金银气、炎凉气封裹住了,没有一石大黄芒硝水,也洗刷不清。"郑子楚、徐祚巩、朱一罗、王培芝等人参与到这则选议长的故事中,派分两系,纷争不断,使得选举一次次无法进行下去,而议长候选人背后更有南通殿元张叔正的财力支持和三省巡阅使徐调玄的帷幄谋划。张叔正即张謇,徐调玄即齐燮元,军阀头目。这类故事被一件件叙述出来,并非像叙述者所谦逊的"全无价值"。

写商人故事的小说中国古代已有不少。到了清末的《海上花列传》,范伯群评价道:"上海开埠后成为一个'万商之海',小说以商人为主角,也以商人为贯串人物;在封建社会中,商人为'士农工商'的'四民之末',而在这个工商发达的大都市中,商人的社会地位迅速提升,一切以'钱袋'大小衡量个人的身份;在鲁迅提到的狭邪小说中,它率先打破了该类题材'才子佳人'的定式,才子在这部小说中不过是扮演'清客'的陪衬角色。"[①]商人作为一个群体真正成为小说的重要人物。黎篆鸿、王莲生、李鹤汀、洪善卿、庄荔甫、罗子富、姚季莼、朱蔼人……这些商人聚集一处,吃酒狎妓、划拳赌钱,极尽放纵之态,不再如古代小说中那些商人角色的孤立飘零。可以说,《海上花列传》为后来小说的商人叙写作了示范,之后故事集缀型小说中的商人形象大致就是以群体面目出现的寻欢营私之辈。《商界现形记》开篇说道:"吾海上之种种人物思想不古,趋于下流,寡廉鲜耻,义薄少信,习哄骗作生涯,奸诈为事业……其唯商人乎!"以不免夸大的言辞表明一种认知态度。

1922年,包天笑的内弟江红蕉刊出他的小说《交易所现形记》。这部以交易所的创办、经营、风潮、衰落为始末的小说在中国现代小说史上难得一

[①] 范伯群:《〈海上花列传〉:现代通俗小说开山之作》,《中国现代文学研究丛刊》2006年第3期。

见,即使是极力渲染中国金融资本面貌的《子夜》也没有表现出其间的诸多内幕故事(这个比较仅限于小说故事方面)。不明交易所为何物的郁谦伯拉了一个日本浪人策划开办交易所;朱铁铮在报上揭露交易所内幕想实行敲诈,却几乎使岳父丧命;汪子文账目出错,导致经纪人公会和理事会人员发生矛盾,股票价格暴跌;汪宗法组织空头公司,骗钱以饱私囊……此外祝锐夫、鲍立三、郑璧奇、毛拭圭、何松涛等等一班人物都是交易所风潮中的投机分子。有论者评道:"《交易所现形记》揭露了上海滩交易所这个行业的乌烟瘴气,搞交易所的这群人不讲道德,不讲情义,荒淫奢侈,腐烂丑恶。……《交易所现形记》写出了这方面的人情世态。"①这也说明,当时中国的金融商人严重缺乏经营理念。如果说商人作为一个群体在现代中国发挥了作用,然中国终究未能走上资本发展的道路,故事集缀型章回体小说或者能为此道出一点因由。沉湎于酒色财气的商人群体还需要一股以求振兴的力量。

晚清民国年间,娼妓业总体上属于正当行业,妓女的存在犹如社会生活的一部分,构成了一个不容忽视的社会群体。故事集缀型章回体小说中有以描写妓女生活为主的作品。《海上花列传》《海上繁华梦》《九尾龟》《人间地狱》是其中最著名的小说。另外《十里莺花梦》《新山海经》《海上活地狱》《人海潮》《上海春秋》《春明外史》《如此京华》《交易所现形记》等等,大凡写晚清民国社会生活的章回小说,都会让千韵百媚的妓女们出场亮相。

《九尾龟》第5回写一阔少初入上海长三书寓的情景:

> 刘厚卿同着方幼恽走进清和坊街不多几家,便是张书玉的牌子。厚卿不让幼恽,竟自当先走进,幼恽暗暗诧异。走到扶梯,听得相帮高叫一声,也听不出叫的什么,倒把幼恽吓了一跳,立住了脚,不敢上去。厚卿上了扶梯,连连招手,幼恽方才跟着上来。早见左首的一间房间,高高打起绣花门帘,张书玉满面春风,立在门口,叫了一声"刘大少"。厚卿一面招呼,一面跨进房去。幼恽跟进房门,厚卿让幼恽在炕上坐

---

① 芮和师:《交易所真相的探秘者——江红蕉评传》,范伯群主编:《中国近现代通俗作家评传丛书》(7),南京:南京出版社1994年10月版,第16—17页。

下。只见一个娘姨过来对幼恽道:"大少宽宽马褂哩!"幼恽慌忙立起身来,脱下马褂,娘姨便来接去,不妨张书玉端着一盆西瓜子,要递与幼恽……幼恽自知错了,涨红了脸,把手往回一缩。书玉手中一个脱空,把一双高脚玻璃盆子跌在地下,打得粉碎。书玉倒吃一惊,惹得一房间里的人都笑起来。

在长三书寓里行事是有一定规矩的,初入此间不懂规矩就要闹笑话。而不懂规矩之人似乎觉得自己还不够身份,所以到得上海定要到长三书寓走走,熟门熟路便是一种身份的象征。《九尾龟》中的章秋谷就有这样的身份。不过规矩虽存,佳人难觅。张书玉是当时"四大金刚"之一,在方幼恽眼中她的形象是:"浓眉大目,方面高颧,却漆黑的画着两道蛾眉,满满的擦着一面脂粉,乍看去竟是胭脂铅粉同乌煤合成的面孔,辨不出什么妍媸"。"四大金刚"的另三人是林黛玉、陆兰芬和金小宝,都是继赛金花之后花界赫赫有名的人物。林黛玉居"四大金刚"之首,很能唱戏,可谓"娼优"兼并。多次出嫁,后病亡。陆兰芬天生丽质,善于应酬,生活西化,嫁人后不再顾恋风尘。金小宝性情豪爽,曾资助她的女校老师赴日本留学,后两人结为夫妇。可惜这些人物的神女生涯在《九尾龟》中都被生动演绎为种种劣迹。《九尾龟》又名"四大金刚外传""南国烟花之史",可以说是辑录名妓故事最着实的一部故事集缀型章回小说。

"人情变幻,世态离奇,递嬗转迁,久而弗泯。大凡可以表现一种组织者,即可形成一种社会。士商工农,在在如是,推之梨园,奚独不然。"[①]梨园子弟亦是社会群体之一。荀慧生为陈墨香的小说《梨园外史》作序道:

> 《梨园外史》,多叙数十年来优伶先达故事。笔墨点染,足为吾曹生色。慧生后学晚进,何敢妄参末议,然于研究技艺,周知情伪,不无小补。正如儒者读史,亦取其可为鉴戒而已。明镜所以照形,往事所以知今,则是书之有益于吾曹者,讵浅鲜耶?作者与墨香师为友,属作序文。

[①] 宰公:《梨园外史序一》,潘镜芙、陈墨香:《梨园外史》,北京:京华印书局1925年版,第1页。

慧生不敢以固陋辞,爰誌数语,尚待就正于墨香师云。①

诚如荀慧生所言,《梨园外史》记录的是"优伶先达故事"。从米喜子到北京扮关帝戏成名,平龄拜方松龄学戏,谭叫天入程长庚三庆班,到谭金福(谭鑫培)劫妻成婚,梅巧玲焚烧亡友借券,卢台子评论关公戏《战长沙》。虽然小说写到30回未完,但从演关公戏到评关公戏,也算完成了一个回合。吴梅评道:"自咸同以及近岁,伶人佚事,靡弗纪录。又出以稗官体裁,排次联缀,一若身亲见之者。"②即是说,《梨园外史》写的是京剧界前辈伶人的故事。

书中叙述到的人物有米喜子、方松龄、程长庚、余三胜、谭叫天、胡喜禄、卢胜奎、刘赶三、谭鑫培、徐小香、梅巧玲、曹春山……同样是现实中人几乎不改名姓地入了小说,演示了一代伶人群体的戏剧生涯与生活情态。例如丑角刘赶三的故事在书中就有好几则。第3回"刘赶三片言兴大狱"讲刘赶三在台上演戏看见平龄,说了几句俏皮话儿:"分身法儿,只有新举人平龄会使。我知道他八月初九那一天又是唱戏,又是下场去考,真是个活神仙。"原来平龄的举人是他父亲花钱买来的,考试那天平龄偷跑出去唱戏,结果被刘赶三在台上把这事捅出来,平龄因此丧命。第7回"错里错刘赶三蒙赏"写梨园子弟在圆明园给咸丰演戏。刘赶三在台上说了一句话"直把皇帝妓女混成一气,当时在座的王公大臣,个个面容失色,就是后台人听见的,也丧胆亡魂"。结果刘赶三反受了赏。这类故事不尽是小说的虚构,而带有很大程度的真实成分,陈墨香即使不能亲见却也熟知这些故实。《梨园外史》把现实人物群体搬入小说,可以把它当史料读。

士、宦、商、妓、伶各自作为一个社会群体进入了小说故事的叙述。他们在小说中并非各行其是,而具有交互联系,因为他们本身就处在交互关联的社会网络中。小说故事就是由这些人物群体的交往活动而产生。在现代社会里,在现代文学创作过程中,人物故事进入小说的一个重要中介是报刊。

---

① 荀慧生:《梨园外史序六》,潘镜芙、陈墨香:《梨园外史》,北京:京华印书局1925年版,第1页。
② 吴梅:《〈梨园外史〉序》,潘镜芙、陈墨香:《梨园外史》,北京:宝文堂书店1989年6月版,第8页。

士、宦、商、妓、伶首先是通过报刊故事和现代大众读者熟识起来的。

第二节 报刊故事的衍生

陈平原在研究清末民初的"集锦式"小说类型时,提到了报刊与这类小说之间的关系:

> 长篇小说由于大量笑话、轶闻的渗入,呈现整体结构解体的趋势;而各类小插曲的集合,又颇有以题材分类的倾向,于此约略可见小说在由整个文学结构的边缘向中心移动的过程中,如何吸取各类文体乃至类书的编纂原则。清末民初各类报刊的崛起以及报刊之兼刊小说,使得各种文体之间的高低贵贱以及各自的"边界"都显得模糊不清,于是小说与其他文体的互相渗透成为十分自然的大趋势。何以《儒林外史》开创的"集锦式"结构形式在晚清才发扬光大?不能忽略集锦式小说多以官场为表现对象……①

这段话意指:由于报刊上所载文字的文体形式不同,新闻、笑话、轶闻、小说等等,均能见诸于同一份报刊之上,这样就便于小说吸取报刊上其他文字的内容乃至文体特征。陈平原认为,这是一个"大趋势",现代小说的发展得益于报刊及报刊文字的促成。

那么报刊文字如何进入小说?凌硕为在他以早期《申报》为研究对象的博士论文中,提出了"类小说"的概念。在他看来,《申报》上"最为特殊的是那些类似于小说、笔记的文字,它们既非典型的新闻,又非典型的小说,姑且将其命名为'类小说'"②。这种"类小说"介于新闻和小说之间,具有叙事特性,其产生与当时的办报策略相关。《申报》提出要"网罗轶事,采访奇闻"③,凌硕为指的"类小说"即是报纸上的轶事奇闻,它们对于小说创作产

---

① 陈平原:《中国现代小说的起点——清末民初小说研究》,北京:北京大学出版社2005年9月版,第142—143页。
② 凌硕为:《新闻传播与小说情调——以早期申报馆报人圈为中心》,华东师范大学人文学院2007年博士论文,第29页。
③ 《申报·本馆自述》,1872年5月8日。

生了影响。无论是题材、角度,还是结构,类小说为小说提供了写作的依据,特别是小说中的那些"话柄""就是报上的奇闻轶事"①。取名"类小说",即是强调了奇闻轶事与"小说"的相似性。而本书所指称的"报刊故事"大于"类小说"的范畴,"类小说"不是新闻亦非小说,而"报刊故事"则包括了记事类新闻。凌硕为论述的重点在"类小说"而非小说,并且时间局限在晚清,至于民国之后的小说如何采撷报刊上的新闻轶事,以及新闻轶事如何在小说中得到反映,仍需进一步观视。

其实,报刊故事进入小说,并非中国现代文学特有的现象。西方研究者已经注意到这个问题,因为西方小说与报刊故事同样不乏相关性。"'包法利夫人的原型'本是一起杂闻故事的女主人公,鲁昂市的一名叫做乔治·迪波克的记者就案件发生地点里村发表了一篇轰动性文章,于是这位女主人公在1890年又重新激发了人们的兴趣。"②这是埃夫拉尔在他的《杂闻与文学》一书中所举的一例。此书是研究报刊故事如何进入小说的一部专著,"杂闻"是埃夫拉尔对报刊故事的命名,包括新闻及报刊专栏文章,不过其所指带有较大的倾向性。他认为与文学有密切关联的"杂闻有助于读者抛开责任,放弃对故事含义的思索。相反,对作家而言,可以进行各种解释的杂闻文章,能够引发对偶然、命中注定以及命运的思考。在其无足轻重、荒诞离奇或平淡无奇的外表下,杂闻提出了人类本性与人类命运的问题,与此同时,它展现了死亡、暴力、性、法律及对法律的违抗"③。也就是说"杂闻"具有两种类型:一种是荒诞离奇的,一种是平淡无奇的。而被埃夫拉尔极力强调的一点是"杂闻所讲述的事件总是违背了某一规范"④。打破常规,是杂闻进入文学的通行证。由此埃夫拉尔在他的书中很关注犯罪与小说之间的应合度,相对忽视了"杂闻"平淡无奇的日常一面。或许这与西方小说的叙事倾向有关,但对于中国小说而言,向报刊索取的不仅仅是那些背离常规的故事,还有与民众生活息息相关的日常琐闻。

---

① 凌硕为:《新闻传播与小说情调——以早期申报馆报人圈为中心》,第60页。
② 〔法〕弗兰克·埃夫拉尔著,谈佳译:《杂闻与文学》,天津:天津人民出版社2003年1月版,第75页。
③ 〔法〕同上书,第2—3页。
④ 〔法〕同上书,第4页。

埃夫拉尔的研究毕竟为报刊故事如何进入小说提供了现成的方案。就中国现代章回体小说而言，一些著名文本，不啻因为采用报刊故事才引发轰动效应。1920年代，山东临城发生一场重大的土匪劫掠西洋列车事件，这一事件在《申报》等各大报纸上被披露出来，引起社会上很大震动。姚民哀《山东响马传》就是根据这一事件立时写成，叙述匪首孙美瑶的土匪生涯，连载于1922年至1924年的《侦探世界》上，姚民哀遂以这部小说成名。30年代初，《啼笑因缘》在《新闻报》刊出后引起极大轰动。这部小说就源自当时的一则新闻故事：唱大鼓书的女子高翠兰被军阀田旅长抢走了。张恨水对此事颇有独到感触，小说中的沈凤喜即成为一个有虚荣心的软弱女子。1927年，天津军阀褚玉璞杀害了两位京剧伶人，原因是伶人与他的姨太太偷情。《新闻报》等刊物发露此事，促使小说家秦瘦鸥经多年积虑，终于在40年代初发表了家喻户晓的《秋海棠》。无疑，报刊故事是这些章回体小说的题材来源，但是小说对于报刊故事并非原封不动的搬用，而是都经过了修改。所以，报刊故事仅构成小说写作的因由，不可为小说和报刊故事寻求呆滞刻板的对应。

就故事集缀型章回体小说而言，报刊故事在小说中具有怎样的功能？可以先看朱瘦菊《歇浦潮》第70回中的一段：

> 闲来没事，看看报纸，很留意宁波通信，差不多隔了半月光景，方看见一段记事题目，是"私卖烟土之破获"，大致谓奉化人，王阿荣向在外埠贩土致富。近又来奉私售烟土，为巡警访悉破获，抄出大土一只，现洋钞票三千余元，解县请究，判处一等有期徒刑若干年，烟土送禁烟局销毁云云。鸣乾见了，啧啧数声，说他好没福气。于是鸣乾更放心适意。

这是《歇浦潮》里一则故事的结局。鸣乾帮助他的老板钱如海骗取了保险公司的几十万元，王阿荣是这起骗局中的小伙计。事成之后，鸣乾代如海给了阿荣一笔钱和两块烟土，要他回家乡避祸。后事如何呢？报纸上的一段记事交待了阿荣回乡后的经历：一个私卖烟土的人被捕获。这类新闻故事，在当时的报纸上并不少见。国民政府有一段时间对鸦片烟土的管制特别严厉，《上海春秋》写到柳逢春的母亲初来上海时，以为上海的禁烟要比内地宽松很多,于是肆无忌惮地躺在旅馆里抽鸦片,结果遇到巡警查房,惊慌失措。《歇浦潮》里的这段新闻记事反映了同一情形,是把当时不足为奇的一则报刊故事移用到了小说人物身上。其功能有二:一是补叙人物结局,这是章回体小说的叙事传统,要把人物的来龙去脉都交待清楚;二是增强小说的现实感,把小说和时代社会联系起来,其中报纸作为现代传媒的真实性权威是不容置疑的。于是鸣乾能够"更放心适意",不必担心后患发生。同时小说读者也能接受这则故事的可信度,因为他们时常在报纸上读到类似的报道。

还有的故事集缀型章回小说是用新闻来开启另一段故事。包天笑《甲子絮谭》第20回开头,周云泉的女儿三宝拿了张《申报》嚷道:"新闻新闻","今天《申报》上说杭州的雷峰塔倒了"。这则新闻引起周云泉去翻看《申报》,结果发现报纸封面上登着一些告白。儿子小泉告诉他:"上海近来绑票很多,只怕这都是关于绑票的,约了地方谈判的为多。"于是周云泉开始注意这类告白。一天,他看到一则告白疑似亲戚杨士远登的,去一问,果然是。故事就逐渐引到杨士远身上,讲述杨士远如何从绑匪手中重获了儿子。杨士远儿子被绑架的故事,只是报纸上众多告白或者新闻的具体演绎。周小泉说杨士远的故事"报上本埠新闻里已登有一段,但是不大详细",小说把这类不详细的新闻用一个具备前因后果的故事来显现,无疑是想放大抑或还原报刊故事背后更为真实的生活状态。在此,小说中的《申报》和现实中的那份大报并不两样。小说家得到上海《申报》提供的资源,从而为他的小说开启一则又一则故事。

报刊故事除了作为小说中一则故事的结构部分,还能充当故事的主体。《歇浦潮》第6回讲许铁仙和王石颠怎样在他们办的小报上开设花界总统的选举。《人海潮》第19回,同样讲小报馆如何发选票选举花界大总统。其后还插叙了一个小报贩子因这场选举而发了财的故事。孙玉声《海上繁华梦》第2集第25回,讲一班文人评点小报上的花界选举。"秀夫带了一张《游戏报》来,说金菊仙已在《游戏报》上点了曲榜状元,取得真是不错。幼安听了,将报接来看过,也说游戏主人赏识不虚,并讲起近来各报馆里开花榜的许多陋处。最丑的是张《支那小报》,听说状元、榜眼、探花一个个都要花钱去买,做了个生财之道,真是斯文扫地。"花界选举在当时的小报上办得十分热闹,一是因为小报文人和妓女的关系十分密切,二是因为此类活动有利于小报的经济收益。小说中提到的《游戏报》(创刊于1897年6月)、《支那小报》(创刊于1902年6月)等等,不是被小说虚构出来的报纸,在现实中,它们对于花界故事都津津乐道,构成观测北里生活的独特视域。有研究者指出:"近代上海小报的诞生与繁荣的妓业有着密切的联系,在某种意义上说,正是近代上海妓业的繁荣发展促成了小报的诞生。"[1]于是,当章回小说家翻阅小报,为他们的小说寻找故事的时候,这类花界故事便会自然进入他们的小说中且被敷陈开来,花界选举只是其中最繁华光鲜的部分罢了。

此外,须知现代章回小说的作者,大部分都是报界中人,他们对于报刊故事的熟悉程度是毫无疑问的。也就是说,章回小说引入报刊故事,并不完全是小说家寻求材料的结果,也与他们的经验密切相关。所以,在这类小说中提到报纸、新闻,以及其他报刊故事,都可以被认为是一种自然而然之事,是小说家信手拈来的结果。这就可以解释,为何故事集缀型章回小说会经常涉及报纸,为何一些报刊故事会在小说中被明确指认出来。

至于笔记和由笔记发展而来的短篇小说,同样能成为故事集缀型章回小说的组成部分。杂志笔记栏中记录的风俗地理、衣着饮食、官场逸闻、名人趣事……都可化入到小说中。不必寻求小说和笔记的一一对应,小说对于笔记或多或少隐有其事,两者之间仿佛似曾相识,而文体上的联系则更加显然,鲁迅说的"话柄"一词能够概括出故事集缀型小说和笔记的共同性质。

有些作家为他们的小说备有笔记。吴趼人《趼廛剩墨》《趼廛笔记》与他的《二十年目睹之怪现状》不无联系。包天笑回忆他曾向吴趼人请教作小说的事:"我在月月小说社,认识了吴沃尧,他写《二十年目睹之怪现状》,我曾请教过他。(他给我看一本簿子,其中贴满了报纸上所载的新闻故事,也有笔录友朋所说的,他说这都是材料,把它贯串起来就成了。)那时我自

---

[1] 洪煜:《近代上海小报与市民文化研究(1897~1937)》,上海:上海书店出版社2007年8月版,第47页。

己还不曾写过那种长篇创作。"①这次请教把包天笑引入了门径。《秋星阁笔记》《钏影楼偶拾》等等,为故事集缀型章回小说的写作提供了准备。《小说时报》第 2 期载有包天笑的一则短篇《一缕麻》。研究者多把这则著名短篇当小说看待,可是在它刊登之时,标题上明确注出的是"秋星阁笔记之三",即包天笑把这则短篇当笔记看。由于它叙事生动,故事性极强,实际上与小说已无多大差别。在中国小说史上,从笔记故事到短篇小说是一个自然进程,而"笔记—短篇小说—故事集缀"的延续,在晚清以来的小说创作中,可以更清晰地感受到。"只要读《小说大观》中的包天笑的短篇《回忆》(载《小说大观》第 11 集,1917 年 9 月 30 日出版),包天笑的短篇《天竺礼佛记》(载《小说大观》第 12 集,1917 年 12 月出版)"和毕倚虹的《猩红》(载《小说大观》第 14 集,1919 年 9 月 1 日出版),就可以知道,它们都是故事集缀型小说《人间地狱》中的重要片段,经过毕倚虹的加工,成为长篇章回体小说的"经典折子戏"②。1924 年程瞻庐写了个短篇《酸》,赵苕狂评论道:此篇"可以算是《茶寮小史》中的一节,描写那两位朋友的酸态,真叫人肚子都要笑痛咧"③。长篇章回小说《茶寮小史》里的故事都发生在茶寮里,《酸》同样也是茶寮里的一则故事,因为是同一题材,且都是滑稽小说家程瞻庐的作品,所以这则短篇可以作为长篇小说中的一节来看待。

《一缕麻》叙述的是美女嫁痴汉的故事,这类故事很有趣味性,且富有教益色彩,容易受到作者和读者的喜爱。程瞻庐的另一部故事集缀型章回小说《滑稽新史》里同样记录了一则美女嫁痴汉的故事,美女和痴汉在这部小说里又各自都有故事,因此比笔记小说《一缕麻》要详细生动得多。美女嫁痴汉的故事不是《一缕麻》的创始,古代笔记小说中已有先例。《聊斋志异》中的《小翠》一则就很典型。可以把故事集缀型小说引入的笔记追溯到古代去。张赣生就指出过:"《江湖奇侠传》第 9 回和第 10 回的桂武故事采自《谐铎》卷五第一则《恶饯》;第 49 回至第 51 回的杨继新故事采自《谐铎》卷五第二则《奇婚》。"赵焕亭《奇侠精忠传》第 2 集第 13 回同样也取自《谐

---

① 包天笑:《钏影楼回忆录·编辑杂志之始》,香港:大华出版社 1971 年 6 月版,第 358 页。
② 范伯群:《中国现代通俗文学史(插图本)》,第 277 页。
③ 程瞻庐:《酸》篇首的赵苕狂评点。《红玫瑰》第 3 期,1924 年 8 月。

铎》中《恶侩》一则。① 民国年间刊印了很多历代笔记,上海文明书局曾以"笔记小说大观"为名出版了古今大量的笔记小说,第1辑20种,第2辑20种,第3辑30种,第4辑40种,第5辑30种,其中清代沈起凤的《谐铎》被列为第1辑第1种出版。所以《江湖奇侠传》《奇侠精忠传》中的故事取自《谐铎》不足为奇。这两部故事集缀型章回小说的奇异成分比较多,平江不肖生的另一部小说《近代侠义英雄传》则更具现实色彩。他在《红玫瑰》等杂志上撰写过《拳术珍闻》系列故事,讲李存义、孙禄堂等拳术家的故事,这样的故事构成了《近代侠义英雄传》中各种英雄事迹的来源,正像吴趼人的做法那样,把这些故事"贯串"起来就成了小说。

晚清以来报刊出版业的发展,使得时代社会的故事得以一种新的传播手段公诸于世。"按照社会学对大众媒体角色的传统阐释,大众媒体广泛传播的文化符号应当促进人们在总体上与社会认同。因为,在大社会中,面对面的传播不可能是发展共识的方式,大众传播成为发展共识的方式。大众传播利用绝大多数人都能理解的固定程式,提供了大多数人能够欣赏的民族英雄和角色模型。与此同时,它们淡化了社会冲突和意见分歧。"② 于是,现代报刊替代了经籍正典的地位,无论是新闻还是笔记,作为报刊故事它们成了大众读者新的信奉物。同样登载于报刊上的小说,因为集合了种种报刊故事,形成一种程式,以适应抑或达成读者的共识。所以,在某种程度上,故事集缀型章回体小说是现代报刊的促成品。现代报刊出版业的繁荣,是这类章回体小说得以多量生产的重要原因。

和其他现代小说一样,故事集缀型章回体小说大多以连载的方式在报刊上发表。从理论上可以想象故事集缀与报刊连载之间的密切关系,小说中的一则故事应该对应一期报刊的容量,但实际并非如此简单。首先是一则故事并不只在一回小说中说完,通常需要几回篇幅才能让一则故事告一段落;同时,一回小说也可以不仅仅叙述一则故事,章回体的双句回目预示着一回中可以叙述两段故事,甚至更多,虽然这些被容纳在一回中的故事可

---

① 张赣生:《民国通俗小说论稿》,重庆:重庆出版社1991年5月版,第120、195页。
② 〔美〕戴安娜·克兰著,赵国新译:《文化生产:媒体与都市艺术》,南京:译林出版社2001年4月版,第31页。

以是不完整的。也就是说，故事与章回不是一一对应的关系。其次章回与每期报刊的连载容量也不是对应的。这里存在着两个极端：一是有的报刊一期中不能刊完一回小说；另一是有的一期中刊好几回。一般的情况是每期刊一至二回。

早期报刊登载的章回体连载小说都没有限定的回数，通常是根据版面需要，一回书还没有刊完便嘎然而止，甚至于一句话还没讲完，就没有下文了，要到下一期中才能把这句话接续完整。考虑到读者阅读的不便，《新小说》在创刊时就坚持每期必要刊出完整的章回，像第8号开始登载的我佛山人的《二十年目睹之怪现状》，每次登一回、两回或者三回，回数虽然不定，但必定是完整的，不会把一回拆分在两期里刊登。后来的杂志大都按照这个做法，每期力求登出完整的章回。20年代《红杂志》上连载有两部长篇章回体小说，《新歇浦潮》和《江湖奇侠传》，每期各登半回，常常是一句话没有完就只能待下期再续。编辑施济群解释道："《江湖奇侠传》……因原文过长，每回分两期刊竣。"①其实这部小说每回的篇幅和其他章回体小说相比不算很长，只因杂志版面有限，每期不能登完一回。另外，这份杂志连载小说不是以"回"计，而是以"张"计。刚开始连载《江湖奇侠传》时，注明是"五张"，也就是五页纸，排满五页纸，即使一句话尚未结束，也不再排印下去了。《新歇浦潮》先于《江湖奇侠传》刊出，大致是每期一回。到和《江湖奇侠传》一起刊印时，也按"张"计算，不能印出完整的一回。这样的刊印方式显然不是以故事为单位的，甚至不是以章回为单位，因此故事集缀型章回小说的生成与报刊连载并非如想象的那样联系紧密。至于报纸的篇幅更是有限，一期报纸只能辟出几百字来连载一部小说，一回小说常常是分几十次才能登完。一部《春明外史》在《世界晚报》上连载了将近五年，这对于喜爱小说的读者来说很需要耐心。

一期能刊登好几回小说的情况只能见于杂志。杂志比报纸的篇幅容量要大很多，可以多刊几回小说。《小说时报》第1期的《本报通告》里说："本报每期小说每种首尾完全，即有过长不能完全之作，每期不得过一种。每种连续，不得过二次，以矫他报东鳞西爪之弊。"以这样的要求来刊载长篇章

---

① 施济群：《编辑者言》，《红杂志》第22期，1923年。

回体小说是很不容易达到的,于是《小说时报》第 4 期的《本报通告》变更为:"本报每期小说每种首尾完全。每种连续,不得过三次,以矫他报东鳞西爪之弊。"从连载两次变成三次,尽管次数增加,但宗旨未变,觉得把一部小说拆成几段刊出,终不恰当。章回体小说已是借助章回天然分出段落的,一期刊一两回并无大碍,反可吸引读者追踪下期故事,分两三次就刊完一部长篇小说,是出于对小说完整性的考虑。"理想小说"《电世界》16 回,就在一期中全部刊毕,很能见出该小说杂志的用心。《小说画报》和《小说大观》的办刊方针与《小说时报》相类。《小说画报·例言》中说:"每期有短篇四五篇,长篇三四种,长篇每期必蝉联,决不中断。"①"决不中断"主要是针对把一回小说抑或一句话拆分在两期中刊出而言的。同时它每期连载的小说也不止一二回,一般都四回左右。《小说大观》的办刊与之类同:"每集所登小说,均首尾完全,除篇幅极长至十余万字,或二十余万字,分上下卷,或上中下卷。"②这里的长篇小说不是按"回"分,而是按"卷"分,仿佛沿袭了古代编辑小说的体例,实则还是出于"首尾完全"的考虑。叶小凤《如此京华》在《小说大观》第 3 集中刊出第 1 回至第 15 回,被称为"上卷","下卷"在第 4 集刊出,从第 16 回至第 32 回。一期杂志刊出如此多回小说,很可以说明故事集缀型章回体小说中的故事与报刊连载并不十分相关,章回也可以不成为连载小说分期刊载的划分依据。

  《小说时报》《小说画报》《小说大观》的主编都是包天笑,它们办刊方针的一致不是巧合,而是体现出了主编包天笑的经营策略,以及他对于章回体小说的看法。事实上,包天笑自己的小说也有不按章回来编写的。从《上海春秋》的成书过程就很能看出连载、故事、章回之间并不有那么清晰的对应关系。1924 年,包天笑在为《上海春秋》写的出版《赘言》中说道:"上海为吾国第一都市,愚侨寓上海者将及二十年,得略识上海各社会之情状,随手掇拾,编辑成一小说,曰《上海春秋》,排日登诸报章。积之既久,卷帙遂富。友人劝印行单行本,乃为之分章编目,重印出书。第一集印既成,

---

① 《例言》,《小说画报》第 1 期,1917 年 1 月。
② 《例言》,《小说大观》第 1 集,1915 年 8 月。

为赘数言于此。"①作为故事集缀型小说的《上海春秋》在最初连载时并不分章回,待要成书出版了,才开始分出章回编写回目。这种情况并不只见于《上海春秋》,《山东响马传》《秋海棠》等小说,无论是连载在杂志上还是报纸上,最初的形态和后来的成书都不尽相同,都要经过作者的重新整理、编章、分回,才成书出版。从中可以说明两个问题:其一,时人对于一部小说的接受习惯还是传统的,尽管连载时可以无视章回体例,但出书时还得遵守成规;其二,既然小说可以不按章回连载,那么章回的存在与否也就显得不重要了,换言之,由现代报刊生成的连载小说在一定程度上可以促成章回体小说的现代蜕变。小说可以分章,可以有章题,但不一定还要设计那些对仗工整、富有文采的回目,因为即使没有这些,连载小说依然可以成立,依然可以赢得众多读者。所以到了现代报刊出世以后,章回体小说的传统体例便也逐渐消解了。故事集缀型小说的兴起其实也是章回小说现代蜕变的一种表征。

第三节 街谈巷议与现实主义

在促成章回小说现代蜕变的过程中,故事集缀型小说起到了十分重要的特殊作用。首要表现在于集缀故事的方式把章回小说引回了中国小说生成的原初状态。

只要查阅那些为故事集缀型小说所写的序文、评论以及作家自述,便可清楚感觉到这种复归倾向。如《广陵潮》序文有言:"稗史何妨抒写,辄以里巷浮靡之状,抒彼沈吟闲顿之词。"②"其著《广陵潮》一书也,写扬州之乡情,补甘泉之县志。……廿四桥吹箫赏月,集道听涂说之言;卅六陂秉笔采风,叙巷议街谈之事。"③"虽出于闾巷猥琐之谈,村野粗俗之语……乌可以闾巷猥琐之谈,村野粗俗之语而目之也耶。"④《歇浦潮》第1回云:"摭拾些野语村言,街谈巷议,当作小说资料。粗看似乎平常,细玩却有深意。"《人

---

① 包天笑:《赘言》,《上海春秋》,上海:上海古籍出版社1991年5月版,第3页。
② 庄纶仪:《序一》,李涵秋《广陵潮》,长沙:湖南文艺出版社1998年1月版,第2页。
③ 宋祖保:《序二》,同上书,第3页。
④ 熊瑞:《序三》,同上书,第5页。

第四章 "故事集缀"型小说的突显与章回小说的蜕变

间地狱》序中有"虽诧稗史,实具深文"①之语。《人海潮》序云:"网蛛生长于稗官家言。"②《沪滨神探录》作者说:"虽曰道听途说之辞,仅供茶余酒后之资,而其离奇曲折亦足以启人智慧。"③雷珠生自序《海上活地狱》道:"随意写来,并无寄托,所采事实,身经目睹者半,道听途说者亦半,拉杂成文,不免鸡零狗碎之嫌。刊印问世,聊供酒后茶余之助耳。"④吴梅序《梨园外史》有"出以稗官体裁,排次联缀"⑤语。……

在这些引语中,最常见的词是"稗史""道听途说""街谈巷议"之类,这类词同时也是古典"小说序跋中使用频率最高的关键词"⑥。这就意味着,故事集缀型章回小说与古代小说——不仅仅是古代章回小说——具有相关性。《汉书·艺文志》里说的"小说家者流,盖出于稗官,街谈巷语,道听涂说者之所造也"是这类言词的生成来源。故事集缀型章回小说由此能够与汉代甚至汉以前的小说建立某种联系。一般认为,中国小说发生期的街谈巷议之说,与作为文学体裁的"小说"很不相同,但是街谈巷议毕竟为小说提供了基本素材。在这个意义上,故事集缀型章回小说与中国初期小说就有了可以相互融通的地方。一是,两者都通过见闻得来;二是,因为小道,格局不大。故事集缀型章回小说是通过辑录各种小故事,或者掇拾"话柄",以汇集成书的。所以,当关于这类小说的言谈中出现"道听途说""街谈巷议"之类的语词时,并不能以为是随意拈来的,它们确实表明故事集缀型章回小说与中国古代小说存在渊源联系。

故事集缀型章回小说声言"街谈巷议"不免含有自谦甚至自卑的成分,以示自己与那些心怀远大、"有所为"而作的小说之间的差异。"虽诧稗史,实具深文"的说法也只是退却状态之下的心迹表露。另外应看到,这类小说"街谈巷议"的来源要比古代小说多出一个渠道——报刊故事。报刊故

---

① 林屋山人:《人间地狱序三》,娑婆生:《人间地狱》第1集,上海:自由杂志社1924年10月版,第1—2页。
② 《袁寒云序》,网蛛生:《人海潮》,上海:上海古籍出版社1991年5月版,第3页。
③ 徐絮庐、绣虎生:《沪滨神探录》,上海:上海古籍出版社1991年5月版,第4页。
④ 雷珠生:《自序》,《海上活地狱》,沈阳:春风文艺出版社1997年5月版,第327页。
⑤ 吴梅:《〈梨园外史〉序》,潘镜芙、陈墨香:《梨园外史》,北京:宝文堂书店1989年6月版,第8页。
⑥ 刘勇强:《中国古代小说史叙论》,北京:北京大学出版社2007年10月版,第35页。

事构成了现代人街谈巷议的重要话题,为一个时代"稗史"的形成积累了资源。所以,故事集缀型章回小说声言中的"街谈巷议"一定程度上可用"报刊故事"来替换。

尽管"街谈巷议"的内容可以从传闻变为时事,但基本构形没有多大改换,说的或者写的都是一些让人感到兴味的小故事。故事集缀型章回体小说向中国小说初期状态的这种回归与照应,意义非同寻常。进入现代,中国小说史调整了它的叙述方向。传统小说的一脉由于融汇到新的创作机制中,逐渐消退了原来鲜明的表现特征。此时,故事集缀型章回小说的创作分外突显,以复归式的回环,实现了传统小说自身发展的完足性。此后的中国小说便可在一个更多样化的层面做着各种尝试、创造与实践,不必再把故事作为叙述的中心,虽然故事依然是小说文体得以存在的基础。其次,故事集缀型章回小说追溯小说创生期的姿态,把章回体的整体构造形态拆散开来,通过集缀多个故事的方式,使章回体小说滑落下它最鼎盛的时代。章回体小说从晚清开始的衰落症状,与故事集缀型小说的兴起是同步的。可是,这并不意味着故事集缀型章回小说就缺乏优秀之作。换种角度看,故事集缀型小说的兴起还为章回体小说注入了现代色彩。拼贴、琐碎、日常……这些现代性的议题同样发生在故事集缀型章回小说身上,而被拼贴起来的故事又具有统一的意向,统一于现代的理性原则。由此,故事集缀型小说在促成章回小说蜕变的过程中,显示出了现代性的力量。

20年代吴宓写了篇《论写实小说之流弊》的文章。文章把当时的写实小说分为三派,其中一派为"上海风行之各种黑幕大观及《广陵潮》《留东外史》之类"①。茅盾说:吴宓"认定俄国的写实小说就等于中国的黑幕派和礼拜六派小说"是很荒谬的,因为两者根本没有可比性,把它们放在一起,是"唐突了西洋写实派",也就是唐突了新文学。② 吴宓所举的写实小说的例子中包含了故事集缀型章回体小说《广陵潮》等,这类小说被以茅盾为代表的新文学家划为"黑幕派"或者"礼拜六派",极受批判。而把这类小说和"写实"或者"现实"概念放在一起来谈,就更为新文学家所排拒。"现实主

---

① 吴宓:《论写实小说之流弊》,《中华新报》,1922年10月22日。
② 沈雁冰:《"写实小说之流弊"?》,《文学旬刊》第54号,1922年11月。

义",无论是理论还是创作,都是"执新文学的'牛耳'"者,是"领导整个文坛发展的主流"①。所以现代文学家特别看重"现实主义",几乎把它当成了现代文学/新文学的专有问题,一旦有人把他们认为处于新文学对立面的章回小说之流也归入"现实主义",那就毫无商量地要予以批驳。不过以现在的眼光看,茅盾等人还是显得狭隘了。

"现实主义小说"是从手法和效果上的命名,这个命名很是含混,因为"现实主义"的内涵在不断发生变化,诚如中国现代文学家对"现实主义"的解释一样。西方理论家也把"现实主义"看成一个"令人尴尬"②的术语,彼此之间无法达成认同一致。例如安敏成认为:现实主义小说中存在着一种"非神秘的力量",这种力量"有条不紊地抗拒着对虚构世界的沉迷,它的闯入揭示了无序、偶然和混乱。这种可以辨别的主题,大部分由那些不可消除的自然因素构成,它们挫败了想象力对世界的凌驾,可以看作是现实主义小说非神秘力量的根本所在。饥饿、暴力、疾病、性和死亡,所有这一切都粗暴地将主体俘获,并强烈地直接作用于他或她的物质存在之上"③。"非神秘"可以看成是故事集缀型章回体小说所要达到的效果之一。当故事把人们的街谈巷议公开化,当关于"饥饿、暴力、疾病、性和死亡"等等的报刊故事被看似"无序、偶然和混乱"地集合在一起,不断被重复叙述时,也就不再令人感到神秘。那么故事集缀型章回体小说是否能因此被归入"现实主义小说"呢?

王德威在讨论晚清《官场现形记》《二十年目睹之怪现状》等小说时,用了"丑怪的写实主义"或"中国牌的荒诞现实主义"的称谓。这类小说的特殊性使得没有一个现成术语可以用来直接形容它们,只得自造命名。另一方面,这两个自造的命名不脱"现实主义"的中心,这类小说尽管叙述的是些丑恶怪诞的故事,但依然属于现实主义的创作。王德威道:"中国牌的丑怪(grotesque)现(写)实主义""通过戏弄、反转、扭曲其主题来表述故事。所有晚清谴责小说家皆意在针砭瞬息万变的现实,但在选择特定叙事模式

---

① 温儒敏:《新文学现实主义的流变》,北京:北京大学出版社2007年1月版,第212页。
② [美]安敏成著,姜涛译:《现实主义的限制》,南京:江苏人民出版社2001年8月版,第4页。
③ 同上书,第19页。

之际,他们不约而同地采用了吊诡的表述模式;他们似乎都认为只有借助夸张、贬损与变形,才能最有力地表达现实"①。这个对"丑怪现(写)实主义"的解释表明,晚清小说中的故事并不真实,却表达了时人对现实社会的理解与态度。可以不论王德威对小说故事的真实性判断,他把晚清小说或者谴责小说包容到现实主义的范畴内,本身就体现出一种新的眼光。"在写实主义被'五四'文人钦点为不世出的叙事模式之前,晚清作家已经玩弄着一种不同的写实主义——丑怪的写实主义。'五四'作家假定他们的视野(vision)、声音和语言必得相互融通呼应,从而'体现'现实。晚清作家却大相径庭,他们的模式掺杂感观喻象,混合修辞语气,褫夺任何自以为是的真理,借此促使我们三思任何模拟、再现叙事的权宜性。"②"大相径庭"的说法尚可斟酌,但以一种宽容态度来思考现代小说内在的相通气质,多少可以超越五四文学家的观点局限。

  在对故事集缀型章回小说的评价中,常常可以见到一类比喻。例如颖川秋水序《黑幕中之黑幕》道:"将幕中魑魅魍魉,一齐揭破其假面。呜呼,此乃真当头棒,迷津筏,温家犀,秦庭镜矣。"③时人评《广陵潮》有言:"秦始皇悬镜照妖,魔怪遁形而敛迹;吴道子画图变相,屠沽改业而谋生。"④《广陵潮》原名《过渡镜》,可知小说的镜子作用是被自觉意识到的。袁寒云更把《人海潮》之镜与"写实"联系在一起,见识进了一步。"如秦之镜,如温之犀,万怪毕集,洋洋乎大观哉!文笔尤多弦外音,能使人悟领于不觉间。余尝谓作小说不难,写实为难;写实而能成巨著、有弦外音、好劝惩者尤难。网蛛生自谓'人海潮',余直谓'人海镜'耳。"⑤在此,丑怪、镜子、写实,三者几乎契合无间。小说是镜子,是写实,把人间一切丑怪现象都映照出来,如果这还不是小说家的职责所在,那么至少可以为后人存留一些怀想的空间。

---

  ① 〔美〕王德威著,宋伟杰译:《被压抑的现代性——晚清小说新论》,北京:北京大学出版社2005年5月版,第215—216页。
  ② 同上书,第218页。
  ③ 颖川秋水:《序三》,海上漱石生:《黑幕中之黑幕》(1集),上海:文明书局1918年7月版。
  ④ 宋祖保:《序二》,李涵秋:《广陵潮》,长沙:湖南文艺出版社1998年1月版,第4页。
  ⑤ 《袁寒云序》,网蛛生:《人海潮》,上海:上海古籍出版社1991年5月版,第3页。

在此"现实主义小说的经典形象"正是"一面镜子"①。

　　章回小说的作者一面并不希望他的读者用小说来对应现实,一面又十分强调其作品的现实意义。韩邦庆为他的《海上花列传》写的《例言》中道:"此书为劝戒而作,其形容尽致处,如见其人,如闻其声。阅者深味其言,更返观风月场中,自当厌弃嫉恶之不暇矣。所载人名事实俱系凭空捏造,并无所指。如有强作解人,妄言某人隐某人,某事隐某事,此则不善读书,不足与谈者矣。"②前半段话强调的是小说的现实价值,后半段则提醒读者不应对小说作索隐式读解。两者之间仿佛存在似是而非的矛盾。其时不少故事集缀型章回小说的作者都会明言不要把他们的作品当索隐读。例如陈辟邪说:《海外缤纷录》"中的人名和事实,都是向壁构造,子虚乌有,读者幸勿猜测;若有相同的名,或吻合的事,也不要以为我有意宣布他人的秘密。因为天下之大,无奇不有,吻合的事,在所难免;我固不屑替他人暴露秘事,又何必自己宣扬刺人隐私的恶名呢"③。毕倚虹说:《人间地狱》"中有时引用朋旧轶闻断句,如指证某即某人,某即某人,使余因此开罪于友好,余之咎戾深矣。此余所引为惶悚者也。附赘一词,为读《人狱》者告。须知《人间地狱》,一小说而已。稗官家言,十九荒诞,未可认为纪实之文字也"④。张恨水说:"《春明外史》里的人物,后来有许多人索隐,也有人当面问我,某人是否射着某人。其实小说这东西,究竟不是历史,它不必以斧敲钉,以钉入木,那样实实在在。《春明外史》的人物,不可讳言的,是当时社会上一群人影。但只是一群人影,决不是原班人马。"⑤像这样的声明还有很多,几乎成了故事集缀型小说家对自己作品的惯例解说。可以从这类惯例文字中看出几点来:第一,故事集缀型章回小说的取材很大程度上来源于当时社会、作家自身和他周围的人们的故事;第二,作家因为担心会引起朋辈不满,极力宣称自己的作品是虚构的,并不像中国传统小说家那样做一部书来讥诮某人;第

---

① 〔美〕安敏成著,姜涛译:《现实主义的限制》,南京:江苏人民出版社2001年8月版,第12页。
② 韩邦庆:《例言》,《海上花列传》,北京:人民文学出版社1982年2月版,第1页。
③ 陈辟邪:《卷头语》,《海外缤纷录》,沈阳:春风文艺出版社1997年8月版,第2页。
④ 娑婆生:《赘言》,《人间地狱》第1集,上海:自由杂志1924年10月版,第2页。
⑤ 张恨水:《写作生涯回忆》,张占国、魏守忠编:《张恨水研究资料》,第38页。

三,晚清以来的作家已经很能理解"小说"的现代含义,作为虚构叙事作品,小说的现实性并不等于必须具有实录功能;第四,有鉴于读者的认知习惯以及当时的阅读反应,小说家必须提出警戒,以尽自己的责任。

  读者会对小说作索隐,一方面是出于他们阅读传统章回小说的习惯,另一方面也确实是因为故事集缀型章回小说里的故事与真实人事之间有着太明显的关联。《孽海花》《老残游记》这类例子不必再谈,直到今天,研究者还在不断计较着它们与真人真事之间的对应关系。20 年代末《龙套人语》直接继承了《孽海花》等清代小说的写法,引发后人必要为书中人物故事求得现实索解。另一些小说则无须如此手续而表现得更加直接。《九尾龟》《海上繁华梦》中写到的陆兰芬、林黛玉、金小宝、张书玉等妓女,她们的故事即使因写入小说而增添不实的成分,但名姓俱与实际生活中的一般无二。把现实人物及其名字直接移入小说,在故事集缀型小说当以《梨园外史》为最突出。《九尾龟》等书中人物还是真名实姓与虚名假姓相混合,《梨园外史》中的伶人几乎全是京剧界有名有姓的人物,完全不用读者费心索隐,评论者因此称这部小说"纪实性很强"①。有些故事人物即使不用真实姓名,也可从其他文本符号中看出端倪。《人海潮》第 20 回"蛮貊投荒恨吞心影 华鬟历劫愁听鸡声"中有一段:

>   凤梧和复生两人商议妥贴,南走星加坡,预备年内即发。凤梧行囊羞涩,不得不借重不律,日就编辑室撰小说题名《恨海归舟记》,发愿十天内成十万言,获润三四百金,便能成行。从此连日挥毫,云烟落纸,飕飕如春蚕食叶,全书将杀青。亚白等知他意决,集合社员十余人,在公司屋顶合摄一影,以留纪念。

从《恨海归舟记》可以直接联系到《恨海孤舟记》。姚鹓雏的《恨海孤舟记》33 回,1917 年 7 月开始连载于《小说画报》。小说主要讲述的是主人公赵栖桐情海失意,勘破世事的故事。《人海潮》中的"凤梧"与"栖桐"是互文的,凤梧也因缠绵情场,想要遁出,才写小说以筹川资。由"凤梧"而"栖

---

① 师予:《关于〈梨园外史〉和陈墨香》,潘镜芙、陈墨香:《梨园外史》,北京:宝文堂书店 1989 年 6 月版,第 524 页。

桐"而姚鹓雏,这样的人事关涉虽不算直接,却也能看得分明。此道中人只要阅读这类小说便能一眼识破。郑逸梅说:《人间地狱》"主人柯莲生(苏)为夫子自道,其他姚啸秋隐射包天笑,苏立曼隐射曼殊上人,华稚凤则叶小凤也,赵栖梧则姚鹓雏也……瘦鹃称之为是书之妙,妙在写实"①。此种索隐是自然而然的,即便作者担心"开罪于友好",却谁让他叙述了这许多同道人的故事呢?然而文人笔墨并不等于游戏文章。

故事集缀型章回小说的作者对于自己的写实之作不乏严肃态度。姚民哀就一再声称他为自己的小说用心搜集过实地资料。在作为"江湖秘闻之二"的《箬帽山王》开场部分,姚民哀道:

> 近几年来,在下因为要采取秘密党会珍秘的材料,所以不惜耗费精神和金钱,随时在江湖上,跟此中人物交结,留心探访各党秘史轶闻,摸明白里头的真正门槛,才敢拿来形之笔墨,以供同好谈资,冤枉铜钱,固丢去不少,但是被我探访得确实的密党历史,和过去与现在的人物的大略状况,也着实不少。除了已经说过的孙美瑶……倘经一位大小说家,联缀一气,著成一部洋洋洒洒的宏篇巨著,可以称为柔肠侠骨,可泣可歌,足有尽人一看的价值。如今出自在下笔头,可怜我学术荒落,少读少做,故此行文布局,多呆笨得很,只得有一句记一句,不会渲染烘托,引人入胜,使全国爱看小说诸君,尽皆注意一顾。清夜扪心,非常内疚,有负这许多大好材料的。

一方面是费心费力的实地取材,一方面却怕因笔头笨拙有负这些材料。所谓"有一句记一句",就是实实在在,不作虚饰的叙写。作者虽在自谦,却也能见出自炫。当然小说家言不可全信,不过这一番搜集材料的功夫,即使打一折扣,也已经很不容易了。所以知悉姚民哀的赵苕狂在编辑姚民哀的这些叙述党会秘闻的作品时言道:"确切地说一句:他的这步红运,并不是真在命运中应该注定如此,实是他在艺术上经过了相当的努力而方始获到的!因为他这几年来,无日不在努力的进行中:不但各种书看得很多,奇闻异史搜集了不少;还把群众的心理揣摩得很熟。所以,一出手便尔不凡,能

---

① 郑逸梅:《谈谈民初之长篇小说》,《小说月报》第 5 期,1941 年 2 月。

博得群众热烈地欢迎呢!"与之相比,赵苕狂恨不得把和《箬帽山王》同时刊登的自己的"那篇《江湖怪侠》,一把火烧去"①。如此狠赞,足见出于本心。姚民哀创立的连环格式武侠会党小说能在文学史上占得一席之地,与他的材料搜集功夫不无关系。由此,武侠小说也不全是驰骋想象的结果。

读者热衷于武侠故事,很大程度上是把故事当成了现实。据当时新闻媒体报道,有不少人读了武侠小说就"弃家访道"去了。例如在《时报》的本埠新闻上","前年记着法租界某成衣铺学徒三名入山学道之事;去年三月中,则有白克路之国华学校学生叶光源等五人欲到峨嵋山学道之事。同年五月四日的报上,又载着西门唐湾小学女生周霞珠等三人,联袂出门拟赴昆仑山访道事"②。有这样的社会问题存在,于是引发出时人对武侠小说的不少批评。张恨水道:"武侠小说,除了一部分暴露的尚有可取而外,对于观众是有毒害的。"③这"暴露"的部分使得武侠与现实产生关联。会党秘闻无疑带有黑幕性质,而那些"江湖奇侠"又未尝不牵连出丑怪的故事。其时为国术家朱霞天《五岳奇侠传》所作的广告语"奇情怪事,一百四十四件,件件动人"④,是很容易牵动人心的。所以郑振铎会说:"当今之事,足为'人心世道之隐忧'者至多",其中最令人"痛心的,乃是,黑幕派的小说的流行,及武侠小说的层出不穷"⑤。茅盾在谈影片《火烧红莲寺》现象时,提到的一点很值得注意:

> 看客们……对红姑的飞降而喝采,并不是因为那红姑是女明星胡蝶所扮演,而是因为那红姑是一个女剑侠,是《火烧红莲寺》的中心人物;他们对于影片的批评从来不会是某某明星扮演某某角色的表情那样好那样坏,他们是批评昆仑派如何、崆峒派如何的!在他们,影戏不复是"戏",而是真实!⑥

---

① 赵苕狂:《花前小语》,《红玫瑰》第 6 卷第 5 期,1930 年 4 月。
② 郑振铎:《论武侠小说》,《郑振铎全集》第 5 卷,石家庄:花山文艺出版社 1998 年 11 月版,第 346 页。
③ 张恨水:《论武侠小说》,张占国、魏守忠编:《张恨水研究资料》,第 270 页。
④ 《红玫瑰》第 6 卷第 12 期,1930 年 7 月。
⑤ 郑振铎:《论武侠小说》,《郑振铎全集》第 5 卷,第 344 页。
⑥ 沈雁冰:《封建的小市民文艺》,《东方杂志》第 30 卷第 3 号,1933 年 2 月。

要达到茅盾所说的那种批评程度,当时的普通民众也就有资格成为批评家了。观众或者读者把影戏或者小说当成真实,有故事讲述者本身的原因。故事集缀型章回小说的作者警戒读者不可索隐,不可把故事当真,一定程度上是鉴于"弃家访道"这类事件而作出的反应。警戒的话既然说明白了,以后再有类似事情发生,就不关作者的事,乃是读者的事了。对于读者来说,把故事当真的纯粹式阅读是难能可贵的。这既是故事集缀型小说转换街谈巷议和报刊故事的结果,同时也是现实主义所希望达成的理想效果。从这点看来,在章回小说发生蜕变的时期,故事集缀型小说促成了章回小说和其他现代小说在"现实主义"方面的融通与融合。

第五章 "章"与"回":中西新旧交汇中的小说文体

章回小说和其他现代小说的融合,或者说章回小说和其他现代小说之间的相互取鉴,是在20世纪上半叶完成的。特别是40年代,这一过程呈现出显著的迹象。例如张恨水在1939年12月至1941年4月刊载发表的《八十一梦》就是一个典型代表。这部小说显示出的与传统章回小说的不同之处是显而易见的。它不以"回"分段,不用对偶回目,叙事过程中很少出现说书人话语,也没有回前回后诗及其他章回体的通用格式,它还用第一人称叙事视角替换了以往的全知叙事。同时《八十一梦》也是一部故事集缀型章回体小说。

《八十一梦》的文体不是张恨水刻意经营的个别现象。在40年代有一批小说表现出与《八十一梦》相似的情况。例如徐卓呆《李阿毛外传》、王小逸《石榴红》都只列单行小标题,没有对偶回目;耿小的《时代群英》尽管分"回",但回目却是字数不等的短语;陈慎言《恨海难填》分10"章",每章标题都是整齐的五个字;秦瘦鸥《秋海棠》出单行本时分出18节,每节一个小标题……作为章回体小说,这些作品呈现出了与传统章回体式不同的面貌。包括:说书人的议论减少甚至没有,不再于每段开首、中间或者结尾见有诗句,惯常套用的格式淡化消失等等,当然最大的不同是分回标目的变化。

从对偶工整的联句回目到字数不等的短语章题,这个变化标志着传统章回小说向现代小说转变的完成。转变的促成因素是多方面的,最重要的是西洋小说和借镜西洋小说而来的新文学小说对章回小说进行了改造,以及章回小说有意吸取二者之长来更新自身。关于章回小说和西洋小说及新文学小说之间的理论遇合和历史纠葛,尚乏专门研究,但在涉及中西小说的

第五章 "章"与"回":中西新旧交汇中的小说文体

比较论述和现代文坛的论争问题时,多少可以离析出一些缘由去脉。如说:"中西戏剧、小说形成的历史语境不同,西方戏剧起于祭祀,史诗起于记史,都要求有整体而集中的结构与情节,这两个范畴之间是相对统一的。而中国戏剧、小说与佛经故事、传奇志怪的传讲有关,要求分折子与章回来讲述,以适应评书的节奏,所以形成了不同的形式。"①然而不同之中又确乎存在着类同的可比性,这是中西小说或者"旧章回"与"新小说"之间得以互通交汇的基础。

第一节 中西"章回"小说之辨

"章回小说"得名于它分章回的形态。据研究,直到晚清"章回"才作为小说文体概念被提出来。② 晚清人把"章回小说"列为中国小说的一种文体类型,如说:"中国旧时之小说,有章回体,有传奇体,有弹词体,有志传体,朋兴焱起,云蔚霞蒸,可谓盛矣。"③小说杂志征集小说时"格式不论章回、笔记、传奇"④,且要求"撰述长篇,以章回体每部16回或20回为合格"⑤,设定了章回小说应具备的基本规模。

在对"章回小说"的总体认识中,管达如的《说小说》显得十分突出。这篇系统的小说研究论文先从文体上把小说分成笔记体和章回体两类,然后用一段文字专论章回体小说:

> 此体之所以异于笔记体者,以其篇幅甚长,书中所叙之事实,极多,亦极复杂,而均须首尾联贯,合成一事,故其著作之难,实倍蓰于笔记体。然其趣味之浓深,感人之力之伟大,亦倍蓰之而未有已焉。盖小说之所以感人者在详,必于纤悉细故,描绘靡遗,然后能使其所叙之事,跃然纸上,而读者且身入其中而与之俱化。而描写之能否入微,则于其所

---

① 方汉文:《历史语境视域:中西小说的文类学比较》,《汉语言文学研究》2010年第1期。
② 刘晓军:《"章回体"称谓考》,《上海大学学报》(社会科学版)2006年第4期。
③ 俞佩兰:《〈女狱花〉叙》,王妙如《女狱花》,1904年版,陈平原、夏晓虹编:《二十世纪中国小说理论资料(1897—1916)》第1卷,北京:北京大学出版社1989年3月版,第121页。
④ 小说林社:《募集小说》,《小说林》1907年第1期。
⑤ 《月月小说》编译部:《征文广告》,《月月小说》1908年第3期。

用之体制,重有关系焉。此章回体之小说,所以在小说界中占主要之位置也。凡用白话及弹词体之小说,多属此种。即传奇,实亦属于此类。①

管达如认为章回体小说的关键特点在于一"详"字。凡小说之篇幅、故事、感人原因、写作方法都从"详"字引发而来。相对于笔记体小说,的确这是章回体小说显示出不同的地方。管达如把白话小说、弹词和传奇等都归于章回体小说,即是相对于笔记体小说的简短而言的,并以此得出结论:"此章回体之小说,所以在小说界中占主要之位置也。"这一总体概括在晚清小说理论界十分难得,但偏于感觉层面,不够深入。叶小凤的《小说杂论》比之《说小说》来就分析得颇具条理:"章回小说,博而长。博则有待于搜采,长则勾心斗角,非一气所能呵成。……书不一人,人不一事……则有章法也,有句法也……何谓章法? 一书之有悲欢离合,犹天之有雨晴寒暖也。……何谓句法? 如一书之有褒贬轻重,犹画师之曲肖草木鸟兽也。"②强调了小说创作并非一日之功,连类比事,显得生动,但意思表述也就模糊,大体仍不脱离阅读感受。

较富理论色彩的概括是解弢《小说话》中讲结构的一段:"章回小说之结构,有顺排法,有错排法。顺排法,回回相衔接。错排法,乃错综变化,次章与前章,或接或否。吾国小说多用顺排,西籍他述体多用错排。"③已触及章回小说的叙事时间问题。传统章回小说大都是依照时间顺叙故事的,就是所谓的"顺排法",西方小说则不然。何为"他述体"? 解弢的解释是:"文章托体,不外二法:一曰记,二曰述。记者出诸旁观之口;述者出诸当局之口;或定名为他述体、自述体。笔记小说,虽在一书,亦尝二体兼用。章回小说,吾国惟他述一体。自述创自西人,《二十年目睹之怪现状》,则效其法者也。"④传统章回小说的叙述者是第三人称,到晚清有所改变,出现了由第一人称叙事的章回小说。而讲述自身经历的"自述体"小说或第一人称小说

---

① 管达如:《说小说》,《小说月报》1912 年第 5、7—11 号。
② 叶小凤:《小说杂论》,黄霖、韩同文选注:《中国历代小说论著选》(下),南昌:江西人民出版社 1985 年 5 月版,第 485—486 页。
③ 解弢:《小说话》,上海:中华书局 1919 年 1 月版。
④ 同上。

则首先见于西方作品。"自述体""他述体"是两个理论性术语,解弢以此来说明章回小说和西方小说的不同。吕思勉在《小说丛话》中是用"自叙式"和"他叙式"来区分的:

> 小说之叙事,有主、客观之殊。主观的者,书中所叙之事,均作为主人翁所述,著书者即书中之主人翁;或虽系旁观,而特为此书中之主人翁作记录者也。西洋小说,多属此种(近年译出之小说,亦大半属于此种)。客观的者,主人翁置身书外,从旁观察书中人之行为,而加之以记述者也。中国小说,多属此种。要之主观的,著书之人,恒在书中;客观的,则著书之人,恒在书外,故亦可谓之自叙式(Auto-biographic)及他叙式(Biographic)也。
>
> 自叙式小说,宜于抒情,宜于说理。他叙式小说,则宜于叙事。小说以创造一境界为目的,以叙事为主,故他叙式胜于自叙式。又他叙式小说,多为复杂的,自叙式多为单独的……①

从叙述者角度着眼,吕思勉的分析要比解弢更细致,和西方经典叙事学理论的观点相仿。他所说的"中国小说"包括了章回小说。中国章回小说的叙述者大都"置身书外",且以叙述故事为主,很少自我抒情。这样,从叙事时间、叙述者等方面来认识章回小说,比起浅要的感受来能更深入到内里的特质。

无论解弢还是吕思勉,在谈论章回小说时都用西洋小说作参照和比较,这种比较论述法在晚清开始逐渐成为认识中国小说乃至中国文学、文化的一种新方法。用当时的话说即"以西例律我国小说"②,"从根本上说是与近代西学东渐和社会改革的思潮联系在一起的,与黄遵宪以来'中国必变从西法'的舆论一脉相承"③。然而在引进西方参照点时,必然首先要对西方有所了解乃至研究。留学考察和翻译西书,成为当时中国人认识西方的主要通道。就小说而言,翻译小说的大量出现,促进了中国文人对传统小说的

---

① 成之:《小说丛话》,《中华小说界》1914 年第 3—8 期。
② 定一:《小说丛话》,《新小说》1905 年第 3 号。
③ 刘勇强:《一种小说观及小说史观的形成与影响——20 世纪"以西例律我国小说"现象分析》,《文学遗产》2003 年第 3 期。

反观和新的小说观念的形成。如何界定章回小说,章回小说和西洋小说如何区别,又具有哪些联系,就成为晚清以来小说理论界思考的重要问题之一。解弢和吕思勉为此开了一个好头。

在民国年间编撰的各种文学论著中,对章回小说的界定不再像晚清那样是描述式的了,而显得简要肯定,乃至以"常识"面目出现,表现出一种成熟思考研究的结果。如说:"元明间之章回小说,既脱去杂记体之性质,而为全书联贯编述之长篇小说,是为小说界之一大进步。"①其中"长篇小说"的概念源于西方。30年代的一部《中国文学概论》书认为:"长篇小说,可以包括宋代的平话,明清的传奇小说演义小说章回小说等等。"②另一部《国学问答》书中,干脆给出这样一个定义:"章回小说,即长篇小说,宋以后始盛行。"③中国古代只用"传奇""话本"来称谓小说,没有长短篇的称法。晚清民国,西方文学概念引入,才用这些概念重新打量和规整中国小说。元明以前的笔记、传奇乃至话本都篇幅有限,元明兴起的章回小说却有长篇巨制出现。也就是说,在篇幅上,中国章回小说和西方长篇小说具有了契合点。

篇幅长,就需分章回叙述。当时的一部"常识"书对章回小说定义道:"此种小说撰作,始于宋,而盛于元,盖为有统系之记载;要分回目以叙事,而每回目,又常用联语标题。"④强调"分回目",即认识到章回小说在形式上的最主要特点。1928年张恨水发表《章与回》一文,以小说家的经验表达出对小说文体形式的自觉。文章认为:"回"是中国小说特有的,"章"则是由西洋小说而来的体式。两者之间区别分明,当然区别之中不包含有价值高低的评判,小说家在创作之前应该先明确文体的选择。⑤

从中西小说文体形式方面来谈论章回小说,陈景新的《小说学》一书值得关注。在这部"冶古今中外于一炉"⑥的著作中,陈景新不但敷陈了自己

---

① 胡毓寰编:《中国文学源流》,上海:商务印书馆1925年10月版,第184页。
② 刘麟生编著:《中国文学概论》,上海:世界书局1934年6月版,第69页。
③ 王维彰编:《国学问答》,重庆:东方书社1943年6月版,第15页。
④ 李泠衷编:《国学常识述要》,北平:众馭学会1935年4月版,第35页。
⑤ 水:《章与回》,《世界日报》1928年8月23日。
⑥ 海上漱石生(孙玉声):《序一》,陈景新:《小说学》,上海:泰东图书局1927年6月版,第1页。

第五章 "章"与"回":中西新旧交汇中的小说文体

的小说理论,还引入西人眼光来评章回小说。书中引道:"英人夷洛氏说:'章回体小说,分拆开来,和数十短篇小说差不多,若联合起来,却是一部长篇小说,完全天衣无缝,不过先有章回题目,而后成篇的。这种作品,决非佳妙。'"章回体小说是汇短篇成长篇的体制,这很像对故事集缀型小说的描述,不过陈景新把"夷洛氏"的看法引到了另一路向:"换一句话说,章回体底小说,决不是中国所专有的。"①陈景新举了两个例子,一个是 Dickens 的 *The Pickwiek Club out Shoating*(狄更斯《匹克威克外传》),分 3 回;另一个是 Forbes 的 *The Old Sergent*(福布斯《老中士》),分 5 回。"其他长篇小说,统统分清段落,编制节目,竟有长至几十本的。因为长篇没有节目,不能引起观客底兴味。所以必须用章回体,这是极浅显的道理了。"②把"章回体"等同于"分节目",而"分节目"是写作长篇小说的必要手续,中外皆然。于是中西长篇小说就都是章回体小说了。这是陈景新的思路。之后陈穆如在《中国长篇小说的特色》中依此写道:"如果长篇小说没有节目,不独对于读者感觉到不便及没趣,同时对于读者还会感觉到有一种望门生厌之感。因此,许多中外的小说,都喜欢惯用章回体的了。"③

中外小说惯用章回体,这种看法包含两种认知语境。首先,章回体是中国小说的特有体式。晚清翻译的西方小说很多用章回体,即以中国小说体式来装载西方小说故事。狄更斯的《匹克威克外传》共分 57 章,每章之前设有一行短语或短句。陈景新所见的分回的《匹克威克外传》很可能就是中国式的译本。把译本当成原作,于是西方小说也就成了章回体小说了。其二,如果对"章回体小说"作一种宽泛理解,凡是分章或者分回的小说都可以归入章回体,那么说"中外小说惯用章回体"就不必认为奇怪。

有意思的是,中国学者认为西方小说也用章回体,这在西方学者那里得到了某种响应。在美国一部较为通行的艺术导论类书中,列在"文学"一章名目下有一个显眼的词条"章回叙事体"。词条全文如下:

"章回"这一术语描述的是最古老的文学种类之一,包括诸如荷马

---

① 陈景新:《小说学》,上海:泰东图书局 1927 年 6 月版,第 111 页。
② 同上书,第 112 页。
③ 陈穆如:《中国长篇小说的特色》,《当代文艺》第 2 卷第 1 期,1931 年 7 月。

(Homer)的《奥德赛》(*Odyssey*)之类的英雄史诗。我们很清楚,故事的整体结构是以奥德赛的冒险经历为中心的,然而每一次冒险又几乎都是一个完整独立的个体。随着奥德赛展开历险,我们对他的性格逐步有了明确的把握,然而章回叙事体(又称松散叙事体或史诗叙事体)并不总是如此。有时候,各段历险不仅互相之间各不相关,而且那条原本要串起所有要素的线索——主角的个性——往往也不够鲜明,以至于各个零散部分没能被组织成一个整体。有时,在两段不同的情节中,人物几乎摇身一变成了另一个人。这在口头流传的文学中常常发生,所谓口头流传的文学,指的是由人们一代代讲述或者吟唱的传统故事,它们并不是由人记录下来的。在口头流传的文学中,讲故事的人——或是歌手——可能从许多不同的来源收集起历险故事并将它们整合入一部长篇叙事作品里。在这种情况下,各部分之间的互不关联就是极有可能的了。然而,这种互不关联有时候是件好事——它可能会提供这样一些好处:简洁性、推进的速度以及吸引读者注意力的人物行动的多样性。一些最著名的章回体故事是小说:塞万提斯的《堂吉诃德》;菲尔丁(Fielding)的《汤姆·琼斯》(*Tom Jones*);笛福(Defoe)的《摩尔·弗兰德》(*Moll Flanders*)以及扫罗·贝洛(Saul Bellow)的《奥吉·马奇历险记》(*The Adventures of Augie March*)。

  小说和史诗并不是唯一使用章回体结构的文学形式,章回体结构的作品也不总是长篇大作。一种流传甚广的章回体结构是民谣——它通常讲述主角或是女主角的故事,并且常常并不严格遵循事件发生的时间顺序和逻辑顺序。由于民谣原先是在欧洲的大街小巷被传颂开的,它更像是一个松散随意的流派。在第四节中死去了的主角们往往在第八节中又生龙活虎地出现在我们面前。这类诗歌通常是几个吟游诗人的共同作品,他们中的每一人都希望能在不损害先人成果的前提下对作品有所贡献。①

  这两段文字对"章回叙事体"大致作了两点描述:第一,史诗和一部分

---

① 〔美〕F. 大卫·马丁,李. A. 雅各布斯著,包慧怡等译:《艺术和人文:艺术导论》,上海:上海社会科学院出版社2007年4月版,第201页。

小说、民谣都属于"章回叙事体";第二,"章回叙事体"的主要特点是整部作品由若干故事或情节单元构成,各单元之间相对独立,关联不紧密,致使整部作品显得松散甚至前后矛盾。所举史诗的例子是《奥德赛》,主人公的每段海上漂泊经历都能独立成一个故事单元,这些单元组接到一起就构成了整部史诗。这种对于主人公经历的叙述方式影响到后来的小说创作。《堂吉诃德》《汤姆·琼斯》《摩尔·弗兰德》《奥吉·马奇历险记》都是叙述主人公流浪、冒险或坎坷人生经历的长篇小说。前三部是17、18世纪的作品,最后一部是20世纪的作品。也就是说,"章回叙事体"小说不仅包括古典小说,也包含有现代小说。索尔·贝娄(Saul Bellow)是20世纪美国小说家,获得过诺贝尔文学奖,《奥吉·马奇历险记》是他的代表作,小说主人公历经坎坷来寻找自我。这一主题无疑是属于20世纪的,而"历险记"的结构又使小说被纳入"章回叙事体"的范畴。这就和中国的章回小说有些相似,只要分回标目,无论古代小说还是现代小说,都是章回小说。

  西方的"章回叙事体"小说是从结构上对小说的归类,值得注意的是,这类小说与中国的故事集缀型章回小说的结构是雷同的,整部作品都是由多个相对独立的故事构成。如果用文化形态学的"同源"理论来解释,这种雷同现象就会变得十分自然。所谓"同源"是指:"处于相同发展阶段的文化必有相同的表现形式,所以,不仅同一文化的同一发展阶段出现的不同现象,就连属于不同文化但却处于相同发展阶段出现的人物、事件或现象,都属于'同时代',它们之间的关系就是同源的,尽管它们出现的年代相隔可能有上千年,尽管它们之间可能没有任何可见的接触,但这并不妨碍它们在结构上的相似性。"[①]西方"章回叙事体"最早的文本代表是荷马史诗,中国章回小说则由宋元"说话"发展而来。一些话本小说集,如《青琐高议》《绿窗新话》等已开始分回标目,为后来长篇说部的定型奠定了基础。这些小说集中的故事当然都是独立成篇的。而宋元"说话"中的"讲史"所敷陈的一个个历史故事更成为后来章回小说"演义"的先河。可见,在结构方面,中西方的章回小说和"章回叙事体"具有"同源"关系。并且荷马史诗是古

---

① 〔德〕奥斯瓦尔德·斯宾格勒著,吴琼译:《西方的没落·译者导言》第1卷,上海:上海三联书店2006年10月版,第23页。

代吟游诗人们"口头流传的文学",章回小说也是来源于宋元时期口头的"说话"艺术,这就更能使二者具有可比性。那么在文体形式方面,西方"章回叙事体"和中国章回小说是否也存在"同源"的相似性呢?

荷马史诗中,《伊利亚特》现今大部分的中文译本都分章,每章设有小标题。30年代谢六逸翻译《伊利亚特的故事》也为每章冠上字数不等的标题。《伊利亚特》英文本,如企鹅经典版(Penguin Classics Deluxe Edition,1998年11月版)24卷也在每卷开头设有标题,也有只分卷不设标题的,如牛津大学(Oxford University Press) 2011年1月的版本。《奥德赛》现今大部分中文译本24卷不设标题。1929年版"万有文库"的"汉译世界名著"中由傅东华用韵文翻译的《奥德赛》24卷,每卷设有回目式的对偶标题,如第一卷标题为"奥林帕斯诸神集议 伊大卡国天女赠谋",第20卷标题为"贼子主谋共图报复 神明作证永缔和平"。《奥德赛》英文本,如企鹅经典版(1997年11月版)24卷设有标题,兰登书屋(Bantam Dell A Division of Random House)1991年9月版24卷不设标题。荷马史诗是集体创作的成果,经后人整理修订形成文本,最早的形态已无法确定。不管是否设有标题,因为篇幅长而分卷分段,则是可以肯定的。荷马史诗之后的"章回叙事体"小说也大致如此。

《堂吉诃德》通行中译本都分章设章题,如杨绛的译本第6章标题为"神父和理发师到我们这位奇情异想的绅士家,在他书房里进行有趣的大检查。"(人民文学出版社1987年版)长长的标题,用了标点。《汤姆·琼斯》中译本所设章题也十分有意思,如萧乾译《弃儿汤姆·琼斯的历史》第1卷第3章标题为"奥尔华绥先生一回家就碰上一桩怪事;德波拉·威尔根斯大娘合乎体统的举止,以及她对私生子正当的谴责"(太白文艺出版社2005年版),用分号表明一章中所述的几件事情。《奥吉·马奇历险记》中译本分章但不设章题(宋兆霖译,河北教育出版社2002年版),只《摩尔·弗兰德斯》中译本(如梁遇春的译本)没有分章。华兹华斯出版公司(Wordsworth Editions Ltd)1993年10月版的《摩尔·弗兰德斯》也不分章。企鹅经典版(2002年10月)的《堂吉诃德》、华兹华斯出版公司1999年版的《汤姆·琼斯》、企鹅经典版(2001年4月)《奥吉·马奇历险记》都是分章的,前两部和中译本一样都有标题。也就是说,这些"章回叙事体"小说的中外版本的文体形式是一致的。

如此,可以得出的结论是:"章回叙事体"作品基本上都分章叙述,一些作品设有标题,有些标题可以成句。这些特征和中国的章回小说是可以构成"同源"比较的。

陈景新《小说学》对中西小说的章回标题议论道:"至说及中西章回体不同的地方,如中国章回体,每一回以前有对联体,或诗联体的偶句,以为文字的先导。而外国章回体没有的,然《戈登传》中,皆有一简单的冠头(Heading),这种冠头,有时含蓄深意的,有时只采取首段数字的,也有时毫无意义的。推测他们编辑的主旨,是注重在分类标名,不求深厚的意义。不过近代的章回体,学者又趋重在标题上面,然尚没有达到普遍性,那就不必深论了。"①中国的回目是对偶句,外国的章题或者冠头要简单得多,"不求深厚的意义"。考察那些"章回叙事体"作品的卷章标题,基本上都是概述或提示本卷章的内容,没有其他附加功能,而传统章回小说回目的功能要更多一些。有研究者指出了回目的两个主要功能:预叙和表明作者的声音。"回目都是一个完整的叙述句,概括叙述一段情节;一般而论,回目的设置又均位于每回正文之首,在本回情节尚未展开的时候,读者已经读到对其概括的回目了。从叙事学的角度来看,这无疑也是'事先讲述或提及以后事件的一切叙述活动'之一,即预叙。"就这点来看,"中国古典小说的回目与西方小说标目在文体功能上是相同的"。另一个功能却是中国回目特别的地方,"是中国古典小说体制中的一贯传统","它的存在有文化渊源上的必然性——即史官文化中流泽甚广、根深蒂固的'春秋笔法'"②。在回目中隐含作者的声音,隐含作者对人物的评价和事件的看法,是中国传统章回小说的普遍现象。如《红楼梦》第62回"憨湘云醉眠芍药裀 呆香菱情解石榴裙"、第72回"王熙凤恃强羞说病 来旺妇倚势霸成亲"等,都是明显的例子。这样的"春秋笔法"是作者意图的一种表达方式,引导读者该如何看待人物、如何解读故事文本。因此回目参与到了中国传统章回小说的意义构成之中,是小说的有机部件,比西方小说的卷章标题更显重要。于是就会出现

---

① 陈景新:《小说学》,上海:泰东图书局1927年6月版,第112页。
② 李小龙:《中国古典小说回目的叙事功能》,《文艺理论研究》2011年第3期。

这种情况:同一部"章回叙事体"作品的不同版本,有些有卷章标题,有些没有,如《伊利亚特》《奥德赛》。没有标题,不会影响作品意义的表达。另外,回目比卷章标题更能起到修饰的作用。联句回目不仅是对称整齐的美观标题,而且能显示出作者的才气。在以诗文为中心的传统文学序列中,小说乃小道,不登大雅之堂,回目的制订多少能抬升小说的身价,使其和诗文产生联系,作者也可由此证明不只是个小说家,也会吟诗弄文。然而这种观念在晚清以后发生巨变,小说和诗文一样获得了文学的正宗地位,甚至小说的地位更加显赫。小说不必再藉诗文来抬高身价,回目的修饰作用就变得无足轻重。

　　修饰功能越来越显得没有价值,联句回目也就逐渐成为一种套式,和小说本体渐相脱离。回目不必做得像诗一样对仗工整,与其如张恨水在《春明外史》时期吃力不讨好地经营回目,不如把联句改成章题,既保留了回目提示内容的主要功能,又能和流行的新体小说接轨,同时写来也省事省力,可谓一举三得。30年代,一向对章回小说很关注的郑逸梅写了一篇《章回小说之回目》的文章,对清末民初以来章回小说的回目作了大致的扫描与品评。其中一段道:"章回小说,大都称第一回第二回,而王小逸君为《金刚钻报》撰《天外奇峰》,则称第一峰、第二峰,洵属生面别开。《东方日报》香艳长篇《夜来香》,称第一夜、第二夜,作者署名捉刀人,实则亦出于小逸君之手笔也。"[①]王小逸在20年代写有《春水微波》32回,连载于《紫罗兰》上,此书为他赢得了声名,《天外奇峰》等小说当是对他先前章回体创作的一种发展。到40年代,王小逸刊登在《万象》上的《石榴红》则更连"第一回""第一峰"也干脆省略了,只留有用于分段以标示内容的小标题。此间可见出传统章回小说回目的渐变行程。郑逸梅把这些变化了的格式都归入章回体,则表现出时人看待章回体小说的开放态度。如果说,陈景新等人还把中国章回小说的回目限制于对偶联句以区别于西洋小说的"章回体",那么晚清以来中国章回小说本身的变迁已经打破了这个限制。由回目而章题,当中国传统章回小说受西洋小说影响,完成自我修整的时候,中国小说与西洋

---

① 郑逸梅:《章回小说之回目》,魏绍昌编:《鸳鸯蝴蝶派研究资料》(上卷),上海:上海文艺出版社1984年7月版,第196页。

小说就可谓完全统一于"章回体"之中了。其间所经历的转变不但表现在实际创作中,也表现在观念认识上。

有意思的是,只要稍稍追溯章回小说初生时的样貌,就不会轻易把对章回小说的印象定格在用联句回目分段的小说上。最初的章回小说是分卷的,卷中再分"则"或"节"。例如《武王伐纣平话》卷上的各标题为:

汤王祝网——九尾狐换妲己神魂——宝剑惊妲己——八伯诸侯修台阁——西伯宝钏惊妲己——酒池虿盆——太子金盏打妲己——殷交梦神赐破纣斧——纣王梦玉女授玉带——纣王纳妲己——文王遇雷震子——西伯谏纣王——摘星楼推杀姜皇后——炮烙铜柱——胡嵩劫法场救太子①

初期章回体小说的分段标题大都是通俗明白的单行短语或短句,"且不标则目之序数,则目改成回目及回目的对仗要到明朝的万历年间才盛行起来"②。改成回目的方法一般是把两则题目合成一个回目,这个回目经过逐渐的修饰完善才变为后来的对偶句。也就是说,章回小说最初的分段标题是简略的,偏于叙事的,并不充满诗意。这和西方"章回叙事体"作品可以构成"同源"关系。

石麟把章回小说回目的历史概括为"一个粗糙——工整——精致——简约的演变过程。早期的章回小说,回目标题比较粗糙,多为单句,而且多是人名、地名、事件三者的简单相加"。"明中叶以后,回目标题则单句与偶句并存、工整与杂乱同在。明末清初,章回小说的标目一般都是对仗工稳的偶句,且愈趋精美,特别是某些才子佳人小说和市井家庭小说的偶句标目,不仅平仄协调、对仗工稳,而且有的还带有抒情意味、讽刺意味,甚至发展成一种文字游戏。延至晚清,章回小说的回目标题向两极发展。一种倾向出现得稍早一些,即对偶句越来越长,越来越精湛。""而另一种出现得稍晚一些的倾向,则是由繁而简,由趣味化而实用化,使回目标题别开生面。"③晚清,章回小说的回目已有不再用联句的,单行回目已在一些小说中被灵活运

---

① 《武王伐纣平话·目录》,上海:中国古典文学出版社1955年3月版,第1页。
② 纪德君:《古代长篇小说章回体制形成原因及过程新探》,《江海学刊》1999年第4期。
③ 石麟:《章回小说通论》,郑州:中州古籍出版社1994年9月版,第309—310页。

用,只是这种现象并不普遍。晚清小说回目发展的另一端即"越来越精湛",遵循"物极必反"的法则,至40年代,单行标目成为普遍现象,即使像张恨水那样曾经执着于回目藻丽工整的章回小说大家也用单行白话标题了。即便一部分小说还用双句回目,但既不藻丽也不严格对仗,而是尽量通俗好懂。这样,章回小说的回目就完成了形态学意义上的"有机体"的生命历程。从粗糙、工整,到精致,再到简约,是一个回环。章回小说在文体形式方面不仅和西洋小说"同源",在其生命周期的最后一个阶段和西洋小说还取得了相通。以回目为标志,40年代的章回小说也进入了生命周期的最后阶段,在新旧之争中,完成现代性蜕变。

第二节 批判与应对

章回小说在40年代的显在变化与当时对小说发展路向的讨论有直接关系。40年代的讨论存在一个共同的认知前提,即认为章回小说是"旧"小说,需要革新。这种认识在二三十年代所形成的"新旧"文学的紧张关系中已种下根源。

1920年代初,《文学旬刊》上有一组关于"新旧文学"的讨论文字,所谓"旧",即指"礼拜六派"文学,章回小说自然属于这类"旧文学"。郑振铎坚持新旧文学不可调和,表明了新文学家的立场。他说:"上海滑头文人所出的什么《消闲钟》《礼拜六》,根本上就不知道什么是文学,又有什么可调和呢?""新与旧的攻击乃是自然的现象,欲求避而不可得的。除非新的人或旧的人舍弃了他们的主张,然后方可以互相牵合。然而我们又何忍出此。"[①]身为新文学的骁将,郑振铎坚决护卫新文学的地位,和"旧文学",即新文学以前的文学划清界限,要把"旧文学"驱出文坛。参与这场对旧文学的声讨的还有叶圣陶、郭沫若等人,他们实际上是在新文学建设之初为巩固地位和获得话语权而发声。《礼拜六》等刊物及在这些刊物上发表作品包括章回小说的作家是新文学之前的文坛把持者,把它们/他们驱出文坛,新文学即为自身发展扫除了最大的障碍。所以20年代初的新文学家特别是

---

① 西谛:《新旧文学的调和》,《文学旬刊》第4号,1921年6月10日。

文学研究会的成员,对此事特别着意。

作为新文学首席理论批评家的沈雁冰在当时发表了一篇著名长文《自然主义与中国现代小说》①,直接指出了代表着"旧文学"的章回小说所存在的观念和艺术上的一系列问题。文章开篇说道:"中国现代的小说,就他们的内容与形式或思想与结构看来,大约可以分作新旧两派,而旧派中又可分为三种。"茅盾一开始就把小说分出新旧来,其观念语境就是20年代初的"新旧文学"之争。故此,他为"新旧两派"小说限定了一个范围——"现代"。旧派小说不是旧有的小说,而是创作于现代的小说。茅盾此文发表于1922年,现代的旧派小说,从行文中看,当指的是晚清以来的作品。茅盾认为新旧两派小说的区别可以从"内容与形式或思想与结构"方面明晰表现出来,他列出并评析了旧派小说的三种类型,就是从思想内容和结构形式两方面入手的。"第一种是旧式章回体的长篇小说"。

> 此派小说大概是用白话做的,描写的也是现代的人事,只可惜他们的作者大都不是有思想的人,而且亦不能观察人生入其堂奥,凭着他们肤浅的想象力,不过把那些可怜的胆怯的自私的中国人的盲动生活填满了他的书罢了,再加上作者誓死尽忠,牢不可破的两个观念,就把全书涂满了灰色。这两个观念是相反的,然而同样的有毒:一是"文以载道"的观念,一是"游戏"的观念。……所以现代的章回体小说,在思想方面说来,毫无价值。

> 那么艺术方面,即描写手段,如何呢?我上面已经说过,章回的格式太呆板,本足以束缚作者的自由发挥;天才的作者尚可藉他们超绝的才华补救一些过来,一遇下才,补救不能,圈子愈钻愈紧,就把章回体的弱点赤裸裸的暴露出来了。中国现代这派的作者就是很好的代表。

"章回体的弱点"在茅盾看来有这样几处:一是形式"呆板牵强";二是必交代清楚书中人物的来龙去脉;三是叙述事件像"劣手下围棋";四是只会记录每一个动作,不懂得分析和描写。茅盾在批判旧派小说技术方面的

---

① 沈雁冰:《自然主义与中国现代小说》,《小说月报》第13卷第7号,1922年7月。以下引文出自此文的不再标注。

"错误"时,特别突出"描写"的问题。他说:"中国现代的三种旧派小说在技术方面有最大的共同的错误二":

  (一)他们连小说重在描写都不知道,却以"记账式"的叙述法来做小说,以至连篇累牍所载无非是"动作"的"清账",给现代感觉锐敏的人看了,只觉味同嚼蜡。

  (二)他们不知道客观的观察,只知主观的向壁虚造,以至名为"此实事也"的作品,亦满纸是虚伪做作的气味,而"实事"不能再现于读者的"心眼"之前。

  "记账式"未必不是一种写作方法。西洋式的大段描写,往往造成叙述停顿,倒不合中国读者的胃口。"记账式"的动作叙述,利于推进故事的动态进程,满足了中国读者听讲故事的好尚。"记账式"还可真切记录下人们的生活情态,阅读起来另有一种味道,并不为"现代感觉"局限住。茅盾的评判是以"现代感觉"为标准,当然会有偏见。如此,他列出的第二条"错误"也就不太能够成立。既然"记账式"记录下了人们的生活情态,"向壁虚造"就言过其实了。后人评价现代通俗小说的"价值是在于它的存真性,是一种为历史留下见证的照相式的存在,必将愈来愈被后代认识到,这是一种可供研究的社会历史活化石"[①],和有明显立场倾向的茅盾的判断正好相反。属于第一种旧派小说代表的如《广陵潮》,小说初名"过渡镜",正是镜照出清末民初时期社会生活的种种方面,人物故事生动可感,堪为佳作。

  属于茅盾所说旧派第二种类型的是章回小说的变体:有形式上不分章回但实质依然是章回体小说的,有把西洋小说的布局方法混合到章回体式中去的。前者如民初《玉梨魂》等哀情小说,后者如晚清小说《九命奇冤》。茅盾没有为前两种旧派小说举例,在谈及第三种类型,即短篇的作品时,他举了一个例子——《留声机片》。《留声机片》刊于《礼拜六》1921年第108期,确实水准偏低,但文学革命时期的短篇小说除鲁迅的作品外,幼稚的也不少。所以在《自然主义与中国现代小说》的后半部分,茅盾评论新派小说

[①] 范伯群主编:《中国近现代通俗文学史》,南京:江苏教育出版社2000年4月版,第19页。

时,也毫无保留地指出其中存在的严峻问题。对于《留声机片》,茅盾没有明示小说作者是周瘦鹃,而周瘦鹃正是《礼拜六》的元老。周瘦鹃在《礼拜六》停刊后写过一篇《礼拜六旧话》的小文,谈他和《礼拜六》之间的密切关系。后来,他回忆自己的《礼拜六》经历时依然说道:"我年轻时和《礼拜六》有血肉不可分开的关系,是个十十足足、不折不扣的《礼拜六》派。"①作为新文学家的茅盾,在为新文学清理路障时,当然要用《礼拜六》的小说当箭靶。周瘦鹃在编辑《礼拜六》的时候,也从事翻译工作,《欧美名家短篇小说丛刻》即是出产品。翻译对创作的影响,在周瘦鹃的小说创作中是有效应的。在批评《留声机片》时,茅盾道:"只可惜他们既然会看原文的西洋小说,却不去看研究小说作法与原理的西文书籍,仅凭着遗传下来的一点中国的小说旧观念,只往粗处摸索,采取西洋短篇小说里显而易见的一点特别布局法而已","至于描写方法,更不行了"。"礼拜六派"的周瘦鹃并非一味守旧,但身受的"遗传"根深蒂固,难以摆脱"旧派"的阴影。周瘦鹃有意求新但旧意盎然的作品在 20 年代初受到新文学家的格外注意。郭沫若就十分尖锐地指出周瘦鹃的小说《父子》(刊于《礼拜六》1921 年第 110 期)缺乏医学常识,"惹人笑话"②。尽管屡遭批评,若干年以后的周瘦鹃小说(如后文要分析的《新秋海棠》)依然留有当年印迹。

除了艺术方面存在明显"缺陷"外,思想内容方面,茅盾用一句话概括旧派小说道:"思想上的一个最大的错误就是游戏的消遣的金钱主义的文学观念。"在今天看来,这个判断也是有偏颇的,但多少反映出了旧派文学家的某种生存状态。就章回小说而言,可以从茅盾的评论中归结出两点:第一,章回小说属于旧派文学,与新文学相对立;第二,章回小说的观念和形式都存在严重缺陷。仅此足以致使现代章回小说遭受新文学家的严厉批判。

继续茅盾的看法,30 年代,身为中共党员的左联革命家夏征农在回答一位名叫谈梦若的读者"章回体小说有什么不好"的疑问时,说到了三点。"第一,章回体小说的结局,总是团圆的";"第二,章回体小说是没有严密的

---

① 周瘦鹃:《闲话〈礼拜六〉》,魏绍昌编:《鸳鸯蝴蝶派研究资料》(上卷),上海:上海文艺出版社 1984 年 7 月版,第 181 页。
② 郭沫若:《致郑西谛先生信》,《文学旬刊》第 6 号,1921 年 6 月 30 日。

结构的";"第三,章回体小说中的人物描写,不是活跃跃的人物,而是死的、神化了的人物"。夏征农建议"谈君再能多读些新文学作品,定能明白章回体小说单在形式上是如何缺乏艺术性"。用这样的形式是不能写出新内容的作品的。"虽然有人在提倡旧形式的利用,但那必须是在新的形式还没有创造出来,而旧形,还是最适合表现那新内容的时候。如今,新的小说形式已经获得广大的读者层,章回体又不适宜于表达新的社会生活时,我们为什么要用章回体来写小说呢?"①章回体是"旧形式",章回小说是旧文学,当新文学在文坛站稳根基,章回小说既已丧失价值。夏征农对章回小说艺术形式的概括和文体价值的评估是带有明显倾向性的,并不客观,现代章回小说要在这样的语境中生存,必须具备格外的活力和适应力。例如夏征农批评《啼笑因缘》道:"《啼笑因缘》所把握的所描写的,却只是一社会上的浮雕,消极的、歪曲的、杂乱无章的。于是在整个故事的结构上,也就形成一种'偶然'的凑合,逃不出传奇小说那种'唱戏脱了节,除非神仙来接'的圈套。"②从内容到形式,《啼笑因缘》都被否定了,但小说依然受到大众读者热烈欢迎。如果小说本身不具备强大的抵抗力,在30年代左翼运动的巨大声势之下,张恨水便很容易被淹没掉。张恨水后来说他的章回小说改良实践像"姜子牙骑的'四不象'"③,凑巧的是,夏征农也说:"如果硬要把新的内容装进"章回体小说,"其结果,也只有使内容腐化,弄成非驴非马的四不相而已"④。两人都说改变章回小说的旧貌,小说就成了"四不像",张恨水此话是自谦,夏征农则是不折不扣的批评。既然新文学壮大起来了,作为旧文学的章回小说只有被消灭而不值得也不必要被改变。

30年代对章回小说的批评还突出表现在语言方面。代表性的看法是:章回小说的白话是旧白话,虽然"采取这种话可以使群众勉强懂得"⑤,但终

---

① 征农:《论章回体小说——答谈梦若君》,《文学问答集》,上海:生活书店1937年3月版,第75—79页。
② 征农:《读〈啼笑因缘〉——答伍臣君》,《文学问答集》,第158页。
③ 恨水:《总答谢——并自我检讨》,《新民报》1944年5月,张占国、魏守忠编:《张恨水研究资料》,第281页。
④ 征农:《论章回体小说——答谈梦若君》,《文学问答集》,第80页。
⑤ 史铁儿(瞿秋白):《普洛大众文艺的现实问题》,《文学》第1卷第1期,1932年4月。

究不是现代的"大众语"。不可否认,章回小说属于"大众文艺",只是此一"大众文艺"并非30年代所提倡的更具意识形态色彩的"大众文艺"。因此当大众文艺倡导者们讨论该用何种语言写作时,流通在民众中间的章回小说的语言是他们首先要辨析清楚的。他们的思路是:因为章回小说属于旧文学,其语言当然是旧白话,所以章回小说的白话不该是现代的大众文艺可使用的语言。

新文学家对章回小说及其文体、语体形式的诸多批评,从一个相反角度,使对章回小说本身的关注日益显著起来,章回小说家由此加深了对自身创作的认识。章回小说家的认识主要表现为两方面。一方面,离析出章回小说的好处,以反驳所受到的指摘。如说:"章回体小说所以历六七百年而不废,就是因为他的特点,能够把书中的人物个性,从对话动作等处,描写得'栩栩欲活'。背景完全合于现实生活的情状,不是在亭子间里幻想劳动阶级,一派哲理话的隔膜。"①章回小说擅长叙说故事、表现人物,贴近民众的日常生活,符合常人阅读小说的习惯……凡此种种使之在现代文坛占据着不小的势力。所谓"在亭子间里幻想劳动阶级,一派哲理话的隔膜",指的是新文学家创作的缺失。他们没有斗争生活的经验,仅靠着得来的一点先锋理论来构画文学图景,自己还没有理解通透,何况读者,结果只有隔膜。这是针对像夏征农那样的批评家的申诉,坚持肯定了章回小说的创作价值。

另一方面,即如范烟桥日后写作《民国旧派小说史略》所持的观点。这篇长文是用来回忆总结当年创作的,颇具史书意味,因此在叙述上就尽量显得客观。在文章的第一部分"概说"中,范烟桥道:"旧派小说,主要又是章回体的小说"②,直接简要地指明了章回小说和旧派小说之间的关系。仔细看来,虽身为现代通俗文学家,范烟桥的视点还是受到了新文学家的极大影响,"旧派小说"无疑是顺接着对方的说法而来。在文中,范烟桥特别谈到了"新"与"旧"的历史际会。

五四运动以后,新文学为壮大自己的力量,扫清前进道路上的障碍,曾经对旧派小说施以猛烈的打击。可是,由于它的源远流长,在社

---

① 说话人:《说话》,《珊瑚》第19号,1933年4月。
② 范烟桥:《民国旧派小说史略》,魏绍昌编:《鸳鸯蝴蝶派研究资料》(上卷),第268页。

会上已经有了一定的基础,故一时不易衰败……这种章回体的旧派小说,起自民间,从口头文学发展为纸面抒写,内容、形式,颇为群众所喜闻乐见。而在民国时代,电影、戏剧、评弹以及其他曲艺,都采用这种故事性传奇性较强的小说作为素材以改编脚本,在表演说唱,这就更加在群众中扩大了它的影响。……到民国二十六年(一九三七年)七月,日寇的侵略战火烧到上海,上海文艺界组织了"文艺协会",联合文学、戏剧、曲艺、电影及出版界一致行动,大敌当前,新旧两派小说的作者在政治上携手同行了。①

范烟桥描述了从1920年代前后新派对旧派的敌视到抗战时期"新旧两派"友好合作的过程。其间,"章回体的旧派小说"因为一批有尊严的作家的坚守,保证了质量,"更加在群众中扩大了"影响,而一部分旧派小说则"日趋没落,不能自拔"。范烟桥用了一大段文字来描述没落的表现。旧派小说中有"黑幕小说""黄色小说""哀情小说""社会小说""武侠小说",一潮又一潮,"总之,内容愈杂,流品愈下"②。因此,这部分作品是不足观的。旧派小说被批判,也应从自身寻找原因。范烟桥以史家眼光来看章回体的旧派小说,得出的结论正合章回小说后来的发展路向。因为章回小说"流品愈下",所以亟待变革;因为有质量的章回小说在民众中影响很大,所以还可继续保持。如何协调两者,既变革又保持,变革什么,保持什么,这在"新旧两派小说的作者在政治上携手同行"的时期才能获得解决。

第三节 "旧章回"小说的出路

章回小说的现代变革在晚清已经开始,只不过到40年代由于理论倡导与多年积淀才表现得分外明朗与集中。晚清《海上花列传》每回之前已经不用"话说"起头,而用"按"字引领下文;每回结束也没有下场诗,"且听下回分解"之类的套语,而用"第几回终"来表示一回叙完。民初《留东外史》

---

① 范烟桥:《民国旧派小说史略》,魏绍昌编:《鸳鸯蝴蝶派研究资料》(上卷),第269—271页。
② 同上书,第270页。

也不设下场诗,回末以"且俟下章再写"收尾,与传统章回体小说虚置的"听说"场景有了分别。20年代《京尘幻影录》的回末也只有"请看下回""下回交代"等简洁字样。30年代《蜀山剑侠传》大部分段落的回前回后都自然起结,不再见有套语。如此渐趋演化,到40年代便呈现出《八十一梦》《秋海棠》这样一批蜕却了章回体传统外形的小说。

40年代,围绕章回小说,主要出现了三次集中讨论。首先是1940年前后的"民族形式"论争,这场论争承接着30年代文艺大众化运动而来,涉及文学遗产、利用旧形式等问题,章回小说成了这些问题的关注点。第二,1942年10月《国民杂志·志上聚谈》的"小说的内容形式问题"讨论,这是中国现代文学史上直接针对章回小说与新文艺小说关系的一次讨论。第三,同样在1942年,《万象》杂志发起了"通俗文学运动",章回小说的面貌在这份通俗杂志上极大改观。三次讨论的结论几乎是一致的,都为"旧章回"小说指明了出路。

文学艺术如何大众化在40年代是个重要问题,民族形式论争是对这个问题的反映。1938年10月毛泽东《中国共产党在民族战争中的地位》的报告,通常被看成这场论争的先导。报告中说:"洋八股必须废止,空洞抽象的调头必须少唱,教条主义必须休息,而代之以新鲜活泼的、为中国老百姓所喜闻乐见的中国作风和中国气派。把国际主义的内容和民族形式分离起来,是一点也不懂国际主义的人们的做法,我们则要把二者紧密地结合起来。"①所谓"民族形式"就是要能够表现出"中国作风和中国气派",显现出中国特色,同时还必须"为中国老百姓所喜闻乐见"。具体该如何做,毛泽东给出的提示是:"学习我们的历史遗产"②。这一原则落实到文学界,便是要创造出"民族形式"的文学。于是继承文学遗产、利用旧形式等问题就成为讨论的聚焦点。章回小说,作为受到民众欢迎的中国传统小说形式,就在此次讨论中被屡屡涉及。

巴人说道:"中国旧文学的遗产,是否全都应该抛弃呢?不,我们可以

---

① 毛泽东:《中国共产党在民族战争中的地位》,《毛泽东选集》第2卷,北京:人民出版社1991年6月版,第534页。
② 同上书,第533页。

坚决的说,其间有很多的优秀的作品,是值得我们学习的。……《红楼梦》,《水浒》,《儒林外史》描写人物的逼真与记述的生动……是我们应该继承的遗产。"①这样,古典章回小说就被作为文学遗产得到郑重看待。从文学遗产中学习民族形式可资借鉴的因素,是当时较为一致的看法。只是文学遗产和民族形式之间到底该如何沟通,其间表述却不尽相同。就章回小说而言,有直接把古典小说与民族形式相等同的。例如柯仲平说:"《水浒》、《三国演义》、《红楼梦》之类……就可以说是真正多数人的民族形式;……我的意思,并不是说,今后再也不能创造出比《水浒》等更优秀的民族形式了。我说,比这更好更好的都能创造。"②像这样的直接等同,意味着对古典章回小说不加条件的接受。也有重新诠释后再与民族形式相联系的,茅盾就是如此做法。他认为"要向民族文学的遗产中学习民族的形式",应当注意《水浒传》《西游记》《红楼梦》这三部作品。"作为一千年前'民族民主革命'文学的代表作而言,《水浒》是值得我们学习的民族文学的民族形式。""《西游记》是幻想的寓言文学作品之中国民族形式的代表。""《红楼梦》提出了问题,并没有得出正确的答案,然而它不失为从思想上对于儒家提出抗议的一部杰作。我们可以把《红楼梦》看作中国文学的问题小说之民族形式的代表。"③以时下观念重新诠释古典章回小说,在晚清已经开始。茅盾运用的策略与晚清文学家在实质上没有区别。只不过到了40年代,中国现代文学的发展路径逐渐清晰起来,对古典章回小说的认识也更为完备。古典章回小说不仅属于文学遗产,不仅只叙述"诲淫诲盗"的故事,也不仅有值得学习的写作技巧与方法,而且从这些古已有之的优秀的"民族形式"代表作中,或许能够看到将来文学的方向。

  利用旧形式,这一话题也涉及章回小说。延续了1920年代的看法,民族形式的谈论者一律把章回体归入旧形式范畴。在谈利用旧形式时所言的章回小说指涉的主要是创作于现代的作品。二三十年代对现代章回小说的批判,没有制止住这类小说的创作,相反其在读者中间的势力不可小觑。这

---

① 巴人:《中国气派与中国作风》,《文艺阵地》第3卷第10期,1939年9月。
② 柯仲平:《论文艺上的中国民族形式》,《文艺战线》第1卷第5号,1939年11月。
③ 茅盾:《论如何学习文学的民族形式——在延安各文艺小组会上的演说》,《中国文化》第1卷第5期,1940年7月。

就值得思考了。章回小说靠什么来吸引住读者？是否可以从这种吸引力中获得现代文学发展的借鉴？新文学不能赢得广大读者特别是一般民众的理解，一直是新文学家的心病。文学的大众化、民族形式的讨论，实际上都是为了解决读者问题，使新文学真正走向民间。于是认真思考同时代的章回小说在民众中流行的原因，借鉴其有效形式，以建造民族形式，就成为当时论者的关注点。周扬的看法可以作为代表，且合情理：

> 因为旧经济、旧政治尚占优势，所以旧形式在人民中间的强固地位并没有被新形式所取而代之。不但在新文艺足迹尚极少见的农村，就是新文艺过去的根据地，过去文化中心的大都市，旧形式也并不示弱。没有一本新文艺创作的销路，在小市民层中能和章回小说相匹敌。……要说明人民的旧的爱好，不能以作品之旧内容正投合人们的旧的感情、心理、意识这个事实为唯一理由，旧形式为他们所熟悉，所感到亲切，因而容易为他们所接受，这一点有很大关系。对旧形式的偏爱，在旧社会没有完全改造以前，是不会轻易改变的。甚至到了新的社会，人民意识中旧的趣味与欣赏习惯，由于一种惰性，还可以延续很长一个时候。①

正是由于经济与政治的作用，旧文艺及其形式不可能在新文学家的批评声浪中消退。与其批评之无效，不如采取积极态度，充分利用旧形式来创造新形式，以便争回读者，改变他们的阅读趣味，进而重塑民族性格，显示出真正意义上的"中国作风和中国气派"。

然而，利用旧形式，并不是套用旧形式，"旧瓶装新酒"的方法，在当时引出不少反对意见。这就意味着章回小说的形式并非能成为民族形式的一种代用品。到底民族形式应如何创造，什么样的小说是民族形式的小说？一种较无疑议的方案是："以'五四'以来的新小说的水准为基础，去掉其不适合民族趣味的部分，而从旧形式里汲取其语法、章法、篇法及叙述、描写上的特长，融合外来影响的进步的要素，而创造出新的民族形式的小说。这种

---

① 周扬：《对旧形式利用在文学上的一个看法》，《中国文化》第1卷第1期，1940年2月。

新形式将是章回小说和目前新小说的变体。"① 也即是说,民族形式的来源是多方面的,章回小说是来源之一。章回小说必须发生变化,与新文学互补短长,才能产生出新的民族形式。换言之,章回小说的蜕变在40年代势在必行。

民族形式论争实际是文学大众化问题的一种反映,章回小说成为其中的应有议题。讨论没有就此止步,文学大众化进程在40年代依然继续。

1942年10月,《国民杂志》第2卷第10期的《志上聚谈》专栏征集了九篇关于"小说的内容形式问题"的讨论文章,讨论的焦点还是如何使小说大众化、通俗化。这些文章是:上官筝《答国民杂志社问》、杨六郎《答述"关于小说内容形式问题"》、鲍司《应问》、新钞《答》、陈逸飞《应创造民众小说》、杨鲍《关于小说内容形式问题》、而已《关于小说内容形式问题》、楚天阔《过去,现在,未来》和知讷《关于小说的形式》。《国民杂志》是日伪时期北平的一份刊物,固然不能摆脱办刊的殖民政治色彩,但因为杂志中文艺栏目很多,刊发文章可以借文艺避开政治的敏感和纠缠。关于"小说的内容形式问题"的九篇文章就是对文艺问题的集中发言。这些文章是为回答《国民杂志》的提问而作,属于征答性质。征答的问题如下:

(1) 文艺小说虽然已经有了二十多年的历史但事实上大部分民众仍不能接受它当然民众的水准太低可是文艺小说本身是否拒绝了这水准太低的民众呢?

(2) 假如文艺小说本身是忽略了大部分民众的消化机能那么是就这样孤芳自赏等着民众的消化能率提高呢?还是适应民众去改变一下形式呢?

(3) 例如目前流行着的章回小说无疑地它在形式上是接近了读者然而内容不能讳言它是仍然在落伍是就不齿地唾弃它呢?还是想法改进它呢?

(4) 对于"旧瓶装新酒"利于民众易于接受的形式(章回)而贯输以新的意识的通俗小说是否应该奖励与推动其推动方法如何?

---

① 光未然:《文艺的民族形式问题》,《文学月报》第1卷第5期,1940年5月。

第五章 "章"与"回":中西新旧交汇中的小说文体

（5）假如章回小说的内容进步到日本"通俗小说"那样在我国文艺小说只能及于作者编者的现在这种文人互娱的文学是否应该存在呢？

（6）对现阶段小说——文艺小说,章回小说——的批判与指导。

（7）对于树立文艺小说,通俗小说两个阵营的文学建设案的意见。①

问题围绕两类小说而设,一是文艺小说,一是章回小说。问题的提法很有意思,不是客观的征求意见,而在提问题时已有了主观的成见。第一问,指出文艺小说不为读者接受。第二问,用"孤芳自赏"来形容文艺小说,暗示了它的缺点。第三问,指出章回小说很流行,但内容不新。第四问,如何运用"旧瓶装新酒"的方法使章回小说的内容得到更新,言下之意,"旧瓶装新酒"的方法可以改进章回小说的不足。第五问,章回小说的内容如果进步了,那么文艺小说还有存在的价值吗？这是一个反问而不是疑问。第六问和第七问,征求意见,不像前五问有明显的导向性。七个问题,答案实则已经包含在提问之中了。

在列出征答问题之前,《国民杂志》的编者还刊出两段"前言",可以和问题对照着看。

> 作为民众的精神的食粮的小说,现在显然地分为两大类,一类是新小说即文艺小说,一类是旧小说即章回小说,两者在形式上,内容上都有显着的不同甚至相反,而同时都有人写着,有人读着。
>
> 小说对于读者的影响是大的,这理由已不待赘言。那么在现时有着两种引读者往相反的路程前进的小说也是事实,不管两者孰是孰非,但其间总有一是一非或比较的近于是与近于非者在,不用说,"是"的或近于是的就有提倡改进的必要,相反的呢,自然也不容不加以攻击的。我们总期求到"真"的一方面而更发扬之,对于千万读者尽一选择的力量,贡献一点意见。至于新旧两方,并不抱有成见而有所偏坦的。杂志是大家的,我们相信关切这小说的内容与形式问题的人一定很多,

---

① 《志上聚谈·话题》,《国民杂志》第2卷第10期,1942年10月。

在就贡献十二页地盘来请对这问题有相当认识的人执笔,执笔者有章回小说作家也有文艺小说作家,也有两者都写的作家,其余也都是两者都读过很多且又常写批评文字的人,不分畛域,以能独具卓见多少能启发读者一些的为主。讨论起来也许收效不大,但如果能因此次讨论而引起各方面的研究,庶几乎近于我们理想的小说可以早些出现了罢。①

章回小说是旧小说,这是 20 年代前后奠定的观念,它和新文艺小说处在"相反"的位置上,其间总有一"是非"在。"孰是孰非"需要作出辨析。就列出的问题来看,两种小说都有是有非,但章回小说似乎更容易被改进。提问者"不抱有成见"的申明,并不如实。"小说的内容形式问题"征答,实际上更偏心于章回小说的。这是文学史上直接针对章回小说的一次集中讨论,对章回小说何去何从的问题作出了回答。

显而易见的是,应答者都按照问题编辑人的提法,把章回小说和新文艺小说看成两种小说类型,分属于新旧两派。尽管提问者倾向明显,应答者中还有不少"各安本分"②的话。如说:"云为章回小说云为文艺小说都有继续下去的理由,并不必此仆彼存或此存彼仆。"文艺小说"与章回小说,仅只形式与时间不同,未见得在价值上就有如何区别"③。应答者虽然把章回小说和文艺小说分开谈论,实际上并不把二者作为不可调和的对立双方看待,而是以较客观的立场评判二者的是非功过,以求得将来的发展道路。

所提问题,已能看出章回小说与文艺小说各自的优长短浅。应答者也列举出它们的长短处,以说明各自都存在问题,不可厚己薄人。如说:写新文艺小说"的人都用小品文的笔法来写小说,描写有余,故事太差,一个个都是语柔骨媚的二八佳人,没有一个性悍语直的山东大汉,鼓励不起读者兴趣,实在理想之中"。"章回小说虽受民众的欢迎,但它本身发展到现在,还未达尽善尽美的程度,最大的毛病是故事缺乏剪裁。"④两种小说都是有缺点的,但富有意味的是,仿佛过去对章回小说的批判失多,此次征答显见为

---

① 《志上聚谈·前言》,《国民杂志》第 2 卷第 10 期,1942 年 10 月。
② 新钞:《答》,《国民杂志》第 2 卷第 10 期,1942 年 10 月。
③ 而已:《关于小说内容形式问题》,同上。
④ 陈逸飞:《应创造民众小说》,同上。

章回小说辩护的倾向。这可能就与征答问题的倾向性提问法相关了。如应答者道:"谈到形式方面,如张恨水之水道式的刘云若之横山断云式的,与文艺小说的形式并无多大出入。不过批评家只沿袭了旧时代口号,对现代的章回小说并不肯读,还高喊才子佳人式的章回小说应该打倒,其实现在的章回小说早不才子佳人式了。"①"可试看清末民初时代小说,较之五四时代章回小说,那里面已羼入不少新兴文学,若再以今日章回小说比较,则不难看出读者已随时代文艺的变化提高了阅读的水准,只是收功极渐,难如新文艺作者的期望而已。"②章回小说在变化,不是只停留在想象当中的那种传统形态。辩护者把捉到了现代章回小说的新变处,并以此来肯定其存在价值。

既然在变,变化趋向又应如何,这是问者和答者都关注的核心问题。应答者的想法较为一致。"仅把最进步的章回小说形式改变一下,如分段写述,省去冗文,加入时代思想(所谓言中有物)便够了,这种小说是介乎章回与文艺之间的,可以叫'民众小说'或'大众小说'。"③"这种新形式既不是旧的章回,也不是新的八股。它必须与我们的民族性相调和……一定会成为我们文艺的重心。"④"目前流行着的章回小说……已经接近了文艺。将来渐渐完全脱离章回旧套,我想一定可以成功的。"⑤"通俗小说是应该提倡一下的,因为现社会太需要藉通俗的形式传播一些知识思想的,其目的是教养低的读者,但应注意的切不可迎合低级趣味。"⑥无论是"民众小说""大众小说"还是"通俗小说",都可以成为"旧的章回"小说变革的方向,即章回小说应蜕却原来的形态,与文艺小说相化合,汲取两者之长,成为"介乎章回与文艺之间"的作品。

上述新的小说概念的提法,同时也呼应了征答的问题。征答第五问:"假如章回小说的内容进步到日本'通俗小说'那样在我国文艺小说只能及

---

① 陈逸飞:《应创造民众小说》,《国民杂志》第2卷第10期,1942年10月。
② 杨六郎:《答述"关于小说内容形式问题"》,同上。
③ 陈逸飞:《应创造民众小说》,同上。
④ 楚天阔:《过去,现在,未来》,同上。
⑤ 知讷:《关于小说的形式》,同上。
⑥ 杨鲍:《关于小说内容形式问题》,同上。

于作者编者的现在这种文人互娱的文学是否应该存在呢?"日本"通俗小说"成为中国章回小说"进步"的目标,这样说固然体现了《国民杂志》的殖民色彩,但另一方面,借鉴日本通俗小说的想法并不仅仅是《国民杂志》时期的特产。30年代由良友图书公司发行、郑君平(郑伯奇)编辑的《新小说》杂志上曾刊载出三篇任钧翻译的日本通俗小说理论文章,总题为"通俗小说论集"。三篇文章为:片冈铁兵《通俗小说私见》、武田麟太郎《通俗小说问题》和森山启《关于通俗小说》。这一期的《编辑后记》道:"通俗文学问题,在中国还没有引起热烈的讨论;可是日本的文坛,这问题已经闹了一年多了。《新潮》七月号专出了一个特辑,我们在那里选译出三篇,作为我们的参考。"①此处对日本通俗文学的介绍完全不含有殖民意味。30年代的《新小说》带有左翼色彩,郁达夫、阿英等作家常在上面发表言论,而早年留学日本的主编郑伯奇即是当时左联的重要成员。杂志上介绍日本通俗文学和杂志的办刊初衷是一致的。茅盾曾引用杂志编者的话道:"《新小说》起初决定出版的时候,我们就这样想:我们要出一本通俗的文学杂志,这杂志应该深入于一般读者中间,但同时,每个作品都要带有艺术气氛的。我们相信,真正伟大的艺术作品都是能够通俗的,都是能够深入于一般读者大众中间去的。……把作品分为艺术的和通俗的,这是一种变态。《新小说》的发刊,就是想把这不合理的矛盾统一起来的。"②《新小说》的宗旨可以看成是30年代文学通俗化运动的组成部分,对日本通俗小说理论的引介是为中国文学通俗化的道路提供参照。如果撇开政治色彩,那么《国民杂志》提及的日本通俗小说也有同样作用。从"把作品分为艺术的和通俗的,这是一种变态"到"这种小说是介乎章回与文艺之间的",其间的思路一以贯之。在40年代的上海,也有一场"通俗文学运动"谈论了现代小说的走向问题,其结论和"小说的内容形式问题"讨论可谓南北呼应。

《万象》杂志是这场"通俗文学运动"的集结地。《万象》1941年7月在上海创刊,和《国民杂志》一样,也是一份战时沦陷区的刊物。但《万象》没

---

① 《编辑后记》,《新小说》第2卷第1期,1935年7月。
② 茅盾:《杂志"潮"里的浪花》,《茅盾全集》第20卷,北京:人民文学出版社1990年版,第447页。

有《国民杂志》那样浓重的日伪殖民色彩。其两任主编陈蝶衣和柯灵,前者是上海报刊界的活跃人物,后者则和新文艺界有诸多联系,加上杂志的发行人是上海中央书店的老板平襟亚,一位通俗文学作家,《万象》就成了一份兼具通俗和严肃特点的刊物,在 40 年代的上海表现出了独具的使命感。

"通俗文学运动"专号分为上、下两期,分别刊发于《万象》第二年第 4 期(1942 年 10 月)的 10 月号和第二年第 5 期(1942 年 11 月)的 11 月号上,正值陈蝶衣任主编期间。10 月号上刊登了三篇文章:陈蝶衣《通俗文学运动》、丁谛《通俗文学的定义》、危月燕《从大众语说到通俗文学》,11 月号上也刊三篇文章:胡山源《通俗文学的教育性》、予且《通俗文学的写作》、文宗山《通俗文艺与通俗戏剧》。这六篇文章构成了"通俗文学运动"的主体。在此之前,《万象》第一年第 6 期(1941 年 12 月)12 月号上发表了徐文滢《民国以来的章回小说》一文,可以看成是"通俗文学运动"的先声。文章最后一段道:

> 以后章回小说会走上怎样的路呢?这一切前人走尽的因袭摹拟之路,将要必然的有一个尽头:"此路不通!"我们的确已很久不见《广陵潮》时代的社会人情小说的盛况,或《江湖奇侠传》时代的武侠神怪小说的盛况了。其他如历史小说和侦探小说,似乎也很少有惊人成就的前行者。以后的章回小说怎样呢?消灭吗?被放弃吗?或被渗入了新文艺的力量,变成功另一种通俗的东西吗?我想说这几年来章回小说的萧条,然而恕我直说,我觉得新文艺小说的观众也是萧索得很。新文艺并没有把他的读者群推销得更广大。我盼望作家们谈到"文艺大众化""文艺通俗化"的时候,稍稍注意到这个的确深入民间占有了很久很广的一个力量——章回小说。我且请你们收回你们的冷笑,冷静地看一看三十年来这一种文学的末流有没有优秀的作品?以及这一种真正的通俗的形式是不是有继续被运用或者改良地被运用的可能性?

"这一种真正的通俗的形式"指的是章回小说的形式。徐文滢认为民国初年的《广陵潮》和 20 年代的《江湖奇侠传》代表了现代章回小说的成就,之后的章回小说就"萧条"了。事实也正如此。30 年代的章回小说创作没有晚清至 20 年代那样风风火火,那么到了 40 年代又该如何呢?徐文滢否定"消灭"和"放弃"的观点,他的理由是作为章回小说对立面的"新文艺小说的观众也是萧索得很"。既然新文艺不能独担文坛任务,那么就不能排斥章回小说的存在。章回小说是有"继续被运用或者改良地被运用的可能性"的。徐文滢提出使章回小说融入文学"通俗化"的可能性问题,对这个问题的回答就是十个月之后的"通俗文学运动"专号。

《万象》当时主编陈蝶衣发表的长文《通俗文学运动》对这一"专号"具有指导意义。文章首先辨析了新旧文学,指出两者都有优缺点,然后提出观点:"通俗文学兼有新旧文学的优点,而又具备明白晓畅的特质,不但为人人所看得懂,而且足以沟通新旧文学双方的壁垒。"[1]这是"通俗文学"最重要的功能。民族形式论争、"小说的内容形式问题"讨论所希望文学达成的目标在这里简明了当地用"通俗文学"一词涵盖了。

陈蝶衣把章回小说列入这种"通俗文学"的范畴,指出其悠长的古代渊源,然后谈及现代创作:

> 长篇章回小说始终继起不衰,直到现在还有人在写,不过内容和形式方面都已有了显著的变迁。从内容方面说,则"讲史书"话本体裁的演义小说已不大受读者的欢迎,《金瓶梅》和《红楼梦》的出现,使读者的趣味转移到社会生活和家庭琐屑上去,以后一脉相传,从李伯元吴趼人一直到李涵秋张恨水,无不以描写社会的小说称雄一时。从形式方面说,则现在的几个写长篇章回小说的人,虽还都蹈袭着章回的体裁,但已多半不用对偶体回目,在每回的开头,也不再用"话说"二字,结尾也不再用"欲知后事如何,且听下回分解";不过中间还多半不分出段落来,不免是一大缺点;但照这样发展下去,渐渐有和西洋体裁长篇小说合流的可能。[2]

陈蝶衣看到了现代章回小说发生的变化,以及将来可能的趋向——"渐渐有和西洋体裁长篇小说合流的可能"。无论是变化还是趋向,均不离开"通俗文学"之宗。一方面新文学要通俗化,另一方面章回小说要适合现

---

[1] 陈蝶衣:《通俗文学运动》,《万象》第 2 年第 4 期,1942 年 10 月。
[2] 同上。

代需求,两相融会,达到的即是章回小说和新文学的化合品——通俗文学。

其余五篇文章的论述各有重点,但所持观点都呼应了陈蝶衣的《通俗文学运动》。丁谛《通俗文学的定义》主要对"通俗文学"概念作出解释:"通俗文学乃是有意或无意撷取一种为一般人所易于接受、欣赏,而又具有提高、指导或匡正一般人错误的思想和趣味,以单纯化的艺术描写以个人与特殊的才能与生活通过社会,而以新内容新观念组织新的通俗观念的一种文学类型。"章回小说就具有单纯化的"通俗的风格","不妨多多利用旧有的通俗嗜好的形式,用旧瓶装上新酒"①。危月燕《从大众语说到通俗文学》从语言文字角度谈通俗问题。"我以为时至今日,不论是新作家,旧作家,都不应再蹈过去文人相轻的恶习,更不应分门立户,互相攻击,在通俗文学运动中,新旧作家应该相互联合起来,彼此虚心地学习别人的长处,克服自己的短处,旧作家应该向新作家学习的是进步的意识,进步的世界观和人生观,新作家应该向旧作家学习的是文字的浅显通俗,内容的生动有趣,能够紧紧抓住读者心理。"②文章例举了"旧作家"的代表张恨水、王小逸,他们的作品或者章回小说的文字"浅显通俗",但缺乏"进步的意识",如果新旧作家之间取长补短,文学就能焕然一新。胡山源《通俗文学的教育性》认为有教育性的文学才是好的文学,而通俗文学最易使读者受到教育。"文学的力量是感人最深的,尤其是通俗文学,既然它的接触对象是大众层,它会随时随地影响大众的生活,我们就应该好好地利用它。在长篇的章回小说中,尽可以灌输一些民族思想,社会意识。"③言下之意,章回小说是通俗文学,应该利用其通俗性,更新小说思想内容,使民众得到教益。予且《通俗文学的写作》谈了写作问题。"文章必须通俗,见解必须大众化。"④文宗山《通俗文艺与通俗戏剧》在谈戏剧时还是着眼于"通俗"。"不能失去一般程度较低落的民众爱好该项文字的要求,他们欢喜阅读此类小说,一定有一种'趣味性'的存在。""其次,避免过于难解释的字句。""最重要的还在文章的本身,一定要情节曲折能引人入胜,故事性尤需浓厚,而取材方面也要迎

---

① 丁谛:《通俗文学的定义》,《万象》第 2 年第 4 期,1942 年 10 月。
② 危月燕:《从大众语说到通俗文学》,《万象》第 2 年第 4 期,1942 年 10 月。
③ 胡山源:《通俗文学的教育性》,《万象》第 2 年第 5 期,1942 年 11 月。
④ 予且:《通俗文学的写作》,《万象》第 2 年第 5 期,1942 年 11 月。

合一般人的胃口。""此类小说"当指章回小说。章回小说富有"趣味性",行文字句不难理解,又讲究故事性。如果"旧形式装入新内容",章回小说就成了"通俗文艺"。① 可见,这些文章论述角度不同,观点十分一致。章回小说属于"旧文学",其形式是可以利用的,内容却需要更新。而新文学固然内容进步,但并不大众化。文学发展的方向应该是章回小说和新文艺小说的融合,新旧之间打通壁垒,取长补短,共促"通俗文学"的诞生。

从民族形式论争、"小说的内容形式问题"到"通俗文学运动",在40年代中国的不同地域,有着共同关心的文学问题。问题的讨论方式和切入点尽管不同,但内在目的却是一致的,且结论在讨论过程中越来越明朗。沟通新旧文学的"通俗文学"成为一时代文学创作的基本诉求。

《万象》上刊登的小说,可以看成是建设"通俗文学"的一种尝试和探索。张恨水《胭脂泪》②、王小逸《石榴红》,都没有回目,而是在每章开头设置小标题,已不是传统意义上的章回小说了。其他小说,如冯蘅的《大学皇后》、徐卓呆的《李阿毛外传》都属于这类章回小说的变体。传统章回体式的小说并不就此消失了踪迹,范烟桥《刘三秀破家奇遇》、平襟亚《第一〇一回镜花缘》、吴绮园《二十世纪红楼梦》还都是章回体作品,只不过是拟作而已。模拟经典章回体小说,也就充满了对这种文体的反讽意味。40年代对章回小说的反思正以各种方式在进行。

第四节 《秋海棠》:章回小说换新颜

1941年2月,秦瘦鸥的小说《秋海棠》在上海《申报》副刊《春秋》上连载。《秋海棠》蜕去了传统章回小说的格式和套式,以白话小标题代替了典丽对仗的回目,在文体形式上,充分体现出了新旧文学融合的要求。

在《秋海棠》之前,秦瘦鸥还写有长篇小说《孽海涛》(1929年雪茵书店出版),初刊于《时事新报》副刊《青光》,是一部章回体作品。之后翻译了德

---

① 文宗山:《通俗文艺与通俗戏剧》,《万象》第2年第5期,1942年11月。
② 张恨水小说《锦片前程》1932年至1935年刊登在上海《晶报》上,未完。《万象》上的《胭脂泪》是对《锦片前程》的续写,第3年第8期(1944年2月)刊毕。续写者非张恨水,而盗用了张恨水的名字,并把小说原名改了,让当时读者以为是张恨水的新作。

龄的英文小说《御香缥缈录》(1934年刊于《申报》,1936年申报馆出版单行本)和《瀛台泣血记》(1945年百新书店出版单行本)。两部译作的体例和《秋海棠》相类,《御香缥缈录》的小标题更加书面化,《瀛台泣血记》的小标题则是白话的。因为德龄的传奇人生,秦瘦鸥就此成名。

在著译这些作品的时候,秦瘦鸥已经开始了对章回小说的革新探索。他为《孽海涛》写的《自序》道:"我用以写这部书的笔法,说来颇堪自傲,因为中国的文坛上从没人采取过新文艺作派的长处,加入章回体的演义小说。这并非张冠李戴,正是移花接木,别有一股新颖的风味。"①20年代,秦瘦鸥已经在有意识地糅合新文艺和章回体的写法,这确实是较早的,但《孽海涛》是一部故事集缀型小说,没有脱离章回小说的"趣味"。秦瘦鸥后来说道:"有两个学校受了我的虚名的欺骗,先后要我去讲'小说学',为了要免得丢脸,课余的准备就不能少:向来不曾走进去过的图书馆,从此也有了我的踪迹,一切关于研究文学或小说的书籍,也陆续映进了我的眼帘;如此胡闹了三四个学期之后,自己对于所谓'小说'这一种文学,总算才略略有了一些头脑,每次翻开从前的旧作,脸上总觉得热刺刺地非常难受,几乎从此失却了继续写作的勇气。"②秦瘦鸥在上海持志学院和大夏大学任过教,他所阅读的"研究文学或小说的书籍"大都应该是来自西方的文论,即便是国人自己写的文艺理论书,传达的观念主要也来自西方。所以读了一段时间,"自己对于所谓'小说'这一种文学,总算才略略有了"认识。章回小说《孽海涛》是"旧作",当然和文论书中描述的"小说"不一样。如果文论书所讲的"小说"才是"小说",那么"旧作"当然就被否定了。"新作"如何写?秦瘦鸥因此"失却了继续写作的勇气"。他翻译美籍华裔女作家德龄的小说,是否也有用翻译权代创作的意思。而翻译小说,能细致入微地体验到西洋小说的写法,对创作不能不说是一个推进。《秋海棠》的问世,是秦瘦鸥对"小说"学习、思考与实践的成绩。

《秋海棠》在文体形式方面革新了章回小说,从外观看来,和新文艺小说已没有多少区别,和张恨水《八十一梦》、王小逸《石榴红》等小说一样,能

---

① 秦瘦鸥:《自序》,《孽海涛》,沈阳:春风文艺出版社1997年4月版,第218页。
② 秦瘦鸥:《前言》,《秋海棠》,上海:金城图书公司1943年6月版,第1页。

够代表40年代章回小说现代蜕变的成果。而更值得关注的是,《秋海棠》在思想内容方面也更新了章回小说以往的面貌,很好地实现了40年代一系列讨论中对章回小说的期待。

《秋海棠》讲述的是一桩发生在过去的故事。"1926年底至1927年初,天津发生了一起军阀杀害京剧艺人的事件。上海新舞台的两名年轻京剧艺人——刘汉臣与高三奎到天津演戏,得与天津的直隶督办褚玉璞某姨太太结识,发生恋情。褚玉璞是山东土匪出身,随张宗昌投靠奉系李景林,组成直鲁联军,由此占据天津,成为一方土皇帝,他得悉此事时,刘、高二人已转赴北京献艺,褚即派人将刘、高抓回天津。戏班方面托人转请奉系首领张学良讲情,褚置之不理,于十天后(1927年1月18日)在津将刘、高二人枪决。此事涉及褚玉璞家丑,自不便公布原因,当时北伐军正节节胜利,北洋军阀的统治已呈败象,奉系称北伐军为'南赤',称冯玉祥之国民军为'北赤',宣称'不问敌不敌,只问赤不赤',借以联合各派军阀共同抗拒北伐军,常借口'赤党'捕杀无辜,褚玉璞即是以'假演戏之名,宣传赤化'的罪名处死了刘、高。"①这一事件在当时社会引起很大震动,不少报纸报道了此事,并揭示了真相。这事也触动了秦瘦鸥的心弦,开始了写作小说的准备。但秦瘦鸥没有马上着笔,他说:"我脑海里,虽然在六年前已构成了一个故事,想把它演绎成一篇十万字的小说,而且几年以来的确也费了不少心力,用以搜集资料,实地考察,以及征询各方的意见;但为了格外郑重起见,我终于延到去年十一月,才正式着手写作。"②"去年十一月"指1940年11月,"六年前"就是1934年,离事件发生已经七八年了。秦瘦鸥先用七八年时间构划故事,再用六年时间"搜集资料""实地考察""征询""意见",直到1941年《秋海棠》才在《申报》面世。如此长的时间酝酿一部作品,这会是一部怎样的作品呢?

时任《申报》副刊《春秋》编辑的是周瘦鹃。周瘦鹃回忆《秋海棠》发表情形道:"民国八年至三十一年,我除了给申报先后编辑《自由谈》《春秋》《儿童》《家庭》等副刊外,兼带主持长篇小说,成绩还算不错;可是登来登

---

① 张赣生:《民国通俗小说论稿》,重庆:重庆出版社1991年5月版,第164—165页。
② 秦瘦鸥:《前言》,《秋海棠》,上海:金城图书公司1943年6月版,第1页。

第五章 "章"与"回":中西新旧交汇中的小说文体

去,无非是几位老朋友的作品。二十九年秋,为了要发掘新作家起见,特地悬赏征求,一时应征的作品,倒有一二百部,无奈都是不合用的。那时老友秦瘦鸥兄恰好闲着,手头有三部小说要写,我就请他先将故事的节略写出来看看;不上几天,他交来三篇节略,我读过之后,一挑就挑上了《秋海棠》。一则因为那故事曲折动人,描写男女之爱与骨肉之情,有深入显出之妙;二则因为我生平爱花,苏州故园中紫罗兰盆的窗下,与紫罗兰并植着的,正是这别号断肠花的秋海棠,用这凄艳的花名来做书名,自是正中下怀的。为了要使情节热闹一些,我向瘦鸥建议,该添上一个侠客型的人物;瘦鸥深以为然,就替我创造了那个好酒任侠行动飘忽的赵玉崐。《秋海棠》刊布后,因描写生动,刻划入微之故,深得读者们的赞美,可惜为了在申报'一年刊完一部小说'的原则之下,忽忽地结束了。去夏瘦鸥想出单行本,由我向申报无条件的取得了版权,一编问世,不胫而走。"①《秋海棠》在当时受到热烈欢迎的程度可以和十年之前张恨水发表《啼笑因缘》前后媲美。这两部小说有一个共同点,都对当时的一则新闻事件作了改写。《啼笑因缘》把鼓书姑娘高翠兰和田旅长的故事化成了小说的核心情节,即沈凤喜为刘将军霸占。张恨水对这则新闻事件是有自己独到看法的,所以小说在凤喜嫁进将军府到底是愿意还是不愿意这个问题上,给读者留下了权衡与争论的空间。这应该是张恨水对"军阀强占民女"故事的另一种思考,使得小说对平民的叙述更加复杂也更加生动。高翠兰和沈凤喜,都是鼓书艺人,张恨水是用艺人或者伶人对待自我和对待看客的惯常态度来解读高翠兰和沈凤喜的行为,从而在一定程度上改变了"军阀强占民女"的故事所带来的批评定式。秦瘦鸥写《秋海棠》同样改变了新闻事件带来的通常的公众反应,把一个姨太太和伶人偷情被发现的故事重新作了叙述,这类故事在现实社会和章回小说中常常发生。秦瘦鸥的重新叙述不像张恨水那样出于对伶人的世俗认识而体贴处置,他对伶人进行了新的构型,让伶人脱离了世俗污秽,出落成一个有骨气的独立的人。这样原本香艳柔腻的故事就改换了颜貌。

其实,在写作《孽海涛》的时候,秦瘦鸥已经把这则新闻事件搬到小说里了。《孽海涛》第14回"因微嫌化友为仇 知大义投明弃暗"中许老贵向

---

① 周瘦鹃:《弁言》,《新秋海棠》,上海:正气书局1946年7月版,第1页。

张士先讲述了伶人魏三官、陈汉流和军阀朱金镖的四姨太之间的纠葛。许老贵道:"你难道不记得四姨太和陈汉流的奸情破露以后,尚有一番很大的曲折吗?咱们的华军长就为陈汉流和魏三官两人下了狱,北京上海天津三处的伶人都忙着营救,连那位名满天下的伶界大王方兰梅也不忍坐视同行被人残杀,发了见义勇为之心特来找他出场斡旋,设法保护,全陈、魏两人的性命。"方兰梅与梅兰芳、陈汉流与刘汉臣、魏三官与高三奎,从人名上就可明显见出小说人物和现实人物的对应关系,许老贵讲述的故事实则就是现实中的那则新闻事件。只不过小说是在讲述军阀恩怨过节的时候,才引出了这则"奸情"故事的。许老贵的讲述比较概要,这也表明秦瘦鸥当时对这则新闻事件有所关注,但还没有形成很好的创作构画,只能以"街谈巷议"的方式去记录当时人,如许老贵之流的传言。

《孽海涛》里的故事基本是对现实事件的梗概叙述,而到了《秋海棠》则完全不同。张赣生对《秋海棠》的不同凡响之处作出了十分恰切的分析。他说:"秦氏经十余年的酝酿,才执笔作《秋海棠》,这为他的成功提供了一个有利的时间距离。就刘、高被杀一事本身而论,原属于桃色案件,此类戏曲艺人与姨太太之间的桃色新闻,在那个时候屡见不鲜,常常是茶余饭后的谈资,只是传为话柄,并不引起社会的同情,与姨太太偷情的人至少不能说是行为正当。刘、高被杀之所以引起民众的公愤,并非因为民众支持他们去偷情,而是因为杀人者是民众痛恨的军阀,且处置过重,手段残忍。实事求是地说,不过如此而已。如果秦氏在事件发生后立即演为小说,他势必要受客观社会氛围的影响,当人们正热衷于探听事实真相之时,小说作者对事实做的任何更变,都会被读者认为是失真,甚至被视为曲意回护。而据实演述,则不过是一条桃色新闻而已,绝难获得《秋海棠》这样的文学效果。时间的流逝改变了客观氛围,昔年轰动一时的新闻已被人们淡忘,人们对那宗桃色案件已失去了探听内幕的好奇心,只有拉开这一段时间距离之后,社会与作者都由炽热转为冷静,才有利于把一个真人真事的丑闻改造成充满人道主义精神的《秋海棠》。在秦氏笔下,秋海棠与罗湘绮是同病相怜,女学生出身的罗湘绮,受骗当了军阀的姨太太,心中蓄积着愤恨,唱旦角的秋海棠也同样被视为玩物,终日小心堤防,对社会恶势力也一样恨之入骨,这两个被侮辱被损害的人的结合便摆脱了低级趣味,具有了争取人的地位的精神光彩。特别是作者只把秋、罗的结合作为一个引子,点到为止,没有在性爱方面纠缠,而把大量篇幅用来描述秋海棠毁容后忍辱偷生抚养爱女的情节。这样,便使原来的真实事件脱胎换骨,使作品的主题升华到很高的境界,有力地震撼着读者的心灵。《秋海棠》是一部充满了感情力量的佳作,常常有催人泪下的描写,从始至终笔力不懈,这在民国通俗社会言情小说中并不多见,确是难能可贵。"①从新闻事件的发生到小说发表,十几年的时间间隔并不是秦瘦鸥的自愿安排,"失却了继续写作的勇气"需要重新鼓起的时间。秦瘦鸥对"小说"理论的学习探究,使他摆脱了《孽海涛》时期集缀故事的叙述方式,逐渐掌握了"小说"的写法。《秋海棠》的成功表明了秦瘦鸥对"小说"认识的成熟。那么小说到底如何蜕去"旧章回"的范式,把一个伶人和姨太太偷情被发现的"屡见不鲜"的桃色故事改造成一部经典作品呢?

  首先小说在男女主人公相遇之前分别给他们画了像,他们的肖像不同于一般的伶人和姨太太。小说第 1 章和第 2 章着重写相遇之前秋海棠的人生经历。秋海棠学戏勤奋,唱得也好,因此早早的出了名。"从出场起,一直到下场,台下的彩声,差不多没有停过,这还是他每次出台所常见的情形。"(第 1 章)这是才艺方面。从德行方面看,秋海棠不仅是个孝顺的孩子,更是一个心系国家忧患的青年。"秋海棠"这个艺名就是从当时中国的地形和所处的危难局势中得来的。第 1、2 章为秋海棠设置了两次考验,一次来自于男看客袁宝藩,另一次来自于女看客王大奶奶,这两个人为秋海棠的色相所着迷,怀着图谋不轨的居心,却都被秋海棠克服了。两次考验其实是秋海棠伶人生涯中诸多遭遇的代表,其主要作用有二:一是用来说明伶人时时会面对的危险诱惑,这些诱惑很容易导致伶人堕落,秋海棠却有抗拒诱惑和堕落的坚定意志与能力;二是为下文秋海棠和罗湘绮的故事铺垫,两人相爱是出于真情相投,并非是秋海棠没有抗拒诱惑的意志和能力。此外,秋海棠身边还有几位协助者,袁绍文、赵玉昆等。赵玉昆是秋海棠同戏班的把兄弟,袁绍文是袁宝藩的侄儿,和袁宝藩截然不同,在做人和唱戏方面都给予了秋海棠绝大帮助,也正因此,秋海棠和袁宝藩之间还存有一些正当交往。第 3 章叙述了罗湘绮嫁给袁宝藩的经过。罗湘绮和一般的姨太太至少

---

① 张赣生:《民国通俗小说论稿》,重庆:重庆出版社 1991 年 5 月版,第 166 页。

有两点不同：第一，她是一个女学生；第二，她是被骗嫁给袁宝藩的。小说写道："事实上，同学中欢喜罗湘绮的委实很多，她对待每一个人都非常和气，尽管年年考第一，却比年年留级的人还没有架子；尽管家里很穷，却穿得比最有钱的人还整洁。教师说的话，她都能很适称地服从，但决不过分的阿谀；四年来从没有犯过一件过失，即使是脾气那么古怪，事事欢喜挑剔的侯校长，也不能不暗暗承认这是她自己最得意的一个学生。"（第3章）罗湘绮是一个优秀的学生，也是一个高傲的女孩子，她希望自己毕业后能自食其力，赡养父母照顾病兄，没想到袁宝藩看中了她，借用侄儿袁绍文的名义强娶了罗湘绮。所以罗湘绮不像一般姨太太那样是一个攀附权贵出身卑下的女人。

小说描画出了两位品貌兼优又遭际不幸的主人公形象，为他们的爱情作了纯洁崇高又同病相怜的预设。男女主人公相遇也和一般伶人姨太太相识的场景不同。一般伶人姨太太的桃色故事总是开始于戏园，姨太太在戏园看戏，相中了戏台上的伶人，于是示好结交，于是发生私情。秋海棠和罗湘绮的相遇却有很大不同，因为一次意外事件需要袁宝藩帮忙，秋海棠来到天津袁宝藩的住宅，见到了罗湘绮。

> 她和秋海棠只彼此略略一看，便同时觉得大大的出乎意外；不过，比较上，罗湘绮的诧异还没有秋海棠那么厉害，因为她早就听袁宝藩一再夸说过秋海棠的色艺，和种种不平凡的行动了。否则，她怎么会愿意出来见他呢？可是她一瞧秋海棠那样朴实不华的衣饰，和英俊轩昂的气概，却也不免觉得很奇怪，几乎不相信他是一个唱旦的红角儿。

> 对于秋海棠，罗湘绮的举止，相貌衣饰，简直没有一件是他所预料到的。阔人家的姨太太，他见过太多了，老是那么一股狐媚似的妖气；就象王掌柜媳妇一类的少奶奶，尽管是好人家的女儿出身，却也多少有些轻相。而现在站在他面前的罗湘绮，却是那样的稳重，那样的淡雅；美固然是美到了极处，但庄严也庄严得不可再庄严。（第4章）

一个是气宇轩昂，一个是凛然不可侵犯，这第一次见面都让彼此"大大的出乎意外"，他们和彼此对伶人、姨太太的印象太不一样了。于是，秋海棠和罗湘绮的爱情就脱离了伶人姨太太的滥调模式，成了纯洁的两情相悦。

第五章 "章"与"回":中西新旧交汇中的小说文体

这桩隐秘情事被发现后,袁宝藩怒不可遏,他在秋海棠脸上用刀划出一个十字,使秋海棠前途丧尽,不能再登台演出,甚至"无脸见人"。小说没有像新闻事件那样让军阀杀死伶人,因为一旦秋海棠死了,不仅故事没了主人公不能再叙述下去,小说也只能表达出伶人的不幸和军阀的残酷,不能进一步把秋海棠的高洁品格塑造出来,于是秋海棠活了下来。袁宝藩在小说中与其说是一个残酷的军阀,不如说是充当了考验者的角色,秋海棠在经受了袁宝藩对他的一次次考验与折磨之后,他的人格光彩更显闪亮。同时,在这个事件中,罗湘绮得到了保护,袁宝藩没有惩治罗湘绮,而是原谅了她。在后来的一场政变中,袁宝藩死去。这个形象并没有被写得十恶不赦。小说的用意不在批判军阀,而在塑造秋海棠。

从第9章起,秋海棠开始了和女儿梅宝相依为命的生活。父女之情在小说里叙写得感人至深,超出了小说前半部分的男女之情,成了《秋海棠》故事的重心。主人公秋海棠正直、坚韧、善良的美好品质被完全释放出来。这一部分是小说脱离新闻事件的成功创造,伶人和姨太太的故事已经不存在了,牵扯人心的是国家危难时期家人团圆的可能性。在此,秋海棠伶人的身份变得模糊不清。他带着梅宝在乡间生活,成了一个地道的农夫。这种不同于伶人华彩生活的纯洁的生活方式,真正让秋海棠成为一个出污泥而不染的人。当迫于家国情势,秋海棠来到上海,再次登台时,已经完全失去原先的名角风光,沦为一个龙套演员。秋海棠的悲剧可以说是代表了众多伶人的命运。秦瘦鸥对此谈道:"我这一部小说并不是浪漫主义的产物,不能让它离开现实太远。因为人生本是一幕大悲剧,惨痛的遭遇几乎在每一个人的生活史上都有,而骨肉重圆,珠还合浦等一类的喜事,却只能偶然在春梦中做到,所以连梅宝的得以重见罗湘绮已经也太 Dramatic 了,如何还能让秋海棠死里逃生的做起封翁来呢?"① 秦瘦鸥对"悲剧"的深切认识,使小说更加震撼人心。

《秋海棠》的结局有3种版本。《秋海棠》最早在《申报》副刊《春秋》上连载","共332节段。可称为第1版本。1942年7月上海金城图书公司出版单行本,将《申报》连载的17章,增至18章。《申报》上的《归宿》扩大

---

① 秦瘦鸥:《前言》,《秋海棠》,上海:金城图书公司1943年6月版,第2页。

为《也是一段叫关》和《归宿》两个章节,可称为第 2 版本。1944 年桂林版和 1980 年江西版,均大体与第 2 版本无异。1957 年,上海文化出版社重印《秋海棠》时,作者曾作了小修补。如章节题目有变动,《归宿》改成《戏还在唱下去》等。在人物方面,对袁绍文与罗裕华这两个次要角色,做了某些调度。可称为第 3 版本。"值得指出的是这 3 个主要版本的最大不同处是作品的结尾,也即是秋海棠的死因。质言之,第 1 版本是病故,第 2 版本是自杀,第 3 版本是累死。"①对于从"病故"到"自杀"的改动,秦瘦鸥解释道:在最初的版本中,"仅仅最末一节结束得似乎太匆促,所以这一册单行本里,已把全书分为十八节,使最后的一个高潮,在一种比较更自然的状态下发展出来"②。秋海棠的坠楼似乎比"病故"和"累死"更具有凛然气度。他已经患上了令人绝望的肺病,早晚终是一死,他选择了不和罗湘绮相见,希望把自己完美的形象永远保留在爱人心里。"自杀"是秋海棠保留完美自我的主动行为,"病故"和"累死"多少显示出了弱者的被动性,所以金城图书公司版的《秋海棠》较好地把小说意图传达了出来,即塑造出一个具有独立人格的伶人形象。虽然"累死"一版出现在后,但后来重版的《秋海棠》,大都还是采用了金城图书公司的版本。

秦瘦鸥叙述了秋海棠一生的故事,这个故事曲折完整,保留了章回小说的"通俗"性质,符合普通中国读者的阅读期待。同时,小说塑造出了秋海棠美好而悲剧的形象,和一般章回小说所描述的生活在酒色财气中的"被玩弄"的伶人形象有很大不同。这样《秋海棠》就不再是一部脂香粉腻的社会言情小说,而是一部受到新文学教养的"通俗小说"。《秋海棠》因此符合了 40 年代文艺发展的诉求,它的家喻户晓也就势所必然,从而成为"民国南方通俗小说的压卷之作"③。

受欢迎的章回小说通常有续篇。前有《红楼梦》《水浒传》被人做续,后有《啼笑因缘》续集问世,到了《秋海棠》也不例外。《秋海棠》的续篇著名的有两部:一部是周瘦鹃的《新秋海棠》,1946 年出版;一部是秦瘦鸥的《梅

---

① 范伯群:《中国现代通俗文学史(插图本)》,北京:北京大学出版社 2007 年 1 月版,第 514—515 页。
② 秦瘦鸥:《前言》,《秋海棠》,上海:金城图书公司 1943 年 6 月版,第 2 页。
③ 张赣生:《民国通俗小说论稿》,重庆:重庆出版社 1991 年 5 月版,第 164 页。

宝》,1982年问世。周瘦鹃和秦瘦鸥是老友。秦瘦鸥出版《孽海涛》,周瘦鹃给他写序,秦瘦鸥翻译《御香缥缈录》,一开始也连载于周瘦鹃主持的《申报》副刊上。可以说,周瘦鹃对秦瘦鸥的作品很熟悉。再加上《秋海棠》最初也是经由周瘦鹃的慧眼得以发表,周瘦鹃续写《秋海棠》也是情理中事。据周瘦鹃说,他写《新秋海棠》是被他的孩子们"逼上梁山"①的。《秋海棠》发表后,紧接着就被搬演成话剧和电影,"轰动了整个的上海,打破历来卖座的纪录,几于无人不道'秋海棠'"②。周瘦鹃的孩子们看了话剧电影,都感到很悲哀,要求周瘦鹃写小说救活秋海棠。《新秋海棠》的第1章"九死一生",就是从秋海棠被救开始。

  秋海棠坠楼自杀,但没有摔死,被送进医院。这个开头接续了金城图书公司的版本,即《秋海棠》出版单行本时,秦瘦鸥修改的版本。这一版本是40年代《秋海棠》的流行版本,所以周瘦鹃的续写从自杀未遂开始。第2章"血与血交流",秋海棠需要输血。小说中一段关于输血的描述对于周瘦鹃20年代初创作的短篇小说《父子》可以说是一种照应。《父子》讲述了一个儿子为父亲输血而死的故事,因为对输血的叙述夸张失实,被新文学家讥笑诟病。二十多年后,《新秋海棠》再写输血,罗少华输血救活了秋海棠,扭转了《父子》的故事,很可以见出周瘦鹃对旧时之事念念于心。《新秋海棠》对输血的描述要比《父子》有了进步,但依然比较稚拙,这使得秋海棠的"起死"并不显得自然,也使《新秋海棠》的整体水准不高。《新秋海棠》出版后也受到欢迎,恐怕是借了《秋海棠》的声势。

  从第1章到第6章,《新秋海棠》叙述了秋海棠死里逃生、一家团圆之后的幸福生活。没有波澜的幸福生活往往缺乏故事性,所以类型小说模式总在叙述主人公生活波折方面大做文章,待到波折苦难过后、幸福生活开始便结束故事。《新秋海棠》的前半部分,只围绕"输血"情节稍起波折,此后的生活顺畅如意。因为缺乏可叙之事,前半部分显得平淡无奇。可观者在后6章,即小说的第7章至第12章。第7章"天有不测风云",是整部小说的大转折。战争火起,梅宝家的伙计殷献仁接梅宝离开学校,乘船去别处和父

---

① 周瘦鹃:《弁言》,《新秋海棠》,上海:正气书局1946年7月版,第4页。
② 同上书,第2页。

母相聚。然而船泊几处都找不见父母,梅宝心急如焚。好不容易团聚的一家人失散了。此后的几章情节便有了"故事性"。寻亲途中遇强人,殷献仁被杀害,临死时他道出真情:原来寻父母是假,他趁乱拐骗梅宝出走是因为他暗恋着梅宝。梅宝身陷强盗窟,视死如归,又被卖入妓院,死守贞洁。她以唱戏赚钱的方式为自己赎身,取艺名"新秋海棠"。梅宝的勇敢机智让她最终脱身获救。赵玉昆找到了梅宝,把她带到秋海棠和罗湘绮身边。一家再度团聚,在乡间过上安乐的生活,同时守候着梅宝未婚夫罗少华为国建功立业胜利归来。第12章题名"皆大欢喜",以喜剧结尾扭转了《秋海棠》的悲剧,满足了当时读者的善良愿望。

《新秋海棠》以团圆开始,为通俗小说"故事性"的需要,再把一家拆散,最后再得团聚。周瘦鹃为经营一个令读者满意的故事可谓煞费苦心。然而这个故事和当初秦瘦鸥写《秋海棠》时对小说悲剧和人生悲剧的看法是不相合的。《新秋海棠》中设置的决斗强盗窟、妓院生活、唱戏成名等情节,只能使小说成为可读的通俗故事,达不到《秋海棠》的高度。三十多年后,秦瘦鸥亲自续写《秋海棠》,接续了《秋海棠》的文气。

《梅宝》是作为"《梨园世家》第二部"发表的。也就是说《秋海棠》在秦瘦鸥的写作计划中被列为了"《梨园世家》第一部"。秦瘦鸥"长期爱好京剧表演艺术,也欢喜跟艺人们做朋友,因此,关于这方面的素材"①积累了很多。他谈《梅宝》的创作道:

> 因此我想既然同样使用解放前京剧界的题材,那么与其另起炉灶,一切从零开始,还不如驾轻就熟,以秋海棠之死为起点,让故事继续发展,可能更有把握。早年也有别人给《秋海棠》写过续篇,但都失败了。我认为第一是他们不熟悉这类题材,第二是他们硬把秋海棠救活过来,再当主角,这一情节缺乏真实感,所以读者接受不了。而我让梅宝来充任《梨园世家》第二部的女主人公,则是顺理成章的,犹如在原有的沃土上重植新枝,结果就会不同。②

---

① 秦瘦鸥:《跋》,《梅宝》,北京:人民文学出版社2009年7月版,第220页。
② 同上书,第221页。

秦瘦鸥认为以前的续篇"都失败了",当然包括《新秋海棠》。尽管周瘦鹃是秦瘦鸥的老友,并且周瘦鹃对秦瘦鸥有提携之助,但秦瘦鸥依然否定了周瘦鹃的辛苦之作。周瘦鹃没有秦瘦鸥那样熟悉京剧界,并且《新秋海棠》"硬把秋海棠救活过来"、"缺乏真实感",而作为续篇的《梅宝》就无此类弊病。但《新秋海棠》的后半部分以梅宝的遭遇来结构故事,把梅宝作为续篇的主人公,就此而言,两位小说家可谓不谋而合。

《梅宝》的故事要比《新秋海棠》丰富丰满很多。小说一开始就摆出各种矛盾:罗家母子的矛盾、罗湘绮母女和罗家的矛盾、恶人王辉祖对梅宝的觊觎、汉奸欺压百姓、中国人对日本人的仇恨等等。在这些尖锐的矛盾中,小说叙述了梅宝如何成长为一名优秀京剧艺人的故事。就"故事性"而言,《梅宝》比《秋海棠》更加曲折跌宕。尽管《梅宝》设置了一个"春天已经来啦"(小说第20章"杏花春雨江南")的光亮结尾,但小说中一系列的惨痛故事依然不脱《秋海棠》的沉重。韩家姑娘的疯和死、小老旦江慧芬的死、赵玉昆被关监狱、高燕庭和王辉祖的殊死搏斗、江家班小演员的非人生活等等,都是一个时代的辛酸往事。如果说《秋海棠》叙写了一位伶人的坚韧品格,那么《梅宝》则记录了京剧艺人群体悲苦与挣扎的生活,梅宝只是艺人群体中的一分子。小说最后叙述了梅宝参加的"海棠社"剧团的活动,艺人群体风貌更得到了集中展示。所以小说虽然以梅宝为主人公,着力点却在艺人群体,比《秋海棠》具有更为广阔的社会视野。

《梅宝》一共20章,每章列有白话小标题,在体例上和《秋海棠》《新秋海棠》一样,可看作是章回小说和新文艺小说化合的成果。但《梅宝》发表于1980年代,普通中国读者早已习惯了新的小说格式,章回小说只成了《梅宝》的历史背影。而《梅宝》也远比不上《秋海棠》所取得的历史影响。也许是创作发表环境改变了,时代社会关注的问题发生了变化,伶人命运和对待伶人的态度已大为改观,不再是社会问题。作为续篇的《梅宝》在题材思想的时代深度和文体变革的历史价值两方面都无法超越《秋海棠》。

第六章 "新"章回小说的诞生

40年代的小说出现新旧、雅俗融合的现象,一个明显的标志就是章回小说的回目。《秋海棠》以白话小标题代替了典丽对仗的回目,可以说是通俗作家改革创作文体的有心之举。另一方面,新文学家也在努力使作品通俗化,力图解决缺少读者的症结问题,以适应新的时代需求。他们努力的一项重要成果就是产生了一批标有回目的"新"章回小说。

解放区新出现的章回小说以《洋铁桶的故事》《吕梁英雄传》《新儿女英雄传》等为代表。这类小说形式上分章编回,内容上叙述的是农村民众的斗争故事,较好地执行了解放区的文艺政策。小说发表后受到很大关注,茅盾写有《关于〈吕梁英雄传〉》等文章,肯定了这些小说取得的成绩。但后来的研究者对这些小说的关注度并不很高,主要原因是这些作品被赵树理《小二黑结婚》或者丁玲《太阳照在桑干河上》等小说的强烈光彩遮掩了,章回小说终究不能成为新文学家创作的主导。在不多的研究中,《论解放区新章回小说的翻旧出新——兼谈文学旧形式的利用》《"旧瓶装新酒"的一次尝试——试析解放区三部章回体抗日英雄传奇》等文对这些小说生成的原因作出了探讨,认为它们是在40年代文学大众化运动,对"民族形式"的关注讨论中产生,它们的出现"有某种机缘,都与对文学本性、民间根性、民族特性的呼唤有关"。而这些小说最后的悄落声息在于"旧形式本质因素的逐渐衰弱扼住了章回小说的命脉","旧形式的利用,不在形式本身,而在于对旧形式相关的一些本质资源的正视与开发"①。这样的结论是颇为中肯的。

---

① 张谦芬:《论解放区新章回小说的翻旧出新——兼谈文学旧形式的利用》,《南京师大学报》2010年第5期。

对于这类小说,有研究者用"新章回小说"①来命名,也有用"英雄传奇"来称谓,特别是在一些文学史中。如刘增杰《中国解放区文学史》称之为"异军突起的抗日英雄传奇"②,冯光廉《中国近百年文学体式流变史》称之为"新英雄传奇小说"③,杨义《中国现代小说史》称之为"新英雄传奇"④,这类称呼明显得自小说叙述的人物故事。王瑶在其50年代著作的著名文学史《中国新文学史稿》中把《吕梁英雄传》等作品放在"新型的小说"⑤一章中来论述,同样突出了这类小说的"新"。总之,无论是"新章回小说"还是"新英雄传奇",产生于解放区的《吕梁英雄传》等章回小说在中国新文学史上是独具特色的,它们表现出了与传统章回小说或者英雄传奇不同的面貌。

比解放区章回小说更早产生的是国统区的一批通俗作品。这批作品是应抗战而生,体现出抗战时期中国作家及民众坚决抗争的意志。一部文学史书对这些作品评价道:

> 在各式各样的通俗文体里面,章回小说是尤为大众读者熟悉和喜爱的,因此,在抗战爆发后利用旧形式的创作热潮中,有不少作者作了这方面的尝试。抗战后期终卷的《中日春秋》《中国抗战史演义》《第二次世界大战演义》等大型作品且不论,在抗战初期和中期,各地的刊物报纸上,亦可时或见到采用此类形式写成的作品。像成都的《星芒》《通俗文艺》五日刊、桂林的《新道理》等报刊上半壁楼主的《国战演义》、磨刀人的《红枪会》《华北五英雄》、王鲁彦的《胡蒲妙计收伪军》等,都是连载时间较长的章回体小说。但遗憾的是,我们看到的大多数这类体裁的作品,在小说艺术上都还未能使人满意。它们虽然运用了章回的形式,主旨求其明白,人物求其单纯,并且也注意故事脉络的清楚和悬念的运用,但从总体上看,它们还缺乏一种足以打动人吸引人的

---

① 如张谦芬:《论解放区新章回小说的翻旧出新——兼谈文学旧形式的利用》。
② 刘增杰:《中国解放区文学史》,开封:河南大学出版社1988年5月版,第173—185页。
③ 冯光廉:《中国近百年文学体式流变史》,北京:人民文学出版社1999年10月版,第212—217页。
④ 杨义:《中国现代小说史》,北京:人民出版社1998年11月版,第579—582、663—672页。
⑤ 王瑶:《中国新文学史稿》(下册),上海:新文艺出版社1953年8月版,第312—368页。

艺术力量。其共同的一个缺点,就是作者在灌输抗战思想,鼓舞民众士气的政治需要下不暇求精、无意求精或不能求精,在强调功利性的同时,对文学的要求有程度不等的忽视。由于未能下功夫从活生生的生活中去具体地把握人物和提炼故事情节,作品所企求的单纯就变成了单薄,清晰也变成了简单;缺少个性内容的人物、缺少生活气息的场景和缺少力度的冲突也随之成为常见的现象。而正是在利用旧形式的章回小说亟需取得突破的情势下,谷斯范的《新水浒》脱颖而出,在人们的阅读经验中增添了一种能够从真正的章回小说意义上来加以品评的抗日通俗作品。①

《胡蒲妙计收伪军》等章回小说虽然在一定程度上鼓舞了士气,但创制粗糙,没有多少艺术价值,逐渐湮没无闻。唯独《新水浒》"脱颖而出,在人们的阅读经验中增添了一种能够从真正的章回小说意义上来加以品评的抗日通俗作品"。在"真正的章回小说意义上",《新水浒》取得了成功。这部小说连同解放区的新章回体创作,都是40年代文学大众化运动的产物。如果把它们放置在章回小说的现代历程中来考察,而不是仅仅从新文学史的角度来看取,那么这些叙述中国民众抗争故事的章回小说便承担起了章回小说史上的特殊职责。

第一节 《新水浒》的问世

谷斯范《新水浒》1938年8月1日在上海《每日译报》副刊《大家谈》上开始连载。1938年10月,谷斯范离开《每日译报》,连载中断。1939年11月,在湖北老河口《新水浒》完稿。在战地采访的辗转路途中,谷斯范对小说作了修改。1940年,小说由桂林文化供应社出版。1982年谷斯范着手修改小说,1985年1月,湖南人民出版社出版了《新水浒》的修订本。

这是一部共24回的长篇章回体小说。每回用了字数不等的单句回目,虽然比典型的双句对偶回目要通俗化得多,但还是具有文白风格。比如前

---

① 吴野:《大后方文学史》,成都:四川教育出版社1993年12月版,第543—544页。

4回的回目分别是:"庆元旦军民集会""忿国仇掷杯誓师""张达诚逃离太平桥""六师爷乘乱代镇长",可以见出这些回目标题是作了设计的。谷斯范有意选择章回体小说来写他的抗战故事。

1938年2月,22岁的谷斯范到上海《每日译报》担任校对。当时王任叔(巴人)在《每日译报》编副刊。王任叔曾在浙江上虞春晖中学执教,谷斯范是浙江上虞人,在春晖中学读书期间受到过王任叔的教导和影响。这一层师生关系,使他们在《每日译报》的合作十分顺利,合作出的产品便是章回小说《新水浒》。

梅益写的《〈新水浒〉修改版序》中说道:"《新水浒》是在特定的历史背景下创作和发表的。这已经是四十多年前发生的事情,只有弄清楚一九三八年我们在上海的复杂的斗争情况,才能说明谷斯范同志创作《新水浒》和《大家谈》发表这部作品的意义;才能说明它为什么引起了广泛的兴趣和社会的重视。"①梅益当时在《每日译报》编辑翻译版和国内版,是编辑部的主要负责人。谷斯范请他为《新水浒》修改版写一篇序文。梅益在序文中着重谈了《每日译报》在上海报界的地位。那是孤岛时期的上海,《每日译报》的前身《译报》是中共主持的刊物,因政治取向明显而被迫停刊。《每日译报》出刊依然持续着《译报》的办刊宗旨。在孤岛的报纸中,"它可算佼佼者,影响最大,群众基础最广泛。编辑部名家云集,大多数是中共地下党员"②。这就是《新水浒》发表的平台,在沦陷区坚持中共领导的抗日宣传。

巴人其时在编辑副刊《大家谈》,提议谷斯范为《大家谈》写篇小说。谷斯范回忆当时情形道:

> 巴人同志说:"通俗文学,大众文学,甚至于抗战文艺,在理论上都要得。现在的事,还得赶紧打入群众中去,哪怕在游艺场多混混也好,久了,能混出个究竟来。摸透他们灵魂深处的东西,体会他们的喜怒哀乐,知道他们生活中的甜酸苦辣,然后拿起笔来,赶快就写。"他又说:"当然,要采用群众喜见乐闻的形式,尽量做到通俗易懂。鲁迅在《文

---

① 梅益:《〈新水浒〉修改版序》,谷斯范:《新水浒》,长沙:湖南人民出版社1985年1月版,第5页。
② 谷斯范:《〈每日译报〉忆旧——雨丝风片录[四]》,《新文学史料》1992年第2期。

艺的大众化》中说过：我们要多有些为大众设想的作家，竭力来作浅显易解的作品，使大家能懂、爱看，以挤掉一些陈腐的劳什子。"别的同志插嘴说："大众化呀，民族形式呀，多年来谈得多，实践少。有些干巴巴的旧瓶装新酒作品，文艺价值甚少，起的宣传鼓动作用不大。"话题转到张恨水的小说，我说："张恨水的小说拥有广大的读者群，不仅仅是思想内容合小市民的胃口，形式也很重要，我们也该以章回体来写才对。"巴人同志接口说："你来写个章回体长篇可好？赶快动笔，《大家谈》连载。"我迟疑不决地问："写什么题材呢？"他说："你自己决定嘛！当然，不能随心所欲，要有针对性，不能光谈大道理。首先使读者喜欢读，读后从中得到启发，起点有益的作用。"①

这是《每日译报》编辑同人的一次谈话，话题是如何使文学通俗易懂，这也是《大家谈》的议题之一。1938 年左右，文艺大众化的讨论又开始在文艺界展开。巴人等人的这次谈话可以看成是大众化思潮背景下的一次小小的观点表达。巴人在谈话中提到了鲁迅的《文艺的大众化》一文。此文发表于 1930 年 3 月的《大众文艺》，收入《集外集拾遗》。鲁迅赞成"竭力来作浅显易解的作品"，但觉得当时大众化的条件还未成熟。他说："多作或一程度的大众化的文艺，也固然是现今的急务。若是大规模的设施，就必须政治之力的帮助，一条腿是走不成路的，许多动听的话，不过文人的聊以自慰罢了。"②《大众文艺》是左联的刊物，文艺大众化是左联的重要主张。《大众文艺》在第 2 卷第 3 期（1930 年 3 月）集中发表了"文艺大众化的诸问题"的征文，为此撰文的有郭沫若、郑伯奇、王独清等人，鲁迅的《文艺的大众化》也是其中的一篇。他认为要实现"大众化"，"就必须政治之力的帮助"，虽然左联的政党性质推动了大众化问题的开展，但在 30 年代初期，力量还不够充分。抗战的时局，真正把大众化问题放到了"急务"位置，而文艺大众化运动，自始就和中共的政策联系在一起。巴人在谈话中提到了"要采用群众喜见乐闻的形式"，1938 年 10 月，毛泽东在中共中央六届六中全会

---

① 谷斯范：《创作生涯几段回忆》，谷斯范：《〈每日译报〉忆旧——雨丝风片录[四]》，《新文学史料》1992 年第 2 期。
② 鲁迅：《文艺的大众化》，《鲁迅全集》第 7 卷，第 368 页。

所作的政治报告《论新阶段》中正式提出了这样一种说法:"使马克思主义在中国具体化,使之在其每一表现中带着必须有的中国的特性,即是说,按照中国的特点去应用它,成为全党亟待了解并亟须解决的问题。洋八股必须废止,空洞抽象的调头必须少唱,教条主义必须休息,而代之以新鲜活泼的、为中国老百姓所喜闻乐见的中国作风和中国气派。"①毛泽东的政治报告在文学界产生了异乎寻常的重大影响,"新鲜活泼的、为中国老百姓所喜闻乐见的中国作风和中国气派"成为了文学大众化的方向,成为了 40 年代文学"民族形式"讨论的发端。巴人 1939 年 9 月发表了《中国气派与中国作风》一文,引起国统区文学"民族形式"的论争。在这篇文章的开头,巴人直接引用了毛泽东《论新阶段》中的话,并阐释了他的理解。他说:"不懂得旧的历史的传统的人,也无法创造新的历史。中国旧文学的遗产,是否全都应该抛弃呢? 不,我们可以坚决的说,其间有很多的优秀的作品,是值得我们学习的。"他举了鲁迅的例子,说"他是保存了中国文学的最好的传统,在这传统上,他贯彻以西洋文学的优秀的精神"。所以鲁迅的作品是"具有中国气派与中国作风"的,《阿Q正传》是其代表。最后他总结道:"自五四平民文学的要求,到一九二七年前后革命文学的出现,再到今天的大众文学的推进,是否定的否定。这不是名词的游戏,而是历史的真实。"②巴人为大众化清理出了一条新文学的发展之路,"中国旧文学的遗产"被合理地融入这条道路之中。回到 1938 年 8 月之前,就不难理解巴人为何建议谷斯范写一部章回体长篇小说。

　　他们当时讨论到了张恨水。张恨水的小说为什么"拥有广大的读者群",谷斯范认为原因有两点:一是"思想内容合小市民的胃口",二是形式上是章回体。他们可以借鉴张恨水的创作经验。所可注意的是,张恨水等通俗作家的成就是被排斥在文学大众化之外的,大众化是新文学被指引的道路,跟张恨水等人的创作取向并不相同。巴人提议谷斯范写部章回小说,但强调:"不能随心所欲,要有针对性,不能光谈大道理。首先使读者喜欢

---

① 毛泽东:《中国共产党在民族战争中的地位》,《毛泽东选集》第 2 卷,北京:人民出版社 1991 年 6 月版,第 534 页。此文是《论新阶段》的一部分,收入《毛泽东选集》时用此题。
② 巴人:《中国气派与中国作风》,《文艺阵地》第 3 卷第 10 期,1939 年 9 月。

读,读后从中得到启发,起点有益的作用。"通俗作家的创作某种程度上带有"随心所欲"的意味,只要"读者喜欢读"就行,没有担当意识。而巴人希望的章回小说创作却必须要能"启发"读者,要有正确的观念导向。

梅益回忆道:"在一次文委的例会上,王任叔同志汇报了他和谷斯范同志商议,用章回体小说的形式,针对当时上海市民中普遍存在的一些错误思潮,以上海毗邻的江南地区正在展开的军事、政治斗争为题材,写一个长篇,在《大家谈》上连载。上海读者是有阅读报纸上连载小说的习惯和兴趣的,虽然过去发表的都是'鸳鸯蝴蝶派'的言情小说。我们都同意他的建议。用旧形式写新题材,这是一个大胆的尝试,它可以发挥新闻评论所不能起的作用。"①鸳鸯蝴蝶派小说多以报刊连载方式发表,上海读者适应了这样的阅读方式,利用这一方式写一部新题材的小说,一方面可以纠正"错误思潮",如"抗战必亡论、国民党正统论"②等,另一方面因小说的形象性,它可以比新闻评论更深入人心。有意思的是,《新水浒》不仅在发表方式上和上海市民熟悉的通俗小说是一样的,在写法上也相同,都是边写边刊。谷斯范回忆道:

> 我把意图告诉巴人同志,并说想花半个月时间,拟个大纲,列个人物表,先写几千字初稿。他摇摇头说:"不行!说干就干嘛!拟什么大纲?张恨水一天同时给几个报纸写长篇连载,这点精神值得学习。这样吧,明天交稿,后天见报,每天连载七八百字或千把字。"他动笔写了连载长篇的预告,发下去付排,我只好硬着头皮照做。篇名原为《太湖游击队》,巴人同志觉得太露骨,他提出改为《新水浒》。长篇于8月1日开始连载。③

老师的要求只能照做。巴人没有给谷斯范精心构思的时间,他还是举出了张恨水的例子,张恨水能边写边刊,把小说写好,谷斯范为什么不能呢。

---

① 梅益:《〈新水浒〉修改版序》,谷斯范:《新水浒》,长沙:湖南人民出版社1985年1月版,第6—7页。
② 同上书,第7页。
③ 谷斯范:《创作生涯几段回忆》,谷斯范:《〈每日译报〉忆旧——雨丝风片录[四]》,《新文学史料》1992年第2期。

完全可以理解巴人当时的想法和要求。抗战初期,急就章的作品可以迅速鼓舞士气,文学能起到多大作用就起多大作用,那不是一个可以给作家创作余裕的时代。这与通俗小说家为了尽快赚钱养家不同。巴人是被任命参与《每日译报》的编辑工作的,他必须在任职期间多做些事情。而抗战年间,一份期刊的存亡并不是办刊者可以单纯决定的。巴人于1941年3月离开上海,1939年5月《每日译报》被迫停刊,《新水浒》如果不尽快发表,很可能就失去了机会。"说干就干",巴人的雷厉风行,催生了一部优秀作品的问世。

《新水浒》的刊载受到了好评。巴人撰写《扪虱谈》一文,对小说赞赏有加,可以见出老师对学生的鼓励和关爱。谷斯范说:"这大大增强我的信心,按日把连载写下去。当天动笔,当天付排,现炒现卖,不留隔宿粮。现在回想起来,当时能受到读者欢迎,除了题材的现实性,有新鲜感,多设置悬念,使读者读了今天的,想看明天的;更主要的是靠《译报》在群众中的声誉,《大家谈》副刊受读者爱戴。"①可以说,《新水浒》受惠于《每日译报》,《每日译报》也因《新水浒》的刊载赢得了更多读者。胡愈之说:"《新水浒》在《译报》连载的时候,听说《译报》编辑部接到无数读者的信,要求把每天登载的篇幅扩大些。后来,不单篇幅没有扩大,而且登载不到一半的时候,作者就离开上海了,这一部连载小说从此夭折。"②就读者的欢迎程度看,《新水浒》取得了成功,却可惜连载没有终篇。这是边写边刊的一大弊病,作者写不下去了。

谷斯范想深入生活,积累经验,再把《新水浒》写完。巴人只得勉强同意。战地采访的工作开始了,而这部未完稿的作品则成为"长期压在心头的一块疙瘩,深感内疚的精神负担"③。谷斯范是一个有责任感的讲信用的作家,他在辗转采访的间隙,花了一个月左右的时间完成《新水浒》初稿,接着又在大雪天的一个小饭铺里修改小说。到达安徽金家寨,谷斯范把修改完成的《新水浒》寄给了胡愈之,请他介绍出版。于是,《新水浒》单行本于

---

① 谷斯范:《〈每日译报〉忆旧——雨丝风片录[四]》,《新文学史料》1992年第2期。
② 胡愈之:《序》,谷斯范:《新水浒》,长沙:湖南人民出版社1985年1月版,第2页。
③ 谷斯范:《雨丝风片录[七]》,《新文学史料》1993年第1期。

1940年由桂林文化供应社出版了,胡愈之说:这是"文化供应社出版的第一部文学作品"①。1939年初,胡愈之被派到桂林工作,他"着手建立比较稳固的出版阵地,倡议成立文化供应社",这"是抗日战争时期在国民党统治区我地下党直接领导的一个重要文化阵地"②。1940年下半年,胡愈之奉命离开桂林,《新水浒》的出版是他离开之前安排好的事项。谷斯范对于胡愈之来说是后辈青年,胡愈之在为《新水浒》写的序言中对小说作者和小说都予以了肯定。《序》中说:"这一本书的出版,至少是向文艺界提出一个关于民族形式的实例。我想,今天我们所需要的作品,应该是能够教人笑,也教人哭;教人读时感觉轻松,但也感觉紧张;应该提出问题,但同时也暗示一些答案。民族形式的作品似乎也不能忽略这些条件。因此《新水浒》这本小说是应该有它的地位的。"③《新水浒》是一部"教人哭""感觉紧张""暗示一些答案"的作品,胡愈之认为它是"民族形式的实例"。

《新水浒》的问世,还得到了另一位前辈作家茅盾的支持。谷斯范把《新水浒》寄给胡愈之以后,继续他的战地采访生涯。因为遇到危难情况,谷斯范把《新水浒》的底稿寄给了茅盾。谷斯范对此说明理由道:"《新水浒》底稿不便带走,过江前邮寄远在新疆的茅盾同志。这位文艺界前辈素来爱护年轻人,给我的短篇集子《大时代的插曲》写过评论。他家乡在浙西,熟悉太湖地区的风物人情。我相信会对这部长篇提出宝贵的意见。"④茅盾曾对谷斯范的作品有过关注。《大时代的插曲》收有四篇小说,茅盾写了《〈大时代的插曲〉》一文,发表于1938年10月的《文艺阵地》上,事隔一年多,茅盾应该对作者和作品都留有较深印象。其二,《新水浒》写的是太湖地区的斗争故事,茅盾熟悉这个地区,会对小说感到兴趣。谷斯范甚至相信茅盾会像当年一样为《新水浒》也写篇文章。谷斯范的信任得到了真诚的回馈。1940年6月茅盾的评论文章《关于〈新水浒〉——一部利用旧形式的长篇小说》刊出。在文章的开头部分,茅盾谈了他撰写这篇评论的因由:

---

① 胡愈之:《序》,谷斯范:《新水浒》,第1页。
② 赵晓恩:《桂林文化供应社始末》,宋原放主编:《中国出版史料》第2卷,济南:山东教育出版社2001年4月版,第25、22页。
③ 胡愈之:《序》,谷斯范:《新水浒》,第3—4页。
④ 谷斯范:《雨丝风片录[七]》,《新文学史料》1993年第1期。

第六章 "新"章回小说的诞生

> 利用旧形式的长篇小说,似乎还不多见,谷斯范先生的《新水浒》第一部《太湖游击队》,因此是值得我们注意的。我读到他的作品,最初尚在一九三八年夏天,那时我在香港编《文艺阵地》,屈轶兄寄了谷的短篇小说集来,并谓作者尚有利用旧形式的长篇在写作中,排日刊于《译报》。这长篇便是我们所见的《新水浒》第一部了。但短篇集却是新形式的,当时我以幸遇新友的喜悦心情读完,并写了点读后感,在《文艺阵地》上发表,现在我还记得有一篇写青年徒步往延安求学的,虽系"想象之作",但热情而富于诗意,充分闪烁着才能的光芒,给我很大的感动。于是我渴望读到他的连载于《译报》的长篇。
>
> 但后来我也就离开香港,到新疆去了;关山万重,音讯阻滞,不但所谓《新水浒》者,无从得读,连谷斯范先生的消息也得不到了,不但谷的消息,乃至内地文艺同志们的努力的劳绩,也不大容易看到了。我于是感到了"离众索居"的寂寞,感到自己学殖将要一天一天荒芜了。时间稍久,自己意识到不复是文艺圈子里的人了,但是谷斯范先生没有忘记我,从万里外的"江南"——安徽无为县的江边,将《新水浒》第一部的原稿给我寄了来了,这该是如何的喜悦呢,然而同时也感到惶恐,因为谷斯范先生盼望我读了以后,能就"通俗化的用语、结构、人物描写……"等具体问题,提出一些意见,作为他写第二部第三部时的参考。①

茅盾清楚记得他初读谷斯范作品时的"喜悦心情"。1939年3月,他到达新疆,在"'离众索居'的寂寞"里收到谷斯范的原稿,又是一番"喜悦"。谷斯范随书附了一封信,告诉茅盾他近一年多的经历,并请茅盾为小说提些意见。茅盾果然写出了评论文章,谈了他对小说的看法。

茅盾按照谷斯范的希望,谈了"通俗化的用语、结构、人物描写",还谈了小说的主题和叙事特点。茅盾认为,小说主题是"游'吃'队如何变成真

---

① 茅盾:《关于〈新水浒〉——一部利用旧形式的长篇小说》,《中国文化》第1卷第4期,1940年6月。

正的游击队",并认为"《新水浒》主题之正确,是毫无疑问的"①。这和谷斯范构思小说的初衷是一致的。谷斯范说:"《新水浒》是要让读者知道:抗日游击队的建立有个发展过程,日寇、汉奸残酷的烧杀政策,逼得沦陷区的广大群众拿起枪杆子,有他们参加,游击队便能得到改造,并逐渐壮大起来。"②茅盾还肯定了,"在通俗化这点上,作者是做到了。用语、句法、结构,都是中国式的,没有欧化的气味"。但茅盾认为小说的"艺术形象颇嫌不够","那几位代表进步势力的人物的性格,实在是太单纯了一点"。而叙事方面,茅盾谈了两点,也是他不太满意的。茅盾说:"就今日中国大众的文化水准而言,通俗作品中应用'回叙',以便交待清楚,似乎还是需要的。但自然这'迂回'不宜太大,太大了会使读者迷路,遗失了故事发展的线索。""回叙"即"倒叙",茅盾用来指小说中交代人物过往经历的叙述。茅盾认为"《新水浒》的作者似乎又力避'回叙'","是值得讨论的问题"。另外,"《新水浒》并不是完全没有心理描写,不过我总觉得还可以多些"。言下之意,《新水浒》的心理描写也不够。谷斯范充分尊重茅盾的意见,他想按照茅盾的意见修改小说,但终究力不从心。他对《新水浒》的修改版不甚满意:"不能说改写没有收获,但收获不大。重读一遍,掩卷后茫然若失,改得很不理想。"③

茅盾对《新水浒》的评价基本还是以他的新文学经验和眼光为标准的,如果从通俗小说或者章回小说的角度来看《新水浒》,它的人物、"回叙"以及心理描写并没有太大不足。用茅盾的话说:"这本书在利用旧形式的实践过程中,将是一部值得纪念的作品。"④

《新水浒》故事的发生地点是太湖南岸的太平桥镇,属于战时沦陷区。小说从国民党军官郑许国带兵败退驻守太平桥镇开始,到第12回郑许国率

---

① 以下关于茅盾谈《新水浒》的引文均出自《关于〈新水浒〉——一部利用旧形式的长篇小说》,不再加注。
② 谷斯范:《创作生涯几段回忆》,谷斯范:《〈每日译报〉忆旧——雨丝风片录[四]》,《新文学史料》1992年第2期。
③ 谷斯范:《雨丝风片录[七]》,《新文学史料》1993年第1期。
④ 茅盾:《关于〈新水浒〉——一部利用旧形式的长篇小说》,《中国文化》第1卷第4期,1940年6月。

兵攻升山失败外逃,第 15 回抗战投机分子赵章甫占领太平桥镇,接着第 22 回郑许国原来的部下黄杰率"太湖游击队"赶走赵章甫,最后"太湖游击队"被伪军和国民党特务军队包围,被迫转移出太平桥镇,投奔中共领导的真正的抗日军队去了。小说不仅叙述了抗战时期面目各异的部队之间争斗的复杂情况,以及抗日力量的磨炼成长过程,还围绕着太平桥镇叙述了普通民众与抗战之间的关系,拓展了现代"小镇文学"的叙事范畴。作为一部通俗小说,其趣味性一方面由革命战争年代的智勇故事体现出来,另一方面则体现在民众的生活情态上。所以小说主要叙写了两类人物故事:兵和民。

六师爷是住在太平桥镇的居民,趁纷乱之际,自任了代理镇长。第 6 回"六师爷宴客鸿庆楼",请镇上有些头脸的人物吃饭,支持他出任代理镇长。谷斯范认为,他没有充分展开这一场景描述,人物谈话"只写了一个回合,轻描淡写,草草收场",没有"把他们的心理活动写得更充分一些"①。其实小说对这些人物已表现得很生动,并且作者没有必要对小说所有人物,特别是那些无足轻重的人物都写得头头是道,谷斯范的自我批评是对自己的一种高要求。宴客场景尽管让谷斯范耿耿于心,饭罢后的故事叙述仍然是小说的精彩段落:

> 六师爷到楼下跟金老板结账,照发票数目九折付款,还有一折是饭店酬谢他的"回扣"。他还带来了两层的红漆果盒篮,一盏写着"张"字的大灯笼。果盒篮里有两口大沙锅,把吃剩的鸡肉、鸭肉装一沙锅,酱羊肉和虾仁馄饨并一沙锅。"状元红"剩着三瓶,也装进果盒篮里。一手提篮,一手提灯笼,出了"鸿庆楼"的大门。两个堂倌在背后骂:"这种人哪里配做镇长,是个睡凉亭、做伸手将军的脚色,馄饨没留一只,酒没剩一滴,都带走啦!"金老板说:"你们骂什么,他是算盘打得精,借花献佛,拿去送人情的。"

金老板猜得没错。六师爷沿着东大街,走到太平桥脚,就东张西望地站住了步。烧饼店在南小街尽头,丘瞎子卜课店隔壁。王小寡妇娘

---

① 谷斯范:《雨丝风片录[七]》,《新文学史料》1993 年第 1 期。

家姓邵,名字叫蓼香……这时他想过桥到南小街去,先把灯笼吹灭。四周黑漆漆的,他慢慢吞吞踏上这座古老的拱形大桥石级,心想:"不要被'老黄蜂'说中了,跌一跤中风可不是玩的。"桥上风大,他冷得缩着头颈。西首云端露出半弯上弦月,桥下河水泛着碎银似的月光。才过桥,月亮又被乌云遮住。街上冷清清没个行人。"文翰阁"楼上有灯光,对面那条到团本部去的石板弄口,站着个哨兵。远处有忽明忽灭的电筒光。传来一阵狗叫声。经过石板弄口,哨兵用电筒照了他一下,没盘问什么。一个熟人也没碰见,他高兴极了,暗中沿着街边走,轻声唱着不成腔调的京戏……

不料跟个黑大汉撞个满怀,摇摇晃晃往后倒退几步,才站稳脚,没把果盒篮打翻。他被撞得头痛如裂,就破口大骂:"你瞎了眼?眼睛长到屁股后面去啦?"放下灯笼和果盒篮,卷卷袖管,要请他"吃生活"。上去一看,哪有什么大汉,原来是一根电杆木头。他知道酒喝多了,自认晦气,摸索着仍往前走。风越吹越冷,头皮快被冻僵,伸手一摸,是个光头,那顶黑绒罗宋帽丢掉了。六师爷急忙摸出火柴,点亮灯笼,提着果盒篮回头朝电杆木头那儿去找。在一家街屋前找到帽子,刚戴上,有人拍拍他肩胛:"六师爷!你鬼头鬼脑的在干什么?"抬头看,是郑团长的勤务兵张得胜,另外还有七、八个兵。有一个亮着电筒,揭开果盒篮盖子,大叫:"有酒!有酒!"另一个揭开沙锅盖,叫得更乐:"还有馄饨!还有馄饨!"张得胜笑着说:"好,今夜六师爷请客!"六师爷手里的灯笼被抢走,果盒篮被提去,急得暗暗叫苦。几个兵推的推,拉的拉,六师爷像腾在空中一样,一伙人拥着他朝团本部走去。这时,烧饼店里美孚灯点得雪亮,那年轻寡妇打扮得妖妖娆娆,眼巴巴等待着吃酱羊肉和虾仁馄饨。过了半夜,还不见六师爷影子,才死了心,关门落闩,咬牙切齿地说:"这老水牛,下次再来,敲断他脚骨!"

六师爷把吃剩的菜装好,趁夜黑无人,偷偷到蓼香处叙情。夜黑风寒,这一路让六师爷颇受苦楚,怎奈最后吃食被驻守太平桥的兵抢去,人也被带走了,害得蓼香空等一场。这一段落叙述得有声有色,小镇的特色菜品、太平桥的风景、六师爷的吃回扣、他和蓼香的因缘故事、兵和民之间的关系等等,都被有滋有味地呈现出来,六师爷其人可以想见。这一段落不乏人物的心理描写,有直接的心理话语引用,也有间接地把心理融入到行动、言语和情感中的表述,而后者是通俗小说常用到的写人技巧。如六师爷高兴地唱起了京戏、帽子丢了急忙点亮灯笼去找、果盒篮被抢而人则像腾空一样被带走,不用明白叙述,六师爷的心理状态已能显示。通俗小说的趣味性往往就在此。所以不能说《新水浒》的心理描写不够,只是没有长时间的叙述停顿来描写心理活动而已,而引起叙事停滞的心理描写会妨碍阅读者的兴趣,降低小说的通俗效果。

上引文字并不只运用了通俗化的写法。即如太平桥月色的描述,足见出新文艺笔法。小说中类似的描述不少,时时显现出作者谷斯范新文学家的出身。第8回"黄杰奉命访太湖"中叙述黄杰等三人破晓时分离开太平桥镇去外面联络。"走出弄堂,四周一片白茫茫,街路上、屋顶上都是积雪。静悄悄没个行人,传来鸡啼声。"这段黎明雪景的描写同样令读者感觉是在读一部新文艺小说。如果撇开小说的分章回体制,把《新水浒》看成是一部新文学作品,并非不合适。在新旧的调式运用上,《新水浒》做得玲珑宛转,对于章回小说读者和新文学读者来说,都能接受。

小说叙述了一位喜欢读言情小说的年轻军官宋梦云,即便敌机当头,他还拿着部苏曼殊的《断鸿零雁记》在看。小说第20回,宋梦云结交太平桥镇的知识分子王尔基,两人大谈读书的事,直接把章回小说和新文学碰撞在一起。

宋梦云第一次到"进士第",开门见山提出要借书,或者借几本杂志。王尔基问:"你爱看什么书呢?"宋梦云回答:"言情小说,象《孽海花》《恨海》《红泪影》《啼笑因缘》,这类书我最爱看。"王尔基听得倒抽了一口冷气,心想:"真是个不长进的东西,小市民,无聊,庸俗!"他又问:"你不是要借杂志吗?"宋梦云点点头说:"是的。有没有《红玫瑰》或者《宇宙风》?"王尔基忍不住了,批评说:"宋排长!你看那些书和杂志是白白浪费时间。干吗迷恋那些破烂货?如不是文化水平太低,便是缺乏上进心。我不是收破烂的,我的书架也不是垃圾箱,你要的书,我这儿是找不到的。我介绍你几本有意义的好书,带回去好好儿读读。"说着,从书架取出《大众哲学》和《辩证法浅说》,鲁迅的小说《呐喊》,茅盾的长篇《子夜》。

宋梦云喜欢读的是晚清以来创作翻译的通俗小说,连同《红玫瑰》《宇宙风》等杂志,这类读物都为新文学家批判过。王尔基认为读这些作品"不是文化水平太低,便是缺乏上进心",只有"小市民"才喜好于此。他推荐宋梦云读《呐喊》《子夜》以及哲学书,觉得这才是读书正道。宋梦云不服气,也不感兴趣。在这场新旧文学的交锋中,王尔基的批评盛气足以显示出他的正确性,小说作者也以新文学家的立场借人物之口来赞赏新文学和新文化的进步。然而王尔基的进步只是"一定程度"的,他终究接受了大学生出身的军官徐明健的帮助,而宋梦云则和王尔基的妹妹结了婚。小说对宋梦云着笔不多,但这个爱读通俗小说的军官形象却十分生动,这使得他手不释卷的《断鸿零雁记》和《呐喊》《子夜》都成了《新水浒》的互文性文本。

巴人在《扪虱谈》中谈《新水浒》时,指出了它的"新"意所在:

> 从八月号起登了一个长篇《新水浒》,也是分章分回的写开头,有些作家是慨叹了,曰"章回小说也写起来了。"言下大有"不以为然"的意思,但这小说,在已发表的几节中间,是否全如其他旧小说一般呢。拆穿西洋镜说实话,要是作者用列车式分节分段写起来,却还是崭新的。它里面实在包含了很多新的因素。它抓住的一点是:旧小说中那种灵活的叙述——而去了新小说中那不大为大众所欢迎的烦重的描写。然而,你要是读过这小说,你会想象得出六师爷,镇长太太和那酒柜边看《封神榜》罚咒不再跟六师爷多嘴的阿七,是些个什么脚色。郑团长的英雄主义,王尔基的空头革命家气概……一切奇奇怪怪的脚色,都有个分明面目,这比较《啼笑因缘》停留于新旧之间,停留于武侠与爱情之间,那种拷架子式的性格的创造,是真实得多了。《水浒》时代远了,人物的个性真实与否,我们不能下断。但小说中"拷架子式的性格的创造"和事实的"诗张为幻"的故作曲折,却是最恶浊也是最普遍的手法。①

巴人认为,如果把《新水浒》的章回体式改成新体,那就是一部新文艺小说。"拆穿西洋镜",《新水浒》其实是一部套着"旧小说"外套的"新小

---

① 巴人:《扪虱谈》,《扪虱谈》,上海:世界书局1939年7月版,第245—246页。

说"。它的"新"意主要表现在摒弃了"旧小说"中"拷架子式的性格的创造"和"诲张为幻"的写法,即《新水浒》"真实得多",是一部现实主义的作品。巴人在谈民族形式问题时强调"'现实主义的大众文学'的建立""首先有赖于作品中中国作风与中国气派的养成"①。大众化的文学应该是现实主义的文学,而以"中国作风与中国气派"为特征的民族形式的文学也应是现实主义的文学。以现实主义为核心,是 40 年代文学大众化讨论中多数论者坚持的观点。就《新水浒》,包括解放区的章回小说而论,现实主义是这些作品区别于"旧小说"的关键。巴人把《新水浒》与《啼笑因缘》乃至《水浒传》作了比较,认为"《啼笑因缘》停留于新旧之间",《水浒传》更是旧小说的代表,《新水浒》与它们不同,它是"真实"的,是"崭新"的。

《新水浒》原名"太湖游击队",为去除其中的政治色彩,巴人把名字改为"新水浒"。这个名字使小说不可能完全和"旧水浒"脱离关联。尽管《新水浒》是以新文学为基础创作的,但在一些具体写法上仍然借鉴了传统小说,用巴人的话说,《新水浒》"抓住"了"旧小说中那种灵活的叙述"。小说中最突出的叙事方法有两种,一种是介绍人物履历的倒叙,即茅盾提出的"回叙",另一种是重复叙事。这两种方法在传统章回小说中经常用到。

《新水浒》在叙事过程中,插叙了郑许国、黄杰、赵章甫、徐明健等人物的履历故事,交代了他们的身世背景和来由经历,使读惯章回小说的读者能够明白人物的来龙去脉。例如第 2 回,黄杰和郑许国发生意见冲突,黄杰望着庭院中的红梅,想起自己的身世。第 4 回,郑许国清晨坐船察看军务,想起了远在他乡的妻儿。这类过往经历的叙述,就像《水浒传》叙述宋江、鲁智深、林冲、武松等人的故事一样,使小说的主要人物形象更显丰富。所以《新水浒》不愧其题名,它充分借鉴了《水浒传》纪传人物的叙事特色。可是《新水浒》是用倒叙法追述人物的经历,它的倒叙只对塑造人物有些作用,对小说主体故事没有多大意义,而《水浒传》是顺叙的,人物故事纷至沓来,汇成了小说故事的主流。从这点上看,《新水浒》的倒叙人物经历只是尽量参照传统章回小说的做法,为了使小说更显通俗化,让人物故事头头是道,给读者一个明白交代。

---

① 巴人:《中国气派与中国作风》,《文艺阵地》第 3 卷第 10 期,1939 年 9 月。

小说的重复叙事同样是为了实现通俗化效果。例如第 5 回叙述了木匠胡林从军之前不幸的生活经历,第 14 回胡林向罗丰又谈到了他从前的生活经历,两段经历的叙述详略稍异,但内容甚至细节都是一样的。第 1 回黄杰进到关帝庙,有一段对庙里黑白无常、鬼神塑像的描述,第 22 回"游击战术训练班"的地址选在了关帝庙,又有一段黑白无常、鬼神塑像的描述。第 2 回描述了郑许国带兵驻扎太平桥镇时团部的厅堂布置,特别提到了"厅堂挂一幅《福禄寿三星图》,对联是康有为手迹":"天地献奇,山川人物星斗画。祖宗垂训,衣冠礼乐圣贤书。"第 7 回,戚渊拜访郑许国,又一次描述了画和对联。此外,对太平桥、街镇店铺、蓼香居室的重复描写都在两次以上。如此多的重复叙事,对于现代批评家而言可能是解读现代小说意义的便捷通道,①但是就《新水浒》来说,重复并不隐藏着深意,它只是在向那些健忘的通俗小说读者反复提醒着人物故事及其发生环境,使他们加深印象。就像传统章回小说会在每回开头部分重复上一回的内容一样,帮助读者理清先前故事的脉络。《新水浒》去除了这类章回套式,灵活运用传统小说的通俗技巧,也是一种革新。

另外,小说除了引述康有为手书对联外,还插叙有民谣、歌词、戏文、古诗、主人公的诗作等等,可谓效仿了章回小说文备众体的特点。对于沦陷区和国统区的读者来说,《新水浒》似曾相识又满载新意,"它的出现拉开了小说通俗化的序幕"②,成为抗战时期文学大众化实践成果的可贵样本。

第二节 讲故事:从城市到农村

抗战时期文学大众化运动的展开使新文学家对章回小说创作的态度发生转变。章回小说成为"利用旧形式""民族形式"讨论的重要话题。例如茅盾在延安文艺小组会上演说道:"我们试从那些不朽的、古典的市民文学中,举出几部代表的作品来;我以为如果我们要向民族文学的遗产中学习民

---

① 如〔美〕J. 希利斯·米勒在《小说与重复——七部英国小说》中所作的分析解读。此书由天津人民出版社 2008 年 1 月出版,王宏图翻译。

② 郭国昌:《二十世纪中国文学的大众化之争》,南昌:百花洲文艺出版社 2006 年 12 月版,第 319 页。

族的形式,这几部作品是应当注意的。"茅盾列举了《水浒传》《西游记》和《红楼梦》三部古典章回小说,认为它们是"民族形式的代表",是值得学习的。① 这是继胡适在文学革命时期借重古典章回小说提倡白话文之后古典章回小说地位的再度提升。古典章回小说成为"民族形式的代表",那么作为"形式"的"章回"就与"民族"联系在了一起。茅盾说古典章回小说是"市民文学",那么作为面向市民读者的现代章回小说也就不能再像之前那样被全然贬斥。

抗战爆发后,现代章回小说被贬斥的状况基本结束。1938年3月,中华全国文艺界抗敌协会成立,张恨水被选为理事。这标志着现代通俗作家被新文学作家正式接纳。之后新文学界对通俗文学家的评价明显转变。有论道:

> 礼拜六派对于广大群众的文艺技巧的影响的力量,在以文艺为武器而争取落后大众的新民主主义文艺工作者,是不仅应该由自身来加以批判的吸取,同时也应该对那些工作者加以相当的重视,尤其当这全民族共生死,在政治上集合一切阶级力量的共同对外战斗中,文艺工作上对于礼拜六派的文人,也已不是要打击他们而是要争取他们。当全国文艺界协会在武汉成立的时候,我们就主张要吸取他们的力量来参加战斗,这主张得到全场的拥护,在文协第一届执行委员的名单中,就有了张恨水和王凫公的名字。而事实,这一派的文人参加在战斗的行列里,也表示了甚大的热情与英勇,同时也在自己为民族作战的过程中提高了自己作品的质素。②

这段议论基本概括了抗战后新文学家对通俗文学家的态度。从被"打击"到被"争取",通俗作家在现代文坛被主流评论压制的状况得到反转,他们的作品也被认为是"提高了""质素"。张恨水的《蜀道难》、包天笑的《小说家的审判》等都得到了肯定,虽然"在形式上内容上"这些作品"还不能摆掉传统的有害的影响",但是"时间会使某些新文学家落伍,也会使某些旧

---

① 茅盾:《论如何学习文学的民族形式——在延安各文艺小组会上的演说》,《中国文化》第1卷第5期,1940年7月。
② 叶素:《礼拜六派的重振》,《上海周报》第2卷第26期,1940年12月。

小说家进步"①。通俗作家、作品及"章回体"创作的被接受和肯定,使40年代的文学面貌呈现出新动向。新文学和通俗文学的界限被逾越,新文学大众化趋势势不可挡。

促成新文学大众化的最有力因素是政策指令。在解放区,中共文艺政策的推行,直接造就了当时的文学出产,例如赵树理的评书体小说和马烽等人的新章回小说。在中共的文艺政策中,1942年毛泽东《在延安文艺座谈会上的讲话》最为重要,它对文艺乃至新章回小说创作都起到了无可估量的作用。毛泽东在这篇讲话的"引言"部分提到了"大众化"问题。他说:"许多同志爱说'大众化',但是什么叫做大众化呢?就是我们的文艺工作者的思想感情和工农兵大众的思想感情打成一片。而要打成一片,就应当认真学习群众的语言。"毛泽东把"大众化"分成"思想感情"和"语言"两个层面,这两个层面都和"工农兵大众""群众"息息相关。毛泽东进一步阐释文艺工作的中心问题是"一个为群众的问题和一个如何为群众的问题"。所谓"群众"就是"人民大众"。"最广大的人民,占全人口百分之九十以上的人民,是工人、农民、兵士和城市小资产阶级。"但是"我们的文艺""必须站在无产阶级的立场上,而不能站在小资产阶级的立场上"②。这样"人民大众"实际就缩小了范围,所谓的"大众化"就是"工农兵化",文学大众化运动,就是文学从思想内容到语言形式都要为工农兵服务。毛泽东的阐释厘清了先前围绕"大众化"问题的各种争端,引领了之后文学大众化的方向。1942年之后,相关的论争渐趋消歇,代之而起的是各种文艺大众化的实践。解放区的新章回小说就是服务于工农兵的大众化实践成果。

1944年7月柯蓝创作的小说《洋铁桶的故事》发表于延安《边区群众报》,1945年6月连载结束。这是解放区的第一部新章回小说。柯蓝说:"我写这本书的时候,正是我刚刚开始向民间文艺、向我们古典文学学习的时候,也正是我在毛主席的《在延安文艺座谈会上的讲话》发表之后,在党的文艺方针指导下,培养下,初入陕北农村,学习写作通俗文学作品的时

---

① 佐思:《礼拜六派新旧小说家的比较》,《横眉》(《奔流新集》之二),1941年12月。
② 毛泽东:《在延安文艺座谈会上的讲话》,《毛泽东选集》第3卷,北京:人民出版社1991年6月版,第851、853、855、856页。

候。"①也就是说,《洋铁桶的故事》的发表背景是文学大众化讨论、民族形式论争以及"党的文艺方针"的下达。在解放区的创作语境中,要"写作通俗文学作品",对于柯蓝这样的年轻作家来说,必须经历一个学习的过程。柯蓝写章回体小说《洋铁桶的故事》即带有明显的尝试意味。他说:

> 这个长故事,在群众报上发表的时候,登过七段之后,曾经中止了一个短时期,因为当时还是一个试验,不知道读者是否欢迎。后来经过文教调查团下乡,及读者来信反映,许多人要求继续发表,才又登起来了。然而当时是没有计划写这么长的,读者又要求继续登,所以后来发表的,都是写一段登一段,非常仓促,这对于我说来,是一个新的尝试,也是一个新的学习。写这种通俗故事,尤其是写给边区文化低落,长期活动在农村环境的读者看,和报纸有一定篇幅的限制等等,许多地方是感到困难而需要摸索的。②

柯蓝用了"试验""尝试""学习""困难""摸索"等词汇表明《洋铁桶的故事》始创的不易。困难的来源包括:没有完整的计划,"是写一段登一段"的,写得比较"仓促",小说因此不免瑕疵;第二,边区的读者,主要是农民,"文化低落",要使作品写出来让他们理解乃至得到提高教育,不是轻而易举的事;第三,作品发表在报纸上,每次登载都有"篇幅的限制",如何把握每次的登载容量与小说的进展并能吸引读者,也需要用心琢磨;第四,用章回体来写"通俗故事",这在新文学的发展历史中还是一个新问题,是否可行,能否成功,还需要实践来证明。《洋铁桶的故事》写出七段之后便中止了,就是没有把握、姑且试探的意思。没想到,小说竟然大受欢迎,在解放区印行了多个版本,尝试之作最终获得了成功。

成功的原因主要在于小说的通俗化。在形态方面,《洋铁桶的故事》采用了大众读者习惯已久的章回体制。小说分为"四十段",每段冠有对句标题。例如第3段"洋铁桶安排妙计 刘家庄月夜报仇",第9段"病体未好偷出医院 月色朦胧险些遭灾"。显然,小说的分"段"脱胎于分"回"。每段末

---

① 柯蓝:《重版后记》,《洋铁桶的故事》,北京:人民文学出版社1960年1月版,第89页。
② 柯蓝:《前面几句话》,《洋铁桶的故事》,北京:生活·读书·新知三联书店1949年2月版,第1—2页。

尾虽然没有章回套话，但每段开首却有接续上段的"第×段说到……"，同样形成了小说套式。所以《洋铁桶的故事》在外形上可以归为章回体小说，采用了传统通俗小说的套式结构。

在故事叙述方面，小说同样是通俗的。小说原名"抗日英雄洋铁桶"，之所以改成"洋铁桶的故事"，据作者讲"是因为读者来信说很喜欢这本书中主人公的小名'洋铁桶'，说这人的脾气暴躁，碰他一下就要大吵大闹，跟洋铁桶子碰一下就要响一样"①，于是就把名字改了。这个解释恐怕还不能说明问题，因为原题中也有"洋铁桶"这个名字。关键是把"英雄"去掉了，加上了"故事"。去掉"英雄"就更能亲和工农兵大众。书中交代，洋铁桶是民兵队长，他是一个领导者。特别是在村里成立区政府以后，洋铁桶更是政府里重要的领导人，以致成为敌人的暗杀对象。可是就在区政府成立后，从"第十六段"开始，小说对于洋铁桶故事的叙述大幅度减少，在杜槐心的故事、高庄的故事中，洋铁桶几乎缺了席。这就意味着小说大部分故事并不写洋铁桶，最多只与洋铁桶相关。这可能是由于作者写作仓促，"没有计划写这么长"造成的。如果用原题，则显然暗示洋铁桶是书中主人公，这就不合小说具体内容。改后的题目不仅平和很多，还可以多少遮掩作品瑕疵，以容纳那些相对独立的"故事"。可以说，柯蓝在小说中止后，是以"讲故事"的心态接续小说。抗日的故事一个接一个，没有洋铁桶，还会有其他人物成为某个抗日故事的中心。大众读者不在乎作品艺术性的完整，而只对动听的故事感兴趣。所以只要把故事讲述得津津有味，吸引读者，小说激励抗日的目的也就达到了。这就是小说成功的所在，它不仅在形式上也在叙事方法上起用章回小说的专长，实现通俗化效果。

"《洋铁桶的故事》所获得的成功，给解放区的作家带来了明白无误的艺术信息：许多作家已经弃之不用的章回体形式，仍然具有一定的艺术生命力。这就鼓励一些作家运用这一形式，撰写新的英雄传奇。"②《吕梁英雄传》《新儿女英雄传》《红旗呼啦啦飘》《地覆天翻记》《血尸案》等新章回小说先后问世，这些作品成为解放区文学创作的一个重要类型。之所以能够

---

① 柯蓝：《重版后记》，《洋铁桶的故事》，北京：人民文学出版社1960年1月版，第88页。
② 刘增杰：《中国解放区文学史》，开封：河南大学出版社1988年5月版，第176—177页。

把它们放在一起来论述,是因为它们具有很大的相似性。一部文学史书概括出了它们的几点相似特征。第一,"从体制上套用了古典章回小说的体制,用明确的回目划分作为小说叙事进程的结构段落,回目之间用一定的接续语作为承接和转折,回目之中用明显的讲说方式推进叙述线索"。第二,"基本上采用的是以线性时空关系构成的故事性结构","事件的来龙去脉及发展过程是小说情节结构的重点"。第三,"把叙事的重心放置在故事讲述上","对人物的性格表现便不能不服从于事件的讲述过程,人物性格的复杂性和丰富性都因这样的叙事需要而被简化"。第四,"主要采用的是全知式的'讲述'性的叙述方式","情节发展就基本上是以概述的形式来推动,十分缺乏情景化和情态化的表现内容与手段"[①]。无论是情节结构,还是叙事重心、叙述方式,"讲故事"是成就解放区章回小说创作的关键。因为这些小说以"讲故事"为基点,所以选择了专讲故事的小说文体——章回体。由于把故事置于小说的中心,从而导致人物性格、情态描写及其他艺术技巧的欠缺,"讲述"成为故事进程的首要推动力量。尽管在其他现代章回小说身上也有"讲故事"带来的一系列优缺点,但是它们都为此或多或少作出了调试,以增强章回小说的艺术表现力和现代生命力。而解放区的章回小说却没有在艺术性方面作出多少努力,只要被工农兵读者接受欢迎,艺术性的粗糙和独特性的缺乏就不成为问题。

有论者谈解放区章回小说的缺陷道:"在解放区小说中,模仿是一个极为普遍的现象。一种小说形式出现后,便会被有组织地推广开来,获得一大批自觉或不自觉的模仿者。在这种模仿中,艺术个性难以被明显地区别开来,艺术形式的运用更多是遵循一种程式化的习惯。在很多作者那里,似乎形式已成为一种被先验地既定的东西,他们的创作所要做的只是对内容的选择。"[②]《洋铁桶的故事》发表后,章回体的形式便被作为大众化的成功示例"推广开来",成为后来者"模仿"的对象。《吕梁英雄传》等作品的确只在具体的故事内容上彼此区别,其独特性已被大众化、通俗化的诉求所摒

[①] 冯光廉主编:《中国近百年文学体式流变史》(上),北京:人民文学出版社 1999 年 10 月版,第 213、214、216 页。

[②] 同上书,第 206 页。

弃。《吕梁英雄传》甚至在写法上都和《洋铁桶的故事》十分相似:"当时并没有计划要写成一本书,也没有通盘的提纲,只是想把这许多生动的斗争故事,用几个人物连起来,并且是登一段写一段,不是一气呵成,因而在人物性格的刻画上,在全书的结构上,在故事的发展上,都未下功夫去思索研究,以致产生了很多漏洞和缺陷。"作者对这种"未下功夫"的写法不甚满意,认为:"这本书只能说是一本连续故事,作为一本小说看是很不够的。"①在马烽等人看来,"小说"比"故事"的等级要高,小说必须具备一定的艺术水准,而故事只要被讲述出来即可。在解放区的阅读环境中,故事比小说更适合大众读者,也更受青睐。所以只要讲故事的形式被确定,那么小说家所要做的就是故事的选择。更何况章回体原本就是一种最适宜讲故事的文体。

《洋铁桶的故事》《吕梁英雄传》《新儿女英雄传》等讲述的是抗日斗争的故事。《红旗呼啦啦飘》讲述的是解放区大生产运动的故事。《地覆天翻记》《血尸案》等讲述的是农民和地主抗争的故事。具体故事情节尽管不同,但结局是一致的,即人民群众以他们的勇敢、机智、勤劳和坚定,最终取得了胜利,侵略反动力量被打垮,群众的觉悟和能力得到显著提高。作家写作意图通过故事得到直接表达,没有复杂的主旨,只有明快的激励。

如果把解放区的这些章回体作品和之前通俗小说家的章回体创作进行比较,除了在小说文体上前者对后者有所借鉴外,区别还是明显的。茅盾就把《吕梁英雄传》和张恨水的作品进行了比较,说道:"《吕梁英雄传》的作者在功力上自然比张先生略逊一筹。不过,书中对白的纯用方言,却是值得称道的一个优点。这就大大地补救了人物描写粗疏的毛病,而这粗疏的毛病主要是由于未能恰如其分地刻划了人物的音声笑貌。"②人物语言中方言词汇的运用是解放区章回小说的特色,然而人物描写还是不免"粗疏"。张恨水的作品留下了沈凤喜、冷清秋、杨杏园等出色的人物形象,而解放区章回小说却没有这些令人印象深刻的人物。在"功力上"或总体来看,《吕梁英雄传》等作品要比现代通俗小说家的创作"略逊一筹"。不过两者还是各有

---

① 马烽、西戎:《后记》,《吕梁英雄传》,北京:人民文学出版社1957年1月版,第354、355页。
② 茅盾:《关于〈吕梁英雄传〉》,《中华论坛》第2卷第1期,1946年9月。

其长,具体表现在对城市和农村的专职叙事上。在章回小说的历史进程中,解放区章回小说的"新"主要在于开辟出了农村故事的叙述空间。

章回小说是追随城市的发展成型而出现的。它的诞生与城市人的生活密切相关。章回小说叙述的故事往往以城市为背景,如《金瓶梅》《红楼梦》乃至《水浒传》等等。现代通俗作家写作的章回小说更体现出了现代城市的特色,如张恨水写北京、包天笑写上海、刘云若写天津等等。包天笑在《上海春秋·赘言》中说道:"都市者,文明之渊而罪恶之薮也。觇一国之文化者必于都市,而种种穷奇檮杌变幻魍魉之事,亦惟潜伏横行于都市。……盖此书之旨趣,不过描写近十年来中国都市社会之状况,而以中国最大市场之上海为其代表而已。"①现代章回小说对于"文明之渊而罪恶之薮"的城市故事的叙写可谓淋漓尽致。范伯群用"都市乡土"一词来概括通俗小说写城市的特点。他认为:"通俗文学流派的作品中的最精华部分乃是它的都市乡土小说。"②"都市"是指城市在通俗小说中占据重要位置;"乡土"是指不同城市在通俗小说中被描述出了不同样貌。现代通俗作家对城市怀有特殊的感情,他们的作品为现代城市留下了生动的历史记载。

在斯宾格勒的叙述中,城市既标志着文明的一个新开始,也意味着终结的来临。城市永远是和乡村对立的概念。斯宾格勒说:"取代一个世界,出现了一个城市,一个点,广大地区的整个生活都集中在它身上,其余的地方则走向萎缩。取代一个真实的、土生土长的民族,出现了一种新型的、动荡不定地黏附于流动人群中的游牧民族,即寄生的城市居民,他们没有传统,绝对务实,没有宗教,机智灵活,不结果实,极度蔑视乡下人,尤其看不起最高级的乡下人——乡绅。这是走向无机、走向终局所跨出的巨大一步。"③在中国文学中,城市的出现繁荣和诸多症候,由小说特别是章回小说作出了详细描述。现代中国城市,即是"流动人群"的集结地。现代章回小说,如包天笑《上海春秋》就把寄居在城市中的各色人物故事及其所造就的"文明之渊而罪恶之薮"的城市诸多症候记述了出来。斯宾格勒产生这种观点的

---

① 包天笑:《赘言》,《上海春秋》,上海:上海古籍出版社1991年5月版,第3页。
② 范伯群:《论"都市乡土小说"》,《文学评论》2002年第3期。
③ 〔德〕奥斯瓦尔德·斯宾格勒著,吴琼译:《西方的没落》第1卷,第31页。

时候正值一战前后,德国、英国、法国等国家的城市文明已开始显露"没有传统,绝对务实,没有宗教,机智灵活,不结果实"的征象。而中国从晚清至二三十年代的城市因受西方文明影响与殖民侵犯,也带有了西方城市文明的诸种印迹。按斯宾格勒的看法,中国现代城市从兴盛之始,"走向终局"的倾向也已显露。这个时期,城市居民"极度蔑视乡下人",乡土只能像沈从文的《长河》那样成为"过去"的遗留物,并不得不接受现代城市的诘问。城市文明力量的壮大和世界各城市进程的相通,最终融汇出了新的文明形态,斯宾格勒称之为"世界都市",是"文化晚期"的标识。"隶属于世界城市的不是民族,而是群众。它对于代表文化的所有传统(贵族、教会、特权、王朝、艺术习惯、科学知识的限度等)怀有一种不理解的敌意,它的敏黠冷酷的才智令农民的智慧感到惶惑,它的有关所有两性和社会问题的新式自然主义的观点可以从卢梭(Rousseau)和苏格拉底远溯至十分原始的本能与原始的状态,还有在工资纠纷和足球场的形式中重现的'面包与马戏'(Panem et circenses)——所有这一切都明确地标志着文化的终结,标志着人类生存的全新一页的开始——这一页是反地方的、晚期的、没有未来的,但却是完全不可避免的。"①这一理论,是斯宾格勒得出"西方的没落"结论的构成要素。城市对以农村为代表的文化传统怀有"敌意",城市的"才智"和"农民的智慧"是相抵触的,当城市文明出现"世界都市"征象而进入"文化晚期"的时候,"全新一页"开始了。这新的一页是什么?斯宾格勒没有明晰指出,但从他的理论构架中可以推断出,与城市对立的农村很可能再次成为新的文明的开端。中国现代城市固然还没有达到"世界都市"的程度,但从《上海春秋》《春明外史》等作品中,可以看出斯宾格勒所描绘出的诸种城市迹象。这些小说很好反映出了现代城市的发展面貌以及城市和乡村之间的对抗关系。当40年代解放区章回小说以农村故事为创作题材时,多少映现出斯宾格勒意义上的"全新一页的开始"。

在晚清至二三十年代创作出的章回小说中,城市是小说故事发生的主要场所。有关乡村的描述虽然在这些作品中比较少见,但少量的叙述却能起到重要作用。张恨水《欢喜冤家》中的男女主人公因为在北京城无法谋

---

① 〔德〕奥斯瓦尔德·斯宾格勒著,吴琼译:《西方的没落》第1卷,第32页。

生,回到乡下老家。小说第 19 回到第 24 回叙述的都是乡间生活的情景。小说共 32 回,这一乡村叙事占了相当篇幅的比重,在其他章回小说中这种情况是少有的。第 20 回"举目尽非亲且餐粗粝 捧心原是病频梦家山"道出了女主人公对乡间生活的不适应。

> 桂英觉得这几天以来,每谈到乡下情形困苦的时候,玉和必是如此解释,乡下情形都是这样的。他那意思,以为不只是我们这样苦,乡下人大家都苦。他如此说着,忘怀了我们是由北平来的,为什么就要跟着乡下人一样,来受这种苦呢?若是在北平的话,一定要把这话说了出来,跟玉和评上一评理,可是到了这乡下来,除了玉和,没有第二个亲人,若是把玉和再得罪了,自己变成了一个孤鬼,那如何使得?只得向他哦了一声道:"乡下都是这样的。"只有这七个字,也就不能再说别的什么了。玉和捐了一捆行李进来,就向正面一张漆黑的木架床上一放,这床并不是黑漆的,不过因年代久远,白木成了黑木,床上是否雕花?这已没有法子可以看见,却是高高地堆了尺来厚的稻茎。因坐在床上,用手拨弄了稻草窸窣作响,然后坐在草捆上微笑道:"到乡下来,别的罢了,只有这种东西,在乡下是富足的。"玉和笑道:"其实,乡下也不全是这样富足,我们这里山清水秀,倒是大可以留恋的。"桂英听了这话,也不置可否,只将嘴向玉和微微一撇。玉和自然是什么话也不敢多说,只是收拾屋子而已。

桂英到乡下全然一个"苦"字。纵然"山清水秀""可以留恋",但生活的俭省、劳作的艰辛、兄嫂的苛待,不是在北平生长的桂英所能承受的。从第 19 回到第 24 回,小说叙述了女主人公遭际的各种难忍处境,直到她生下一个女孩,再不能为丈夫的兄嫂待见,终于离乡而去。在这部作品中,乡村生活之苦况和城市生活之舒适构成鲜明对比,即使是男主人公也对自己的家乡没有多少眷恋,最终远走他乡谋生去了。

《欢喜冤家》出版于 30 年代,道出了城市对乡村的否定和告别之情。这是城市文明发展的重要表征。而在 20 年代,平襟亚的《人海潮》依旧表现出对乡村的一份依恋感。小说第 4 回"清霜蟹舍梦尾话温馨 残雪鱼塘鞋尖怜瘦损"对乡村情致的描述堪称现代章回小说中最灵动的笔调:

那时已是日上三竿,衣云探首窗外四瞩,澄湖波平如镜,两岸残雪平铺,白光皑皑,芦洲断梗,着雪低头,随风而颤。黄雀飞集其上,雪花四溅,如撒珠玉。衣云只觉神怡心旷,眺此一片琉璃世界,只是呆呆地出神。……

衣云正看得出神,忽见两双女子的脚,也从塘滩上闲行,都是六寸圆趺,一双还穿着妃色绣花鞋,鞋尖上绣的蝴蝶穿紫藤,娇艳绰约,娟媚入骨。衣云望着,了了可辨,只恨船窗窄小,坐着平视,仅见得脚以上湘裙半截。其一不穿裙,只见两只脚管。衣云要想探首一窥,怎奈叔父核账已毕,娓娓论追租。衣云口中应着,心中思潮起落,忐忑不宁,私忖:"日暮村郊,除却湘林,有谁穿这样的绣鞋?且村妇、田妪,谁具这样丰姿的脚?这双脚委实好确定是意中人的。"当下瞧她姗姗微步,沿塘走来,只因塘岸泥泞,一步一滑,衣云恨不得把一缕痴魂化作长堤,衬到她脚底下去,好等她安步徐行。那时眼见她脚下一滑,便浑身筋骨一颤,那双脚只走得三四十步,衣云已是汗盈脊背。她走到个岸曲旁边,顿了顿,衣云一口气也息了息;她蹲身一跃,跃过曲口,衣云的心房别的一荡,险些把颗心吊出腔子。他叔父道:"衣云,你是我侄子,我的租米讨不到,你总要替我担些心事。我不知你心上可在替我盘算么?"衣云道:"我正在提心吊胆,眼下田收不到米,那么总要大家想法……"正说着,窗外那双脚脚尖换了个方向,右脚忽一滑,膝盖在地上一跪,险些滑到塘内去。衣云这一吓,吓得站了起来。他叔父道:"衣云,催租除开追外,有没妙法?"衣云道:"这也没法,无非……无非……我们还是回去计议罢。"艄上阿福叫道:"到了,起岸吧。"当下叔侄登岸,四望天色已夜。

小说主人公衣云在冬季乡间的小船上看到一双玲珑秀美的脚,他觉得这双脚是他青梅竹马的恋人湘林的脚,他的神魂也随着这双脚在河岸上飘荡。这样的乡村是情意缠绵的。小说共50回,前10回写的都是乡村故事,这个篇幅所占比重也较大,所起作用也不小。小说写乡村,不仅仅是为了肯定乡村生活的情致。小说主体部分叙述了主人公游历上海的故事,他历经了一番浮华风云,至第50回返回家乡。他依然是坐在船上,"一壁想,一壁呆呆地出神,又经当年鱼塘岸边,湘林鞋尖贴地所在,还能依稀辨认,不觉心荡神摇,微微叹息"。美好的回忆还在,但现实已非昔日模样,湘林死去,乡间风气改变。小说结尾处,衣云叹道:"人心大变,世道堪忧。"第10回,一场大水淹没乡村,意味着那些富有情致的乡村故事再也不会发生。主人公纷纷进城,城市尘秽污浊了乡村风气。"世道堪忧",城市终将面临它的劫数。

当战争洗劫了一座又一座城池的时候,农村便成为人们避难、养息、反攻的最佳场所。广袤的土地出产粮食,也集聚着反侵略的主要力量。解放区的章回小说受到土地的滋养,不再被破碎的城市所魅惑。虽然《吕梁英雄传》等作品缺乏细致的农村风物描述,但作品中那些以抗争为主题的单纯乐观的农村故事在章回小说史上独树一帜。它们显示出农村权力的归来,新的文化篇章就此开启。

马烽、西戎创作的《吕梁英雄传》开篇道:

> 吕梁山的一条支脉,向东伸展,离同蒲铁路百十来里的地方,有一座桦林山。山上到处是高大的桦树林,中间也夹杂着松、柏、榆、槐、山桃、野杏;山猪、豹子、獐子、野羊时常出没。山上出产煤炭和各种药材,山中有常年不断的流水,土地肥美,出产丰富,真是一个好地方。

这样的好地方是不容许侵略者践踏的,保家卫国的英雄故事就在这里展开。相比于其他解放区章回小说,《吕梁英雄传》开篇对农村丰饶土地的歌颂十分显眼,反驳了之前章回体作品对农村的压制。

《洋铁桶的故事》等作品的开头依然遵循章回小说讲故事的传统,一开始就把人物故事推向前台,满足了解放区读者听故事的阅读期待。柯蓝《洋铁桶的故事》开头叙道:"晋东南沁源县城一带,有个无人不知的好汉,姓吴名贵,为人刚直……"王希坚《地覆天翻记》以一首七言诗开头,然后讲道:"在下说这本书,要从一个小小的顽童说起,此人姓李,名小牛,因他从五岁起,就整天在山上放牛,所以大家都叫他'小放牛'。"没有叙事铺垫,没有情景描述,直接交代人物身份进而展开故事。所以解放区章回小说中的农村是先在的背景,作者必须熟悉深入农村才能创作,读者则主要是农民,他们讲故事和听故事的背景不言而喻,城市在这些小说中丧失存在的空间,就像在解放区农民读者的思想中,陌生的城市和他们的生活毫不相关。用茅盾的话来说:"边区的每一读者都觉得书中的人物都很面熟,书中的故事都象是他亲身的经历。因此也就使得每一读者不但感得真实和亲切,并且能在这面'镜子'里再认识自己,检讨自己,肯定自己,并把自己提高一步。"① 这就是农村故事带给农村读者的教益,既真实亲切,又明晰单纯。老百姓踊跃参军,积极生产,巩固了解放区的政权地位。

柯蓝《红旗呼啦啦飘》就叙述了一个主人公受到教益"并把自己提高一步"的故事。小说开头是表彰"劳动英雄"的大段场景描述:

> 延安卧虎镇上,腊月十五这天,不知有了什么事故,一条二三百户人家的大街,人塞得两头不通。吆牲口的把驴站下,挑担的把担子放下,都停在东街西边的场子上。场上搭了一个台子,人像插香一样的站着。这时,南面过来了一班秧歌。秧歌队一上场来,锣鼓点如同大雨落沙滩,一阵赶一阵紧,一阵赶一阵密,秧歌队的人手就一个跟一个的要舞起来了,东一扭西一扭,秧歌队摆的是长蛇入洞的阵势。这样一来,场上的人都围过来了。秧歌队一过来,人就跟着涌过来,秧歌队一过去,人也跟着涌过去。正是秧歌队上场来,船儿入水来,船推水来水推船,真是好看。只见那边秧歌队的伞头一路扭一路唱:
>
> > 樱桃好吃树难栽,小曲好听口难开;
> > 听说劳动英雄到,咱们自己唱起来!
> > 咱们唱个欢迎歌,劳动英雄生产多;
> > 生产劳动为革命,吃得饱来穿得暖……
>
> 伞头一个人唱着,把手里的布伞转个不停,后面跟的是一个挎牛皮鼓的黑大汉,这人手脸被太阳晒得黑溜溜的,穿的蓝袄黑裤,个子又高又大。……

黑大汉就是小说主人公。"劳动英雄"表彰大会激发了他也当劳动英雄的愿望,于是积极响应大生产运动的号召,在村里带头劳动,终于也当上了劳动英雄。小说开篇扭秧歌的场景描述及并不马上介绍主人公身份的叙述方式,突破了章回小说讲故事的叙事传统,使章回小说的面貌得

---

① 茅盾:《关于〈吕梁英雄传〉》,《中华论坛》第 2 卷第 1 期,1946 年 9 月。

到更新。

《红旗呼啦啦飘》是柯蓝继《洋铁桶的故事》之后发表的又一部章回体作品。在体式上,《红旗呼啦啦飘》有了新的面貌。小说共分31段,但每段不加标题,这是和《洋铁桶的故事》不同的。小说除了开头部分的场景描述以外,在叙事过程中还会加上一些农村风光的描写。如第16段叙道:"过了几个月,这时候到了该锄草的时候。山前山后一片绿汪汪的,庄稼苗子长得壮茁茁的,正像十八九的好后生。玉门沟四围,一道山一道平川,尽是糜子尽是谷,白日里一阵风过来,只听见谷叶嗦嗦嗦、嗦嗦嗦,黑夜里一阵风过来,只听见蛤蟆哇哇呱、哇哇呱。一早起来,红花花的太阳照在谷叶的露珠上,就像是无数的星星在一闪一闪的。"这类描写尽管停顿了故事进程,但农村风光却被描述得清新有味,解放区于是成为众人向往的好地方。柯蓝擅长用比喻来形容他所叙写的景物人事,这些比喻并不造成深度叙事,而是显得平易亲切。"好后生""一闪一闪"的"星星","大雨落沙滩""长蛇入洞""船儿入水来"等等,都是老百姓熟悉的,它们和农村读者熟悉的本体物事一起熏染出乡村美好欢快的风情。正因为柯蓝描绘出的乡村就是读者亲切的家乡,所以小说的描述并不影响通俗化效果。书中穿插的歌谣民谚,既是民风民情的一种表现,也呼应了章回小说以诗为证的传统。柯蓝驾驭通俗小说的能力在《红旗呼啦啦飘》中显得游刃有余。

茅盾谈解放区章回小说道:解放区的"长篇小说都是经过改造的旧形式的长篇,例如马烽、西戎的《吕梁英雄传》、赵树理的《李家庄的变迁》、柯蓝的《洋铁桶的故事》和《红旗呼啦啦飘》"。"旧的改造,新的增加,有多有少,各篇不同。""然而这几部长篇都为解放区读者所喜爱。这是一种极有价值的'实验',这启示我们:运用旧形式的尺度,它的伸缩性可以很大。人民接受新东西的能力并不像我们想象那样不行的。"[①]在章回体式的续变过程中,解放区章回小说在利用"旧形式"的同时成功体现出了"新"意。对农村故事的叙写,对乡村风光的描画以及对农民抗争的颂扬,都是之前的章回小说很少述及的。在解放区的新章回小说中,《新儿女英雄传》表现得分外突出。这部作品与传统章回小说的不同,更显示出章回小说在新时代语境

[①] 茅盾:《再谈"方言文学"》,《大众文艺丛刊》(第1辑),1948年3月。

中的生命延展力。

第三节 "儿女英雄"的新传统

"孔厥、袁静创作的《新儿女英雄传》,是一部比《洋铁桶的故事》《吕梁英雄传》更为成功地运用'章回体'创作的优秀小说。""不论从思想上还是从艺术上看,《新儿女英雄传》都当之无愧的是解放区描写抗战英雄的最佳之作。"①这部被给予高度评价的新章回小说1949年5月开始连载于《人民日报》,同年出版单行本,共20回。在解放区的章回小说中,《新儿女英雄传》是较晚出的一部,可以看作是解放区章回小说或者现代章回小说的一个完好的收束。

小说故事发生在河北白洋淀附近的村庄里,时间是1937年卢沟桥事变之后,主人公是牛大水和杨小梅。"这部小说在情节过程的设计上也较为精细。它先从牛大水、杨小梅、张金龙三人在爱情婚姻上的矛盾关系入手展开故事,接着再以'七·七'事变为背景,牵引出黑老蔡回乡发动群众,开展抗日斗争的主体情节,这样就增加了故事的波澜。小说后来又通过张金龙叛变,投靠日伪;牛大水、杨小梅先后被捕,受尽磨难;游击队攻下敌人占据的县城,打死张金龙;牛、杨二人的爱情终于结出果实等情节来发展故事,使小说的整个情节构成具有浓厚的传奇色彩,故事过程曲折生动。"②要构思出这样曲折生动的故事不是件容易的事情。据袁静回忆,小说本写了18万字,写不下去了。只得重新深入斗争生活,展开采访,学习农民语言,推翻原先的18万字初稿,重新写作,才最终成书。③ 小说发表后受到热烈反响,并有多种国外译本问世。有读者谈论当时的阅读情形道:"每天,读完报纸上的《新儿女英雄传》,我们都紧张、焦急地等待着第二天的报纸,记得有一天早晨我到阅报室去,那里已经等着很多人了,到处都有人在问:'怎么《人民

---

① 刘增杰等:《中国解放区文学史》,开封:河南大学出版社1988年5月版,第179页。
② 冯光廉:《中国近百年文学体式流变史》,北京:人民文学出版社1999年10月版,第215—216页。
③ 袁静:《关于〈新儿女英雄传〉的创作》,《文艺报》编辑部:《文学:回忆与思考》,北京:人民文学出版社1980年12月版。

日报》还不来?'有一位小同学学着《新儿女英雄传》上的口气说:'我结记牛大水真结记得不行呵!'逗得大家都笑了。""是的,谁都在关怀着《新儿女英雄传》,都恨不得一口气读完它。而在我们的讨论会上,它便成了我们逐日讨论的主题。"这位读者甚且发出了"《新儿女英雄传》不朽"的欢呼声。①

《新儿女英雄传》为什么能够大获成功? 作者袁静认为是积累生活的结果。"人民生活是一切文学艺术取之不尽,用之不竭的源泉。"正是因为人民英勇抗战的故事可歌可泣,才使得小说写来曲折动人,作者只是对生活"做了一番加工而已"②。陈涌也强调了创作源泉方面的原因。他说:"比较成功的反映抗日战争中一个地区或一个运动的全貌能够给读者以一个比较完整的观念的长篇作品,却只有我们所已知的二三部,而作为创作的源泉的现实生活的丰富程度和我们读者的需要程度,都是远超过于此的。这时候,反映了冀中一个地区八年敌后抗战的整个过程的《新儿女英雄传》便适应这种需要而出现了,加上它生动丰富的行动性和故事性,和形式的大众化","便是这个作品受到欢迎的原因,也是这个作品成功的地方"③。陈涌不但强调了小说"反映"现实所取得的成就,也强调了作者在小说内容和形式方面起到的"加工"作用,并突出了"大众化"是小说受欢迎的前提。袁静对"大众化"有过具体说明:"有了提纲之后,动笔以前,特地给自己规定一个奋斗目标:识字一千的可以看得懂;充分运用农民语言,文字力求口语化,使不识字的,也可以听得懂。尽最大努力做到'深入浅出,雅俗共赏'。"④首先在文字上达到浅显易懂的要求,使小说适合讲说,使人"听得懂",最大限度地扩大读者的接受面,再加上生动的故事,以及喜闻乐见的章回小说体式,自然就能够受到大众读者的欢迎。

---

① 则因:《〈新儿女英雄传〉给我的启示》,《光明日报》副刊《朝阳·〈新儿女英雄传〉评介特集》,1949年10月10日。
② 袁静:《关于〈新儿女英雄传〉的创作》,《文艺报》编辑部:《文学:回忆与思考》,第419、422页。
③ 陈涌:《孔厥创作的道路》,《人民文学》1949年第1期。
④ 袁静:《关于〈新儿女英雄传〉的创作》,《文艺报》编辑部:《文学:回忆与思考》,第421页。

这些原因之外,郭沫若在为《新儿女英雄传》写的序言中提到的一点应给予特别重视。这是 1949 年海燕书店出版小说单行本时郭沫若写的一篇序言。文中说道:

> 这的确是一部成功的作品,大可以和旧的《儿女英雄传》,甚至和《水浒传》《三国志》之类争取大众的读者了。……人物的刻画,事件的叙述,都很踏实自然,而运用人民大众的语言也非常纯熟。①

郭沫若把《新儿女英雄传》和传统的《儿女英雄传》等小说放在了一起评论,认为《新儿女英雄传》和那些传统名著一样适合大众阅读。在《儿女英雄传》《水浒传》《三国演义》等章回小说依然占据着阅读市场的时候,《新儿女英雄传》的出现可以"争取"到这些喜欢读通俗故事的读者,从而一定程度地解决新文学家耿耿于怀的读者问题。可见,郭沫若对《新儿女英雄传》是十分看重的,他从读者层面谈了这部作品和传统小说之间的关联。其实可以从更直接的角度把握《新儿女英雄传》和《儿女英雄传》等作品之间的联系,从和传统小说的异同处能够更清晰读解出作为新章回小说的《新儿女英雄传》如何取鉴了传统小说的优长,又如何应和新的时代需求,从而革新章回体制,取得创作的成功。

仅从小说标题,就可见出《新儿女英雄传》和《儿女英雄传》有明显关联。袁静说她爱读古典小说:"我素来喜爱我国的古典小说,如《水浒传》《红楼梦》《西游记》等等。我感到我国的古典小说都有鲜明的民族风格和特色;故事情节的发展是明快的、紧凑的;人物的性格是通过行动、语言、生活细节刻划的(没有长篇大论的心理刻画和冗长的、令人厌倦的风景描写),这里,确实有个群众喜闻乐见的问题。"②正是洞察到古典小说的特点和为"群众喜闻乐见"的原因,袁静才能和孔厥一起成功创作出了《新儿女英雄传》。在故事情节、人物性格、语言细节等方面,《新儿女英雄传》都对古典小说的特点作了运用和发挥,从而赢得了评论家的赞赏和读者的喜爱。在喜爱的古典小说中,袁静虽然没有提到《儿女英雄传》,但并不等于她没

---

① 郭沫若:《序》,《新儿女英雄传》,上海:海燕书店 1949 年版,第 2 页。
② 袁静:《关于〈新儿女英雄传〉的创作》,《文艺报》编辑部:《文学:回忆与思考》,第 421 页。

有从这部作品中受到启示。郭沫若谈及《儿女英雄传》,显然认为两部作品之间有着承续性。李永泉在他的博士论文中就谈到了这种承续性。他说:"《儿女英雄传》对近现代小说产生了巨大影响,是近现代小说家学习的典范。模仿《儿女英雄传》进行创作,成为一时的风气。""孔厥与袁静的《新儿女英雄传》,'显然是由《儿女英雄传》创"新"而来','是文康的《儿女英雄传》的新发展。这本小说自 1950 年发行以来成为畅销书的事实,与在香港、台湾、东南亚等地的华侨中,至今,女侠情节的影片仍具有广大的观众群这一事实似乎形成了对照。可以认为《新儿女英雄传》中的女主人公杨小梅,在解放后的中国人中印象最深的不是"具有阶级觉悟"的农村姑娘,而是勇毅的女侠,即十三妹式的形象。因为群众的好恶不会随着政治思想体系的改变而轻易起变化。'"①但如果仅把杨小梅看成是十三妹式的人物,显然是不够的。从《儿女英雄传》到《新儿女英雄传》,其间的增删衍化,足以表明章回小说所经历的现代转变。

《儿女英雄传》是清代人文康撰写的一部长篇章回体小说,大约道光至咸丰年间成书,光绪初年刊行于世,存 40 回。小说得到了众多现代文学家的赏识。鲁迅论清代小说时说:"时势屡更,人情日异于昔,久亦稍厌,渐生别流,虽故发源于前数书,而精神或至正反,大旨在揄扬勇侠,赞美粗豪,然又必不背于忠义。其所以然者,即一缘文人或有憾于《红楼》,其代表为《儿女英雄传》;一缘民心已不通于《水浒》,其代表为《三侠五义》。"②鲁迅擅长从世态人情来论小说,《儿女英雄传》被他放到"揄扬勇侠"又"不背于忠义"的序列中,可谓十分妥帖。周作人也喜欢这部书。他说:"《儿女英雄传》还是三十多年前看过的,近来重读一过,觉得实在写得不错。平常批评的人总说笔墨漂亮,思想陈腐。这第一句大抵是众口一辞,没有什么问题,第二句也并未说错,但是我却有点意见。如要说书的来反对科举,自然除《儒林外史》再也无人能及,但志在出将入相,而且还想入圣庙,则亦只好推《野叟曝言》去当选矣。《儿女英雄传》作者的昼梦只是想点翰林,那时候恐怕正是常情,在小说里不见得是顶腐败,又喜讲道学,而安老爷这个脚色在

---

① 李永泉:《〈儿女英雄传〉考论》,哈尔滨师范大学 2011 年博士学位论文,第 9、10 页。
② 鲁迅:《中国小说史略》,《鲁迅全集》第 9 卷,第 278 页。

全书中差不多写得最好,我曾玩笑着说,像安学海那样的道学家,我也不怕见见面,虽然我平常所最不喜欢的东西道学家就是其一。""此书作者自称恕道,觉得有几分对,大抵他通达人情物理,所以处处显得大方,就是其陈旧迂谬处也总不使人怎么生厌,这是许多作者都不易及的地方。"①文康作《儿女英雄传》是站在安学海的角度来写的,道学色彩十分明显。周作人非但没有像他平常认为的那样排斥这位道学先生,反而觉得他有可爱之处,并且还驳斥了不少论者认为小说"思想陈腐"的观点。与其兄鲁迅才学精当的评价相比,周作人对《儿女英雄传》的赞赏足以见出真性情来。

另如蒋瑞藻评此书道:"满人小说,《儿女英雄传》最有名,结构新奇,文笔瑰丽,不愧为一时杰作。"②范烟桥《中国小说史》等书均采用了蒋瑞藻的考证结论,认为小说中的人物隐射了现实。赵苕狂在30年代也写了篇《〈儿女英雄传〉考》的文章,从小说作者、写作动机、人物索隐、版本续集等方面对小说花了一番研究功夫。更著名的考证文字当推胡适的《〈儿女英雄传〉序》。这篇长文不但对作者生平家世作了细致考证,还对小说的艺术价值作了全面考察。胡适特别欣赏这部小说的语言。他说:

> 这书里的谈话的漂亮生动,也是别的小说不容易做到的。……做小说的人要使他书中人物的谈话生动漂亮,没有别的法子,只有随时随地细心学习各种人的口气,学习各地人的方言,学习各地方言中的热语和特别语。简单说来,只有活的方言可用作小说戏剧中人物的谈话:只有活的方言能传神写生。所以中国小说之中,只有几部用方言土语做谈话的小说能够在谈话的方面特别见长。《金瓶梅》用山东方言,《红楼梦》用北京话,《海上花列传》用苏州话:这些都是最有成绩的例。《儿女英雄传》也用北京话;但《儿女英雄传》出世在《红楼梦》出世之后一百二三十年,风气更开了,凡曹雪芹时代不敢采用的土语,于今都敢用了。所以《儿女英雄传》里的谈话有许多地方比《红楼梦》还更

---

① 药堂:《儿女英雄传》,《实报》1939年5月30日。
② 蒋瑞藻:《花朝生笔记》,孔另境编辑:《中国小说史料》,上海:上海古籍出版社1982年12月版,第218页。

生动。①

作为《红楼梦》研究大家的胡适能说出如此赞许的话,可见《儿女英雄传》语言确实出彩。作为成功运用方言的典范,在三四十年代文学大众化运动中,《儿女英雄传》自然得到了关注,成为文学创作的潜在文本。

胡适的研究文章刊印在 1925 年上海亚东图书馆出版的汪原放标点本《儿女英雄传》上。这一版本的古典小说名著在民国年间十分流行和畅销,《儿女英雄传》随这一版本得到了有益普及。1923 年梁溪图书馆也出版了标点本的《儿女英雄传》,陶乐勤的这个标点本尽管错误百出,但是黄济惠却靠了这本书开办了梁溪图书馆这家著名书店。20 年代初,"新文学社"编辑了一本《白话小说文范》,收录有《水浒传》《红楼梦》等 9 种小说的经典段落。其中《儿女英雄传》收了"荏平店""能仁寺"两个情节的文字,是全书精彩关要的所在。原文后附有评论道:"《儿女英雄传》一书,以十三妹为主人翁,亦儿女,亦英雄。惊天动地的举动,出以生龙活虎的手笔。荏平店、能仁寺两回,读者如闻其声,如见其人,聚精会神,异常出色。"②这些标点本、节选本使得《儿女英雄传》广为流播,于是也就出现了借鉴它的故事和手法来创作的新作品。

《儿女英雄传》的故事可以借引鲁迅的概括:"所谓'京都一桩公案'者,为有侠女曰何玉凤,本出名门,而智慧骁勇绝世,其父先为人所害,因奉母避居山林,欲伺间报仇。其怨家曰纪献唐,有大勋劳于国,势甚盛。何玉凤急切不得当,变姓名曰十三妹,往来市井间,颇拓弛玩世;偶于旅次见孝子安骥困厄,救之,以是相识,后渐稔。已而纪献唐为朝廷所诛,何虽未手刃其仇而父仇则已报,欲出家,然卒为劝沮者所动,嫁安骥。骥又有妻曰张金凤,亦尝为玉凤所拯,乃相睦如姊妹,后各有孕,故此书初名《金玉缘》。"③鲁迅是理顺了故事发生的时间,对小说内容作了重新概括。而小说则是从安老爷做官罹罪,安公子长途救父开始叙述,再引出十三妹的故事。所以这部小说的

---

① 胡适:《〈儿女英雄传〉序》,《胡适文存》3 集,上海:亚东图书馆 1924 年 11 月版,第 759—760 页。着重号为原文所加。
② 新文学社:《白话小说文范》,上海:中华书局 1921 年 7 月版,第 150—151 页。
③ 鲁迅:《中国小说史略》,《鲁迅全集》第 9 卷,第 279 页。

倒叙、插叙部分占有重要位置，并非像其他传统章回小说那样由说书人按故事发生的时间顺序依次道来。说书人在《儿女英雄传》中行使了前所未有的功能。有研究者论道："说书人和作书人两个角色叙事层次的颠倒，是传统小说在叙事方式上的新探索。""这个说书人将小说的创作、评点和传播等功能形象化地整合起来，使作者对小说文本的介入更为从容自然。"①《儿女英雄传》不但有说书人，还比其他章回小说多了个作书人燕北闲人，说书人在讲述过程中不但对故事内容加以评论，还对作书人如何做书以及为什么要那样写进行解释交代，使小说章法也成为叙述内容的一部分。这确实是前所未有的写法，可以看成是后来先锋小说元叙事的先声。这种写法可惜没有被《新儿女英雄传》等作品吸纳，或许是因为太具变革性，或许是因为《新儿女英雄传》只是想达到通俗化效果，不适宜采纳太复杂的技巧。《儿女英雄传》被后来作品继承的主要是其"儿女英雄"的观念手法，而这正是小说的核心。

鲁迅、胡适等学者在谈《儿女英雄传》时，都把它和《红楼梦》作比较。鲁迅说："荣华已落，怆然有怀，命笔留辞，其情况盖与曹雪芹颇类。惟彼为写实，为自叙，此为理想，为叙他，加以经历复殊，而成就遂迥异矣。"②曹雪芹和文康都是在荣华过后著述立说的，《红楼梦》是写实之作，而《儿女英雄传》则寄托了作者子贵妻荣的理想。大部分研究者认为，《儿女英雄传》是模仿乃至反写《红楼梦》的。如赵苕狂说："《红楼梦》其时正在风行，一般人都以为这书是在指斥着旗人，一时颇引为话柄，这在一般旗人很是觉得有些不堪。所以，他在本书中却竭力的为旗人抬高身分，显然的和《红楼梦》取着对垒的形势。"③文康是旗人，他在小说中写了旗人子弟安骥中探花的事，这在科举历史中是少有的，说书人对此作了解释。小说还写了很多满族礼仪，并在叙事过程中时不时对《红楼梦》加以评论。小说第28回，写何玉凤嫁给安骥，"第三番结束"（第28回），之后主要叙述包括安骥中探花

---

① 王昕：《论清代文人小说叙事的演进——以〈儿女英雄传〉为例》，《求是学刊》2008年第4期。
② 鲁迅：《中国小说史略》，《鲁迅全集》第9卷，第278页。
③ 赵苕狂：《〈儿女英雄传〉考》，文康：《侠女奇缘》，南宁：广西人民出版社1980年12月版，第6页。

在内的安府的各种生活故事。无论是故事内容还是叙事笔法、声口,《儿女英雄传》的后半部分都极似《红楼梦》,而这后半部分正合于"儿女"故事。

鲁迅没有像归类《红楼梦》那样,把《儿女英雄传》归为"人情小说",而是把它放在"侠义公案"小说的范畴中,原因是小说前半部分记述了"京都一桩公案"。何玉凤的父亲被陷害身亡,何玉凤隐姓埋名期间大闹能仁寺,救出安骥和张金凤,也造成一桩公案。这前半部分写得声色俱佳,多数研究者认为无论是人物塑造还是故事情节,都要比小说后半部分写得成功。后人谈及《儿女英雄传》主要讲的也是能仁寺锄奸的侠女十三妹,而非双凤奇缘的何玉凤。董恂评点《儿女英雄传》第6回"雷轰电掣弹毙凶僧 冷月昏灯刀歼馀寇",认为这一回和《水浒传》相似之处甚多,例如凶僧杀安公子、十三妹的武功本领等等均出于《水浒传》。① 如果说小说后半部分讲的是"儿女"故事,那么前半部分就是"英雄"纪传。

梁启超概括中国小说道:"中土小说,虽列之于九流,然自《虞初》以来,佳制盖鲜,述英雄则规画《水浒》,道男女则步武《红楼》,综其大较,不出诲盗诲淫两端。"②梁启超把中国小说分为"述英雄"和"道男女"两类,并以《水浒传》和《红楼梦》为代表。虽然他对中国历来的小说持批判态度,但他的分类不失为"综其大较"。到《儿女英雄传》出现,则把中国的两大类小说题材都囊括在一部书中,可谓"集大成"。孙楷第《中国通俗小说书目》把《儿女英雄传》和《野叟曝言》《岭南逸史》等小说归入"烟粉"类中的"英雄儿女"一类。谭正璧在总结章回小说分类的时候,也列出"英雄儿女"一类,并解释道:"此类小说略异上述'才子佳人'故事,但'才子'必兼文武之才,或佳人亦娴武艺。"③安骥和何玉凤、张金凤是才子佳人的姻缘,而何玉凤的高超本领则属于"佳人亦娴武艺"者。可以说,《儿女英雄传》开了中国小说的一个新类型,成为"英雄儿女"小说的典型代表。

文康在小说中对"儿女英雄"有详细解释。小说开篇引诗道:"侠烈英

---

① 具体比较详见李永泉:《〈儿女英雄传〉考论》,哈尔滨师范大学2011年博士学位论文,第3章第2节。
② 任公:《译印政治小说序》,《清议报》1989年第1册。
③ 谭正璧:《古本稀见小说汇考》,杭州:浙江文艺出版社1984年11月版,第177页。

雄本色,温柔儿女家风。两般若说不相同,除是痴人说梦。儿女无非天性,英雄不外人情。最怜儿女最英雄,才是人中龙凤。"这首诗是全书的题眼,把"儿女英雄"看成是"人情天理"的演绎。小说"缘起首回"叙述了一个奇异的梦境。梦中燕北闲人来到天界,遇见天尊,天尊具体解释了"儿女英雄"的涵义。天尊道:"这'儿女英雄'四个字,如今世上人大半把他看成两种人、两桩事,误把些使气角力、好勇斗狠的认作英雄,又把些调脂弄粉、断袖馀桃的认作儿女。""殊不知有了英雄至性,才成就得儿女心肠;有了儿女真情,才作得出英雄事业。譬如世上的人,立志要作个忠臣,这就是个英雄心,忠臣断无不爱君的,爱君这便是个儿女心;立志要作个孝子,这就是个英雄心,孝子断无不爱亲的,爱亲这便是个儿女心。""浅言之,不过英雄儿女常谈;细按去,便是大圣大贤身份。""儿女英雄"不是两种人,而是统一在优秀人物身上的。"孝子忠臣"就是"儿女英雄"的体现。"儿女英雄"的意思超出了男女之情与仗义行侠,而被赋予了"人情天理"的宽泛解释。就文康看来,"人情天理"的内涵就是传统伦理道德,"儿女英雄"其实就是传统伦理道德的一种概括表述,而决不是梁启超所谓的"诲淫诲盗"。小说对"儿女英雄"的解释在叙事过程中常常以人物对话、说书人议论等各种方式被提及,作者的观念被一再强调。如第26回张金凤劝说何玉凤道:"再要讲到日后,实指望娶你过去,将来抱个娃娃,子再生孙,孙又生子,绵绵瓜瓞,世代相传,奉祀这座祠堂,才是我公婆的心思,才算姐姐你的孝顺,成全你作个儿女英雄。"这是把"儿女英雄"冠以家庭伦理的名义。第34回说书人比较《儿女英雄传》和《红楼梦》道:"何况安公子比起那个贾公子来,本就独得性情之正,再结了这等一家天亲人眷,到头来,安得不作成个儿女英雄?"文康对人生的看法和曹雪芹大不一样。贾宝玉倜傥不羁、厌弃功名之心和安龙媒读书进仕、位高荣显之态形成对比。文康认为安公子更"得性情之正",他家庭美满、仕途顺达,正是成就了"儿女英雄"十全十美的人生。这里的"儿女英雄"寄托了文康世家子弟的人生理想。所以《儿女英雄传》中"儿女英雄"的涵义突破了男女、行侠的范畴,被赋予了传统伦理道德的宽泛意义。这种宽泛意义到了晚清小说如吴趼人的章回小说《恨海》那里有直接承续。而40年代末《新儿女英雄传》的出现,则对"儿女英雄"作出了新的诠释。

第六章 "新"章回小说的诞生

在言情故事中掺入武侠成分,或在武侠故事中融入儿女情长,是《儿女英雄传》之后,中国章回小说会采用的一种叙事方式。如张恨水《啼笑因缘》、王度庐《卧虎藏龙》等都成功演绎了"儿女英雄"的故事。《新儿女英雄传》除了在故事设置上借鉴了之前章回小说的"儿女英雄"传统,也延续了20年代后期"革命加恋爱"的小说模式,所以在意识形态方面有其新文学的渊源,同时又不失通俗小说的大众趣味,这是小说积累出的成功创作经验。

袁静谈小说的创作经验道:"这一回,接受了前一次失败的教训,在布局和结构上下了一番功夫。用牛大水、杨小梅和张金龙的关系——对敌斗争与私生活上的矛盾和纠葛,紧密地交织在一起,作为全书发展的主线。有这一条主线,和没有这一主线是大不一样的,它可以把许多零散的珍珠串成一条项链。这一次,在动笔之前,列出了年代背景、人物变化和情节发展的写作提纲。这也就是说有了一个蓝图,心中有数,不会'跑野马'了。"①《新儿女英雄传》最初因缺乏经验,创作受挫,后来列出了"主线",使全书有了清晰结构,才成功完稿。这条"主线"就是小说的"儿女"故事。小说开篇第一句就是:"牛大水二十三岁了,还没娶媳妇。"没有环境描写,没有背景交代,直接进入人物故事的主题。这是小说通俗化的写法。接着就叙述了牛大水的表嫂要把她妹妹杨小梅"说给牛大水"。两人心里都愿意,可是小梅娘嫌大水家穷,亲事就搁下了。没料想杨小梅嫁给了富户张金龙,张金龙不干好事,杨小梅备受虐待。小梅逃出家庭干革命,和牛大水一起学习工作。第7回结尾交代小梅和张金龙离了婚。第16回,牛大水和杨小梅结婚。最后一回,即第20回,敌人大败,张金龙跟着日本人在逃跑中被击毙。牛大水、杨小梅和张金龙的婚姻纠葛属于"儿女"故事,三个人的政治身份又使他们处在家国民族矛盾中,而牛大水和杨小梅在革命斗争中最终成就了他们的"英雄"事业。

所以"儿女英雄"统一在了主人公牛大水和杨小梅的身上。杨小梅的离婚再嫁和安骥娶二妻形成对比。在现代观念中,恋爱婚姻自由。杨小梅

---

① 袁静:《关于〈新儿女英雄传〉的创作》,《文艺报》编辑部:《文学:回忆与思考》,北京:人民文学出版社1980年12月版,第421页。

嫁给张金龙是不自由的结果，因此她的离婚是合理的。而再嫁，在摆脱了封建贞操观念的时代中，已不成为问题。可以把两部小说中主人公第二次结婚的场景作一比较。在《儿女英雄传》中，安骥娶何玉凤，礼仪繁琐，一切都遵循了安老爷讲究古礼的规范。

> 却说安老爷、安太太说完了话，礼生又赞道："叩首，谢过父母翁姑。兴。"三个人起来。又听他赞道："夫妻相见。"褚大娘子早过来同喜娘儿招护了何姑娘，张姑娘便同那个喜娘儿招护了公子，男东女西，对面站着。两个人彼此都不由得要对对光儿，只是围着一屋子的人，只得到一齐低下头去。礼生赞道："新人万福，新贵答揖，成双揖，成双万福，跪。夫妻交拜，成双拜。"两个人如仪的行了礼。又赞道："姊妹相见，双双万福。"褚大娘子见张姑娘没人儿招护，忙着过来悄悄合张姑娘道："我来给你当个喜娘儿罢。"张姑娘倒臊了个小脸通红，便转到下首，向何玉凤深深道了个万福，尊声："姐姐。"何玉凤也顶礼相还，低低的叫声："妹妹。"礼生又赞道："夫妻姊妹连环同见。"他姊妹两个又同向公子福了一福，公子也鞠躬还礼。安老夫妻看了，只欢喜得连说"有趣"，相顾而乐。（第 28 回）

何玉凤嫁给安骥时，张金凤已经和安骥成婚一年多，但何家与安家是世交，何家门第显贵，何玉凤又是安、张二人的救命恩人和媒人，因此她仍然以妻而非妾的身份嫁给安骥。安骥拥有两位美妻，后来这两位妻子又给安骥娶了个小妾，一夫三妇，相敬如宾，其乐融融，充分体现出作者文康以及封建时代男性的婚姻理想。这段文字只是婚礼描写的一小部分，小说第 28 回用了一半篇幅详细描述了婚庆礼仪的全过程，基本都是场景描述。也就是说，小说有大篇幅的叙事停顿。在《儿女英雄传》中，类似的叙事停顿很不少。例如安老爷上青云山劝说何玉凤不要徒劳报仇，张金凤劝说何玉凤嫁给安骥等等，都是大快人心的说理文章，却没有造成情节动作。这是文人小说逞才使气的表现。到了清代中后期，章回小说逐步显示出雅化倾向，这是各种文学体式从民间走向文人书案的必由之路，诗、词、小说均如此。陈平原说："小说要进入文学圈，就必须努力向高雅的文学传统靠拢。雅化的途径多种多样"，"吴敬梓、曹雪芹等文化修养很高的文人出而创作章回小说，更是加强了小说的雅化倾向"①。《儿女英雄传》中大篇幅的叙事停顿是章回小说雅化倾向的一种表现。到梁启超《新中国未来记》中两位主人公44个回合的辩论,可谓把《儿女英雄传》中说理文章的作用发挥到极致。至民初文言长篇小说涌起,则从文体方面使章回小说完全雅化。张恨水的出现,延长了章回小说通俗的生命力,并使它逐渐能够和现代的雅文学合拢。40年代解放区章回小说创作的提倡,实际上是在雅文学的系统内,重新注入民间小说的活力。对章回小说是利用其民间通俗的传统,而非文人雅化的创作倾向。所以,在《新儿女英雄传》中,尽管同样描述了婚礼场景,却简朴明了得多。

> 谷子春司仪。全体起立,向毛主席、朱总司令的像鞠了躬。大水、小梅又站在前面,给两位人民领袖的像鞠躬。接着又给介绍人和来宾鞠躬。谷子春直着脖子喊:"新郎新娘——相对一鞠躬!"大水老老实实地转过身来,站得笔直,准备给小梅鞠躬。小梅一扭脸,瞧见大水规规矩矩地对她站着,忍不住扑哧一笑,转身就跑。满屋子人都笑起来,喊着:"不行不行! 得鞠一个大躬!"妇女们推小梅到前面,小梅慌慌张张地鞠了一躬,大水也忙着还礼。(第16回)

新人对拜是传统礼俗,安骥、何玉凤的"双拜"行礼如仪,牛大水和杨小梅的鞠躬则显得活泼憨直,能让大众读者觉得有趣,而不为繁琐的描述感到厌倦。这是杨小梅的第二次结婚,却被叙述得像个没有经世的姑娘,可见叙述者对她的第一次婚姻是完全否定的,甚至力图从她的人生中抹去。和牛大水结婚,使杨小梅更加勇敢地投入到革命斗争中。而何玉凤成婚后,她的形象脱离了当初十三妹的影子,在小说后半部分,她成了典型的贤妻,叙述她的笔力显然弱化,这是多数研究者不满意《儿女英雄传》的地方。《新儿女英雄传》没有这个毛病,主人公始终得到锻炼成长,最终成为真正的革命者、真正的英雄。

小说第18回,杨小梅被捕。第20回,描述了她视死如归的高大形象。

---

① 陈平原:《中国现代小说的起点——清末民初小说研究》,北京:北京大学出版社2005年9月版,第99、100页。

小梅知道他要下毒手了！她镇静地说："你不用问！我死，就是完成了我革命的任务了！"何世雄就叫人把孩子抱走，小梅可紧紧地抱着小胖不放，说："我娘儿俩要死死在一块儿。"……

小梅知道同志们攻城了，哈哈大笑说："好好好！何世雄！你们这些汉奸卖国贼，马上就完蛋了！我死，死也死得痛快！"

伪军把小梅推出去，小梅听见城外枪声打了个欢，激动得浑身发颤，忍不住大声喊："打倒日本帝国主义啊！打倒汉奸卖国贼啊！共产党万岁！……"

杨小梅的高呼声，诞生出了真正的英雄形象。这样的英雄不是除暴安良的侠客，也不是出将入相的士人，而是"以民族为重、为民族奉献的理想民族意识的具体表征"①。为了民族国家，可以牺牲生命。这才是以《新儿女英雄传》为代表的解放区章回小说塑造出的英雄形象。郭沫若说："从抗日战争以来，这些可敬可爱的人物，可歌可泣的事实，在解放区里面是到处都有的。假使我们更广泛地把它们记录描写出来，再加以综合组织，单从量上来说，不就会比《水浒传》那样的作品还要伟大得不知多少倍吗？人们久在埋怨'中国没有伟大的作品'，但这样的作品的确是在产生着了。"②《水浒传》固然描述出了一系列英雄形象，乃至被郑振铎认为是"中国英雄传奇中最古的著作，也是她们之中最杰出的一部代表作"③，但其中的英雄却是落草为寇的。作为"新英雄传奇"小说，《新儿女英雄传》等作品中的英雄都为民族解放而英勇斗争，所以他们更"伟大得不知多少倍"。

解放区的章回小说被明显赋予了意识形态的政党色彩。杨小梅结婚"向毛主席、朱总司令的像"鞠躬，她临刑前高呼"共产党万岁"的口号，都使得"儿女英雄"的形象包含了具体的政治意义。从民众娱乐中成型的章回小说，演变到寄予强烈政治诉求的新章回小说，可谓是脱胎换骨的一个过

---

① 张翼：《民族形象的超越与普及——以〈新儿女英雄传〉中的新英雄形象为例》，《文学自由谈》2012年5月下半月刊。
② 郭沫若：《序》，袁静、孔厥：《新儿女英雄传》，北京：人民文学出版社1956年11月版，第1页。
③ 郑振铎：《水浒传的演化》，《郑振铎全集》第4卷，石家庄：花山文艺出版社1998年11月版，第89页。

程。解放区新章回小说是《在延安文艺座谈会上的讲话》的促成品,它们的发表意味着新的文艺时代的来临。章回小说是否得以维续,已不再重要,重要的是文艺大众化的趋向势不可挡。五六十年代,政治革命制造的大众神话成为文学创作的指导,80年代台港流行小说漫入大陆政治文学领地,90年代至今的畅销读物更是模糊了严肃与消闲的界限。这期间,章回小说的创作依然在继续,只不过作为一种特别文体的章回小说已经度过了被关注的时代。它们沉潜入大众文化之中,回荡出历史的遗响。

结　　语

中国现代章回小说是文学史上的一个特殊存在。它没能像古典章回小说那样成为朝代文学的代表,也不能像其他现代小说那样在文坛振振有声。历来的现代文学史书在叙述现代小说时,章回小说往往被撇于边缘位置甚至忽略不顾,这足以表现出后世文学史家对现代章回小说的看法。然而,现代章回小说却拥有最大量的热情的忠诚的现代读者。郑逸梅描述时人阅读《江湖奇侠传》的情形道:"东方图书馆中,备有不肖生的《江湖奇侠传》,阅的人多,不久便书页破烂,字迹模糊,不能再阅了,由馆中再备一部,但是不久又破烂模糊了。所以直到'一二八'之役,这部书已购到十有四次,武侠小说的吸引力,多么可惊咧。"①不仅武侠小说,其他类型的章回小说也同样吸引了"可惊"的读者群。章回小说在现代的影响力和它所获得的文学史地位十分不相称。这是发生在现代章回小说身上的最突出的矛盾。产生这一矛盾的原因很复杂,其中包括后来评定者固执的观念,包括新文学对文坛话语权的掌控,也包括章回小说自身延展生命的能力。从晚清新小说到40年代新章回小说,章回小说历经社会变迁、文体改良、艺术论争、政治宣传等的磨砺,终于贡献出了它所有的价值。

一、现代章回小说创作的休止符

新中国成立后,章回小说的创作和其他文学体式一样,受到政治话语的规约。文艺报社在1949年9月5日召开了一个座谈会,主要议题是总结过

---

① 郑逸梅:《武侠小说的通病》,郑逸梅:《小品大观》,校经山房1935年8月版,芮和师、范伯群等编:《鸳鸯蝴蝶派文学资料》(上),福州:福建人民出版社1984年8月版,第135页。

去章回小说创作的得失,指明作家未来的写作方向。这个座谈会可以看成是现代章回小说创作的一个休止符。

会议的参与者包括两类作家:一类是章回小说家,如耿小的、郑证因、李薰风等人,他们主要生活在北京、天津地区,被归为"北派"通俗小说家;另一类是马烽、赵树理、丁玲等作家,他们来自于 40 年代的解放区,有的在新中国成立后担任了重要的行政职务。对于前者而言,这次会议让他们认识到了过去创作的种种不足,他们自我检讨过失,表明重新学习创作的决心。而后者,介绍和分享了他们成功的创作经验,鼓励章回小说作家创作出新的作品。显而易见,两类作家在新中国成立后的地位有明显差异,来自解放区的作家取得了文学话语权,他们以教导者乃至领导的身份对现代章回小说作家提出了具体意见。

例如柯仲平强调:"除了形式的批判接受外,最重要的是如何处理新内容的问题。我们也许都有不少实际生活的经验,这应该怎样处理呢?首先应该确立新的观点。我们所要求的新观点是什么呢?""在写的时候,我们应该再三考虑这篇作品写出来对人民有好处还是有害处,好处大还是小;应该写对人民有好处的作品,应该写对人民好处大的作品。这就是马列主义的观点。"[①]这里的"人民"和过去章回小说作家的读者群,即市民读者,不完全等同。新时代的"人民"是有着先进意识的"工农兵",是新中国的"劳动人民"。丁玲说,"要多和劳动人民结合,多多体验他们的情感",只有这样才会有"正确的观念",创作出适合于新时代的作品。从观念内容上更新章回小说,这是三四十年代以来相关文艺问题讨论所取得的一致看法。这一看法至少说明两个问题:一是之前章回小说的内容观念是不合时宜的,是"旧"的,必须改造;二是章回小说的形式有其可取之处,所以重点在观念内容的改造,而非形式。正是因为章回小说还有可取之处,座谈会的召开才有意义,讨论才有价值。

丁玲总结这次座谈会道:"应该要承认,章回小说(不是指《红楼梦》、《水浒》,而是指流行于现社会的一般长篇连载的旧形式小说)是拥有不少

---

① 《争取小市民层的读者——记旧的连载、章回小说作者座谈会》,《文艺报》第 1 卷第 1 期,1949 年 9 月。以下关于这次座谈会的引文均出自此文,不再另加注。

读者的,它为一般小市民所喜爱。过去新小说没有打进这一小市民读者层,今天我们也须要团结原来的这批人打进这一层去,这样,我们就先必须充分地估计这种形式小说的优缺点,否则就不能达到目的。有人看,有人拥护不一定就好(要看是什么人),但它一定有所长。"丁玲较简略地分析了章回小说形式方面的长处,这是其受欢迎的主要原因。她借此也透露了座谈会召开的一个重要"目的",即会议纪要标题所指的"争取小市民层的读者"。新小说作家借鉴章回小说形式方面的经验,可以"打进"小市民的读者群中去。但丁玲同时又强调"有人拥护不一定就好",小市民读者存在思想趣味上的问题,所以即使得到他们的拥护,"不一定就好"。新小说拥有新观念,它们可以利用章回小说形式的优长,吸引小市民读者,改变他们的思想。而章回小说作者则只有在改变思想观念的基础上,才能创作出好作品。丁玲1949年9月任《文艺报》主编,《文艺报》是国家文艺政策发布的机关刊物,所以丁玲的总结讲话具有坚决的指导意义。现代章回小说作家在这样的话语氛围下,表示了努力工作的决心,并且一致检讨了他们以前创作的种种过失。

会议纪要把对过失的检讨放在了文章前半部分,非常显眼地端出了现代章回小说创作的各种劣迹。

> 其中大多数都是为了挣稿费而写,在写的时候,很少想到这篇东西有没有价值。它的内容多是虚构的言情传奇或武侠侦探,前面已写出来了,后面的情节还不知道怎么样。有些人写小说之前首先把回目开列出来,在回目的文字上讲究对骈骊、下很大功夫,使其工整,吸引爱好这样趣味的读者,就这样对联式的把回目一个一个先列出来了,内容却还没有下落,等到写的时候再去乱编一番,因此,每一回的长短常常不齐,甚至不能下台,把一回写成几万字的。据说,有一个报纸曾登载了一篇《续镜花缘》,不久后,有人举发这是抄袭,报馆老板立刻找另一个人继续写,这个作者写了相当时期以后,因故不写了,于是又换一个人接着写。一篇长篇小说就是这样连续换了好几个作者瞎编胡凑写出来的。……还有的人写小资产阶级的内心痛苦,但反映出来的是在多角恋爱的漩涡里打圈子,拔不出来,这样就形成了新才子佳人式的鸳鸯蝴蝶派了。

写小说是为了赚钱、写作没有计划、讲究回目、内容胡编乱造、每回篇幅不整齐、有抄袭现象、一部小说会有几个人接续来写，常写多角恋爱，除此之外，还有一个作者同时写几篇小说的情况，致使人物情节混乱、常常送错稿子，而为了"投合小市民的趣味"，"黄色的或粉红色的小说"也很不少。不可否认，这些都是现代章回小说创作中出现的问题，但参加座谈的章回小说家特别突出、强化了这些问题，以致完全掩盖了现代章回小说的创作成绩，仿佛过去的创作一无是处。尽管来自解放区的作家也总结出章回小说创作的若干好处，但他们发言的重点却在如何利用章回小说的形式，"以新的观点、新的内容"来写作。于是，改进成了创新的前提。

值得注意的是，就发言者的言论来看，章回小说在他们的观念中依然是"旧"小说。赵树理说："我们在政治上提高以后，再来细心研究一下过去的东西，把旧东西的好处保持下来，创造出新的形式，使每一主题都反映现实，教育群众，不再无的放矢。"即使章回小说的"旧形式"很受读者欢迎，但在一个新时代，在一个阶级意识观念仍然紧张的时期，作为封建社会小说文体的经典代表，在现代创作中又存在诸多"低劣"现象，旧章回小说是很难在新社会继续生存的。刘流的《烈火金刚》是新中国成立以后较好地运用章回体式来创作的作品，但这种创作延续的是解放区新章回小说的传统，不再有张恨水、包天笑等人小说的市民气。而像赵树理的《三里湾》、曲波的《林海雪原》、知侠的《铁道游击队》等长篇作品，都以"新的形式"来承载新的观念。这些小说运用的是40年代章回小说和新文艺小说合流后产生的新的通俗小说的形式。这种形式在日后进一步简化和优化，通俗小说文体形式的特征也越来越淡化。

五六十年代，金庸武侠小说面世，承袭的是王度庐等现代作家武侠小说的写作传统，以章回小说的形式叙述江湖间英雄儿女的故事。并且以报章形式连载的金庸小说也沿袭了现代章回小说的生产机制。只是金庸的影响要到80年代才及于大陆，章回小说很大程度上也因为金庸而被唤醒。但辉煌终究不可再现，尽管还有作家用章回体写作一些小说，甚至和传统小说一样，以著书而非连载的形式问世，却很难像金庸那样掀起波澜。从1985年创刊至今的《章回小说》杂志（黑龙江省文联主办），虽然本着继承发扬章回小说创作的初衷，可刊出的作品基本不是章回体，且作品内容显现出由"通俗"转入"庸俗"的倾向,不可能再产生《啼笑因缘》那样的经典之作。

二、章回小说与新文学小说的历史际会

章回小说是中国现代小说之一种。不能因为新文学小说的声势而遮掩章回小说的存在,也不能因为章回小说备受现代市民读者欢迎而夸大新文学小说的曲高和寡现象。已有研究在新文学小说的发展历史、创作成就等方面有深入系统的探讨,相对忽略了章回小说对现代文坛的贡献,仿佛章回小说只隶属古代文学的研究范畴。事实上,这两类小说都是现代小说的构成部分,它们之间风云际会的关系融汇出现代小说史的丰饶景象。

晚清民初,小说创作还没有后来泾渭分明的雅俗之分,章回体依然是中国长篇小说的主要文体形式。阿英对晚清小说总结道:"晚清小说诚有""缺点,然亦自有其优胜处。如受西洋小说及新闻杂志体例影响而产生的新的形式,受科学影响而产生的新的描写,强调社会生活以压杀才子佳人倾向,意识的用小说作为武器,反清、反官、反帝,反一切社会恶现象,有意无意的为革命起了消极或积极的作用,无一不导中国小说走向新的道路,获得更进一步的发展"①。晚清小说的新变实际上也是章回小说的新变。用章回体式写就的晚清新小说开始表现出与传统小说不同的面貌。小说地位的提升,为后来文学革命小说气势的彰显打下基础。而小说功能的社会化,即阿英所说小说表现出"反一切社会恶现象"的倾向,则成为晚清以后优秀章回小说创作的内在意念。现代章回小说的创作并不仅仅只为娱乐大众。从吴趼人《二十年目睹之怪现状》、刘鹗《老残游记》开始,对世相丑态的揭露、对人生遭际的喟叹,已被融入人物故事的叙写中,成为时代进程的一种记录。

民国初年的文言章回体小说,可以说是在语体形式上对古代小说、古代文学的极致性总结和告别。用文言叙述长篇故事,即使在古代文学中,也是少见的。民初文言小说充分实践和发挥了文言的可能性,翻转了古代小说的"俗文学"身份,开启了后来五四小说的雅文学形象。而处在时代转型中

---

① 阿英:《晚清小说史》,上海:商务印书馆1937年5月版,第10页。

的作家,如徐枕亚、姚鹓雏辈,也藉着小说一泄他们之前未得如愿抒发的才子之情。另一方面,小说的言情故事,又承接了古代"才子佳人"小说的传统,并因此被冠以"鸳鸯蝴蝶派"文学之名,成为文学革命家批判的对象。总而言之,民初文言章回小说是文学雅与俗的融合,语体的极致雅化和故事的简单通俗交融一身,成为文学转型时期,也是章回小说史上的独特景观。

  文学革命以后,章回小说遂成为"旧"文学的代表,被新文学家诟病,而在此之前,小说用章回体来写作,这并不构成问题。陈平原说:"'五四'作家借助'拿来主义'冲破'中体西用'的限制,把西方小说的'内容'和'形式'作为一个有机整体来接受。晚清作家与'五四'作家的距离不在具体的表现技巧,而在支配这些技巧的价值观念与思维方法——基于作家对世界与自我认识的突破与革新。"① 五四作家的观念要比清末民初作家更为现代,毕竟他们是两代人。他们对章回小说及对"鸳鸯蝴蝶派"文学的批判,首先是观念上的,由观念而及于形式。就像他们对西方小说的态度,把"'内容'和'形式'作为一个有机整体来接受"。周作人即把晚清《二十年目睹之怪现状》《老残游记》和民初《广陵潮》《留东外史》等小说"放在旧小说项下,因为他总是旧思想,旧形式"。周作人说:"即使写得极好如《红楼梦》也只可承认她是旧小说的佳作,不是我们现在所需要的新文学。他在中国小说发达史上,原占着重要的位置,但是他不能用历史的力来压服我们。新小说与旧小说的区别,思想果然重要,形式也甚重要。旧小说的不自由的形式,一定装不下新思想。""现代的中国小说,还是多用旧形式者,就是作者对于文学和人生,还是旧思想;同旧形式,不相抵触的缘故。"② 因为思想陈旧,所以会用旧的章回小说形式;因为用了章回体形式,所以小说思想一定是守旧的。这是五四文学家反对章回小说的逻辑,他们把思想和形式看成是一体的。直到 30 年代文艺大众化运动展开,小说的思想和形式才被分开对待,章回体形式才被列入讨论范畴。另外,五四文学家对以往文学的批判也包含一种策略目的。不破不立,为了新文学能够尽早站稳根基,对以往一切文学必须义不容情。章回小说的旧形式牵连了它可能承载的新内

---

① 陈平原:《中国小说叙事模式的转变》,北京:北京大学出版社 2003 年 7 月版,第 15 页。
② 周作人:《日本近三十年小说之发达》,《新青年》第 5 卷第 1 号,1918 年 7 月 15 日。

容,晚清以来的现代章回小说便成为新文学和新文学小说的对立面。

范伯群在《1921—1923:中国雅俗文坛的分道扬镳与各得其所》一文中谈道:"舆论的评判上主要是由新文学掌控的;但通俗文学却也是在'悄悄地流行',他们拥有大量的读者,倒是处于'默默的强势'之中。""新文学与通俗文学是'各有受众'的,它们正在'各尽所能',在未能达到'超越雅俗'的高水准的融会之前,必然也会'各得其所'的。"①文学革命之后的二三十年代,新文学和通俗文学拥有各自的发表园地、各自的创作队伍、各自的受众读者。鲁迅、茅盾、巴金、老舍等新文学小说家和包天笑、张恨水、向恺然、赵焕亭等通俗小说家都成绩斐然。前者操纵西洋新体小说熠熠生辉,后者运用传统章回体式游刃有余。两类小说"各得其所",共同促进了中国小说的现代化进程。

经历了抵牾共生的阶段之后,40年代的中国小说迎来了"雅俗融通"和"超越雅俗"的局面。孔庆东认为:"雅俗互动的结果,决定了现代小说的整体走向。"这主要表现在四个方面:第一,"扩大了新文学的辐射范围,在整个小说界真正确立了新文学小说的权威和主流地位"。第二,"大大提高了通俗小说的艺术境界和艺术水平,使中国通俗小说跨上了现代化的跑道"。第三,"新文学小说彻底完成了对通俗小说的征服后,明显放松了对小说艺术的先锋性探索,'普及'以绝对优势压倒了'提高'"。第四,"新涌现出一批超越雅俗的小说类别,成为现代小说进一步发展的艺术前沿和参照"。②雅俗文学关系的改善,既表现为新文学的主动示好,也表现为通俗文学的自愿靠拢。章回小说在此时既成为通俗小说的改良对象,也成为新文学小说的取用材料。《秋海棠》改换了章回小说的旧貌,成为40年代通俗小说的代表作品,而用章回体写成的《新儿女英雄传》则被归入新文学小说的范畴。40年代战争的紧张氛围消解了文艺界的内部矛盾,现代文学不再拘泥雅俗的界限,章回也不再成为划分新旧的尺度。和民族存亡、国家主权相比,文学之内的一切纠葛都显得无足轻重。这对于文学或小说本身的发展

---

① 范伯群:《1921—1923:中国雅俗文坛的分道扬镳与各得其所》,范伯群:《多元共生的中国文学的现代化历程》,上海:复旦大学出版社2009年8月版,第125页。

② 孔庆东:《超越雅俗——抗战时期的通俗小说》,北京:北京大学出版社1998年8月版,第255、256页。

而言,倒是一个好机缘,能够使"现代小说的整体走向"显得清晰化。章回小说尽管不再是小说创作的主要体式,尽管被边缘化、被转化乃至被淹没遗忘,小说通俗化、大众化的趋势却不可阻挡。文学的雅俗之争,最终只会成为一段历史。

三、形态学视野中的现代章回小说

章回小说进入20世纪以后,遭遇了新文学小说的批判性对抗。章回小说有着悠久的历史传统,而新文学小说正值方兴之时,是所谓的"新生事物"。两者相会,章回小说显得有些招架无力,只是被动退守,最终欣欣然,以被新文学收编为归宿。

这种状况很像梁启超对"衰落期"的"时代思潮"的描述:

> 凡一学派当全盛之后,社会中希附末光者日众,陈陈相因,固已可厌。其时此派中精要之义,则先辈已浚发无余,承其流者,不过掇撷末节以弄诡辩。且支派分裂,排轧随之,益自暴露其缺点。环境既已变易,社会需要,别转一方向,而犹欲以全盛期之权威临之,则稍有志者必不乐受,而豪杰之士,欲创新必先推旧,遂以彼为破坏之目标。于是入于第二思潮之启蒙期,而此思潮遂告终焉。此衰落期无可逃避之运命,当佛说所谓"灭"相。①

随着现代报刊出版业的渐趋繁盛,章回小说创作的种种弊端日益显露。小说家依附报刊连载作品,没有周到的全盘计划,就急于发表,导致很多小说有头无尾,质量可以想见。正如文艺报社座谈会列数的那样,现代章回小说"益自暴露其缺点"。新文学小说正处于"欲创新必先推旧"的阶段,它们对以章回小说为代表的通俗文学的严厉挞伐,正是新生命蓬勃欲出的要求。

梁启超借用佛家"生、住、异、灭"的说法来概括"时代思潮"的演进更迭,这一认识和西方文化形态学理论相仿。斯宾格勒在《西方的没落》一书中指出:"每一种文化都有自己的观念,自己的激情,自己的生命、意志和情

---

① 梁启超:《清代学术概论》,上海:商务印书馆1921年2月版,第5—6页。

感,乃至自己的死亡。""每一文化自身的自我表现都有各种新的可能性,从发生到成熟,再到衰落,永不复返。世上不只有一种雕刻、一种绘画、一种数学、一种物理学,而是有多种,每一种在其最深的本质上决不同于别种,每一种都有生之限期,且自足独立,一如每一种植物各有不同的花与果,不同的生长与衰落方式。"① 大到人类文化,小至一花一木,都会经历"生长与衰落"的过程。如果把小说看成是一种"有机体",那它也会经历同样的过程。"世上不只有一种雕刻",也不只有一种小说。章回小说、笔记小说、话本小说都活跃在明清文坛,只是章回小说特别繁盛,最能代表一时代小说创作的成就。当章回小说走过成熟鼎盛的阶段,衰落便接踵而至。此时其他小说,如新文学小说,兴然而起,会继续在小说领域引领风尚,小说于是开始了另一个生命的周期。

  元末明初,章回小说开启了它生命的进程。到清代乾隆年间,《红楼梦》等小说出世,章回小说臻于全盛。至清末,章回小说已存在了五百多年,不免显出老态。晚清民国的章回小说作家一方面承袭传统章回小说的创作方式,继续延伸章回小说的艺术生命;另一方面努力探索改良途径,从内容到形式,希望章回小说能适应新时代的需求。晚清新小说从观念内容方面提升了章回小说的地位和品质,民初文言小说则最大程度地实践了章回小说语言雅化的可能性。而"故事集缀"型小说是随着现代报刊业的兴盛而流行的一种章回小说文体形态,它的出现也是传统章回小说衰落的表征。40年代的章回小说与新文学小说显示出亲和关系,传统章回体式的消解和革命故事的叙述,意味着一种"新"的小说的诞生。在此半个多世纪的动荡年代里,有张恨水这样的章回大家出现,他的《金粉世家》《啼笑因缘》等传世之作既让章回小说挥发出了最后的辉煌,也拓展了章回小说的改良之路。可以说,晚清民国年间章回小说创作的种种现代表现最终令章回小说生命周期的任务得以成功归结。所谓"衰落"云者,并非全呈败象,"衰落"只是一个阶段,其中会有太多令人难忘、值得永久品味的经典。

  最后需要讨论的问题是,为什么章回小说生命的"衰落期"出现在晚清民国。原因当然不是单一的。小说观念的转变、小说传播媒介的变化、新文

---

① 〔德〕奥斯瓦尔德·斯宾格勒著,吴琼译:《西方的没落》第1卷,第20页。

学小说和翻译小说的强劲势力,都是造成章回小说衰落的原因。这里还想强调的一点是小说生存空间的变化,即城市的现代处境对小说的影响。

城市的出现和繁荣是中国小说产生和发展的外在动力。中国小说的诞生来源于市井文化的需求,这是共识。章回小说正是市井文化到达适宜阶段,由市井娱乐之一种的"讲史"发展而来的成果。"雅山林而俗市廛,夫人能知之,夫人能言之。"①市井文化的"俗"使章回小说具有了先天的"通俗"特征。它为市民读者写作,并随着城市发展而渐趋繁盛。明清城市的盛况在《帝京景物略》《扬州画舫录》等作品中都有详细描述,处于这一时期的明清章回小说也达到了它的"黄金时代"。然而,中国城市的历史到晚清开始了并不顺利的途程。尽管现代化的种种迹象最早出现在城市,但殖民权力也最早在中国城市得到部署。杜赞奇说,现代中国有别于之前的主要表现在于:"第一,由于受西方入侵的影响,经济方面发生了一系列的变化;第二,国家竭尽全力,企图加深并加强其对乡村社会的控制。"而"国家权力企图进一步深入乡村社会的努力始于清末新政"②。强化对乡村的控制是为了获取尽可能多的收益以支撑国家政府的存在,乡村也因此变得更具有反抗意识。与此同时,城市的发展不再是政府工作的重点。晚清之后的各种争战,无论是辛亥革命、军阀混战,还是抗日战争、解放战争,均对城市造成了破坏,市民社会变得惶恐不定。张爱玲的小说《倾城之恋》即非常恰切地表达出了战乱年代城市和人心之间的牵扯。杜赞奇认为,现代中国的市民社会是软弱的③,城市动荡不宁,市民社会就不能得到健康稳定的发展。为市民读者而生的章回小说也难以再被健康稳定地创作,衰落便不可避免。

乡村的被操控以及反抗力量的渐趋壮大,促成了一种不同于市民文学的新文学的兴起。在新文学小说中,乡土小说的成就异常醒目,乡村风貌和乡村观念由此显示出了特殊的权力。现代章回小说中也会插入一些乡村风情的描述,但不能成为小说创作的重点。直到解放区新章回小说出现,章回

---

① 姚鹓雏:《风飐芙蓉记》第5章评语,《姚鹓雏文集》(小说卷上),上海:上海古籍出版社2008年4月版,第321页。
② 〔美〕杜赞奇著,王福明译:《文化、权力与国家:1900—1942年的华北农村》,南京:江苏人民出版社2008年6月版,第1、2页。
③ 〔美〕杜赞奇:《中文版序》,同上书,第2页。

小说的市井面目才完全改观。然而,用农村革命话语写就的章回小说已经和传统章回小说的初衷大异其趣,章回小说的生命周期就此告一段落。新中国成立后,由解放区文学奠定的农村权力话语构成文学创作的主旨,农村题材比城市题材更适宜"十七年文学"的创作语境。三十多年后,城市小说再度成为令人注目的文学景观,但世易时移,章回小说的时代终究已经过去。

参 考 文 献

一、基本文献

《半月》《国民杂志》《红玫瑰》《民权素》《世界日报》《万象》《小说大观》《小说画报》《小说林》《小说月报》《新青年》《新小说》(1902 年,1935 年)、《月月小说》

阿英:《晚清小说史》,上海:商务印书馆 1937 年 5 月版。

巴人:《扪虱谈》,上海:世界书局 1939 年 7 月版。

包天笑:《钏影楼回忆录》,香港:大华出版社 1971 年 6 月版。

包天笑:《钏影楼回忆录续编》,香港:大华出版社 1973 年 9 月版。

陈景新:《小说学》,上海:泰东图书局 1927 年 6 月版。

陈平原、夏晓虹编:《二十世纪中国小说理论资料(1897 年—1916 年)》第 1 卷,北京:北京大学出版社 1989 年 3 月版。

范伯群主编:《中国近现代通俗作家评传丛书》,南京:南京出版社 1994 年 10 月版。

范烟桥:《中国小说史》,苏州:苏州秋叶社 1927 年 12 月版。

郭绍虞:《照隅室古典文学论集》,上海:上海古籍出版社 1983 年 9 月版。

《胡适文存》,上海:亚东图书馆 1921 年 12 月版,1924 年 11 月版。

《胡适全集》,合肥:安徽教育出版社 2003 年 9 月版。

胡毓寰编:《中国文学源流》,上海:商务印书馆 1925 年 10 月版。

黄霖、韩同文选注:《中国历代小说论著选》,南昌:江西人民出版社 1985 年 5 月版。

教育部编:《第一次中国教育年鉴》,上海:开明书店 1934 年 5 月版。

解弢:《小说话》,上海:中华书局 1919 年 1 月版。

孔另境编:《中国小说史料》,上海:上海古籍出版社 1982 年 12 月版。

李冷衷编:《国学常识述要》,北平:众教学会 1935 年 4 月版。

梁启超:《清代学术概论》,上海:商务印书馆1921年2月版。
刘麟生编著:《中国文学概论》,上海:世界书局1934年6月版。
刘扬体:《鸳鸯蝴蝶派作品选评》,成都:四川文艺出版社1987年6月版。
《鲁迅全集》,北京:人民文学出版社2005年11月版。
《茅盾全集》,北京:人民文学出版社1990年版。
《毛泽东选集》,北京:人民出版社1991年6月版。
秦和鸣主编:《民国章回小说大观》,北京:中国文联出版公司1997年版,2003年版。
芮和师、范伯群等编:《鸳鸯蝴蝶派文学资料》,福州:福建人民出版社1984年8月版。
《上海地方史资料》,上海:上海社会科学院出版社1986年版。
《上海滩与上海人丛书》,上海:上海古籍出版社1991年5月版。
《沈从文文集》,广州:花城出版社1984年7月版。
宋原放主编:《中国出版史料》,济南:山东教育出版社2001年4月版。
谭正璧:《古本稀见小说汇考》,杭州:浙江文艺出版社1984年11月版。
王维彰编:《国学问答》,重庆:东方书社1943年6月版。
魏绍昌编:《孽海花资料》,上海:上海古籍出版社1982年7月版。
魏绍昌编:《吴趼人研究资料》,上海:上海古籍出版社1980年4月版。
魏绍昌编:《鸳鸯蝴蝶派·礼拜六小说》,沈阳:春风文艺出版社1997年5月版。
魏绍昌编:《鸳鸯蝴蝶派研究资料》,上海:上海文艺出版社1984年7月版。
夏征农:《文学问答集》,上海:生活书店1937年3月版。
新文学社:《白话小说文范》,上海:中华书局1921年7月版。
杨世骥:《文苑谈往》,上海:中华书局1945年4月版。
杨义编:《张恨水名作欣赏》,北京:中国和平出版社2002年3月版。
《姚鹓雏文集》,上海:上海古籍出版社2008年4月版,2012年5月版。
《饮冰室文集》,上海:大道书局1936年1月版。
张恨水:《写作生涯回忆》,南京:江苏文艺出版社2012年1月版。
张静如等编:《中国现代社会史》,长沙:湖南人民出版社2004年12月版。
张占国、魏守忠编:《张恨水研究资料》,天津:天津人民出版社1986年10月版。
郑逸梅:《南社丛谈:历史与人物》,北京:中华书局2006年7月版。
郑逸梅:《清末民初文坛故事》,上海:学林出版社1987年2月版。

郑逸梅:《人物和集藏》,哈尔滨:黑龙江人民出版社 1989 年 1 月版。
《郑振铎全集》,石家庄:花山文艺出版社 1998 年 11 月版。
周谷城:《中国社会之变化》,上海:新生命书局 1931 年 12 月版。
周桂笙:《新盦笔记》,上海:广益书局 1914 年 8 月版。

二、国内著述

陈美林、冯保善、李忠明:《章回小说史》,杭州:浙江古籍出版社 1998 年 12 月版。
陈平原:《中国现代小说的起点——清末民初小说研究》,北京:北京大学出版社 2005 年 9 月版。
陈平原:《中国小说叙事模式的转变》,北京:北京大学出版社 2003 年 7 月版。
邓伟志、徐新:《家庭社会学导论》,上海:上海大学出版社 2006 年 12 月版。
丁文江、赵丰田:《梁启超年谱长编》,上海:上海人民出版社 1983 年 8 月版。
范伯群:《多元共生的中国文学的现代化历程》,上海:复旦大学出版社 2009 年 8 月版。
范伯群:《礼拜六的蝴蝶梦——论鸳鸯蝴蝶派》,北京:人民文学出版社 1989 年 6 月版。
范伯群:《中国现代通俗文学史(插图本)》,北京:北京大学出版社 2007 年 1 月版。
范伯群主编:《中国近现代通俗文学史》,南京:江苏教育出版社 2000 年 4 月版。
方锡德:《文学变革与文学传统》,北京:北京大学出版社 2003 年 5 月版。
方锡德:《中国现代小说与文学传统》,北京:北京大学出版社 1992 年 6 月版。
冯光廉:《中国近百年文学体式流变史》,北京:人民文学出版社 1999 年 10 月版。
郭国昌:《二十世纪中国文学的大众化之争》,南昌:百花洲文艺出版社 2006 年 12 月版。
洪煜:《近代上海小报与市民文化研究(1897~1937)》,上海:上海世纪出版集团 2007 年 8 月版。
孔敏:《历史哲学引论》,兰州:甘肃人民出版社 2007 年 11 月版。
孔庆东:《超越雅俗——抗战时期的通俗小说》,北京:北京大学出版社 1998 年 8 月版。

雷海宗等:《文化形态史观》,台湾:业强出版社 1988 年 7 月版。

李修生、赵义山主编:《中国分体文学史》,上海:上海古籍出版社 2001 年 7 月版。

刘明坤:《李涵秋小说论稿》,北京:人民出版社 2010 年 6 月版。

刘少文:《大众媒体打造的神话——论张恨水的报人生活及报纸文本》,北京:中国社会科学出版社 2006 年 5 月版。

刘祥安:《话语的真实与现实》,南京:江苏人民出版社 2005 年 8 月版。

刘晓军:《章回小说文体研究》,上海:华东师范大学出版社 2011 年 9 月版。

刘勇强:《中国古代小说史叙论》,北京:北京大学出版社 2007 年 10 月版。

刘增杰:《中国解放区文学史》,开封:河南大学出版社 1988 年 5 月版。

陆汉文:《现代性与生活世界的变迁——20 世纪二三十年代中国城市居民日常生活的社会学研究》,北京:社会科学文献出版社 2005 年 6 月版。

孟昭连、宁宗一:《中国小说艺术史》,杭州:浙江古籍出版社 2003 年 10 月版。

欧阳健:《晚清小说史》,杭州:浙江古籍出版社 1997 年 6 月版。

彭明主编,朱汉国等著:《20 世纪的中国——走向现代化的历程》(社会生活卷 1900—1949),北京:人民出版社 2010 年 8 月版。

盛子潮:《小说形态学》,杭州:杭州大学出版社 1993 年 6 月版。

石昌渝:《中国小说源流论》,北京:生活·读书·新知三联书店 1994 年 2 月版。

石麟:《章回小说通论》,郑州:中州古籍出版社 1994 年 9 月版。

宋海东:《张恨水情归何处》,北京:新华出版社 2008 年 12 月版。

王瑶:《中国新文学史稿》,上海:新文艺出版社 1953 年 8 月版。

温儒敏:《新文学现实主义的流变》,北京:北京大学出版社 2007 年 1 月版。

《文艺报》编辑部:《文学:回忆与思考》,北京:人民文学出版社 1980 年 12 月版。

吴野:《大后方文学史》,成都:四川教育出版社 1993 年 12 月版。

夏晓虹:《觉世与传世——梁启超的文学道路》,北京:中华书局 2006 年 1 月版。

夏晓虹:《阅读梁启超》,北京:生活·读书·新知三联书店 2006 年 8 月版。

燕世超:《张恨水论》,合肥:安徽大学出版社 1998 年 3 月版。

杨义:《中国现代小说史》,北京:人民出版社 1998 年 11 月版。

于天池:《明清小说研究》,北京:北京师范大学出版社 1992 年 7 月版。

袁进:《中国文学的近代变革》,桂林:广西师范大学出版社2006年6月版。
张赣生:《民国通俗小说论稿》,重庆:重庆出版社1991年5月版。
张广智、张广勇:《现代西方史学》,上海:复旦大学出版社1996年5月版。
张纪:《我所知道的张恨水》,北京:金城出版社2007年11月版。
张俊才:《叩问现代的消息——中国近代文学专题研究》,北京:中国社会科学出版社2006年12月版。
张伍:《雪泥印痕:我的父亲张恨水》,北京:团结出版社2006年9月版。
张伍:《忆父亲张恨水先生》,北京:北京十月文艺出版社1995年8月版。

三、国外著述

[德]奥斯瓦尔德·斯宾格勒著,吴琼译:《西方的没落》第1卷,上海:上海三联书店2006年10月版。

[俄]弗·雅·普罗普著,贾放译:《故事形态学》,北京:中华书局2006年11月版。

[俄]弗·雅·普罗普著,贾放译:《神奇故事的历史根源》,北京:中华书局2006年11月版。

[法]安德烈·比尔基埃等主编,袁树仁等译:《家庭史》,北京:生活·读书·新知三联书店1998年5月版。

[法]弗兰克·埃夫拉尔著,谈佳译:《杂闻与文学》,天津:天津人民出版社2003年1月版。

[法]古斯塔夫·勒庞著,冯克利译:《乌合之众——大众心理研究》,桂林:广西师范大学出版社2007年9月版。

[法]L.阿莫西、A.皮埃罗著,丁小会译:《俗套与套语》,天津:天津人民出版社2003年1月版。

[法]让·凯勒阿尔等著,顾西兰译:《家庭微观社会学》,北京:商务印书馆1998年12月版。

[加]米列娜编,伍晓明译:《从传统到现代——19至20世纪转折时期的中国小说》,北京:北京大学出版社1991年10月版。

[美]安敏成著,姜涛译:《现实主义的限制》,南京:江苏人民出版社2001年8月版。

[美]戴安娜·克兰著,赵国新译:《文化生产:媒体与都市艺术》,南京:译林出版社2001年4月版。

〔美〕杜赞奇著,王福明译:《文化、权力与国家:1900—1942年的华北农村》,南京:江苏人民出版社2008年6月版。

〔美〕F.大卫.马丁,李.A.雅各布斯著,包慧怡等译:《艺术和人文:艺术导论》,上海:上海社会科学院出版社2007年4月版。

〔美〕韩南著,徐侠译:《中国近代小说的兴起(增订本)》,上海:上海教育出版社2010年12月版。

〔美〕J.希利斯·米勒著,王宏图译:《小说与重复——七部英国小说》,天津:天津人民出版社2008年1月出版。

〔美〕加里·斯坦利·贝克尔著,王献生、王宇译:《家庭论》,北京:商务印书馆1998年3月版。

〔美〕王德威著,宋伟杰译:《被压抑的现代性——晚清小说新论》,北京:北京大学出版社2005年5月版。

〔美〕夏志清著,胡益民等译:《中国古典小说史论》,南昌:江西人民出版社2001年9月版。

〔美〕张灏著,崔志海、葛夫平译:《梁启超与中国思想的过渡(1890—1907)》,南京:江苏人民出版社1995年1月版。

〔英〕阿诺德·汤因比著,〔英〕D.C.萨默维尔编,郭小凌等译:《历史研究》,上海:上海人民出版社2010年1月版。

四、重要论文

陈穆如:《中国长篇小说的特色》,《当代文艺》第2卷第1期,1931年7月。

陈涌:《孔厥创作的道路》,《人民文学》1949年第1期。

范伯群:《〈海上花列传〉:现代通俗小说开山之作》,《中国现代文学研究丛刊》2006年第3期。

范伯群:《论"都市乡土小说"》,《文学评论》2002年第3期。

方汉文:《历史语境视域:中西小说的文类学比较》,《汉语言文学研究》2010年第1期。

谷斯范:《〈每日译报〉忆旧——雨丝风片录[四]》,《新文学史料》1992年第2期。

谷斯范:《雨丝风片录[七]》,《新文学史料》1993年第1期。

郭昌鹤:《佳人才子小说研究》,《文学季刊》创刊号,1934年1月。

纪德君:《古代长篇小说章回体制形成原因及过程新探》,《江海学刊》1999年第 4 期。

李长林:《20 世纪三四十年代斯宾格勒"文化形态史观"在中国的传播》,《史学理论研究》2007 年第 2 期。

李小龙:《中国古典小说回目的叙事功能》,《文艺理论研究》2011 年第 3 期。

李永泉:《〈儿女英雄传〉考论》,哈尔滨师范大学 2011 年博士学位论文。

凌硕为:《新闻传播与小说情调——以早期申报馆报人圈为中心》,华东师范大学人文学院 2007 年博士学位论文。

刘晓军:《"章回体"称谓考》,《上海大学学报》(社会科学版)2006 年第 4 期。

刘勇强:《一种小说观及小说史观的形成与影响——20 世纪"以西例律我国小说"现象分析》,《文学遗产》2003 年第 3 期。

沈庆利:《道德优越感中的堕落:〈留东外史〉与中国传统道德文化》,《中国现代文学研究丛刊》2001 年第 4 期。

宋伟杰:《老灵魂/新青年,与张恨水的北京罗曼史》,《中国现代文学研究丛刊》2010 年第 3 期。

孙超:《民初"兴味派"小说家研究(1912—1923)》,复旦大学 2011 年博士学位论文。

王晓岗:《新小说的兴起——清末民初中国文学生产方式的变革》,吉林大学 2010 年博士学位论文。

王瑶:《三十年代的文艺大众化运动——纪念"左联"成立五十周年》,《文艺报》1980 年第 3 期。

夏晓虹:《吴趼人与梁启超关系钩沉》,《安徽师范大学学报》2002 年第 6 期。

徐文滢:《民国以来的章回小说》,《万象》第 1 年第 6 期,1941 年 12 月。

杨绪容:《周桂笙与清末侦探小说的本土化》,《文学评论》2009 年第 5 期。

杨义:《张恨水:热闹中的寂寞》,《文学评论》1995 年第 5 期。

叶诚生:《"越轨"的现代性:民初小说与叙事新伦理》,《文学评论》2008 年第 4 期。

张法:《民初小说与时代心态》,《中国文化研究》第 14 期,1996 年冬之卷。

张恨水:《章回小说的变迁》,《北京文艺》1957 年 10 月号。

张恨水:《章与回》,《世界日报》1928 年 8 月 23 日。

张谦芬:《论解放区新章回小说的翻旧出新——兼谈文学旧形式的利用》,《南京师大学报》2010 年第 5 期。

张友鸾:《章回小说大家张恨水》,《新文学史料》1982 年第 1 期。

赵稀方:《翻译与文化协商——从〈毒蛇圈〉看晚清侦探小说翻译》,《中国比较文学》2012年第1期。

《争取小市民层的读者——记旧的连载、章回小说作者座谈会》,《文艺报》第1卷第1期,1949年9月。

朱秀梅:《"新小说"研究》,河南大学2006年博士学位论文。

附录　谈《京华烟云》的中译本①

　　林语堂最著名的小说《京华烟云》开始创作于1938年8月,这时林语堂一家正旅居巴黎。1939年8月在欧战的阴霾中,《京华烟云》完成了,林语堂回到纽约,同年,美国约翰·黛公司(The John Day Company)出版了这部小说。小说出版后即入选美国"每月读书会",受到美国公众的喜爱程度可与之前风靡的《吾国吾民》和《生活的艺术》相媲美。《京华烟云》是以小说的形式向美国公众描述了中国近四十年的时代生活变迁及由这种变迁中传达出的悠远的中国文化和深邃的中国精神。这是林语堂撰写的第一部小说。

　　《京华烟云》在美国出版后,又在加拿大、英国等地出版,日本也于1940年左右出版了三种日译本。虽然日译本都对《京华烟云》有大量的删改,但日译本的出版毕竟引起了中国文化界的重视。林语堂在这部英文小说的开头有一段献词:"全书写罢泪涔涔,献予歼倭抗日人。不是英雄流热血,神州谁是自由民。"②显然小说写作的现实背景、心境和目的都是明确的。作为一部充满着爱国情怀又享誉世界的小说,它的中文本的出版,对于当时的中国来说很具有积极意义且是必须做的事情。

　　然而中译本的问世却不像林语堂写作英文那样顺畅。在林语堂的心目中,郁达夫是《京华烟云》最好的译者,可惜郁达夫最终没能够翻译出《京华烟云》,当时的其他中译本却又不尽人意。直到1980年代,张振玉的译本才

---

　　① 本文以"版本行旅与文体定格——《京华烟云》中译本研究"之题发表于《河北学刊》2012年第1期上,发表时有删减。
　　② 这是张振玉的翻译。郁飞的译文为:"英勇的中国士兵/他们牺牲了自己的生命/我们的子孙后代才能成为自由的男女"。郑陀、应元杰的译文为:"中国忠勇的将士们,/他们正为了我们的子孙,/争取将来的自由,/因而牺牲了自己的生命!"张振玉的译本是目前较流行的译本。

开始在大陆刊行。已有研究者对《京华烟云》的中文翻译问题从不同角度作过一些论述,但有失周全。这里对此问题的谈论尽管难称周全,却也可备作一种查考。

一、节译和全译

郁达夫在接受林语堂译书的托付后,曾表达过对当时出版界的看法。他认为出版界存在着一种怪现象,即翻译盛行,却多"粗制滥译",这是文化低迷的表征。日本翻译《京华烟云》就可作如此看待。中国出版界也存在类似问题。"所以,最近林氏从香港来电问我的译讯的时候,我就告以我们不必岌岌与这一群无目的的滥译者们去争一日的长短。"①郁达夫说这话时,国内已有了《京华烟云》的中译本,但在郁达夫看来却都是"滥译"的。郁达夫因此安慰林语堂道:"闻沪上滥译者群,早已动员多人,分头赶译完了。但最近因纸价高涨,能出此巨书之书店很少,是以滥译虽成,而出书则仍无办法也。"②中译本虽有了,但一因是"滥译"的,二则译出之后不一定即能出版,所以郁达夫自可心中有数,要林语堂不必心切过急。

不论郁达夫是否在求安慰或者寻托词,也不论翻译出的各种《京华烟云》是否就是"滥译",毕竟郁达夫没能完成朋友的嘱托,而国内读者却已初识到《京华烟云》的面目。这些新中国成立之前的译本,大致有下列几种:

白林译述的《瞬息京华》,1940年北京东风书店出版;

越裔节述的《瞬息京华》上、中、下,分别刊发于《世界杰作精华》1940年第1、4、5期;1947年大国书店出版了《缩小了的巨著》(第3版),收录越裔节述的《瞬息京华》;

1941年上海三通书局出版的《林语堂代表作》(第2版),收录该小说,没有注明译者;1946年上海苦干出版社出版的《瞬息京华》,译者不详;

汛思翻译的《瞬息京华》,刊载于《华侨评论》1946年第6、8、9、10期和

---

① 郁达夫:《谈翻译及其他》,《星洲日报星期刊·文艺》1940年5月26日,《郁达夫文集》第7卷,广州:花城出版社1983年9月版,第143页。

② 郁达夫:《嘉陵江上传书》,《星洲日报·晨星》1940年6月6日,《郁达夫文集》第4卷,广州:花城出版社1982年2月版,第348页。

1947年第13期,未完;

郑陀、应元杰合译的《京华烟云》,上、中、下三册,1940年至1941年上海春秋社出版。1946年光明书局又重新发行了这个译本,此为《京华烟云》的第一种全译本。

白林译述的《瞬息京华》一册分三部分,分别是"道家的女儿""园中的悲剧""秋日之歌"。每部分标题后录有《庄子》一段,和原本相同。这个译本较其他译本有价值的地方是在小说译完后附上了若干篇评论文章,分别是赛珍珠、林如斯、周黎庵、梁少刚的《评〈瞬息京华〉》。这几篇评论文章的标题应该是附录者自己题上的。林如斯文章的题目应是"关于《瞬息京华》",周黎庵的文章节选自《关于〈瞬息京华〉》,此文收在他的《华发集》中。这两篇文章常被其他《京华烟云》译本作为附录收入。

赛珍珠是林语堂赴美写作的策动者,林语堂的多篇英文著作都由赛珍珠夫妇经营的约翰·黛公司出版。可以说,赛珍珠为林语堂赢得在美国的声誉提供了极大帮助,当然她的公司也从林语堂身上获得不少利益。赛珍珠给予了《京华烟云》很高的评价,她说:林语堂是能站在客观立场上描写中国社会历史变动的"惟一的天才",《京华烟云》是一部"伟大的现代中国小说"[①]。赛珍珠不乏夸张的评价无疑为《京华烟云》的成功尽了宣传之力。

既是"译述",白林的译本当然不是对原本的照直翻译,英文本中富有特色的介绍性文字被省去了,一些并不重要的情节描述也以简略处之。这是《京华烟云》节译本的共同点。林语堂著作的《京华烟云》为这样的节译提供了可能。作为一部面向美国公众介绍中国人生活的作品,林语堂需要对小说中出现的礼仪风尚、日用器物、观念传统作解释,以使不了解它们的外国读者能够理解并由此产生无穷兴味。这些解释延宕了小说故事的进程,而且对于中国读者来说不是必要的。所以林语堂的写法为中文节译本提供了方便,也是各种节译本竞相出世的一个重要因由。

越裔节述的《瞬息京华》上、中、下,分别刊在1940年的《世界杰作精华》上,上部后附有周黎庵的《关于〈瞬息京华〉》及林语堂1939年7月致周黎庵谈《京华烟云》的信。此译本被收入大国书店出版的《缩小了的巨著》。

[①] 赛珍珠:《评〈瞬息京华〉》,白林译述:《瞬息京华》,北京:东风书店1940年版,第310页。

《缩小了的巨著》收录的作品大部分是翻译过来的,《瞬息京华》列在全书第一篇,归入"风行一时的文学杰作"一栏。此书中还收录了林语堂的另一篇作品《我的人生观》,放在"趣味深厚的哲学巨著"一栏的第一篇。这部书里只有林语堂的作品被收入了两篇,可见编者对林语堂的看重。书内有一页介绍林语堂的文字,说:"在文坛上提起了'林语堂'三个字,真是谁人不知,那个不晓。我们对于这位驰誉中外,蜚声儒林的学者,似乎没有详细介绍的必要。"①林语堂的热度真是可想而知。

  这个译本的小说标题后,注有"本书已当选为一九三九年百部佳作之一"字样,并有一段文字,介绍了小说内容和写作概况,以及出版后受欢迎的热烈程度。这个节本没有译出小说三部分的标题,也没有《庄子》引文,上、中、下三部分的分法和其他版本略有不同。附录的周黎庵《关于〈瞬息京华〉》的全文,共五个部分。周黎庵即周劭,杂文家,为《人间世》《宇宙风》写过稿,担任过《宇宙风》等杂志的编辑,和林语堂有同事之谊。周黎庵对《京华烟云》的评价不是很高。谈到翻译问题时,他说:"这本书最好是由作者自己来用中文改写,否则,亦应请一位小说前辈如郁达夫者来从事,方不至于画虎类犬。"②翻译好《京华烟云》不是件容易的事情,纵然林语堂、郁达夫等人没有成就这项工作,越裔、白林等人的翻译也不能称善,更别说节译了。把周黎庵的评价文章附在节译本的《京华烟云》后,并不妥当,但仿佛起到了提醒读者不可尽信翻译为原书的作用。

  三通书局出版的《林语堂代表作》和大国书店出版的《缩小了的巨著》都是作品集。《林语堂代表作》是作为"现代作家选集第五集"出版的。书分三辑,前两辑为散文,第三辑为小说。小说部分没有《京华烟云》的总题,只分列三部分的标题,标题和白林译本相同,标题之后亦没有《庄子》引文。此书《序》中说道:林语堂"生平的得意巨著,毫不遗漏地汇集在这里,使读者可以""很轻易的得窥他作品的全貌"③。这并不与书的实际相符,书里收录的《京华烟云》只是节译本,不能窥见"全貌"。

---

① 徐培仁等译著:《缩小了的巨著》,上海:大国书店1947年2月版,第110页。
② 周黎庵:《关于〈瞬息京华〉》,《苇发集》,上海:莳溪书屋1940年5月版,第163页。
③ 《林语堂代表作·序》,上海:三通书局1941年版,第1页。

《林语堂代表作》里没有注明《京华烟云》的节译者。比较几种节译本，《林语堂代表作》和白林译述的《瞬息京华》有较多相同处，且主要人物的译名也是相同的。虽然这并不能说明两个译本出自同一译者，但相互参照挪借确是事实。郁达夫说当时翻译混乱，不是没有根据的。

同样，苦干社出版的《瞬息京华》虽未注明译者，但和越裔的节述本总体相同，而人物译名不一样。此一译本录有《节述后言》，其中说道："述者很知道这部书是不能节译的，也并没有作节译的尝试。现在不过是将全书看了一遍之后，将它重新述说出来。所述的不过是书中的故事，但求贯串，不计工拙和章法。因了编幅的关系，书中的议论大部分也只能割爱遗弃，所以并不能将原书的精神充分的表显。述者的意思，不过是想藉此使没有功夫或没有机会读原书的人，略为知道这本书的轮廓，和书中的大概罢了。"删除议论是节译的简便方法，"不能节译"表示的是对原书的尊崇却也含有自谦的成分。这段申述之前，译者还有一段议论："这书在材料的取舍和安置上，也很巧妙。他能将许多俗谚故事，一一的插入书中，而并不十分露出堆砌的痕迹。材料之中，有一部分虽然略嫌过于通俗，缺乏意义，但须知这本书原是做给外国人看的，在我们所视为烂熟乏味的，在外国人的眼光中未必不是新颖有趣。这层是读这书的人所不应忘记的。"①《京华烟云》面向西方的跨文化写作是它独特的所在，对于译者，这种写作为节译提供了取径之地，对于读者，应对其中"烂熟乏味"的部分有所体谅。

苦干社的《瞬息京华》一册，分三部分，三部分标题和白林的译本相同，但省略了每一部分之前的《庄子》引文，也就相应减弱了小说对道家思想的强调。所以译者说"不能将原书的精神充分的表显"，不是自我谦虚的。

略引几种节译本的译文，可比较其间的同与不同：

> 木兰一面讲着从前的故事，大家都从新感到像河流一样庄严的"时间"。而觉得自己一家的事迹，正是"时间"所描画出来的故事，而且是千古的都城北京所发生的仅仅一瞬的小变故。
>
> 正午的时候，大家都离开那里走了，无数的难民，沿着公路向前

---

① 《瞬息京华·节述后言》，上海：苦干出版社1946年版，第3、1页。

走去。

在云雾之中,耸立着道教圣境的天台山的灵峰,那儿存留着姚思安的精神。

年老的道士,还在观前停立,他远望着木兰兴亚和他们的女儿,但是渐渐已看不分明,他们已消失在人群之中了。

——白林译述:《瞬息京华》

木兰自经此事,知道杭州不能再住,即和兴亚阿美收拾了一些值钱的货物,离开杭州雇了几辆人力车,沿着公路向着广大的内地,投向祖国的怀抱里去了。

——越裔节述:《瞬息京华》

一路上或走或停,在除夕那夜,借宿在天台山的一所道观里,天台山是浙江省的胜地。观里住满了难民,道士和兴亚等谈起来,因为和姚思安认识,所以特别款待他们,还将自己的一间屋子借给他们住。木兰回忆小时拳匪作乱的逃难景况,因此引起了许多感触。从那时到现在,不知曾经发生了多少变故,现在一家人都已离散了,立夫莫愁在四川,陈三环儿和黛云在山西,阿非宝芬和靖亚淡芳在上海,曼娘已死,最后她又想起在军中的阿东和肖夫。她感到像河流一样庄严的"时间",而自己一家的事迹,正是"时间"所描画出来的故事,而且是千古的都城北京所发生的仅仅一瞬的小变故。

——三通书局:《林语堂代表作》

元旦的那天,他们在天台山的一个道院里边打尖休息。木兰坐定了,怀想一切过去的事情,以为世事的变迁何以这样的快,个人的生命中何以这样的多事。想到国难家仇,不禁满眶眼泪,只听得那"还我河山"的歌声又在远地里悠扬激昂地唱着。

——苦干出版社:《瞬息京华》

这是小说的结尾部分,木兰一家随着浩荡的人群一起向内地迁移。林语堂写到这里热泪盈眶,他被中国民众的力量深深打动。原本的描述要比节本细致壮丽得多,主人公木兰在这时真正得到了精神蜕变。几种节译本都没有把这些翻译出来,尽管对原文取舍不一,叙述详略不同,但都只是写出故事大概,没有传达出小说的境界。

附录　谈《京华烟云》的中译本

　　登载于《华侨评论》上的汎思翻译的《瞬息京华》很可能是全译本,可惜只开了个头就没有见到下文。这个译本是分回翻译的,没有回目,没有把全书分成三部分,也没有《庄子》引文。"第一回"后有杂志编者的一段按语:"林语堂博士的英文原著《MOMENT IN PEKING》是一本伟大的杰作,自出版以来,风行一时。本刊兹得汎思先生的合作,分段译出逐期登载本刊,以飨读者。汎思先生不独译笔信雅,且对北平话下一般苦工,故于书中人的对话、神态身份,描摹尽致,译风别具一格,敬希读者留意。"这段按语并没有对译本过誉。汎思的翻译确是颇费心思的,他把小说译成了章回体,译文中"话说""却说""看官们须知"等插入语使译本明显带有中国传统小说的意味。如果汎思能译成全书,应该称得上"别具一格"。

　　1940年至1941年上海春秋社出版的由郑陀、应元杰合译的上、中、下三册《京华烟云》是第一种《京华烟云》的中文全译本。这一版本三册的分法对应了原著的三部分,即上册为小说的第1章至第21章,"道家的女儿";中册为小说的第22章至第34章,"庭园的悲剧";下册为小说的第35章至第45章,"秋之歌"。下册附有《译后记》和林如斯《关于〈京华烟云〉》、周黎庵《评〈京华烟云〉》三篇文章。书后有一页广告,称《京华烟云》"全书七十万言完全译竣",这是春秋社版《京华烟云》的最大招牌。广告并有两段文字对这部书作了介绍:

　　　　作者以最近半世纪来苦难的中国为背景,将姚姓代表初期民族资本家,曾府代表进步的政治家,牛姓代表封建官僚,活描出这三门后代所表现了的大时代中形形色色青年的典型,附以儿女私情,起伏曲折,实是一部可歌可泣,具有历史价值的大著。

　　　　如果说《红楼梦》是写尽了中国封建社会的一切,则本书不仅写着封建势力的崩溃,还描述着腐败的旧军阀与政客的没落,新思想与新力量的萌芽与发展,一直写到"八一三"战事。——林先生的笔也就停留在这伟大的支点上。叙述的细腻精详,文笔的幽美流畅,人所周知。而译者在这点上也尽了最大的责任。

　　两段文字说的两点意思为后来评论通用:一是小说写了三个大家庭在时代历史变迁中的故事;二是把《京华烟云》和《红楼梦》放在一起比较。全译本着意到这两点,在表现上诚可谓尽了责任。

郑陀、应元杰在翻译《京华烟云》时还是学生。在写于1941年的《译后记》中他们叙述了翻译小说的大概情况:"我们动手翻译这部书,是在前年冬天,后来听到郁达夫先生已在动手迻译,因而就把它搁了起来;但至日译本出版以后,尚未闻达夫先生译文的消息,而国内读者想看到中文译本的又是急切众多……因此我们又把它动手翻译了。因为我们课务缠身,进行也非常缓慢,直到去年初夏,方译完第一卷,全书于去年十月底方算告竣。"① 郁达夫的译本如先出版,也许就没有郑陀和应元杰的翻译了。两人虽译得尽力,但林语堂并不满意。他特地写了《谈郑译〈瞬息京华〉》一文评论这个全译本。林语堂认为当时无论是创作还是翻译都存在严重的"欧化"问题,"本书译者,在此风气之下,也喜搬弄此种玄虚"②。林语堂举出不少例子说明郑译本的不当,包括人名、地名的翻译。郑陀、应元杰和林语堂不相识,不能细心揣摩林语堂用字造句的心思,林语堂也没有像指点郁达夫那样,为他们注明书中名词物事的正确译法。译本难传原著的意蕴,译者难称作者的心思,并不是少见的事情。

且看这个全译本的结尾:

> 当木兰所看见的环境随着改变的时候,她的内心里也随着改变了。原来她已失去了空间和方向的感觉,她甚至于失去了她对于她个人的身份的感觉,并且觉得她已成为平民的一分子。她父亲凭着一种纯粹的默想去征服了他的自我,而现在她却凭着她的对于这许多男女和孩子的接触,而恢复了她的自我。……
>
> 在辽远的地平线上升起了天台山的被云雾所遮住的山峰——在道教徒的神话当中,这个山是圣地,同时也是姚思安的精神所寄托的所在。那时那庙里的老住持仍站在庙门口。在片刻之间,他还能分辨出木兰,新亚,和他们的女儿,以及他们所带着的几个孩子的影子。接着他们就渐渐的走开,渐渐的不能辨别出来,并且消失在那个缓缓的向着

---

① 郑陀、应元杰译:《京华烟云·译后记》(下册),上海:春秋社1941年版,第999—1000页。
② 林语堂:《谈郑译〈瞬息京华〉》,《宇宙风》1942年第113期。

那圣山和伟大的内地移动着的长蛇形的人类的行列中。

所引第一句话显然不通,最后一句"长蛇形的人类的行列"也很不妥当。林语堂的不满意是很可以理解的。但这个译本毕竟是《京华烟云》的第一个全译本,把节译本所省略的原文的意思表述了出来,尽管表述的清晰度和恰切性尚待提高。

1946年光明书局重新发行的这个全译本的三册题目有所变化,小说原三部分的标题成为三册书的正题,"京华烟云"则成为副题。译者说:这个译本"总计前后停刊时间,达四年之久,今虽重版有日,诚不胜隔世之感"①。功过是非,已属当年事情,现今再看,毕竟留下了那个时代对于一部小说的记录。50年代和70年代,在没有出现更好的全译本之前,这个译本在台湾被重印。

二、郁达夫、郁飞和《瞬息京华》

在林语堂的心目中,郁达夫是《京华烟云》最理想的译者。林语堂对此陈述了四条理由:"一则本人忙于英文创作,无暇于此,又京话未敢自信;二则达夫英文精,中文熟,老于此道;三,达夫文字无现行假摩登之欧化句子,免我读时头痛;四,我曾把原书签注三千余条寄交达夫参考。如此办法,当然可望有一完善译本问世。"②

《京华烟云》是林语堂写的第一部小说,用英文创作,他此后的小说均用英文写成。要用另一种文字把作品再写一遍,对于作家来说似乎会失去原创的兴趣,所以作家自己很少干这样的事,何况林语堂又忙于向西方读者介绍中国文化,无暇于国内事务。而郁达夫却"英文精,中文熟,老于此道",是很有翻译经验的。1935年在上海生活书店出版的《达夫所译短篇集》的序言中,郁达夫回溯了他十五六年的翻译经历。另外《小家之伍》(上海北新书局1930年版)、《几个伟大的作家》(上海中华书局1934年版)等

---

① 郑陀、应元杰:《译后记》,《京华烟云之三·秋之歌》,上海:光明书局1946年版,第978页。

② 林语堂:《谈郑译〈瞬息京华〉》,《宇宙风》1942年第113期。

书,也收录了郁达夫的翻译作品。1927年至1936年,林语堂正在上海,和郁达夫往来相得,当然对郁达夫的翻译经验和翻译水准是很有把握的。于是,当《京华烟云》写成后,林语堂第一个想到的可以给他帮忙的人就是郁达夫。1939年郁达夫已在新加坡,身在美国的林语堂通过陶亢德转信郁达夫,请他翻译《京华烟云》,郁达夫答应了。林语堂甚是高兴,又致信郁达夫,说郁达夫果能将小说译成中文,"于弟可无憾矣"。"弟既无暇自译,所以必求兄亲译者以此。非敢以无聊因缘,污吾兄笔砚。"①为了使郁达夫的翻译工作顺利进行,林语堂为原书作了详细的注解,先后成为两册,寄给郁达夫。据和郁达夫同住苏门答腊的包思井回忆,郁达夫藏有一个木箱,"他失踪后打开来看,原来是林语堂的《瞬息京华》英文本两册,里面林语堂特地把人名、地名、古典词句详加注解以便郁先生翻译的。在同书上郁先生也批了他的译语,两个人的批注都很小心,这从写的字上可以看得出"②。可见,林语堂和郁达夫对《京华烟云》的翻译之事都是很认真的。郁达夫的认真一方面出自朋友的信托,另一方面也因为林语堂预付了郁达夫一笔钱,作为先期的酬劳,希望他能安心译书。

  林语堂没有向人提到过给郁达夫预付款的事。关于这笔款子的数额有几种说法:一说林语堂预支了5000美元,但据郁飞回忆,林语堂寄给了郁达夫500美元,后说是1000美元,③几个数额颇有差距。就林语堂当时在美国三万多美元的年收入来说,500美元的酬劳似乎有些少了。林语堂不是吝啬的人,林、廖两家亲戚的生活很多靠林语堂资助,他还捐献了四千多法郎来抚养中国孤儿。出于对友情的珍视和对自己作品的珍爱,可以确定林语堂给了郁达夫一笔不少的费用来译书。书没有译出,钱却花完了,这是郁达夫一直愧疚于心的事,他患难中还带着林语堂的书,是因为不能释怀,希望

---

① 林语堂:《给郁达夫的信》,万平近编:《林语堂选集》(下册),福州:海峡文艺出版社1988年3月版,第474、475页。
② 〔新加坡〕包思井:《郁达夫先生和书》,陈子善、王自立编:《回忆郁达夫》,长沙:湖南文艺出版社1986年12月版,第632—633页。
③ 郁飞在《郁达夫的星洲三年》(收入《回忆郁达夫》)中说林语堂寄给了郁达夫500美元,在1991年出版的《瞬息京华》的《译者后记》中说:林语堂好像给郁达夫寄过两次钱,"共一千美元"。

还能努力完成朋友的重托,没承想自己即将罹难。

除了林语堂陈述的理由外,还有几点原因也是很有必要说明的。其一,可能也是林语堂请郁达夫译书的最重要的原因是两人交情甚厚。交情厚,才会把重务相托,受托人也不会拒绝。徐訏说:"在当时作家中,与语堂往还最好的还是郁达夫。"①林语堂和郁达夫大约在1923年相识,这时林语堂正参与《语丝》编务,又和郁达夫同在北京大学任教,虽说交往不深,却建立了最初的友情基础。1927年林语堂来到上海,20年代后半期上海也是郁达夫主要的活动地。1927年10月鲁迅抵达上海,林、郁的友谊围绕着鲁迅日渐笃厚。30年代,林、郁同游浙江,行旅中二人相互唱和,对彼此的志趣都十分欣赏。后来林语堂又约郁达夫同游扬州,郁达夫写了著名的《扬州旧梦寄语堂》一文,虽说这次结伴未成,可行事甚为风雅。林、郁的友谊还在两件事上表现得分外显著。一件事发生在1929年8月,鲁迅和北新书局发生版税纠纷,在事后的宴席上林语堂说了些话引起鲁迅不悦,两人关系从此疏隔。作为当事人之一,郁达夫回忆道:"这事当然是两方的误解,后来鲁迅原也明白了……当鲁迅去世的消息传到当时寄居在美国的语堂耳里的时候,语堂是曾有极悲痛的唁电发来的。"②话语间,似乎表示出对林语堂的偏向。另一件事是郁达夫发文声援林语堂。30年代,正当《论语》《人间世》《宇宙风》刊行惹来——特别是左翼文坛——对林语堂众多非议的时候,郁达夫不仅为林语堂的杂志写稿,还发表《苍蝇脚上的毫毛》等文章直接为林语堂辩护。后来林语堂赴美,国内又有各种非辞,郁达夫依然站在林语堂这边为他说话。不可否认林、郁二人政治信仰上存在差歧,但朋友之间应有的共同志趣、欣赏眼光和了解信任使他们的友谊保持了下来。于是,当林语堂为自己的作品找寻译者的时候,郁达夫就成了他心目中最理想的人选。

林语堂请郁达夫译书的方式很有些像当初敦促郁达夫为《论语》等杂志写稿的方式。"林语堂通过与郁达夫多年的交往,深谙他那散漫、拉沓的作风。因此,在向他索稿时,有时是专电,有时是先预付稿酬,必要时则亲自

---

① 徐訏:《追思林语堂先生》,子通主编:《林语堂评说70年》,北京:中国华侨出版社2003年1月版,第145页。

② 郁达夫:《回忆鲁迅》,《郁达夫文集》第4卷,广州:花城出版社1982年2月版,第221页。

出马直接命题,迫使他不得不写。像连载于《人间世》上面 7 章情文并茂的《自传》就是在后一种情形下产生出来的;又如发表在《宇宙风》上面的 6 章《闽游滴沥》的产生过程也是如此。"①林语堂几乎用上了先前索稿的所有方式请郁达夫翻译《京华烟云》。专信、预付稿酬、直接命题布置任务。1940 年 5 月,林语堂携家人从美国回到重庆,他给郁达夫写信,希望他也能回重庆,在途经香港时还和郁达夫通了电话。但郁达夫没有接受邀请。在《嘉陵江上传书》中,郁达夫恳切地述明了不能回国的理由,并说《京华烟云》的译文很快会在《宇宙风》上发表,以慰友人。可以说,林语堂的敦请应该是奏效的,林语堂觉得这些一贯奏效的方式可以诞生出理想的《京华烟云》中译本。然而,时代变迁,处境不同,各种不安和烦恼终于把人为努力可得的成就侵蚀了。

或许林语堂不很清楚郁达夫在新加坡的生活情况。当时多方传言郁达夫去新加坡是"隐居"去的。既然是"隐居",想必定是精神有余,时间充沛。林语堂之所以把他的力作交给郁达夫翻译,恐怕也有这层考虑。殊不知事实并非如此。另外,郁达夫趣味风雅,嗜好古书,谙习中国传统文化,这与《京华烟云》要传达的意蕴是契合的。林语堂相信郁达夫是能够真正懂得《京华烟云》好处的人,他的翻译定能赋予《京华烟云》新的生命。

万分可惜的是,郁达夫没有翻译出《京华烟云》。1941 年,李筱瑛向英国当局推荐郁达夫主编《华侨周报》,在李筱瑛的协助下,《京华烟云》的中译文开始在《华侨周报》上连载。这是郁达夫翻译《京华烟云》所能见到的唯一文字成果。可惜《华侨周报》寿命短暂,翻译也没有坚持下去。在战火纷飞的年代里,人的生命尚在旦夕,更何况一份报纸。当时的《华侨周报》已烟灰杳然,郁达夫的翻译文字早已不见踪迹。

郁达夫没有翻译出《京华烟云》,也是有多种原因的。郁达夫自己说道:"在这中间,我正为个人的私事,弄得头昏脑胀,心境恶劣到了极点;所以虽则也开动了手,但终于为环境所压迫,进行不能顺利。"②"个人的私

---

① 许凤才:《浪漫才子郁达夫》,郑州:河南人民出版社 1989 年 7 月版,第 157 页。
② 郁达夫:《谈翻译及其他》,《星洲日报星期刊·文艺》1940 年 5 月 26 日,《郁达夫文集》第 7 卷,广州:花城出版社 1983 年 9 月版,第 142 页。

事"指的是郁达夫和王映霞的婚变。1939年3月,香港《大风》旬刊要出周年纪念刊,向郁达夫约稿。郁达夫就从自己的旧诗中选出若干首编成《毁家诗纪》并加了注释在《大风》第30期周年纪念号上发表出来。王映霞看到这些诗后,非常生气,马上作出回应,回应文字同样在《大风》上发表。《大风》藉此风行一时却最终导致了郁、王婚姻的破裂。郁达夫和王映霞的感情生活在此之前已经裂痕斑斑,这一事件使他们再也无法生活在一起了,1940年两人离婚。郁达夫在陈述《京华烟云》译事不顺的理由时,正是处在离婚之战的时候,"心境恶劣到了极点",当然无法好好工作。1940年6月在《嘉陵江上传书》中郁达夫对林语堂说:"王氏已与弟完全脱离关系,早已于前月返国。此后之生活行动,两不相涉;我只在盼望她能好好过去,重新做人。若一误再误,至流为社会害虫,那就等于我杀伯仁了。吾兄亦将笑我为宋襄之仁否?"①林语堂过去常和郁达夫、王映霞往来聚会,都是相熟的。郁达夫向林语堂谈这件事,一方面是不能释怀,另一方面也希望向旧友一诉衷肠,寻得体谅。

  这是郁达夫到新加坡以后经历的最伤心的事情之一。郁达夫到新加坡并非处于"隐居"状态,繁忙的工作和抗日救亡宣传活动令他少有休暇时间。编辑《星洲日报》、创办各种副刊、发起"南洋学会"、指导鼓励文学青年、组织募捐活动、担任新加坡文化界抗日联合会主席……可以说,新加坡时期的郁达夫依然处在时代的风口浪尖上,在积极的社会活动中为祖国敬献力量。这一时期,郁达夫主要写作政论文、评论文,这类文章篇幅不长,不会占用作者太多精力。而要翻译《京华烟云》这样的长篇力作,是需要译者集中精力,潜心从事的。郁达夫没有这么多时间,他把大部分精力放在了社会活动中,不能安心于书斋生活了。这也是《京华烟云》的翻译被一延再延,最终没能成功的重要原因。

  郁达夫对翻译的看法也是《京华烟云》没译成的重要原因之一。郁达夫说他翻译作品大致有三个标准:"第一,是非我所爱读的东西不译;第二,是务取直接译而不取重译……第三,是译文在可能的范围以内,当使象是我

---

① 郁达夫:《嘉陵江上传书》,《星洲日报·晨星》1940年6月6日,《郁达夫文集》第4卷,广州:花城出版社1982年2月版,第348—349页。

自己写的文章,原作者的意思,当然是也顾到的,可是译文文字必使象是我自己做的一样。"①前面两条对于《京华烟云》来说应该不成问题,但要做到第三条却有些困难。林语堂最想得到的是完美的中文版《京华烟云》,而不是郁达夫版的《京华烟云》。一个独立的翻译者会把翻译文字当成自己的作品,但从林语堂为《京华烟云》作注以给郁达夫提供参考来看,他对《京华烟云》翻译工作的干预是必不可少的。作为一个有才能的独立作家,郁达夫大概不会希望出现自己的工作被干扰的情况。可是他和林语堂是多年的朋友,又收下了翻译的酬劳,译事便定要进行。这是一重难处。

另一重难处是关于译本和原著的关系问题。郁达夫说:翻译比创作难,因为"创作的推敲,是有穷尽的,至多至多,原稿经过两三次的改窜,也就可以说是最后的决定稿了。但对于译稿,则虽经过十次二十次的改窜,也还不能说是最后的定稿"②。译本不可能完全忠实于原著,也不可能把原著的意蕴传达无遗。毕竟译本和原著是两种语言的产品,语言本身包含的文化因素使两种文本不可能具有同一性,再加上作家、译者个人气质的不同,译本和原著的同一性更是不可能实现的。然而,原著作者却往往希望译本能忠实地表现原著,林语堂对《京华烟云》译者的挑剔就是例证。郁达夫说:翻译《京华烟云》"可以经过原作者的一次鉴定,所以还不见得会有永无满足的一天。否则如翻译西欧古人的作品之类,那就更不容易了"③。实则翻译"西欧古人的作品"倒可以免除作者挑剔的眼光,翻译《京华烟云》却必要"经过原作者的一次鉴定",鉴定过后势必会有修改等一系列程序。一方面碍于朋友辛苦情面,不好直陈修改的要求;另一方面意识到对方不"满足",知道要修改却又感觉很麻烦。郁达夫深知这是一件吃力不讨好的工作,这次的翻译是有些勉为其难的。他把翻译《京华烟云》称作是给"林语堂氏帮

---

① 郁达夫:《〈达夫所译短篇集〉自序》,上海生活书店1935年5月版,《郁达夫文集》第7卷,广州:花城出版社1983年9月版,第261—262页。
② 郁达夫:《谈翻译及其他》,《星洲日报星期刊·文艺》1940年5月26日,《郁达夫文集》第7卷,广州:花城出版社1983年9月版,第143页。
③ 同上。

忙",是"不得已"。①

跟随郁达夫到新加坡去的郁飞回忆郁达夫当时的翻译情形道:"父亲似乎对友人说过,本不想接受委托的(大约是心绪不宁吧,我想),但那笔美元已随手花完,便不好推卸,只能拖延。事经年余,上海出的几种译本都已销到新加坡,作者委托的译本的问世却还遥遥无期。我们在旁都为他感到过意不去。……可是拖延近两年,终因大局逆转而只开了个头,可见他那时实在无心从事任何稍具规模的工作。"②翻译长篇作品需要耐力和耐心。虽然郁达夫是位不错的译者,但就他已有的翻译来看,都是短篇,"稍具规模"的翻译几乎没有,所以他接受《京华烟云》的翻译委托,实则并没有充分的长篇翻译经验,又"不好推卸,只能拖延"。

郁达夫缺少耐力和耐心,"在生活上一向'放浪形骸',没有计划,也不想计划,所以事情被糊涂过去了"③。这是《京华烟云》译事未成的又一原因。浪漫才子的气质和受命被约束的感觉是相抵触的,感觉不顺的工作当然不能顺利进行。另外,林语堂在国内受到的批评以及他政治思想的右倾对旧日的朋友情谊难免产生影响。尽管郁达夫一直维护林语堂,但身在海外,声音的传送变得微弱了。另一方面,林语堂抗战时期的回国却造成了声势。

1940年蜚声海外的林语堂回到国内,得到蒋介石的亲自招待,并取得"侍从室顾问"的头衔。林语堂对蒋介石的赞赏之情在《京华烟云》里已经有所表现,这次回国,表现的倾向更加明显了。1943年林语堂再度回国,在这之前他的政论文集《啼笑皆非》在美国出版,林语堂亲自把其中的一部分译成中文带到了国内,宣传以中西文化互补来构建世界的观点。10月,他在重庆中央大学作了《论东西文化与心理建设》的演讲,引起了文化界的很大反响。1944年桂林华光书店特地发行了《评林语堂(文集)》一书,收录了郭沫若《啼笑皆是》、曹聚仁《论林语堂的东西文化观》等文章。这些文章

---

① 郁达夫:《语及翻译》,《星洲日报半月刊》1939年第28期,《郁达夫文集》第7卷,第121页。
② 郁飞:《郁达夫的星洲三年》,陈子善、王自立编:《回忆郁达夫》,长沙:湖南文艺出版社1986年12月版,第470页。
③ 施建伟:《林语堂在海外》,天津:百花文艺出版社1992年8月版,第55页。

主要都是针对《论东西文化与心理建设》而发的,给予林语堂不合抗战时宜的观念以很大批评。这一年,林语堂在国内的唇枪舌剑中回到了美国。国内文化界,特别是左翼文化界对林语堂的不满态度郁达夫大概不会没有耳闻。即就《京华烟云》而言,小说宣扬的也是中国传统的道家文化观。虽然在小说开头,明确声言小说是为抗战写作的,但小说里真正涉及抗战的只是第三部分的后半部,《京华烟云》的主要内容还是写中国的男女"在此谋事在人、成事在天的尘世生活里,如何适应其生活环境而已"①。所以《京华烟云》对于抗战时期的中国到底有多大价值,是值得商榷的。尽管林语堂十分看重这部小说的价值,急于把它译成中文出版,但这部小说传达出的传统文化观念能对中国抗战起到多少作用,不是对国内时势有隔膜的林语堂所能判断的。所可判定的是,郁达夫迟迟没有翻译出《京华烟云》,一定是因为这部小说对于当时的价值绝没有郁达夫从事实际的抗战工作来得重要和有效。在那样一个危难的时代,郁达夫终于没有选择花费心力去完成一部小说的翻译。

郁达夫接受旧友的托付却没有践约的行为,让林语堂非常失望。1941年,焦急等待郁达夫译本出世的林语堂写道:"今达夫不知是病是慵,是诗魔,是酒癖,音信杳然,海天隔绝,徒劳翘望而已。"②1945年,郁达夫遇害。林语堂心目中最理想的《京华烟云》中译本终于落空。多年以后,这笔昔日的文债却由郁达夫的儿子郁飞偿付了。

1991年12月,湖南文艺出版社出版了郁飞翻译的《瞬息京华》。郁飞是郁达夫和王映霞的长子,1938年底随父母到达新加坡。郁达夫去新加坡只带了郁飞一个孩子。1940年郁达夫和王映霞离异,同年王映霞离开新加坡回国。此后的一段岁月郁达夫和郁飞父子两人相依为命,直到1942年1月,情势危急,郁达夫托人带郁飞回国。郁飞在郁达夫故友的抚养下长大,经过了一段时代的坎坷历程之后,在出版社任编辑工作,是一位有经验的翻译家。1980年代初,郁飞开始准备为父亲偿还当年的文债。1986年着笔开译,1990年郁飞退休,年终完成小说后半部的翻译。

---

① 林语堂:《著者序》,张振玉译:《京华烟云》,北京:作家出版社1995年版。
② 林语堂:《谈郑译〈瞬息京华〉》,《宇宙风》1942年第113期。

附录 谈《京华烟云》的中译本

郁飞和《京华烟云》的因缘早在他儿时和郁达夫同在新加坡的时候就结下了。据郁飞说，《华侨周报》上连载《京华烟云》是他提议的结果。"我常听他们商谈编务，也就从旁出了个主意，对父亲说：'林语堂托你译的那部小说，你若现在着手，在周报上连载，岂不使周报身价十倍！'"①郁达夫听从了儿子的提议，开始在《华侨周报》上连载他翻译的《京华烟云》。如果没有郁飞的提议，也许连那点翻译也不会面世。

年少时代的郁飞就把翻译《京华烟云》这件事放在了心上。多年以后，他亲自完成了这项工作，"自问工作态度是可以告慰两位前人的"。郁飞把他的翻译成绩概括为两点："首先，宁可冒影响销路之险也要把书名恢复为林先生自己定下的《瞬息京华》。其次，只删去了纯粹向英文读者解释中国事物的几处，于完整性无损。至于忠实原文则是我下笔时的主导思想。"②从这两点，可以见出郁飞译本对于先人著作的尊重。

当年在写给郁达夫的信中，林语堂确实把"Moment in Peking"译为"瞬息京华"③。郁达夫提到这部书时，曾用过"北京一刹那""北京的一瞬间""瞬息京华"等名字。在《谈翻译及其他》中提到《北京的一瞬间》时郁达夫特地注明"林氏自译作《瞬息京华》"，在几日后写的《嘉陵江上传书》中又直称"瞬息京华"，而在前一年致楼适夷的信中即已有"瞬息京华"之称。郁达夫会对一部书名用几种称法，一则难免源于他的浪漫性情，二则也是一种把握不定的表现，郁达夫很可能觉得小说的中文译名值得再斟酌。当时出版的译本，大致有两种译名：《瞬息京华》和《京华烟云》。郁达夫对这些译本持否定态度，连同它们的书名大概也为郁达夫不屑了。

林语堂其实并不认为"Moment in Peking"的中文译名就应该是"瞬息京华"。在《谈郑译〈瞬息京华〉》中他说：郑陀、应元杰译的"书名《京华烟云》尚不失原意"。尽管林语堂列出了译本里存在的很多问题，但对译名却基

---

① 郁飞：《郁达夫的星洲三年》，陈子善、王自立编：《回忆郁达夫》，长沙：湖南文艺出版社1986年12月版，第469—470页。
② 郁飞：《译者后记》，《瞬息京华》，长沙：湖南文艺出版社1991年12月版，第780—781页。
③ 林语堂：《给郁达夫的信》，万平近编：《林语堂选集》（下册），福州：海峡文艺出版社1988年3月版，第476页。

本肯定。郑陀、应元杰的译本是当时不可多得的全译本,"京华烟云"的名字也随之传开,逐渐为读者接受。大约这个译名更能表现出中国传统文化的诗意情态。70年代张振玉翻译的《京华烟云》在台湾出版,1987年又出了大陆版本。这个译本在现今较通行,又比郁飞版的《瞬息京华》早出,学界在提到林语堂创作的这部小说时,大都以"京华烟云"称之。所以郁飞说他把书名重译为"瞬息京华"是冒了"影响销路之险"。郁飞的《瞬息京华》力求还小说以本来面目,包括当时的具体情境。这种翻译原则在最大程度上淡化了译者的主体性,尽最大可能把小说"原著"展现给了读者。

郁飞版的《瞬息京华》根据美国约翰·黛公司1939年的版本译出。译本分为三部,第一部为"道家的两位小姐",第二部为"园中的悲剧",第三部为"秋之歌"。每一部标题后有《庄子》引文。全书共45章。还是摘录小说的结尾部分,来体会郁飞的译笔:

> 眼前的场面改变了,木兰的内心也随之改变。她失掉了空间感和方向感,连自我感也消失了,只觉得自己已经成了伟大的平民百姓中的一员。她屡次想成为平民百姓,如今确是他们中的一员了。自我的克服在她父亲是全靠内省沉思达到的,她今天靠的是同人的接触,同这广大的男男女女老老小小为伍。……
>
> 遥远的天际升起了天台山脉云雾环绕的群峰,这是道教传说中的圣山,姚老先生灵魂萦绕的地方。老方丈依然站在庙门前。在一段时间里他尚能看出木兰和孙亚以及他们的女儿和他们带领的孩子们的身影。然后他们同别人渐渐分辨不清了,消失在朝向圣山和山后广大内陆移动的尘土弥漫的人群里。

郁飞的译文当然比郑陀、应元杰的合译要好,至少不存在语句、词意不通的地方。从他的译本也能充分看出对于英文原著的遵从。例如"遥远的天际升起了天台山脉云雾环绕的群峰","消失在朝向圣山和山后广大内陆移动的尘土弥漫的人群里",这些译文词句可谓都是忠实于英文本的,然而却因为直译多少带上了"欧化"色彩。

郁飞说郑陀、应元杰的译本和张振玉的译本都是他翻译的参考,但对这两种译本都不满意。郑、应译本的不令人满意处小说原著者林语堂在《谈郑译〈瞬息京华〉》中已经给出了详细意见。张振玉译本的不令人满意处郁飞认为是"代圣人立言"①。不同的翻译观能够产生出不同的译本，不能简单以一种为标准去否定另一种。郁飞的译本和张振玉的译本因为翻译观念的差歧，各有不足，同时也表现出了各自的好处。

三、张振玉和《京华烟云》的文体

1977年台湾出版了张振玉翻译的《京华烟云》中译本。这是继郑陀、应元杰的译本之后、郁飞的译本之前的第二种中文全译本。1987年，吉林时代文艺出版社根据这个译本，修订了个别文字，出版了《京华烟云》的大陆本。自此，张振玉版的《京华烟云》成了中国大陆通行的译本。上海书店、东北师范大学出版社、作家出版社、陕西师范大学出版社、现代教育出版社、江苏文艺出版社、群言出版社等出版的《京华烟云》均采用张振玉的译本。

张振玉是台湾大学外文系教授，1914年生。除了《京华烟云》外，他还翻译有林语堂的《吾国吾民》《生活的艺术》《风声鹤唳》《红牡丹》《中国传奇小说》《奇岛》《孔子的智慧》《苏东坡传》《武则天正传》《八十自叙》《林语堂的思想与生活》《啼笑皆非》《有不为斋随笔》等作品。东北师范大学出版社1994年出版的《林语堂名著全集》、作家出版社1995年出版的《林语堂文集》等作品集中收录的作品用的也都是张振玉的译本。可以说，张振玉是林语堂英文著作的中文翻译专家。若把他称为林语堂研究专家，也不为过。

在从事翻译实践的同时，张振玉还是一位翻译理论家，出版过《实用汉英英汉翻译基础》《译学概论》等著作。《译学概论》出版于1964年，在台湾、香港及海外等地的高校被学生用作学习参考的教本，影响很广。1992年译林出版社出版了张振玉著作的《翻译学概论》，是《译学概论》的大陆版。在这部书中，张振玉专用一节文字论述了林语堂的翻译理论。

张振玉把林语堂的翻译理论归纳为六个方面。就"忠实"方面来说："译者如不善用文字之暗示力，虽将字义译出，译文亦不能传神。故仅求字

---

① 郁飞：《译者后记》，《瞬息京华》，长沙：湖南文艺出版社1991年12月版，第781页。

面之忠实,尚非译文忠实之真义。"且绝对忠实之译文是不可能有的。就翻译和创作的关系方面说:"翻译可称之为创作,译文可称之为艺术。"①这些观点都很有见地。林语堂不仅用英文书写中国文化,还把中国文化作品翻译成英文,如著名的《浮生六记》。所以在跨语际写作中,林语堂是有经验和思想的作家。张振玉把林语堂的翻译成就看得很高,说:"现代国人英译中国文学者,林语堂氏当推巨擘。"而林语堂的翻译见解亦"平实精当"②。在《翻译学概论》中,张振玉重点谈到的民国翻译家只有陈西滢、曾虚白和林语堂三人。毫无疑问,民国时期重要的翻译家或者翻译理论家远不止这三位,由于视野的局限,张振玉只突出了此三人的翻译观点,特别是林语堂的翻译观。或许是因为熟悉和喜爱而特别对待,也或许是因为熟悉和喜爱而分不出彼此,张振玉归纳出的林语堂的翻译观和他自己对翻译的看法是十分吻合的。

张振玉说:"译者亦须应用自己文字技巧,表达作者之思想、感情、风格、文体。于此等表现上遂显示译者之艺术修养,然亦显示译者之个性。译文既显示译者独特之技巧与个性,故译文亦系译者之创作。故原文虽同,译文亦因译者而异。""译文,对原文而言,因两种文字性质之差异,译文永无法充分表示原文之优美,故译文无法达到完美之境界。若以译文为独立之艺术品而论,其文字之美妙自有其完美之境界,亦应当有其完美之境界。"③张振玉对翻译的基本看法有两点:一,译文不等同于原文,不可能完全表达出原文的意蕴;二,译文具有独立的价值,这一价值是译者赋予的。张振玉对于译文、译者的强调和郁飞强调忠实于原著的观点显然不同,却和郁达夫对翻译的看法颇为契合。如果郁达夫能看到张振玉翻译的《京华烟云》,也许不会如评价 40 年代的那些翻译一样不满意吧。

张振玉的译文能显示出译者的自主性。这个自主性并非是无视原著、率性而为,而是充分领会原著的精神,综合运用译者的才能,更好发挥译文自身的优势。对于《京华烟云》来说,情况要比一般的翻译特殊。因为其创

---

① 张振玉:《翻译学概论》,南京:译林出版社 1992 年 2 月版,第 33、34 页。
② 同上书,第 32 页。
③ 张振玉:《自序》,同上书,第 1—2 页。

作本身即是跨文化的活动,是用英文来传达中国文化,所以当用中文来展示这部小说时,会比英文更能自然和深切地表现作品的情致。张振玉翻译的《京华烟云》即是充分发挥了中文的优势,以中文所蕴含的中国文化来融合作品本身的情致。在这个过程中,译者的中文修养和文学功力促成了翻译的成功。有些翻译学著作,就以张振玉翻译的《京华烟云》为例,来阐释翻译学理论。例如在《文学翻译学》中,作者列举了《京华烟云》最后一章,张振玉翻译的两段文字,对之评述道:"台湾翻译家张振玉教授的译文达到了与原作的高度和谐,欣和无间,浑然一体,译语如行云流水,自然、流畅,同时译者的'自我'也流露得比较充分。……译者具有中国文化方面的修养,才使得译文和谐透明,不存在语言和文化上的'隔'。说明译者不但精通英文,而且具有相当的审美能力、艺术表现力、和谐意识。"①张振玉翻译的《京华烟云》纵然收受不了如此高的赞誉,但它行文流畅,表意自然,确实在忠实英文原著的基础上表现出了中文版的特色。

还是来看看小说结尾部分的译文:

> 木兰所见的外在的光景改变了,她的内心也改变了。她失去了空间和方向,甚至失去了自己的个体感,觉得自己是伟大的一般老百姓中的一分子了。过去她那么常常盼望做个普通的老百姓,现在她的愿望满足了。征服自我,她父亲是全凭静坐沉思而获得,她现在也获得了,而是由于和广大的群众,男男女女、儿童的接触。……
>
> 在遥远的地平线上,高耸入云的天台山巍然矗立。它在道家的神话里,是神圣的灵山,是姚老先生的精神所寄之地。在庙门前,老方丈仍然站立。他仍然看得见木兰、苏亚,他们的儿女,与他们同行的孩子们,所有他们的影子。他看了一段时间,一直到他们渐渐和别人的影子混融在一处,消失在尘土飞扬下走向灵山的人群里——走向中国伟大的内地的人群里。

这两段文字通顺自然,不再有"欧化"的痕迹。虽然"在遥远的地平线上,高耸入云的天台山巍然矗立"不如郁飞翻译的"遥远的天际升起了天台

---

① 郑海凌:《文学翻译学》,郑州:文心出版社2000年9月版,第280—281页。

山脉云雾环绕的群峰"那样和原文相符,但遣词造句更适应了中文的行文习惯。特别是全书的最后一句话,张振玉的译文更为贴切得当,还保留了原文中的破折号,强调了地点,亦即强调了"中国"。在此,小说主人公姚木兰的情感得到升华,她真正和广大民众融合在了一起,体验到了前所未有的力量,这力量是抗战中的中国给予的。

林语堂在评郑陀、应元杰翻译的《京华烟云》时,谈到了文体问题。他说他是为"现代文体"而谈《京华烟云》的翻译的。林语堂对当时流行的"现代文体"不甚满意,认为这类文体源于翻译的不成熟,致使"不中不西之文遂见于中文创作"。林语堂提出:"欲救此弊,必使文复归雅驯。而欲求雅驯,必须由文人对于道地京话作一番研究,不得鄙白话之白而远之。鄙白话之白,简直不必有文学革命。且鄙白话之白,易之以文言可,代之以洋语不可。"林语堂说的"使文复归雅驯"的方法是在白话文的基础上适当辅之以文言的简洁明晰,从而祛除"欧化"弊病。具体到《京华烟云》的翻译,则:"不自译此书则已,自译此书,必先把《红楼梦》一书精读三遍,揣摩其白话文法,然后着手。"①虽说的是"自译",实则是对《京华烟云》的译者提要求。《红楼梦》是白话长篇小说的典范之作,胡适在提倡文学革命和白话文运动时,曾把《红楼梦》作为新文学创作的白话文老师。这部古代经典,不仅纯熟运用了以京语为基础的白话文,且有精妙娴雅的文言语汇融和其间,可以说是把饱含着中国文化的中文好处发挥尽致。林语堂在谈"国语发展的目标"时,同样提到了《红楼梦》。他说:"我特别佩服《红楼梦》","再没有写白话比《红楼梦》好的人"。国语的白话文体应当如《红楼梦》一样"清顺自然"②。

就像很多现代作家一样,林语堂非常喜爱《红楼梦》,他后来还对《红楼梦》,特别是它的版本问题,有深入研究。林如斯在谈《京华烟云》时说起创作缘由道:"一九三八年的春天,父亲突然想起翻译《红楼梦》,后来再三思

---

① 林语堂:《谈郑译〈瞬息京华〉》,《宇宙风》1942年第113期。
② 林语堂:《国语的将来》,万平近编:《林语堂选集》(下册),福州:海峡文艺出版社1988年3月版,第352、351页。

虑而感此非其时也,且《红楼梦》与现代中国距离太远,所以决定写一部小说。"①原来《京华烟云》是英译《红楼梦》的"替代品"。多数评论家在谈《京华烟云》时都不会忘记把这两部小说放在一起作比较,而林语堂自己在《给郁达夫的信》中也把两部小说中的人物拿来比拟。确实,从人物故事到思想文化,《京华烟云》背后都有《红楼梦》的影子。而就文体形式来看,也同样如此。这方面却是多数评论家不曾注意到的。林语堂说在翻译《京华烟云》之前应把《红楼梦》"精读三遍",以"揣摩其白话文法",这个要求对于张振玉似乎不成问题。在《翻译学概论》中,《红楼梦》《金瓶梅》《老残游记》等名著都被用来作为翻译例证。如果不对这些作品的行文用字以至文化蕴含深有把握,何以分析评价翻译的恰切与否。可以说,张振玉翻译的《京华烟云》是"清顺自然"的,当符合林语堂对译文语言提出的要求。

《红楼梦》对《京华烟云》文体上的参照作用,不仅表现在白话语言方面。张振玉的译本还对小说的整体形式有所设计。1987年出版的《京华烟云》和后来出版的张振玉译本并不完全相同。除了文字上少数地方有些微改动外,最大的不同是张振玉为小说的每一章加了对偶标题,例如第16章"遇风雨富商庇寒士 开蟹宴姚府庆中秋"、第32章"北京城新学旧派人文荟萃 静宜园淑媛硕彦头角峥嵘",即便不完全对仗,却使得《京华烟云》成为了一部章回体小说。这和作为章回体小说代表作的《红楼梦》是更加契合了。

在1995年作家出版社出版的《林语堂文集》的《译者序》中,张振玉特地为译本的修改作了说明:

> 今趁作家出版社重印之际,又经校对一次,并随笔将失妥之文句修正若干处。在《京华烟云》中译者附加各章前之目,今皆排印于正文之前,以便读者查考。又此书英文原版之前,有著者之简短献词,颂扬抗日牺牲之中国英雄,并附记作者创作此一长篇巨著之起讫年月。今亦趁新排出书,补译成为诗句排出,以符原著悲歌赞叹之气势。

---

① 林如斯:《关于〈瞬息京华〉》,郁飞译:《瞬息京华》,长沙:湖南文艺出版社1991年12月版,第798页。

这段说明写于1993年,在郁飞的译本出版以后。这次修订更能显示出张振玉译本的特色。1987年的张振玉译本分为上、中、下三卷,上卷"道家的女儿",中卷"庭园悲剧",下卷"秋之歌",每卷标题后有《庄子》引文。全书共45章。书前没有《献词》和《著者序》。而郁飞的译本这些内容都是不少的。修改过后的张振玉译本增加了《献词》和《著者序》,并注意到全书整体的修辞色彩。依然是按原书分为三卷,但卷题有所变化,分别是:"道家女儿""庭园悲剧""秋季歌声",都是四个字,偏正结构,十分整齐。《献词》也被译成了四句诗,加上新添的各章回目,以及"京华烟云"的书名,使整部小说显示出诗意特征,更富有中国文化的气息了。于是章回体的《京华烟云》遂成为现今通行的译本。

这个章回文体可以说是译者的创造。因为原著的每章并没有章题,张振玉根据每章小说内容概括出对偶回目,是颇费心思的。根据张振玉的翻译理路,"译文既显示译者独特之技巧与个性,故译文亦系译者之创作",因此加上章回框架,是译者创作个性之体现。另外,"译文文字独有之美,其与原文之美性质相近者,或甚至不与原文之美相冲突者,译者则须利用之,以提高译文之美,藉以保持译文之艺术价值,抵偿原文之艺术损失,更有助于译文之成为不依赖原文而能独立之艺术"[①]。利用中文的表达优势,或利用中文小说独特的形态来体现原著所要传达出的中国情韵,用传统文体以合传统文化,是张振玉选择章回体来翻译《京华烟云》的又一重考虑。然而,把《京华烟云》译成章回体小说,并非张振玉首创。1946年汎思翻译的《瞬息京华》即以章回体面目刊出。虽然没有回目,但小说是分回翻译的,并且文中有明显的说书套语,说明译者确想以传统小说文体来翻译全书。可惜译事只开了个头。半个世纪后,张振玉依照他的翻译经验,发挥他的文学才能,把这件事完成了。

两位译者对《京华烟云》有同样的翻译思路,不能简单说他们创作个性相似。译者的创造总要基于原著的风貌,这也是衡量好的翻译作品应有的标准。张振玉亦认为:译者"须应用自己文字技巧,表达作者之思想、感情、风格、文体"。把《京华烟云》翻译成章回体小说,也是表达出了林语堂想要

---

① 张振玉:《自序》,《翻译学概论》,南京:译林出版社1992年2月版,第2页。

的"文体"。在《给郁达夫的信》中,林语堂有言道:"书长三十六万言,凡四十五回,分上中下三卷。"①明确说清了小说体例。可能所说的"四十五回"只是因一种文化身份认同而有的称法,并不一定是"章回",然而又正因为林语堂言语背后的文化身份认同,才使得小说的"分章"和"分回"能够等同起来。

《京华烟云》的写成和赛珍珠夫妇很有关系。林语堂很多英文作品都由赛珍珠夫妇经营的约翰·黛公司出版,约翰·黛公司在某种程度上成为林语堂旅美创作生涯的策划者或经纪人。当林语堂的《吾国与吾民》《生活的艺术》在美国大获成功后,林语堂打算翻译一些中国文化书籍,以使美国读者能够通过阅读原作而不是介绍来体会中国文化精神。但赛珍珠的丈夫华尔希却不太同意这个计划,还是主张林语堂应该从事创作。林语堂当时想翻译《红楼梦》后来又放弃了,其中可能也有华尔希的影响。林语堂说:"写此书时,书局老板,劝我必以纯中国小说艺术写成为目标,以'非中国小说不阅'为戒,所以这部是有意的仿效中国最佳小说体裁而写成的。"②据林太乙回忆:"华尔希劝他必以纯中国小说艺术写成为目标。语堂是五体投地佩服《红楼梦》的技术,所以时时以小说作家眼光,精研这部杰作,后来写作,无形中受《红楼梦》的熏染,犹有痕迹可寻。"③能体现"纯中国小说艺术"的作品,《红楼梦》当然是首屈一指的。而在"纯中国小说艺术"中,章回体又成为一个标志,这是中国小说最独特的文体。对于作家而言,只要用章回为小说分段,就可以方便又醒目地使小说带上中国色彩。所以当华尔希"以纯中国小说艺术写成为目标","以'非中国小说不阅'为戒"来为林语堂作策划时,似乎已经为他设定了写作框架。通过参照最典型的中国小说《红楼梦》,连同它的章回形式在内,林语堂为《京华烟云》打造出了"纯中国小说"的风范。

可是英文版的《京华烟云》并没有回目。也许是因为对偶回目不太适合用英文表达,也许是因为要考虑到美国读者的接受习惯,也许还是因为赛

---

① 林语堂:《给郁达夫的信》,万平近编:《林语堂选集》(下册),福州:海峡文艺出版社1988年3月版,第476页。
② 林语堂:《我怎样写瞬息京华》,《宇宙风》1940年第100期。
③ 林太乙:《林语堂传》,北京:中国戏剧出版社1994年1月版,第153页。

珍珠夫妇提供了具体意见,总之约翰·黛公司出版的《京华烟云》只分章而无回目。也就是说,在面向美国读者的时候,《京华烟云》并非是以一种"纯中国"的形式展现出来的。同时,小说所传达的中国文化精神,正如不少评论家认为的,只能说代表了某种文化取向,并非中国文化的全貌。而就小说所有的大段解说性文字看,既可以把它们看成是为美国读者特意设置的,也可以看成传统中国小说的叙述者全能叙述才干的展示。因此,《京华烟云》虽以"纯中国小说"被期待,但在面对异域文化时,却不得不在文意、文体各方面有所移位,以适应跨文化阅读的需求。

  一旦把这部作品挪回中国地域,那么"纯中国小说"的特征就可以完全展现而无所滞碍。郑陀、应元杰的译本和郁飞的译本在翻译的责任方面都做到了尽忠职守,特别是郁飞的《瞬息京华》尽可能还原了英文本的原貌。然而就《京华烟云》的追求来看,张振玉的领悟更把小说背后的中国影像清晰化了。章回体版的《京华烟云》既可以说是译者的创作,也可以说是作家意图回归母语文化的宜然表现。

后　　记

在结束这本书的时候,四月春日余晖未尽,晚风从窗口吹进来,感觉乍暖还寒。我该为这本书写点儿什么呢?五年来的生活经历,并非是一篇《后记》所能容纳的。

2010年我申请的教育部人文社会科学研究青年基金项目被批准了。这本书就是这一项目的研究成果。其实在开始这一项目之前,关于现代章回体小说的问题已经在我思想中萦绕了四年多。我的博士论文后来虽已成书,但只是对现代章回体小说中的一个问题作了研究,我不想就此而止。这本书的完成,虽然还够不上十分系统,但基本能呈现出章回体小说在现代所经受的种种磨砺,能够给我多年的思考研究一个交代。

写书的过程断断续续,正式着笔是在2013年,写了两年多时间,之前主要是搜集阅读资料,写了几篇相关论文。除了第六章之外,本书其他各章的部分内容都已先期发表。特别是第四章论故事集缀型小说和章回小说现代蜕变的关系问题,拙著《"故事集缀"型章回体小说研究》已有详尽论述。因为这一问题是章回体小说现代历程中出现的重要现象,有必要把它纳入本书的总体构架中。在写入本书时,我对已有论述作了重新梳理和修改。

关于现代章回体小说,还有很多问题可以深发。例如它和古代小说的关系、它在20世纪下半叶还有什么表现等等。书中内容虽然对这些问题有所涉及,但没有作深入阐释。这本书的目的只是想管窥章回体小说在现代的总体面貌,以补之前学界研究的缺漏。一些相关问题还有待进一步研究,也期盼与学界同人的琢磨商讨。

非常感谢德高望重的范伯群教授带我走进中国现代通俗文学这块丰饶的研究领域,他卓越的研究成就和深厚的研究心得给予我无穷的教益。

非常感谢我的授业恩师北京大学中文系方锡德教授,本书论题是他提点的结果。我的这项研究实际是沿着老师"中国现代小说与文学传统"的思路在行走,希望这本书的出版能不辱师门。

还要感谢北京大学出版社再次出版我的书,感谢编辑冬峰女士的亲切帮助。

写成这本书的时候,我的孩子已经两岁多了。他时不时爬上我的膝头,小手指着电脑说:"妈妈在写文章。"他在我腹中闹动时,我还在准备这本书的资料。他的出生、他的微笑、他说的第一句话、他走的第一步路、他的调皮、他的使坏……他成长的每一个点滴都令我难忘,就像我非常清楚书中的每一个字是怎样写出来的。时间是最神奇的东西,在不知不觉中,它带给了你感动和收获。

2015 年 4 月 9 日于苏州石湖寓所